Hautnah und näher

MIRA®

MIRA® TASCHENBUCH
Band 35037
1. Auflage: Juni 2011

MIRA® TASCHENBÜCHER
erscheinen in der Cora Verlag GmbH & Co. KG,
Valentinskamp 24, 20350 Hamburg
Geschäftsführer: Thomas Beckmann

Titel der nordamerikanischen Originalausgaben:
Seducing Mr. Right

The Mercenary

erschienen bei: Harlequin Enterprises Ltd., Toronto

Published by arrangement with
HARLEQUIN ENTERPRISES II B.V./S.àr.l.

Konzeption/Reihengestaltung: fredebold&partner gmbh, Köln
Umschlaggestaltung: pecher und soiron, Köln
Redaktion: Stefanie Kruschandl
Titelabbildung: Getty Images, München
Satz: Buch-Werkstatt GmbH, Bad Aibling
Druck und Bindearbeiten: CPI – Ebner & Spiegel, Ulm
Printed in Germany
Dieses Buch wurde auf FSC®-zertifiziertem Papier gedruckt.
ISBN 978-3-89941-865-1

www.mira-taschenbuch.de

Cherry Adair

Sein letztes Tabu

Erotischer Roman

Aus dem Amerikanischen von
Roswitha Enright

MIRA®

1. KAPITEL

Als Catherine Harris abrupt aus ihrem tiefen Schlaf erwachte, wurde ihr mit einem Schlag Folgendes bewusst: Erstens, sie lag vollkommen nackt in Luke Van Burens Bett.

Zweitens, Luke war gerade im Begriff, sein Schlafzimmer zu betreten.

Drittens, er war nicht allein. Das Lachen einer Frau mischte sich in Lukes tiefen Bariton.

Eigentlich sollte er doch erst in ein paar Tagen aus San Francisco zurückkommen. Cat versuchte, nicht in Panik zu geraten. Jahrelang hatte sie das Ganze geplant, und nun war alles umsonst?

Sie stützte sich auf einem Ellbogen auf und versuchte, in der Dunkelheit etwas zu erkennen. Hatte sie nicht vor dem Einschlafen ihren BH über den Wecker geworfen, weil die grellroten Zahlen sie störten? Cat ließ sich seufzend wieder ins Kissen fallen. Sie war noch ganz benommen, und alle Lösungen, die ihr einfielen, waren absolut unsinnig. Sollte sie sich etwa unter dem Bett verstecken und dann vielleicht miterleben müssen, wie Luke sich zehn Zentimeter über ihr vergnügte? Niemals. Oder sollte sie aus dem Fenster steigen und sich von der Feuerwehr von dem schmalen Sims im 22. Stockwerk retten lassen? Auch das war keine gute Idee.

Sie hörte einen leisen Aufprall. Ein Schuh? Der eigene Herzschlag dröhnte ihr in den Ohren, trotzdem hörte sie das Rascheln von Stoff. Dann stöhnte jemand ungeduldig und schien die Lippen auf nackte Haut zu pressen. In der Türöffnung war Luke in einem weißen Hemd zu sehen, das gerade von zwei schlanken Frauenhänden abgestreift wurde. Cat sah, wie es zu Boden flatterte. Dann machte es klick.

Du liebe Zeit, war das seine Gürtelschnalle? Ein Reißverschluss wurde aufgezogen, und ein leidenschaftlicher Kuss folgte.

„O Luke!“ Die Frau lachte leise. Dann raschelte es wieder, es wurde heftig geflüstert und schwer geatmet. Cats Wangen glühten, und das Blut rauschte ihr in den Ohren. Bei dem Gedanken daran, was als Nächstes folgen würde, konnte sie nur mit Mühe ein hysterisches Lachen unterdrücken.

„Oh, ja, Luke, komm zu mir. So ist es richtig, ja, so musst du mich berühren. Es ist himmlisch, oh, ja, bitte."

Nein, um Himmels willen! Cat versuchte auszuweichen, als die Frau auf das Bett fiel. Zu spät.

Das Gewicht von zwei ausgewachsenen Menschen presste Cat die Luft aus den Lungen. Sie keuchte und versuchte, die beiden wegzuschieben.

Die Frau rollte zur Seite, kam wieder auf die Füße und stieß einen markerschütternden Schrei aus. Fluchend landete Luke auf dem Fußboden. „Was verdammt noch mal ist hier los?"

„Jemand ist in deinem Bett!", kreischte die Frau.

Cat hörte, wie Luke aufstand und nach dem Schalter der Nachttischlampe suchte.

Jetzt wurde es ernst.

Sie setzte sich auf, klemmte sich die Bettdecke unter die Achseln und versuchte, eine möglichst gelassene Miene aufzusetzen. Allerdings sah sie wahrscheinlich aus wie ein wild gewordener Handfeger. Sie hatte sich das Haar nicht geflochten, bevor sie sich hinlegte, und so fiel ihr die üppige Mähne auf die nackten Schultern. Das Licht ging an, gerade als Cat sich eine besonders widerspenstige Strähne aus der Stirn blies. Sie blinzelte in dem hellen Licht. Luke sah sie mit seinen graugrünen Augen durchdringend an.

„Cat!" Er zog schnell den Reißverschluss wieder hoch und fuhr sich durch das dunkle, ungekämmte Haar. Er stöhnte auf, und Cat starrte auf seinen breiten Oberkörper.

Nur zögernd wandte sie den Blick ab. Sie senkte die Augen und wartete auf das Donnerwetter. Luke war fast einen Meter neunzig, aber jetzt schien er doppelt so groß zu sein. Und drei Mal so wütend wie damals, als sie mit seinem neuen Sportwagen rückwärts gegen den Briefkasten gefahren war.

„Ich hätte mir so was denken sollen“, sagte er und hob den BH hoch. „Deiner?“ Ihr schwarzer Sport-BH lag wie ein Stück Lakritze in seiner Hand.

Cat lehnte sich vor, griff nach dem BH und hielt gleichzeitig ängstlich die Bettdecke vor der Brust zusammen. „Danke.“ Als sie seine Hand berührte, durchfuhr es sie wie ein elektrischer Schock. Sie räusperte sich und sah ihn unter halb geschlossenen Augenlidern an. „Heißt das, dass ich mich jetzt anziehen muss, Liebling?“

Dann lächelte sie die andere Frau strahlend an, die verbissen die Lippen zusammenpresste, aber trotzdem sehr sexy aussah in einem sehr kurzen kleinen Schwarzen, das nicht viel mehr bedeckte als ein breiter Gürtel. Sie hatte lange Beine und einen üppigen Busen, der durch das enge Kleid noch besonders betont wurde. Das goldblonde Haar war sorgfältig frisiert, wahrscheinlich von einem sehr teuren Friseur, und fiel ihr in weichen Wellen über eine Schulter. Cat seufzte leise. Wieder so ein Venus-Verschnitt. Absolut humorlos.

Die Atmosphäre war zum Zerreißen gespannt. Cat strahlte wieder. „Haben Sie heute Geburtstag?“

„Was redet sie denn da?“ Die Blonde sah Luke stirnrunzelnd an, dann wandte sie ihm den Rücken zu, damit er den Reißverschluss ihres Kleides wieder zuziehen konnte. Wenn du nicht aufpasst und weiterhin so grimmig dreinblickst, dachte Cat, dann siehst du in ein paar Jahren faltig aus wie Dörrobst. Die Frau hatte einen leichten Überbiss und erinnerte Cat irgendwie an den Hamster, den sie früher besessen hatte. Scamper hatte auch immer so bösartig ausgesehen, bevor er einen in den Finger biss.

Luke kniff die Augen leicht zusammen und fixierte Cat. „Was bezweckst du damit?“

Cat riss die Augen weit auf. „Wieso? Hast du sie nicht zum Spielen mitgebracht, mein Süßer?“

„Cat …“, sagte er warnend.

Sie lächelte ihn leicht verlegen an und versuchte, möglichst glaubwürdig auszusehen. „Ich dachte, du seist nicht in der Stadt“, sagte sie jetzt mit normaler Stimme. „Du musst es mir glauben, ich wäre doch sonst nicht hier …“

„Wer ist das denn, zum Donnerwetter?“, fragte die Blonde wütend und schlüpfte in Pumps mit Stilettoabsätzen. Sie wirkte plötzlich nicht mehr sehr attraktiv.

Luke zog sich vorsichtig zu der Kommode an der gegenüberliegenden Wand zurück. „Cat Harris. Elizabeth Wyrech.“ Dann zog er hastig eine Schublade auf, nahm einen grünen Baumwollpullover heraus und streifte ihn über. Die Farbe passte fantastisch zu seinen Augen.

„Hallo.“ Cat streckte die Hand nicht aus, aus Angst, die Bettdecke zu verlieren. „Bitte, bleiben Sie doch. Sie kann doch ruhig hierbleiben, Luke, oder?“

Luke hatte Mühe, sich zu beherrschen. „Los, Cat, sag Elizabeth, wer du bist, und dann halt den Mund.“

Cat starrte ihn an. „Ist das dein Ernst? Soll ich ihr wirklich alles sagen? Weiß sie denn nicht, dass es dir leicht langweilig wird mit nur einer Frau?“

„Ein Dreier? Das ist ja pervers!“ Elizabeth griff nach ihrer Tasche und hielt sie wie einen Schild vor sich. „Ich nehme mir eine Taxe.“

„Aber sie ist meine Schwester, verdammt noch mal!“

„Ach, wirklich?“ Elizabeth lachte kurz auf und sah Cat aus zusammengekniffenen Augen an. Cat gab ihren Blick zurück. „Ihr habt doch unterschiedliche Nachnamen.“

„Wir haben unterschiedliche Mütter“, sagte Luke.

„Väter“, korrigierte Cat schnell.

„Sie ist meine Stiefschwester.“ Luke trat schnell an das Bett heran und packte Cat beim Nacken. „Wir sind Geschwister, nicht, Cat?“

„Ja." Cat nickte und tat so, als hätten seine Worte sie nicht verletzt. „Ich bin seine Schwester."

„Das ist ja noch perverser", sagte Elizabeth kalt und stürzte aus dem Schlafzimmer.

Cat zog die Decke höher und schluckte. Sie konnte den Blick nicht von Luke wenden, und ihre Wangen glühten. Seine Schwester.

Seit sie sechs war, hatte sie davon geträumt, dass er sie endlich als Teil der Familie betrachten würde. Dieser Wunsch war ihr erfüllt worden. Aber dann kam der Zeitpunkt, wo sie nicht mehr die Schwester für ihn sein wollte.

Normalerweise handelte Cat überlegt und pragmatisch, und sie hatte sich sehr überwinden müssen, Luke aufzusuchen. Bisher war das Ganze nicht sehr vielversprechend gelaufen.

„Ich bringe Liz nach Hause und bin in zwanzig Minuten wieder zurück."

„Ich bin hier." Sofern sie sich inzwischen nicht aus Verzweiflung vom Balkon gestürzt hatte.

Er ging zur Tür, drehte sich aber noch einmal um. „Schlaf nicht ein. Wir müssen uns wohl mal über einiges unterhalten. Und zwar noch heute Abend."

Musste das sein? Sie sah ihm zögernd in die Augen. Er schien entschlossen zu sein.

„Ich möchte, dass du angezogen bist, wenn ich zurückkomme."

„Aye, aye, Käpt'n." Cat salutierte, und die seidene Decke entglitt ihr und entblößte eine Brust.

Sie erstarrte und sah Luke aus weit aufgerissenen Augen an. Er presste die Lippen zusammen und griff nach dem Türknauf. Eine Sekunde später knallte er die Tür von außen zu.

Das ist eine fatale Situation, dachte Luke, als er nach einer Stunde ziellosen Herumfahrens wieder vor seinem Apartment hielt. Wie sollte er jemals den Anblick von Cats nackter Brust vergessen können? Seine Finger packten das Steuerrad fester. O Himmel!

Vor neunzehn Jahren hatte sein Vater Cats Mutter geheiratet. Cat und er waren also zum Glück nicht blutsverwandt. Aber Luke konnte einfach nicht vergessen, wie ekelhaft er Cat jahrelang behandelt hatte. Erst nach vielen Jahren hatte er begriffen, wie sehr sie unter ihm gelitten hatte, und um sie dafür zu entschädigen, hatte er sich geschworen, sie immer zu lieben und zu beschützen.

Das, was er jetzt für sie fühlte, stand diesem Versprechen auch nicht entgegen.

Aber kurz bevor sein Vater starb, hatte er ihm versprochen, sich um Cat zu kümmern. Und er hatte Cat hoch und heilig versichert, dass er immer der große Bruder für sie sein würde. Er würde immer für sie da sein und dafür sorgen, dass ihr nichts passierte. Cat würde sich in jeder Beziehung auf ihn verlassen können. Und alle diese Versprechen betrachtete Luke auch heute noch als unabänderlich und unwiderruflich.

Leider waren seine Gefühle nicht ganz so moralisch wie diese Absichten. Tief in Gedanken versunken fuhr er den Jaguar in die Tiefgarage des Apartmenthauses. Auch wenn sich seine Gefühle Cat gegenüber geändert hatten, brauchte er ihr Vertrauen ja nicht zu enttäuschen. Er musste sich nur immer wieder sagen, dass er für Cat der große Bruder war, auf den sie sich in jeder Lebenslage verlassen konnte. Das war alles.

Sowie Luke das Zimmer verlassen hatte, sprang Cat aus dem Bett und zog sich in Windeseile an. Immer noch glühten ihre Wangen. In Beaverton, wo sie zu Hause war, hatte sie sich alles so einfach vorgestellt. Sie hatte Luke dahin bringen wollen, sie endlich als begehrenswerte Frau wahrzunehmen. Aber natürlich hatte sie nicht geplant, dass er sie nackt in seinem Bett vorfinden würde. Zumindest jetzt noch nicht.

Cat tappte barfuß in das Wohnzimmer und warf sich in den weichen schwarzen Ledersessel, den sie Luke geschenkt hatte. Damals, als er mit ihrem gemeinsamen Freund Nick zum Architekturstudium in New York war, hatte sie jeden Cent gespart, um ihn damit zu überraschen.

Der Sessel roch nach Luke, und Cat schmiegte sich an das weiche Leder und schloss die Augen. Seit Jahren dachte sie an kaum etwas anderes als an Luke. Vielleicht war es gar nicht so schlecht, dass er sie halb nackt gesehen, also schon mal einen kleinen Vorgeschmack bekommen hatte.

Als Luke nach Hause kam, fand er Cat zusammengerollt in dem großen schwarzen Ledersessel vor. Sie hatte sich ihre Jeans und eins seiner alten Sweatshirts übergezogen und schien zu schlafen.

Glücklicherweise ist sie angezogen, dachte er, und immerhin hat sie ihr Haar im Nacken zusammengebunden. Cat Anne Harris hatte kräftiges rotes Haar, und Luke war immer versucht, hineinzugreifen.

Er hatte fast einen Herzanfall bekommen, als er sie da nackt in seinem Bett liegen sah, das rote Haar offen über das Kopfkissen gebreitet. Sie trug es sonst immer zu einem festen Zopf geflochten. Die dünne Satindecke hatte ihre Formen eher noch betont, als dass sie sie verborgen hätte. Und als dann eine ihrer runden festen Brüste sichtbar wurde … Luke steckte die Hände tief in die Hosentaschen und betrat das Wohnzimmer.

„Hallo!“ Cat richtete sich auf und rieb sich die müden Augen. Ihre Wangen waren gerötet, was trotz der Sommersprossen gut zu sehen war. Sie zog die Beine etwas dichter an den Körper und legte die Arme um die Knie. Selbst ihre schmalen Zehen hatten Sommersprossen.

Nach einem kurzen ungemütlichen Schweigen sah Cat Luke

an. „Sie scheint nett zu sein." Sie lächelte etwas verlegen, und Luke konnte den Blick nur schwer von ihren vollen weichen Lippen lösen.

Er schüttelte den Kopf. „Nicht besonders." Er setzte sich auf die Ecke des Couchtischs. Zum Glück hatte Cat keine Ahnung, wie viel Überwindung es ihn kostete, sich nicht auf sie zu stürzen.

Cat runzelte die Stirn. „Das verstehe ich nicht. Wenn du sie nicht magst, warum schläfst du dann mit ihr?"

„Erstens habe ich nicht mit ihr geschlafen, zweitens mag ich sie schon irgendwie, und drittens solltest du nicht das Thema wechseln. Natürlich freue ich mich immer über deinen Besuch, aber warum bist du eigentlich gekommen?"

„Ich dachte, du wärst diese Woche in New York." Sie stützte sich mit dem Kinn auf den Knien ab. „Was hast du ihr denn gesagt?"

„Ich habe ihr erzählt, du hättest einen ausgeprägten Sinn für peinliche Situationen, aber im Großen und Ganzen seist du harmlos." So harmlos wie ein Nacktfoto aus dem Playboy in einem Männergefängnis, setzte er im Stillen hinzu.

„Es war eine schreckliche Situation, so unangenehm für uns alle. Und ich fürchte, das Ganze ins Lächerliche zu ziehen, war keine sehr gute Idee. Es tut mir so leid, dass ich dich in diese Situation gebracht habe, Luke. Meinst du, dass ich sie anrufen sollte?"

„Das ist nicht nötig, Cat, vergiss es." Elizabeth war so sensibel wie eine Schildkröte. Jeder andere hätte gesehen, wie verlegen Cat gewesen war. „Ich bin früher aus New York zurückgekommen."

Cat trug keinen BH, das konnte er genau sehen, als sie jetzt ihre Haltung veränderte. Er zog die Augenbrauen zusammen. „Versuch nicht, mich abzulenken. Beantworte meine Frage. Warum bist du gekommen?"

Cat gähnte, dann rieb sie sich die Nasenspitze. „Oregon ging mir schrecklich auf die Nerven. Ich musste da unbedingt mal raus."

„Aber du wirst doch weiterhin deine Börsengeschäfte erledigen?", fragte Luke beunruhigt. Cat hatte ein ausgesprochen gutes Gespür in Bezug auf Aktien. Obwohl sie keinerlei Ausbildung in diesem Punkt besaß, arbeitete sie sehr erfolgreich im Tagesgeschäft. Sie kaufte und verkaufte Aktien noch am selben Tag und hatte so ihren Einsatz häufig vervielfacht. Da sie das von zu Hause aus erledigen konnte, hatte sie auch für den Vater sorgen können. Wenn sie außerdem nicht auch mit Lukes Geld so erfolgreich spekuliert hätte, dann besäßen er und Nick noch längst nicht ihr eigenes Architekturbüro.

Cat hatte einen scharfen Verstand und eine glückliche Hand. Auch den alten Freunden seines Vaters hatte sie schon zu kleinen Vermögen verholfen.

„Keine Sorge. Ich habe meinen Computer mitgebracht. Dein Geld ist bei mir immer noch gut aufgehoben."

„Sehr gut. Vielleicht möchtest du dich ja neben dem Architekturbüro Van Buren & Stratton einmieten. Soviel ich weiß, steht im zweiten Stock noch ein Büro leer." Die Vorstellung, Cat vierundzwanzig Stunden am Tag in seiner Nähe zu wissen, behagte ihm jedoch gar nicht.

Cat lachte. „Nein, nein, keine Angst, das hätte keinen Sinn. Wir kennen uns alle zu gut, würden uns ständig ablenken und nichts auf die Reihe kriegen. Wenn es dir nichts ausmacht, würde ich lieber vorübergehend hier arbeiten."

„In Ordnung." Cat würde jeden Abend hier sein, wenn er nach Hause kam. Ein Segen und ein Fluch zugleich.

„Habe ich jetzt eine wundervolle Beziehung zerstört?", fragte sie plötzlich.

Sie war hartnäckig, aber das kannte er. „Nein, wahrscheinlich nicht."

„Wirst du sie wiedersehen?"

„Das ist gut möglich."

„Ein bisschen mehr Sinn für Humor hätte ihr nicht geschadet." Cat seufzte. „Na ja, wie auch immer, es war dumm von mir, und es tut mir wirklich sehr leid."

„Es ist doch nichts passiert. Mach dir keine Gedanken."

„Würde es dir etwas ausmachen, wenn ich hier bei dir bleiben würde, bis ich eine Wohnung gefunden habe?"

Allerdings, dachte er. Er räusperte sich. „Nein, natürlich nicht. Sonst hätte ich dir doch keinen Schlüssel gegeben. Du kannst kommen und gehen, wann du willst." Er überraschte sich dabei, wie er ihr immer wieder auf den Pullover starrte und hob schnell den Kopf. „Nach der Beerdigung habe ich dir doch gesagt, dass du immer willkommen bist. Warum hast du mir nicht gesagt, dass du dich in Beaverton nicht mehr wohlfühlst?"

Cat seufzte leise. „Luke, wie alt bin ich?"

„Hm ... dreiundzwanzig?"

„Wie wär's mit sechsundzwanzig? Ich war immer sieben Jahre jünger als du. Das scheinst du einfach nicht behalten zu können." Sie lehnte sich zurück und senkte den Blick. „Das Leben ist einfach so an mir vorbeigegangen. Es wird Zeit, dass ich mir mal den Wind um die Nase wehen lasse."

„Ja, du hast recht." Luke legte ihr die Hand auf den Arm. Cat hatte fünf Jahre lang für seinen Vater gesorgt, der vor acht Monaten gestorben war. Luke hatte beide oft um ihre enge Beziehung beneidet, und nun war er der Einzige, der ihr von der Familie geblieben war. Denn auf ihre exaltierte Mutter konnte Cat sich nicht verlassen.

Sie errötete und nahm den Arm weg. „Du weißt, ich habe es gern getan. Wir waren wie Vater und Tochter, und ich liebte ihn. Du brauchst also gar nicht den großen Bruder zu spielen. Aber seine Angelegenheiten zu ordnen hat dann doch länger gedauert, als ich dachte. Ich habe jetzt das Haus einem Makler übergeben.“ Sie hob die Hand, weil sie wusste, was Luke sagen würde. „Nein, Luke, ich werde das Haus nicht behalten. Außerdem ist meine Mutter, ich meine, Faith, mal wieder geschieden und hat sehr deutlich gemacht, dass sie gern ‚nach Hause‘ kommen würde, um sich ‚auszuruhen‘.“

„Sie hat wahrscheinlich kein Geld mehr.“ Das war Luke vollkommen klar. Immer, wenn sie nicht gerade fest liiert war, hatte Faith Geldprobleme.

Cat lächelte traurig. „Ja, das könnte sein.“

„Du solltest dir von dem Geld, das mein Vater dir hinterlassen hat, eine schöne Eigentumswohnung kaufen.“ Das hätte er nicht sagen sollen.

„Das Geld habe ich angelegt. Aber wenn du mich hier nicht haben willst, brauchst du es nur zu sagen. Dann werde ich zu Nick ziehen.“

Nick. Ihr gemeinsamer Freund, sein Partner und ein Mann, der ausgesprochen attraktiv auf Frauen wirkte. Das kam gar nicht infrage. „Hast du schon mit Nick gesprochen?“

„Noch nicht.“

Immerhin war Cat zuerst zu ihm gekommen.

Er und Nick kannten sich schon aus der Sandkiste. Als sein Vater sich scheiden ließ und Cats Mutter heiratete, hatten auch Nick und Cat sich angefreundet. Luke war zwar nicht eifersüchtig auf ihr enges Verhältnis, aber er war doch froh, dass Cat nicht gleich zu Nick gegangen war.

„Aber, Cat, so meine ich das doch nicht. Natürlich kannst du gern so lange bleiben, wie du willst. Außerdem wirst du Schwierigkeiten haben, in San Francisco eine Wohnung zu finden. Aber das macht nichts, ich wollte das Apartment sowieso nicht aufgeben, auch wenn mein Haus fertig ist. Denn oft wird es abends doch sehr spät. Und wenn ich in ein paar Monaten in das Haus außerhalb der Stadt ziehe, dann kannst du hier bleiben. Wir müssen uns nur absprechen, wer im Bett und wer auf dem Sofa schläft."

„Macht es dir wirklich nichts aus?"

„Ganz bestimmt nicht. Allerdings habe ich eine Bedingung. Dieses Mal musst du deine Sachen auspacken. Das letzte Mal hast du vierzehn Tage nur aus dem Koffer gelebt. Wenn du hier lebst, sollst du es dir auch gemütlich machen und dich richtig zu Hause fühlen."

Cat entspannte sich sichtlich. „Vielen Dank, Luke. Und dein Haus, das wird tatsächlich bald fertig sein?"

„Ja, es wird sehr schön. Du kannst gern morgen mit mir kommen und mir helfen." Er musste lachen, als sie versuchte, ein Gähnen zu unterdrücken. „Da du sowieso schon das Bett besetzt hattest, solltest du auch den Rest der Nacht darin verbringen. Ich nehme das Sofa. Wir können morgen alles Weitere besprechen."

„Ich bin nicht müde. Wie wäre es mit einer heißen Schokolade?"

„So etwas habe ich nicht."

„O doch. Ich habe noch eingekauft, bevor ich herkam." Sie streckte ihre langen Beine und stand auf. Auch Luke erhob sich, und sie standen sich dicht gegenüber.

Er hatte ganz vergessen, wie groß sie war. Ihr Mund war beinahe auf einer Höhe mit seinem.

Wenn er ein bisschen in die Knie ging, und wenn Cat sich auf die Zehenspitzen stellte …

Wenn nicht Cat, sondern irgendeine andere begehrenswerte Frau jetzt vor ihm stehen würde, hätte er ihr ohne Zögern die Arme um die schlanke Taille gelegt, sie an sich gezogen und geküsst, bis sie beide keine Luft mehr bekommen hätten. Er schüttelte leicht den Kopf, um diesen Gedanken zu vertreiben.

Luke folgte ihr in die Küche und starrte währenddessen auf Cats kleinen straffen Po. Ihr Gang war lässig und aufregend zugleich, und im Vergleich zu ihr bewegten sich alle Models wie Aufziehpuppen.

Luke setzte sich an einen kleinen Tisch, der unter dem Fenster stand, während Cat die Milch für die Schokolade erhitzte. Sie kannte sich in seiner Küche gut aus, denn sie hatte sie selbst eingerichtet, als er vor zwei Jahren hier eingezogen war.

„Danke." Luke nahm den Becher mit dem dampfenden Kakao entgegen und wartete, bis Cat sich auf den Stuhl ihm gegenüber gesetzt hatte. Dann sah er sie ernst an. „Die ganzen Jahre warst du durch Dad an das Haus gefesselt, Cat. Ich verstehe gut, dass du endlich mal etwas erleben willst. Und San Francisco ist dazu auch sicher gut geeignet. Aber meinst du nicht, dass das für dich eine große Umstellung sein wird?"

Cat setzte den Becher ab und fuhr mit der Zungenspitze über ihre Lippen. Luke beobachtete sie unablässig. Wenn sie so weitermacht, dachte er, werde ich mit dreiunddreißig meinen ersten Herzanfall bekommen.

Sie sah kurz zur Seite, blickte ihm dann aber wieder direkt in die Augen.

„Okay, Cat, nun sag schon. Was hast du vor?"

„Ich?" Sie sah ihn aus weit geöffneten Augen an. „Gar nichts."

„Das erste Mal hast du mich so angesehen, als du behauptetest, du wolltest gar nicht mit dem Zirkus auf und davon. Obgleich wir dich dort ganz in der Nähe aufgegriffen hatten."

Cat lachte. „Ich schwöre, ich will nicht zum Zirkus."

Wieder nahm sie einen Schluck Kakao, und er betrachtete ihre schlanken Hände mit den kurzen unlackierten Nägeln. Wie sie sich wohl auf seiner Haut anfühlen würden?

Er blickte ihr ins Gesicht. Im Gegensatz zu ihrer Mutter war Cat immer vernünftig gewesen und irgendwie erfrischend unschuldig. Sie war das, was man ein gutes Mädchen nannte, eine wahrscheinlich aussterbende Spezies. Trotz ihres wohlproportionierten verführerischen Körpers wirkte sie natürlich.

Cat wurde ernst. „Ich bin zu dir gekommen, weil ich keinen anderen Mann kenne, dem ich vertrauen kann. Ich habe nämlich ein Problem."

Er sah sie bestürzt an. „Möchtest du, dass er dich heiratet, oder soll ich ihn zusammenschlagen?"

Sie hob überrascht den Kopf. „Heiraten? Zusammenschlagen? Wen denn?"

„Den Mann, von dem du schwanger bist!"

Cat fragte sich, ob Luke den Verstand verloren hatte. „Aber ich habe noch nie mit einem Mann geschlafen, Luke."

„Was?" Er starrte sie an wie eine Erscheinung. Dann strich er sich das Haar zurück. „Entschuldige, Cat, da habe ich wohl etwas missverstanden."

„Allerdings." Sie lächelte kurz. Luke fragte sich, warum er das Gefühl nicht loswurde, dass sie ihm etwas sagen wollte, das er im Grunde nicht hören wollte.

Er hatte mit dem Schlimmsten gerechnet und sich lächerlich gemacht. „Wobei kann ich dir dann helfen? Wo liegt das Problem? Suchst du einen Job? Wir finden bestimmt etwas."

Sie sah ihn ernst an. „Ich brauche keine Hilfe bei der Jobsuche. Ich möchte, dass du mir hilfst, einen Mann zu finden."

2. KAPITEL

„Nun sag doch schon irgendwas!“ Cat drehte nervös den Becher in den Händen, während Luke sie fassungslos ansah.

Schon zu Hause hatte sie sich diesen Plan zurechtgelegt und gehofft, nichts weiter erklären zu müssen. Wenn sie Luke um seine Hilfe bitten würde, musste er dann nicht sofort vor ihr auf die Knie fallen und ihr seine Liebe gestehen? Aber was war, wenn er es nicht tat?

Darüber hatte sie noch nicht genau nachgedacht. Sie hatte nur alle Brücken hinter sich abgebrochen und sich darauf verlassen, dass Luke sie nicht zurückweisen würde. Nicht wieder.

Zehn Jahre waren seit damals vergangen, und sie beide waren zehn Jahre älter geworden. Cat war nicht mehr der impulsive Teenager von damals, und sie kannte Luke jetzt besser. Sie wusste, dass ihr Plan nur funktionieren konnte, wenn die Verführung von ihm ausgehen würde. Bisher starrte er sie allerdings immer noch mit offenem Mund an.

„Also?“, fragte sie leise. „Was sagst du dazu?“

„Ich bin sprachlos.“

„Los, Luke, hast du keine Vorschläge?“ Sie griff in ihre Tasche und zog einen großen Notizblock heraus. Über die erste Seite schrieb sie in großen Buchstaben „Mögliche Ehemänner“. Damit wollte sie Luke Zeit geben, sich zu fassen. Sie sah hoch. Er fixierte sie aus zusammengekniffenen Augen.

„Was ist?“, fragte sie harmlos.

„Was meinst du damit? Ich soll dir helfen, einen Mann zu finden? Aber du hast doch eine tiefe Abneigung gegen die Ehe.“

„Nein, ich nicht, aber du.“ Sie musste die Ruhe bewahren, sagte sich Cat. „Ich hasse die Art von Ehe, wie sie meine Mutter führt. Wenn ich ihre Veranlagung nun geerbt habe? Vielleicht bin ich meiner Mutter ähnlicher, als ich bisher annahm. Auf alle Fälle traue ich meiner Urteilskraft nicht.“

„Aber meiner? Du weißt doch, dass ich von der Ehe überhaupt nichts halte."

Allerdings wusste sie das. „Eines Tages wirst auch du der richtigen Frau begegnen."

„Nein", sagte er knapp. „Ganz sicher nicht. Ehrlich gesagt, verstehe ich nicht, wie du nach den Erfahrungen mit deiner Mutter überhaupt an eine Ehe denken kannst."

„Mit deiner Hilfe werde ich ihre Fehler vermeiden."

„Aber warum willst du unbedingt heiraten?"

„Weil ich zu jemandem gehören und für ihn sorgen möchte. Das ist mir nach dem Tod deines Vaters ganz klar geworden. Ich bin gern zu Hause. Ich weiß, heutzutage ist es gar nicht üblich, nicht Karriere machen zu wollen, aber ich habe keine Lust dazu. Mir machen meine Aktiengeschäfte Spaß, und solange ich meinen Computer habe und eine Telefonleitung, kann ich überall arbeiten. Doch es würde mir auch nicht schwerfallen, das jederzeit aufzugeben. Es klingt altmodisch, ich weiß, aber ich wünsche mir einen Ehemann, den ich liebe und der mich liebt. Vielleicht auch Kinder. Und Hunde und ein Haus mit einem großen Garten. Ist das zu viel verlangt?" Sie runzelte die Stirn. „Wo gehst du hin?"

„Ich will uns noch etwas Schokolade machen."

„Da ist noch welche." Sie reichte ihm ihren Becher und beobachtete, wie er die heiße Flüssigkeit in seinen Becher goss. Die Bewegung seiner Muskeln war unter dem dünnen Sweatshirt gut zu erkennen. Cat atmete tief durch, um sich zu beruhigen. Luke hatte nie auch nur den geringsten Zweifel daran aufkommen lassen, dass er nicht heiraten wollte. Das hatte er Cat klipp und klar gesagt, als seine eigene Mutter das dritte Mal heiratete. Er misstraute diesen Eheversprechen gründlich, wie Cat im Grunde auch. Mit dem Unterschied, dass sie bereit war, es auszuprobieren.

Er riss eine Schranktür auf, nahm hastig eine Flasche heraus und goss sich einen kräftigen Schuss ein. Dann stellte er die Flasche hart auf die schwarze Granitplatte.

„Gibt es irgendetwas zu feiern?“, fragte sie, als er beide Becher wieder auf den Tisch stellte.

„Wieso? Was meinst du?“ Er griff nach der Flasche und stellte sie mitten auf den Tisch. Dann ließ er sich auf seinen Stuhl fallen und fuhr sich nervös durchs Haar, bis es nach allen Seiten hin abstand.

„Na ja, eigentlich haben wir ja noch nichts zu feiern, aber warum nicht?“ Sie griff nach der Flasche, aber Luke nahm sie ihr schnell aus der Hand. Auch okay, sie mochte sowieso keinen Alkohol.

„Bist du denn verrückt geworden, Cat?“ Er schloss kurz die Augen und rieb sich die Schläfen. „Wenn du so dringend für jemanden sorgen willst, dann schaff dir doch einen Hund an.“

„Das ist nicht ganz dasselbe, Luke.“

So erschöpft er auch wirkte, er war immer noch der aufregendste Mann, den sie je gesehen hatte. Viel zu sexy für die langweilige Cat Harris. Aber sie wollte ihn trotzdem. Ebenso wie sicher Millionen anderer Frauen. Luke Van Buren war der Inbegriff des Playboys. Er musste sich nie um Frauen bemühen, die Frauen rannten ihm die Tür ein. Und er liebte Frauen, behandelte sie gut und kümmerte sich um sie – solange eine Beziehung eben dauerte.

Luke Van Buren lebte nach der Devise „aus den Augen, aus dem Sinn“. Cat hatte jahrelang das Kommen und Gehen seiner Freundinnen beobachten können. Die Beziehungen hatten nie besonders lange gehalten, was ihr im Hinblick auf ihre eigenen Pläne nicht gerade Mut machte. Aber wenn sie es nicht versuchte, würde sie nie wissen, ob sie als Paar eine Chance hätten.

Luke liebte seine Unabhängigkeit. Für Cat waren Sicherheit und Beständigkeit wichtig. Er liebte die Abwechslung, sie wollte heiraten.

Sie begehrte ihn. Er begehrte sie nicht.

Als sie beschlossen hatte, nach San Francisco zu kommen, hatte sie Luke eigentlich bitten wollen, ihr bei der Suche nach einem Liebhaber und nicht nach einem Ehemann zu helfen. Da er selbst keinerlei Absichten hatte, zu heiraten, wäre das der Wahrheit näher gekommen. Aber sie hatte diesen Plan wieder verworfen, denn Luke hätte das schlichtweg abgelehnt.

„Hast du denn während der Jahre, die du wegen der Betreuung meines Vaters im Haus verbracht hast, vollkommen den Verstand verloren?"

„Nicht, dass ich wüsste. Aber es ist doch ganz einfach, Luke. Du kennst doch sicher eine Menge alleinstehende Männer. In vielen Kulturen gibt es so etwas wie Ehevermittler. Was durchaus Sinn macht, wenn man es genau betrachtet. Die Scheidungsrate der Zufallsbekanntschaften ist immens hoch, und unsere eigenen Mütter sind daran wahrscheinlich nicht ganz unschuldig."

Wieder goss er sich einen kräftigen Schuss der bernsteingelben Flüssigkeit ein. Seine Fingerknöchel traten weiß hervor, als er den Becher umfasste. Immer noch schwieg er.

„Du bist intelligent. Du kennst mich. Du magst mich. Du bist der perfekte Ehevermittler. Du brauchst mir doch nur ein paar deiner Freunde vorzustellen, die die Ehe nicht rundweg ablehnen, und ich übernehme dann den Rest."

Cat griff nach dem Kugelschreiber und malte eine dicke Eins auf die linke Seite des Blocks. „Wer steht zum Beispiel in deinem Adressbuch unter A?"

Das ist sicher die Strafe dafür, dass ich in einem früheren Leben etwas Fürchterliches getan habe, dachte Luke, als er leise die Schlafzimmertür öffnete. Er hatte sich einige Stunden lang schlaflos auf dem Sofa herumgewälzt und beschlossen, kalt zu duschen. Allerdings musste er dazu das Schlafzimmer durchqueren, in dem Cat schlief.

Er verstand Cat nicht. Das ganze Leben lag vor ihr. Sie sollte ihre Unabhängigkeit endlich genießen und nicht an Ehe denken. Zumal ihre Mutter, wenn er richtig rechnete, doch mindestens acht Mal verheiratet gewesen war.

Abwechslung war die Würze des Lebens. Warum sollte man sich nur auf eine Person konzentrieren? Wie konnte ein Mensch für einen anderen vollkommen genug sein? Das war nicht logisch und auch nicht besonders schlau. Und Cat war doch normalerweise so vernünftig und so einsichtig.

Letzte Nacht war sie zu müde gewesen und hatte seinen Argumenten nicht folgen können, aber heute würde er sie schon zur Vernunft bringen. Die Sonne schien bereits hell in den Raum, und Cat lag quer über der Matratze. Sie hatte immer noch sein Sweatshirt an, allerdings die Jeans ausgezogen, und das Licht schimmerte auf ihrer nackten Haut. Wie gern hätte er ihr über die Beine gestrichen, hätte jede Sommersprosse einzeln geküsst.

Er stürzte ins Bad und schloss rasch die Tür hinter sich. Geschafft. Nach einer langen eiskalten Dusche fühlte er sich wieder besser. Als er die Badezimmertür öffnete, erblickte er Cats lächelndes Gesicht. Sein Herz machte einen Sprung, als er sie da in seinem Bett sitzen sah.

„Guten Morgen." Sie gähnte und streckte sich wie eine Katze.

„Sieh zu, dass du deinen Hintern hochkriegst", sagte er mürrisch und wühlte in seinen Schubladen nach frischer Wäsche. Mit einer Hand hielt er das Handtuch fest, das er sich um die Hüften geschlungen hatte. „Wir haben viel zu tun." Vor allem musste er dringend mal wieder waschen. Er warf Cat über die Schulter einen Blick zu. „Bist du wach?"

Cat nickte und kletterte aus dem großen Bett. „Allerdings, großer Bruder. In zehn Minuten stehe ich zu deiner Verfügung." Sie tappte ins Badezimmer und zog die Tür zu. Er ließ das Handtuch fallen und zog sich die Unterwäsche über die feuchte Haut.

Cat schloss die Tür nicht ab. Jetzt stellte sie die Dusche an. Luke hatte deutliche Vorstellungen von ihr und Schwierigkeiten, den Reißverschluss der Jeans zuzuziehen.

Das Schlafzimmer roch nach Cat, ein leichter Blumenduft. Er suchte in der großen Schublade nach einem Sweatshirt, fand eins, das nicht zerknüllt aussah, und zog es über.

„Luke?" Das Wasser rauschte immer noch.

Er schloss die Augen. „Ja?"

„Sind dir schon ein paar Namen eingefallen?" Das Wasser wurde abgedreht. „Wo sind denn die Handtücher? Ach ja, hier."

„Wir werden das alles in Ruhe besprechen."

„Was? Ich kann dich nicht verstehen." Die Tür öffnete sich. „So, jetzt ist es besser." Sie trat aus der Tür, ein Handtuch um den Körper geschlungen. „Hast du schon Vorschläge?"

Er bückte sich schnell und tat so, als müsse er sich die Schuhbänder neu binden. „Ich habe gesagt, wir werden das besprechen."

Ihr Gesicht war rosig angehaucht, um den Kopf hatte sie ein Handtuch wie einen Turban geschlungen. Und diese endlosen Beine!

Wenn es eine andere Frau wäre ... Aber es war Cat. Und er würde sich lieber den eigenen Zeh abbeißen, als ihr wehzutun. Sie gehörte nicht zu den Frauen, mit denen man nur Spaß hatte. Sie war treu und beständig.

Sie waren zwar nicht blutsverwandt, aber ihre Beziehung zueinander war dennoch so, dass eine Affäre nicht infrage kam. Er war für sie der große Bruder, auf den sie sich verließ, und das durfte er nie vergessen.

„Hoffentlich bald", sagte sie und zog sich das Handtuch vom Kopf. „Ich werde schließlich nicht jünger."

„Wer wird das schon?" Er ging zur Tür, wandte sich dann aber noch einmal um. Das rote Haar fiel ihr nass und ungekämmt auf die nackten Schultern und kringelte sich zwischen ihren Brüsten. „Los, beeil dich und zieh dich an. Es ist schon nach zehn, und ich habe einen Bärenhunger."

Er schloss die Tür hinter sich und hatte das Gefühl, gerade noch knapp einer großen Gefahr entronnen zu sein.

„Oh, bitte, Luke, nicht so schnell!", schrie Cat, als die Harley um die Ecke schoss. Sie presste sich fester an ihn und umklammerte mit beiden Händen Lukes breite Gürtelschnalle.

„Beug dich zur Seite, Cat!"

Sie legte sich in die Kurve und hatte das Gefühl, ihr Helm würde jeden Moment den Asphalt berühren.

Luke hatte ihr noch nicht einmal Zeit gelassen, ihr Haar zu trocknen. Sowie sie in Jeans und einem seiner weiten Sweatshirts erschienen war, war er mit ihr in die Parkgarage gefahren, war auf seine riesige schwarze Harley Davidson geklettert, hatte ihr einen Helm gegeben, den Motor angelassen und ihr befohlen, sich dicht hinter ihn zu setzen und sich festzuhalten.

Die Geschwindigkeit machte Cat Angst, aber sie sollte sich lieber an den beißenden Fahrtwind gewöhnen, der ihre Augen tränen ließ, denn Luke liebte sein Motorrad.

Sein Haus lag eine Stunde südlich von San Francisco, an einer der engen und kurvigen Küstenstraßen. Cat schloss die Augen und drückte ihre eiskalte Nase gegen seine Lederjacke. Sie musste an das erste Mal denken, als er sie mitgenommen hatte. Sie war damals zehn gewesen und er siebzehn.

Luke hatte sie damals nur mitgenommen, weil sein Vater darauf bestanden hatte. Sie sollte die Erste sein, die mit ihm auf dem neuen Motorrad fuhr, und ihr war ganz elend gewesen vor Angst. Luke war darüber so wütend geworden, dass er die ganze Zeit geflucht hatte. Ihre Augen hatten wie verrückt getränt, und Luke und sein Vater hatten sich hinterher fürchterlich gestritten.

„Lass mal ein bisschen los, Cat, ich kriege ja keine Luft."

Aber Cat achtete nicht darauf. Nur wenn sie sich ganz fest an ihn klammerte, konnte sie die Fahrt einigermaßen ertragen. „Sind wir nicht bald da?"

„Noch lange nicht." Er lachte, und sie fühlte, wie sein Oberkörper dabei vibrierte.

„Bitte, halt mal eine Sekunde an", bat Cat, als Luke von der Asphaltstraße auf einen ungepflasterten Weg einbog, der schon zu seinem Grundstück gehörte. Der Küstennebel hatte sich verzogen, sodass man im Sonnenschein die Wellen des Pazifiks glitzern sah. Cat sog tief die frische Luft ein, während sie sich von dem Beifahrersitz schwang.

Sie nahm den Helm ab, beschattete die Augen mit der Hand und blickte auf das weite Meer. Immer noch schlug ihr Herz schnell, kein Wunder, nachdem sie sich eine Stunde fest an Luke gepresst hatte. Aber sie wollte nicht darüber nachdenken, wie sie auf ihn reagierte, sondern wandte sich jetzt dem Haus zu. „O Luke, das ist fantastisch!"

Das Haus war ganz aus Holz gebaut und passte vollkommen in die Umgebung. Es war einstöckig und wirkte bereits jetzt so, als hätte es schon seit Ewigkeiten da gestanden. Große Zypressen umrahmten den Vordereingang, von dem aus man einen Blick auf das Meer hatte.

Plötzlich fühlte Cat, wie ihr die Tränen in die Augen stiegen. Solange sie denken konnte, war dieses Haus ein Wunschtraum von Luke gewesen. Als er sich entschieden hatte, Architekt zu werden, hatte er geschworen, ein Haus für sich mit seinen eigenen Händen zu bauen. Eigentlich erstaunlich für einen Mann, der in manch anderer Beziehung von Beständigkeit nicht so viel hielt. Ob ihm wohl bewusst war, wie schlecht sich ein eigenes Haus mit seiner Vorstellung von ständiger Abwechslung vertrug?

Obwohl Luke für die Erker und Simse der viktorianischen

Häuser sehr viel übrig hatte, hatte er Cat mal erklärt, dass für ihn nur ein schlichtes Haus mit klaren Linien im modernen Stil infrage käme.

Sie blickte auf das große Panoramafenster, das auf das Meer hinausging. Das war ihre Idee gewesen, damals, vor vielen Jahren, als sie sich an einem regnerischen Winterabend über die ersten Skizzen gebeugt hatten. Vielleicht war es Luke nicht klar, aber ein Teil von Cats Träumen war hier in seinem Haus verwirklicht.

Schritte knirschten hinter ihr auf dem Kies, und sie fühlte plötzlich Lukes Hand auf ihrer Schulter. Schweigend standen sie da und betrachteten die Auffahrt zu dem Haus. Cat war sich nur zu sehr seiner Nähe bewusst. Sie spürte jeden einzelnen seiner Finger, seinen warmen Körper, der sie vor dem rauen Seewind schützte. Es roch nach Meer und frischem Holz.

Lukes Nähe hatte sie immer schon erregt. Und jetzt, nach dieser langen Fahrt, eng an ihn gepresst, musste sie dringend Abstand von ihm halten. Sie trat einen Schritt vor und lächelte ihn über die Schulter an. „Lass uns doch den Rest des Weges zu Fuß gehen, sodass wir ein Gefühl für die Umgebung bekommen."

Luke zog eine Grimasse, und Cat musste lachen. Sie wusste, er fuhr lieber, als zu laufen, saß lieber, als zu stehen, und er telefonierte lieber, als dass er schrieb.

„Ein bisschen körperliche Bewegung ist gut für dich. Es ist doch höchstens eine halbe Meile."

„Aber das sind Arbeitsstiefel", sagte er und blickte auf seine Füße, „und keine Wanderstiefel. Außerdem muss ich mit meiner Energie sparsam umgehen, wenn ich nachher Nick und dich herumscheuchen will."

Sie zuckte mit den Schultern. „Gut. Ich gehe und du fährst. Du wirst schon sehen, wie du dann mit vierzig aussiehst. Schlaff, schwächlich, füllig und wahrscheinlich auch kränklich. Aber das macht ja nichts", sie lachte, „du wirst nicht der erste Mann sein, der mit einem Stützkorsett herumläuft."

Luke seufzte, dann fasste er das Motorrad beim Lenker und schob es neben sie. „Ich gehe vier Mal in der Woche ins Fitness-Studio."

Cat grinste. „Ich weiß auch, warum. Wegen der Frauen." Die ganze Familie hatte sich über Lukes Trägheit amüsiert. Aber Cat musste zugeben, dass bisher von Verfettung nichts zu merken war. Im Gegenteil, Lukes muskulöser, durchtrainierter Körper hatte kein Gramm Fett zu viel.

„Wieso? Ich zahle meinen Mitgliedsbeitrag und kann dafür tun und lassen, was ich will."

Wahrscheinlich legte er die Frauen schon auf der Massagebank flach. Vielleicht wirkte er ein wenig träge, aber in Bezug auf Frauen war er höchst aktiv. Cat hatte ihn oft genug dabei beobachtet, er war ein Meister im Flirten. Wie viele Frauen er wohl schon gehabt hatte? Und wie viele er noch haben würde? Aber sie wollte nicht länger darüber nachdenken. Sie war jetzt hier mit ihm an diesem herrlichen Frühlingstag. Und sie wollte jeden Augenblick genießen.

Auf beiden Seiten des sanften Hügels wuchsen Eichen, Pinien und Zypressen. Das nächste Haus war mindestens eine halbe Meile entfernt. Nur das Summen der Insekten war zu hören und der Wind, der vom Meer kam.

„Nick hätte schon längst da sein müssen", sagte Luke und lehnte sein schweres Motorrad gegen einen provisorischen Schuppen an der Seite der halb fertigen vorderen Terrasse.

„Du behandelst den armen Mann ja wie einen Sklaven. Wir sind doch selbst gerade erst gekommen."

„Er ist billig, aber er ist gut." Luke grinste und blinzelte in die Sonne. „Und er bringt uns etwas zu essen mit. Wenn ich ihn nur dazu bringen könnte, seine Frauengeschichten etwas einzuschränken, dann könnte das Haus in einem Monat fertig sein."

„Du hast dann einen langen Weg zur Arbeit", sagte sie langsam, während sie darüber nachdachte, dass sie ihr Ziel nie in einem Monat würde erreichen können.

„Sicher, das Büro liegt nicht um die Ecke wie jetzt, aber eine Stunde Fahrzeit ist nichts heutzutage. Komm, ich will dir alles zeigen, bevor Nick kommt."

Cat stieg langsam hinter Luke die breiten Stufen hinauf, die auf die große Terrasse führten. Mit jedem Schritt schien Luke die Qualität des Holzes zu testen. Seine Finger glitten beinahe liebevoll über das glatte Geländer. Ganz offensichtlich war er stolz auf seine handwerkliche Arbeit. Er liebte es, schöne Materialien zu berühren, und Cat wurde beinahe eifersüchtig auf das Holz.

Sie musste plötzlich an die Schulabschlussfeier denken, zu der sie nicht eingeladen worden war. Luke war über das Wochenende gekommen, um seinen Vater zu besuchen. Wie immer war er einfach in ihr Zimmer geplatzt und hatte sie in Tränen aufgelöst vorgefunden. Er hatte nicht gewusst, was er mit diesem weinenden weiblichen Wesen tun sollte, hatte ihr dann einfach die Bürste aus der Hand genommen und ihr das Haar gebürstet, stundenlang, solange sie miteinander redeten. Sie hatte ihn dabei im Spiegel beobachten können, und wenn sie sich hinterher auch nicht mehr erinnern konnte, worüber sie gesprochen hatten, so wusste sie eins: Zum ersten Mal in ihrem Leben hatte sie bewusst sexuelle Erregung empfunden. Von da an hatte sich ihr Verhältnis grundlegend verändert, zumindest, was sie betraf.

Seit diesem Abend wusste sie, dass sie ihn liebte.

Noch heute erinnerte sie sich an den sanften Druck seiner Hände, seiner Finger in ihrem Haar, auf ihrem Nacken. Schluss jetzt, sagte sie sich, während sie hinter ihm wartete und er die schwere Eichentür aufschloss.

Plötzlich drehte er sich um und strahlte sie an. In der Sonne glänzte sein schwarzes Haar. Die ausgewaschene Jeans und der kurze Lederblouson unterstrichen noch seinen schlanken muskulösen Körperbau. Er machte eine einladende Geste. „Bist du bereit für die Zwanzigdollartour?“

„Zwanzig Dollar? Das ist ja eine ganze Menge.“

„Aber die Tour ist jeden Penny wert. Sei vorsichtig beim Gehen, es liegen noch eine Menge Nägel herum.“

Sie folgte ihm durch die quadratische Eingangshalle in das große Wohnzimmer. Überall lagen Werkzeuge und Holzlatten herum, standen Farbeimer, Schachteln mit Nägeln, und in der Mitte des Raums befand sich eine große Kreissäge. Helles Sonnenlicht fiel durch die Fenster, vor die Plastikfolie gespannt war. Es roch nach frischem Holz und Farbe. Cat ging an großen Rollen Isoliermaterial vorbei, bis sie vor dem gewaltigen Kamin stand.

„O Luke, der ist ja wunderschön!“ Sie strich langsam über die großen Natursteine. „Hast du diese riesigen Steine einzeln herbeigeschleppt?“

Er sah sie beinahe empört an, dann zog er die Jacke aus und warf sie über eine Stehleiter. „Du machst wohl Witze? Dafür ist Nick doch da. Er brauchte unbedingt ein bisschen körperliche Ertüchtigung.“

Cat schüttelte lachend den Kopf. „Du bist wirklich schrecklich. Ihr habt doch sicher wieder gewettet. Worum denn diesmal?“

„Wer die meisten Brezeln essen konnte.“ Er wölbte seinen Brustkorb vor, sodass sich sein schwarzes T-Shirt spannte und sich Cats Herzschlag beschleunigte. „Ich habe dreiundzwanzig geschafft.“

„Toll. Dir muss hinterher doch übel gewesen sein.“

„Ehrlich gesagt, ja. Aber es hat sich trotzdem gelohnt.“ Er grinste und legte ihr den Arm um die Schultern. „Über zweihundert Feldsteine sind in dieser Wand verbaut“, sagte er stolz.

Cat sah zu der hohen Decke empor. „Das glaube ich gern.

Aber ob ihr zwei wohl jemals mit dieser albernen Wetterei aufhört? Seit ich euch kenne, habt ihr um alles und jedes gewettet." Sie schüttelte lächelnd den Kopf und trat wie unabsichtlich einen Schritt vor, um sich von Lukes Arm zu lösen. Die Nähe zu ihm ließ ihre Haut prickeln, und sie ging mit weichen Knien zu dem großen Fenster.

„O Luke, das ist einfach unbeschreiblich schön. Meinst du, dass es hier auch Wild gibt?"

„Aber sicher. Erst am letzten Wochenende habe ich eine Ricke mit ihrem Kitz gesehen." Er kniff die Augen leicht zusammen und betrachtete Cat aufmerksam. „Alles in Ordnung?"

„Aber natürlich! Warum denn nicht?"

„Du bist irgendwie verändert."

„Anders? Wieso?" Seit wann, fragte sie sich insgeheim.

„Das kann ich auch nicht sagen. Eben anders."

Sie spürte seinen Blick, auch ohne sich umzusehen. Ihre Hände zitterten, und eine kräftige Röte stieg ihr in die Wangen. Plötzlich leuchteten ihre Augen auf. „Da ist Nick! Hat er ein neues Auto? Ich werde ihm tragen helfen."

Sie schoss aus dem Raum, ehe Luke noch etwas sagen konnte. Verblüfft blickte er ihr hinterher.

Kopfschüttelnd folgte er ihr nach draußen und sah gerade noch, wie sie sich in Nicks ausgebreitete Arme warf. Nick hatte seinen auffallenden roten BMW neben Lukes Maschine geparkt, und Luke sah stirnrunzelnd zu, wie Cat und Nick ihm eng umschlungen entgegenkamen. Am liebsten hätte er Nick, seinen besten Freund und Partner, mit einem gut gezielten Haken zu Boden gestreckt. Diesen Ausdruck in Nicks Augen kannte er nur allzu gut.

Doch stattdessen zog Luke langsam einen Zwanzigdollarschein aus der Brusttasche und hielt ihn hoch. Nick grinste und zog ihm den Schein schnell aus den Fingern. „Vielen Dank, mein Sohn."

Cat sah ratlos von einem zum anderen.

„Das Nummernschild. Es hat drei Dreien", erklärte Luke und trat neben die beiden. Gemeinsam gingen sie die Stufen hoch, mussten aber vor der Tür stehen bleiben, weil sie nicht zu dritt hindurchpassten.

„Wir können doch einzeln gehen", meinte Cat.

„Nein", sagten Nick und Luke wie aus einem Munde. Nick zog eine Münze aus der Tasche. „Kopf oder Zahl?"

„Zahl."

Nick warf die Münze hoch und fing sie geschickt wieder auf. „Kopf. Pech gehabt, Partner, ich bin dran."

Luke trat einen Schritt zurück und folgte den beiden ins Haus. Heute war nicht viel Schwerarbeit zu tun. Vielleicht hätte er lieber auf Nick verzichten sollen.

3. KAPITEL

„Wirklich, Cat, du siehst einfach hinreißend aus!“ Nick fasste Cat bei beiden Händen und sah sie langsam von oben bis unten an. Sie betrachtete ihn lächelnd. Sie kannte ihn seit fast zwanzig Jahren und mochte ihn sehr gern. Aber mehr war nicht drin, und sie wunderte sich selbst, warum dieser gut aussehende Mann in ihr nicht ähnliche Gefühle hervorrief wie Luke.

„In den letzten acht Monaten“, stellte sie fest, „hast du mich zwei Mal mehr angerufen als Luke. Und das war auch nicht besonders viel. Da musste ich doch einfach mal herkommen und sehen, ob ihr beiden auch keinen Unsinn macht.“

„Eins kann ich dir sagen, meine Süße. Wenn ich gewusst hätte, dass du noch hübscher geworden bist, hätte ich dich sicher drei Mal am Tag angerufen.“

Cat entzog ihm lachend die Hände. „Drei Mal am Tag? Worüber, um Himmels willen, hätten wir uns bloß immer unterhalten sollen?“

„Über dein sagenhaftes Haar, zum Beispiel.“ Nick strich ihr eine Strähne aus dem Gesicht, und seine Stimme wurde leise und dunkel. „Über deine Haut, deine Augen, deinen Mund …“

„He, Stratton, nun hör schon auf. Bei Cat hast du mit deinen Schmeicheleien kein Glück.“

Cat konnte Lukes Frust spüren, doch sie sah ihn nicht an. „Mach nur weiter, Nick.“

Nick lächelte selbstsicher. Er war sich seiner Wirkung sehr bewusst. Mit den tiefen Grübchen, dem kräftigen dunklen, kurz geschnittenen Haar und dem fast griechischen Profil wirkte er auf viele Frauen unwiderstehlich. Er war schlank und konnte im Grunde alles anziehen. Heute trug er Dockers und ein lavendelfarbenes Polohemd, das seine blauen Augen fast veilchenfarben aussehen ließ.

Er warf Luke einen amüsierten Blick zu. „Wir werden die

Prinzessin wohl unter Verschluss halten müssen, solange sie hier zu Besuch ist, was?"

„Ich bin nicht zu Besuch hier." Cat schob Nicks Hand beiseite, die immer noch wie zufällig ihren Kopf berührte. „Der Drachen dahinten wird mich bei sich wohnen lassen, bis sein Haus fertig ist."

Nick versenkte die Hände tief in den Hosentaschen. „So? Das ist ja interessant", sagte er gedehnt.

„Wahrscheinlich werde ich nie einziehen können, wenn ihr beiden weiterhin nur herumsteht und quatscht." Luke warf Nick einen verärgerten Blick zu.

Der lächelte nur und sah Cat wieder an. „Und mein Vermögen ist bei dir immer noch in guten Händen?" Immerhin hatte er es Cat zu verdanken, dass er sich den BMW leisten konnte.

„Absolut sicher." Sie nickte. „Aber jetzt muss ich unbedingt einen Kaffee haben." Sie sah Luke an, der langsam nickte. „Gut."

Die beiden Männer folgten ihr in die Küche. Die Schränke aus Eiche waren bereits angebracht, die Arbeitstische mussten nur noch gefliest werden. Auf einem kleinen Campingtisch standen eine Kaffeekanne und ein paar Becher, unter dem Tisch ein große Flasche Wasser.

„Aber mach dich darauf gefasst, dass die Pause nur kurz sein wird", sagte Luke und nahm ein Buch von einem der Küchenschränke. „Hier." Er reichte ihr das Buch mit dem Titel „Selbst fliesen leicht gemacht" und meinte munter: „Du kannst es dir beim Kaffeetrinken durchsehen."

„Und du meinst, dann kann ich bereits fliesen?"

„Warum nicht?" Luke zuckte mit den Schultern. „Trink nur erst deinen Kaffee. Ich bring schon mal alles ins Gästebad." Er blickte sich nach Nick um. „Na, wie ist es? Wolltest du nicht was zu essen mitbringen?"

„Ja, ich hole die Sachen eben aus dem Auto."

„Gut." Luke nickte befriedigt. „Dann kann ich Cat ja schon

mal zeigen, was im Bad zu tun ist."

Cat nahm ihren Becher und folgte ihm in das kleine Bad am Ende des Flurs. Der Raum war so klein, dass sie Mühe hatte, Luke auszuweichen. Vorsichtig stellte er ein Paket Fliesen ab. „Aber du wirst mir doch nicht dabei zusehen?", fragte sie beunruhigt. Er sah sie von unten her an, und sie errötete. Irrte sie sich, oder drückte sein Blick das aus, was auch sie fühlte? Aber in diesem Punkt hatte sie sich schon einmal geirrt.

„Hat Nick eigentlich momentan eine Freundin?", fragte sie, um sich selbst abzulenken.

Luke richtete sich langsam auf. „Warum fragst du?"

Sie lachte nervös. „Na ja, er ist groß, dunkel, sieht gut aus, ist selbstständig, nicht verheiratet und hat noch fast alle Zähne."

„Er ist nur zu fünfzig Prozent selbstständig, und er ist der letzte Mann, der für dich infrage kommt." Luke bückte sich wieder und hob einen großen Eimer mit Fliesenkleber hoch. Dann zog er einen Schraubenzieher aus der Hosentasche und hebelte den Deckel ab. Es roch beißend. „Du weißt genau, dass Nick sich nie auf eine Dauerbeziehung einlassen wird."

„Nein? Aber ich mag ihn."

„Ich auch. Und dabei soll es auch bleiben."

Sie verschränkte die Arme vor der Brust und lehnte sich gegen den Türrahmen. „Nick und du, ihr seid euch in Bezug auf Frauen ziemlich ähnlich."

Luke ging nicht darauf ein, sondern schob Cat etwas unsanft zur Seite. „Meinst du, dass du zurechtkommst, oder möchtest du lieber streichen?"

„Ich möchte lieber über Nick sprechen."

„Ruf mich, wenn du nicht weißt, wie es weitergeht."

Cat sah ihm hinterher und lächelte zufrieden.

„Ich sehe endlose Probleme auf mich zukommen, wenn sie bei mir wohnt", sagte Luke und warf Nick einen mürrischen Blick zu. Beide Männer waren in dem zukünftigen Schlafzimmer damit beschäftigt, Deckenleisten anzubringen. „Warum ist sie nicht in Beaverton geblieben? Da gehört sie hin."

Nick schlug einen Nagel ein. „Dort ist sie ganz allein."

„Sie hat da doch Freunde. Aber sie will das Haus verkaufen."

„Es sieht Cat im Grunde gar nicht ähnlich, alle Brücken hinter sich abzubrechen. Dann meint sie es wohl ernst und will wirklich hierbleiben."

Luke seufzte. „Sie will, dass ich ihr helfe, einen Ehemann zu finden. Aber alle Männer, die ich kenne, sind wie wir."

Nick grinste. „Na und? Was ist denn mit uns nicht in Ordnung? Wir sehen gut aus, sind selbstständig, haben vernünftige Autos und sind nicht geizig." Er drehte sich auf der Leiter um und zwinkerte Luke zu.

Luke hatte es gar nicht gefallen, wie Nick Cat angesehen und den Arm um sie gelegt hatte. Er warf dem Freund einen warnenden Blick zu.

„Sie sieht fantastisch aus", sagte Nick strahlend. „Ich werde sehr gern mit ihr ausgehen."

„Hör bloß auf, sie so anzustarren. Vom Hals abwärts ist sie absolut tabu für dich."

„Also ist ein Kuss erlaubt?"

„Nein, alles ist verboten. Cat ist an einer vorübergehenden Beziehung auch nicht interessiert. Sie sucht einen Ehemann, jemanden fürs ganze Leben, der nur sie liebt. Da kommst du nun wirklich nicht infrage."

„Ist dir denn schon jemand eingefallen?"

Wieder seufzte Luke. „Nein, aber wir werden darüber nachdenken. Ich habe erst versucht, es ihr auszureden, aber du kennst ja Cat. Wenn sie sich einmal etwas in den Kopf gesetzt hat, hängt sie daran fest."

„Und du hast nichts Eiligeres zu tun, als ihr jeden Wunsch zu erfüllen."

Luke lachte kurz auf. „Ja, das stimmt. Aber sie hat nie viel verlangt. Und sie verdient es, glücklich zu sein. Was meinst du denn, wie viele unserer Freunde passen in die Kategorie der treuen, verständnisvollen Ehemänner?"

„Cat ist eine intelligente, hübsche Frau. Sie kann doch nicht im Ernst von dir verlangen, dass du für sie einen Ehemann suchst. Ich meine, warum sollte eine Frau, die so aussieht wie sie und auch noch viel Geld verdient, überhaupt daran interessiert sein, sich an nur einen Mann zu binden? Sie wird ihre liebe Mühe haben, sich die Kerle vom Hals zu halten, wenn die Jungs erst mal mitkriegen, dass sie noch zu haben ist."

„All das soll sie doch lieber in Oregon machen." Luke stieg von der Leiter und staubte sich die Hose ab. „Und ich habe jetzt Hunger."

Als sie an dem Gästebad vorbeikamen, stieß Luke leicht gegen die Tür. „Hallo, Cat. Wie wär's mit etwas zu essen?"

Sie kniete auf dem Boden hinter der Tür, und Luke konnte nur ihre Füße sehen. „Wunderbar. Ich bin gleich fertig. Fangt doch schon mal an, aber lasst mir noch was übrig."

In der Küche nahm Luke das Gespräch von vorhin wieder auf. „Es ist nahezu unmöglich, jemanden zu finden, dessen Absichten halbwegs anständig sind", sagte er und nahm den Deckel von der Kühlbox. „Was möchtest du? Tunfisch oder … was ist das denn? Irgendeine Art von Fleisch wahrscheinlich. Egal, hier, nimm."

Nick packte das Sandwich aus und biss herzhaft hinein. Er kaute, dann sagte er: „Sag ihr einfach, dass du sie hier nicht gebrauchen kannst."

Luke sah den Freund ungeduldig an. „Du weißt doch genau, dass ich das nicht tun kann. Das ist ihr einfach zu oft passiert. Schon als ihre Mutter meinen Vater verließ, habe ich ihr gesagt, dass sie abhauen soll. Sie hat vier Tage nur geheult."

„Damals war sie sieben."

„Stimmt. Aber danach habe ich sie auch nie wieder weinen sehen. Noch nicht einmal, als ich meinen Freunden gegenüber so tat, als würde ich sie nicht kennen. Und das war wirklich gemein."

„Nun übertreib mal nicht. Du warst damals ein Teenager, und sie ist dir überall hin gefolgt wie ein Hündchen. Ich habe ihr mehr als einmal gesagt, sie solle verschwinden."

„Sie hat sich dann immer unter dem Busch hinten auf dem Schulhof versteckt, weißt du noch? Trotz der Dornen ist sie darunter gekrochen, nachdem ich sie angeschrien hatte. Das kleine traurige Gesicht, umrahmt von diesem verrückten roten Haar, werde ich nie vergessen. Aber sie hat nicht geweint, auch wenn sie sicher kurz davor war. Und ich habe sie ausgelacht, bin mit meinen Freunden weggegangen und habe sie da sitzen lassen."

„Erinnerst du dich noch an ihren siebzehnten Geburtstag?"

Luke warf ihm einen warnenden Blick zu. „Lass das, Stratton, davon will ich nichts hören."

Aber Nick ließ sich nicht stoppen. „Du hast sie geküsst, und ihr wurde schlecht." Er lachte. „Ob sie sich immer noch übergeben muss, wenn ein Mann sie küsst? Das kann man ja eigentlich keinem unserer Freunde zumuten. Und das wird sie auch verstehen. Sag ihr doch einfach, du könntest ihr nicht helfen."

Luke schloss gequält die Augen. Er hatte Nick nicht erzählt, was wirklich passiert war. Er hatte sein Verlangen nicht unterdrücken können, damals an diesem siebzehnten Geburtstag, und hatte Cat damit zu Tode erschreckt. Sie brauchte einen Bruder. Stattdessen hatte er sie fest umarmt, sie leidenschaftlich geküsst und seine Erregung spüren lassen.

Kein Wunder, dass ihr schlecht geworden war. Alles war ihr fürchterlich peinlich, und sie war wahnsinnig enttäuscht von ihm. Irgendwie war er froh, dass Nick ihn daran erinnert hatte. „Es hat Jahre gedauert, bis sie mir wieder vertraute."

Sie hatten nie über diesen Abend gesprochen, aber was damals vorgefallen war, lag immer noch wie ein schlafendes Monster zwischen ihnen. Er hatte sich geschworen, dass er in Zukunft nicht nur ihr Bruder, sondern auch ihr Beschützer, ihr Held sein würde, der immer für sie da war.

„Ich habe bei ihr viel gutzumachen." Luke legte das Sandwich auf das Papier zurück. „Hast du auch ein Bier mitgebracht?" Er wühlte in dem Eis und zog zwei Dosen heraus. „He, Cat!", rief er und warf Nick eine Dose zu. „Komm essen!" Sie rief irgendetwas, aber er konnte nicht verstehen, was sie sagte.

Er öffnete die Dose und nahm einen langen Zug. „Wenn sie Hilfe braucht, um einen Mann zu finden, dann werde ich ihr helfen. Ehrlich, Nick, wir kennen doch eine Unmenge unverheirateter Männer, das kann doch nicht so schwierig sein."

„Wollen wir wetten?" Nick sah ihn lächelnd an und nahm sich ein zweites Sandwich. „Verlobung oder Hochzeit?"

Luke presste die Lippen zusammen. Diese ganze Situation war ihm zuwider. „Hochzeit, vermutlich."

„In vier Monaten."

„In sechs. Um was wetten wir?"

„Der Verlierer muss einen halben Liter Milch aus meinen ältesten Turnschuhen trinken."

„Aber, Stratton! Hier geht es doch um Cat."

„Ach so, also eine größere Wette." Nick rieb sich nachdenklich das Kinn. „Eine Reise nach Las Vegas, alles inklusive. Für zwei."

„Abgemacht."

„Ich bin entzückt, dass die Toilette, die zum Schlafzimmer des Hausherrn gehört, funktioniert", sagte Cat und stolperte in die Küche. Ihre Knie gaben nach, und ehe sie es sich versah, saß sie auf dem Fußboden.

Luke wandte sich schnell vom Fenster ab und trat auf sie zu.

„Was ist los? Du siehst ja ganz grün aus."

„Dein Gästebad ist daran schuld. Mir ist hundeelend."

Er kniete sich schnell vor sie hin. „Was heißt elend?" Er strich ihr das Haar aus der feuchten Stirn.

Sie sah ihn unter schweren Lidern an. „Zum Kotzen."

Er nahm sie auf die Arme, stand auf und ging mit schnellen Schritten zur Eingangstür. „Mach die Tür auf", schrie er Nick zu, dann stürzte er mit Cat auf die Terrasse.

Sie legte den Kopf an seine breite Schulter, alles drehte sich um sie.

„Du musst tief durchatmen", befahl er und setzte sich mit ihr auf die oberste Stufe. „Los, Cat, atme, verdammt noch mal!"

Sie holte vorsichtig Luft und spürte, wie sich Lukes Hand auf ihrem Brustkasten bewegte. Wieder atmete sie und empfand die Wärme seiner Hand. War ihr jetzt schwindelig wegen des Fliesenklebers oder weil Luke sie berührte?

Cat öffnete langsam die Augen und sah, wie Nick sich auf das andere Ende der Stufe setzte, eine Bierdose in der Hand. Er lächelte zögernd. „Der Kleber?"

Luke nickte. „Dabei habe ich ihr ausdrücklich gesagt, sie sollte das Fenster öffnen."

„Das Fenster, das du vor einer Woche gestrichen hast und das man danach nicht mehr öffnen konnte?" Nick grinste.

„Warum hat sie denn nichts gesagt?" Luke veränderte seine Haltung. Nun war seine Hand direkt unter ihrer rechten Brust. Wenn er doch nur den Daumen ein wenig bewegen würde, dachte Cat.

„Vielleicht hast du nicht zugehört, als sie es dir sagte", mischte sie sich jetzt ein. „Egal, sie ist schließlich erwachsen und hätte selbst daran denken sollen." Sie hob den Kopf und blickte auf Lukes wohlgeformtes Kinn. „Ist es auch nicht unbequem für dich?"

„Nein."

„Als ich das letzte Mal auf deinem Schoß gesessen habe, war ich neun.“ Das hatte sich längst nicht so gut angefühlt wie heute. Oder so aufregend. Aber sie erinnerte sich, dass sie sich damals das erste Mal in ihrem Leben sicher gefühlt hatte.

„Du warst dreckverschmiert.“ Luke lächelte gedankenverloren.

„Du hast mich gestoßen.“ Sie grinsten sich an.

„Himmel, jetzt geht das wieder los!“ Nick stand auf. „Immer die alten Geschichten! Ich bring noch die restlichen Leisten an, und dann hau ich ab.“

Luke wurde plötzlich klar, dass er Cat in den Armen hielt. Hastig setzte er sie neben sich auf die Stufe, als hätte er sich die Haut verbrannt. „Das war wirklich sehr dumm von dir. Wenn du da drinnen ohnmächtig geworden wärst, hätte ich die Tür nicht öffnen können.“

Sie sah ihn wütend an. „Dann hätte ich also mit meinem Schuh die Fensterscheibe einschlagen sollen? Gut, das nächste Mal.“ Sie stand auf, aber ihre Knie gaben nach, und sie musste sich an dem Geländer festhalten.

Luke schoss hoch, packte sie bei den Oberarmen und zwang sie, sich wieder hinzusetzen. „Das habe ich schon befürchtet.“ Er seufzte. „Das wird nichts mehr. Ich kann ja nicht immer hinter dir stehen, um dich aufzufangen. Wir werden wohl zurückfahren müssen.“

Es waren genau sechsundzwanzig Schritte von einer Wand zur anderen. Luke hatte sie schon mehrfach gezählt. Wieder blickte er auf die Uhr beim Fernsehapparat. Schon nach ein Uhr nachts. Verdammt, wo waren die beiden bloß?

Wäre er bloß nie mit der Harley gefahren! Da Cat immer noch sehr benommen war, hatte Luke sich nicht getraut, mit ihr zurückzufahren. Wahrscheinlich wäre sie in einer scharfen Kurve einfach vom Motorrad gefallen. Aber es passte ihm ganz und gar nicht, dass sie nun mit Nick in seinem schicken BMW zurückfuhr.

Wieder trat er ans Fenster und spähte durch die Jalousie nach draußen. Nichts. Nur ein Pärchen vergnügte sich relativ freizügig da drüben auf dem Rasen. Aber das waren sie sicher nicht. Und wenn, dann würde er Nick umbringen.

Er zog das Handy aus der Tasche und drückte erneut auf Wahlwiederholung. Es klingelte und klingelte. Keiner ging ran. Und wenn sie nun doch in Nicks Apartment waren, drei Stockwerke unter ihm, und sich absichtlich nicht meldeten? Er schob das Handy in die Tasche und rannte die Treppen hinunter. Klingelte. Nichts. Totenstille. Er lief wieder nach oben.

Schwer atmend warf sich Luke in seinen Lieblingssessel und starrte auf die Eingangstür. Warum war er denn so aufgebracht? Das Leder roch nach Cat, und das machte ihn nur noch wütender.

„Bist du sicher, dass das richtig ist, Nick?“ Cat gähnte und hatte Mühe, die Augen offen zu halten. Sie lehnte den Kopf gegen die Kopfstütze. Seit eineinhalb Stunden standen sie nun schon hier am Hafen, gut zwei Meilen von dem Apartmentgebäude entfernt, in dem Nick und Luke wohnten.

„Du willst doch, dass Luke dich endlich als begehrenswerte Frau wahrnimmt, oder?“

„Ja, das habe ich dir doch in den letzten sechs Stunden klarzumachen versucht“, sagte Cat gereizt. „Er soll mich endlich so sehen, wie ich wirklich bin, aber ich habe Angst. Wenn unser Plan nun nicht klappt? Ich könnte es nicht ertragen, ihn für immer zu verlieren.“

„Mein Kind, ich glaube, du hast das Ganze noch nicht zu Ende durchdacht. Du musst auch was riskieren. Bei ihm einzuziehen war schon mal eine sehr gute Idee. Aber du musst ihn dazu bringen, dich mit den Augen eines anderen zu betrachten.

Mit meinen zum Beispiel. Mach dir keine Sorgen, ich weiß, was ich tue. Und was ich mir vornehme, ziehe ich auch durch."

„Und wenn nicht? Nick, eins musst du mir hoch und heilig versprechen. Du darfst ihm nie sagen, was ich für ihn empfinde. Er muss selbst auf die Idee kommen und den ersten Schritt machen."

„Typisch weibliche Logik, was? Du willst den Mann so lange jagen, bis er dich fängt?" Nick lachte.

„So ungefähr. Bitte, Nick, du musst es mir schwören."

„Alles, was du willst, Baby."

„Sei doch mal ernst."

Er legte die Hand auf sein Herz. „Ich schwöre, dass ich Luke nie erzählen werde, was du für ihn empfindest."

„Ach, Nick, nicht in dem Ton. Ich muss dir auch glauben können. Wenn Luke irgendetwas von meinen Gefühlen erfährt, dann, und das schwöre ich dir jetzt, erzähle ich ihm von dir und Babsie."

„Aber das war in der letzten Klasse."

„Wetten, dass er immer noch wütend sein wird?"

„Okay, okay. Gut, ich gebe dir mein Wort." Nick sah sie ernst an.

„Ich glaube dir." Sie sah auf die Uhr. „Er schläft doch sicher schon lange, und wir sitzen hier im Auto und frieren. Komm, lass uns nach Hause fahren."

„Was soll das denn?", rief Cat, als Nick sie auf die Arme nahm. Die Tür des Fahrstuhls öffnete sich. Nick grinste nur und trug sie den Flur hinunter bis zu Lukes Wohnungstür.

„Leg deinen Kopf an meine Schulter, die Arme um meinen Hals, und schließ die Augen", flüsterte er. „Sieh mal an, die Tür ist offen."

Cat legte ihm die Arme um den Hals und schloss die Augen. Sie kuschelte sich an seine Brust.

„Wo bist du gewesen?"

Das war Luke, wütend wie ein Feuer speiender Drache. Cat hielt die Augen weiterhin geschlossen. Er war zornig, und das war ein gutes Zeichen. Vielleicht funktionierte Nicks Plan doch.

„He", flüsterte Nick, „nicht so laut. Die Prinzessin schläft."

„Warum schläft sie denn?" Luke sah den Freund misstrauisch an.

„Du hast doch gesagt, dass sie ein paar von unseren Freunden kennenlernen soll. Na ja, und da habe ich sie heute etwas ... sagen wir mal ... eingewiesen."

„Ich habe dir doch gesagt, du solltest sie nach Hause bringen."

„Habe ich doch auch."

„Ja, aber mit dem Umweg über Hongkong!"

„Wir haben irgendwo eine Kleinigkeit gegessen. Dann wollte sie noch mein Boot sehen."

„Sechs Stunden lang?"

„Wir sind ein bisschen rausgefahren. Aber, Luke, du könntest mir einen Gefallen tun", Nick ächzte leise, „nimm du sie doch mal. Mir wird sie allmählich zu schwer."

Cat fühlte, wie sich Lukes Arme um sie schlossen. Wie wunderbar. Sie schmiegte sich an ihn, den Kopf dicht unter seinem Kinn.

„Das arme Prinzesschen muss endlich mal zur Ruhe kommen. Sie hat eine harte Zeit hinter sich."

„Hat sie dir das erzählt?" Lukes Stimme klang argwöhnisch, und Cat fühlte, wie sich seine Finger verkrampften. „Sie kriegt doch sonst die Zähne nicht auseinander."

„Was ist denn schon dabei? Aber, Luke, wie wär's mit einem Drink? Ich habe keine Lust, nachts um halb zwei hier in der offenen Tür zu stehen."

Luke starrte ihn wütend an. „Ich habe sie dir nur abgenommen, um nicht in die Versuchung zu kommen, dir dein Gesicht zu demolieren. Wenn ich dir das nächste Mal sage, du sollst sie nach Hause bringen, dann ... ach, egal, es wird kein nächstes Mal geben. Du lässt am besten deine dreckigen Pfoten von ihr."

Cat hatte Mühe, ihr Lächeln zu unterdrücken. War das nun schon richtige Eifersucht oder nur das beschützende Gehabe eines großen Bruders?

„Nun reg dich doch nicht so auf. Sie ist schließlich erwachsen, und du bist nicht ihr Vater."

„Nein", sagte Luke mit Nachdruck, „aber ihr Bruder."

Nick lachte leise. „Irrtum. Das bist du auch nicht, oder?"

4. KAPITEL

Die ganze Situation ist unerträglich, dachte Luke. Wie konnte er verbergen, was er für Cat empfand?

Vor Cat, vor Nick, vor sich selbst?

Früher war ihm das meistens gelungen. Aber ihre Wirkung auf ihn war jetzt sehr viel stärker. Und er hatte das Gefühl, sich nicht dagegen wehren zu können.

Luke trug sie in das dunkle Schlafzimmer und hörte, wie sich die Haustür hinter seinem Freund schloss.

Er zog Cat die Schuhe aus und holte eine warme Decke. Dann ging er in die Küche, goss sich erst einmal einen doppelten Brandy ein und ließ sich schwer auf einen Stuhl fallen. Nach einer Weile nahm er sein kleines Computer-Adressbuch aus der Brusttasche.

A: Paul Abbott. Brian Andrews. Kamen nicht infrage.

B: Steve Bradley. Nett und ruhig. Vielleicht.

C: Bob Clarke. Unmöglich.

D: Jim Dorsey. War selbstständig. Hundefreund. Hatte noch seine Eltern.

Lukes Eltern waren geschieden. Als sein Vater nach drei Jahren wieder geheiratet hatte, war Luke zu seiner Mutter gezogen. Zu Anfang hatte er Cat und ihre Mutter nicht ausstehen können. Cat war groß gewesen für ihr Alter, hatte rotes Haar und Sommersprossen und würde ihm sicher nur Schwierigkeiten machen. Aber das Schlimmste war, dass sein Vater ganz in sie vernarrt war und auch sein bester Freund Nick sie sehr nett fand.

Luke nahm einen Schluck Brandy. Stimmt, er hatte sich ziemlich übel benommen. Er war fürchterlich eifersüchtig gewesen. Und als sein Vater ihm ein Jahr später sagte, dass er sich von Faith wieder scheiden lassen wollte, war Luke nur erleichtert gewesen. Mit Faith war er sowieso nie warm geworden.

Leider aber ließ sie ihr Kind zurück, und das trübte Lukes

gute Laune. Was war das nur für eine Mutter, die ihr siebenjähriges Kind bei ihrem Exmann ließ?

Sein Vater jedoch war entzückt. Er liebte Cat und nahm sie voll in die Familie auf. Luke dagegen hatte nie eine Schwester haben wollen. Auf keinen Fall diese Schwester. Und das ließ er sie bei jeder Gelegenheit spüren. Ohne ein einziges Mal darüber nachzudenken, was sie dabei empfinden würde.

Erst später begriff er, dass sie sich nach nichts anderem sehnte als er selbst auch, nämlich nach einem Vater, einer Mutter, einer Familie. Sie wollte geliebt werden. Und sie wollte wissen, wohin sie gehörte.

Noch heute schämte Luke sich für sein damaliges Verhalten. Aber er war natürlich auch noch ein Kind gewesen, hatte sich verlassen gefühlt und abgeschoben. Mit dreizehn hatte er nicht darüber nachgedacht, was in dem kleinen Mädchen vorging.

Luke ließ den Kopf schwer auf die Arme sinken. Er wollte Cat nicht mit jemandem verkuppeln, der ihren Wert vielleicht gar nicht zu schätzen wusste, der sie falsch behandelte. Sie hatte in ihrem Leben genug ertragen müssen. Sie brauchte jemanden, der liebevoll mit ihr umging, der sie von Herzen liebte.

Er richtete sich wieder auf, erhob sich langsam und ging ins Wohnzimmer. Es gab keinen Ausweg. Er musste ihr helfen, den passenden Mann zu finden, auch wenn er es kaum ertragen konnte.

Er warf sich auf das Ledersofa und zog eine Wolldecke halb über sich. Lange starrte er mit offenen Augen gegen die Zimmerdecke.

Die Party war ein riesiger Erfolg. Cat hatte den Teppich aufgerollt, und alle stampften bei „Don't Bring Me Down“ begeistert auf den Holzboden. Jeder amüsierte sich wunderbar.

Mit Ausnahme des Gastgebers, der halb verborgen hinter einem Philodendron stand.

Cat hatte Luke überredet, ein paar Blattpflanzen zu kaufen. Es sei einfach zu steril in seinem Apartment, der Mensch brauche etwas Lebendiges um sich herum. Luke hatte nachgegeben, auch wenn er wusste, dass er immer vergessen würde, die Pflanzen zu gießen. Aber Cat brauchte das. Sie liebte es, für jemanden zu sorgen, und wenn es nur ein paar Zimmerpflanzen waren.

Vor der Party war Luke so nervös gewesen wie eine Mutter, die ihre Tochter auf ihren ersten Ball begleitet. Wie würde Cat bei seinen Freunden ankommen?

Leider nur zu gut, das konnte er sehr bald feststellen. Cat war im Nu von einer Gruppe von Männern umringt, die auf jede mögliche Art und Weise versuchten, Eindruck zu machen. Luke betrachtete seine Freunde aus zusammengekniffenen Augen. Sie schienen zu allem bereit zu sein, würden ihr Konto offenlegen und Cat auch noch gestatten, bei ihren verflossenen Freundinnen Referenzen einzuholen. Es war nicht zu fassen.

Mike beugte sich zu Cat hinunter und flüsterte ihr etwas ins Ohr. Luke hörte ihr Lachen und fühlte sich, als hätte er einen Schlag in die Magengrube bekommen.

Cat sah hinreißend aus, obwohl sie nicht auffällig gekleidet war. Sie trug eine nicht zu enge schwarze Hose und dazu ein Baumwollshirt in dunklem Türkis. Sie hatte keinerlei Schmuck angelegt und war nahezu ungeschminkt. Und dennoch stach sie alle anderen Frauen aus.

Mit zusammengezogenen Brauen beobachtete Luke, wie seine Freunde Cat umkreisten.

„Wenn du weiterhin jeden Einzelnen so feindselig anstarrst, wird sich keiner trauen, sie um eine Verabredung zu bitten." Nick reichte ihm ein Bier.

Luke öffnete die Dose und nahm einen großen Schluck. „Allan hat ihr einen Klaps auf den Po gegeben", sagte er düster.

„Na und? Du gibst doch diese Party, damit Cat ein paar

Leute kennenlernt. Sie macht das doch ganz prima. Lass sie einfach in Ruhe."

„Aber ich muss in ihrer Nähe bleiben. Sie war sehr nervös wegen heute Abend."

„Warum denn? Weil sie deine etwas degenerierten Freunde kennenlernen würde?"

Luke zuckte mit den Schultern. „Vermutlich. Sie hat in Beaverton nicht viel unternommen. Ich habe ihr gleich gesagt, dass das Stadtleben für sie vielleicht nicht das Richtige ist."

„Oh, Mann!" Nick lachte. „Damit hast du sie doch nur herausgefordert."

„Wieso denn? Ich wollte sie doch nur warnen."

Nick sah den Freund nachsichtig lächelnd an. „Indem du einer attraktiven und intelligenten Frau sagst, dass sie dem Stadtleben nicht gewachsen wäre?"

Auf der anderen Seite des Raumes stand Cat mit Paul und einigen anderen in der offenen Balkontür. Mit einer unbewussten Geste nahm sie ihr volles rotes Haar hoch. Luke schüttelte missbilligend den Kopf. Sicher, ihr war warm, aber er musste ihr unbedingt sagen, wie sexy diese Geste wirkte. Ihre Brüste bewegten sich unter dem dünnen Baumwollstoff, und Luke konnte sehen, wie einigen Männern fast die Augen aus dem Kopf fielen.

„Sie ist nicht so selbstbewusst, wie sie wirkt", stieß er zwischen den Zähnen hervor.

Nick grinste. „Auf mich macht sie aber einen selbstsicheren Eindruck."

„Sie beißt sich wieder auf die Unterlippe, da, siehst du es?"

„Ja", stimmte Nick zu, „sehr sexy."

„Das ist ein Zeichen für Nervosität! Du kannst natürlich nur an Sex denken. Aber lass die Finger von Cat."

„Keine Sorge." Nick lächelte liebenswürdig. „Dabei fällt mir ein, wie geht es eigentlich Karen?"

„Karen?"

„Deiner augenblicklichen Freundin?"

„Ich weiß, wer Karen ist. Sie muss hier auch irgendwo sein."

„Und wo ist Cat?"

„Da drüben bei dem CD-Player. Aber du siehst ja genau in ihre Richtung, du Idiot. Warum fragst du mich dann?"

„Findest du es nicht ein bisschen merkwürdig, dass du nicht weißt, wo deine Freundin ist, aber Cat nicht aus den Augen lässt?"

„Nein", sagte Luke knapp. „Keineswegs. Es ist meine Aufgabe, auf sie aufzupassen. Hast du eigentlich niemanden mitgebracht?"

„Bist du verrückt?" Nick grinste. „Bei dieser wunderbaren Auswahl von Frauen? Das ist ja so, als wenn ich zu einem tollen Dinner eingeladen wäre und mir trotzdem etwas zu essen mitbrächte."

„Ich wollte, dass Cat auch ein paar Frauen kennenlernt. Außerdem wäre es zu auffällig gewesen, wenn ich nur Männer eingeladen hätte. Und langweilig."

„Dafür bin ich dir auch ewig dankbar."

„Es war eine ziemliche Mühe, alles vorzubereiten."

„Aber das meiste hat Cat doch getan, oder?" Nick blickte wieder zu Cat hinüber. „Wollen wir wetten, dass sie als Erstes mit Ted ausgeht?"

Luke runzelte die Stirn. „Jetzt zeigt er ihr doch tatsächlich die Narbe, die er von dem Sturz von meinem Dach zurückbehalten hat. Wahrscheinlich macht er daraus eine Riesengeschichte."

„Frauen mögen so was."

„Das glaube ich nicht. Ich tippe auf Allan. Sagen wir, zwanzig Dollar ..." Luke sah, wie Ted die Hand um Cats Nacken legte. „Was fällt dem denn ein? Entschuldige mal eben eine Sekunde."

Nick hielt ihn gerade noch am Ärmel fest. „Das ist keine gute Idee. Sieh mal, wer da kommt." Er winkte Karen zu.

„Musst du nicht gerade mal irgendwo hin?“, murmelte Luke.

„Allerdings. Ich werde mal den Haien da Konkurrenz machen.“

Luke sah, wie Nick Ted beiseiteschob und Cat die Hand reichte. Sie schenkte ihm ein warmes Lächeln und ließ sich von ihm auf die improvisierte Tanzfläche ziehen.

Luke sah ihnen nach. Nick war ein angenehmer, gut aussehender Mann. Die Frauen mochten ihn. Und auch er selbst, Luke, sah gut aus und war freundlich. Und die Frauen mochten auch ihn. Das war genau der Grund, weshalb er Cat vor solchen Männern wie sich selbst und Nick schützen musste.

Luke zwang sich, den Blick von Nick und Cat abzuwenden, denn jetzt stand Karen vor ihm. Sie sah fantastisch aus in dem kurzen roten Kleid. Das schwarze lange Haar hing ihr offen über dem nackten Rücken, und ihre langen Beine kamen in den roten Stilettos besonders gut zur Geltung. Und dennoch spürte er nichts.

Er war wohl krank.

Karen legte ihm den Arm um die Hüften. Ihr Parfüm roch gut. Aber es blieb ohne Wirkung auf ihn. Sie strahlte ihn mit ihren großen braunen Augen an. „Hallo, Liebster, hast du mich vermisst?“

Luke räusperte sich. Karen war eine nette Frau. Er hatte sie eingeladen. Und nun hätte er sie am liebsten sofort wieder nach Hause gebracht. „Entschuldige.“ Er strich ihr über die Wange und lächelte zerknirscht. „Ich habe mich den ganzen Abend praktisch überhaupt nicht um dich gekümmert. Aber ich habe schon so lange keine Party mehr gegeben und wusste gar nicht mehr, mit wie viel Arbeit so was verbunden ist. Ich lege gleich mal eine andere CD auf, und dann widme ich mich nur noch dir.“

Sofern er seine Augen von Nick und Cat würde abwenden können, die eng aneinandergepresst auf der winzigen Tanzfläche tanzten. Er nahm Karen bei der Hand und ging zum CD-Player hinüber. Statt der leisen langsamen Rhythmen legte er etwas Schnelles auf.

Er legte Karen den Arm um die nackten Schultern und führte sie zu der Tanzfläche. Sie schmiegte sich an ihn, lehnte den Kopf gegen seine Brust und legte ihm die Arme um die Hüften. Trotz des schnellen Beats des Stücks bewegte sie sich in einem langsamen und sinnlichen Rhythmus.

Ich weiß, wo das Problem liegt, dachte er plötzlich, sie ist einfach zu klein. Das war es. Sie passte nicht zu ihm, reichte ihm trotz der hohen Absätze kaum bis zur Schulter. Wie schade eigentlich, denn sie war hübsch und intelligent. Und merkwürdig, dass ihm ihre Größe bisher nicht aufgefallen war.

Die Luft in dem Raum war heiß und stickig, trotz der geöffneten Balkontür. Luke war nach einer eiskalten Dusche zumute. Neben ihm tanzte Cat mit Nick und schien sich blendend zu amüsieren. Ich muss nachher unbedingt ein ernstes Wort mit ihr reden, nahm Luke sich vor. Mindestens sieben Männer hatte er nur ihretwegen eingeladen, und nun tanzte sie ewig mit Nick, den sie längst kannte.

Luke strich sanft über Karens Arm und drehte sie so, dass er Cat nicht mehr sehen konnte. Karen legte ihm die Hände auf die Brust und sah ihn aus halb geschlossenen Augen an.

„Findest du nicht, dass hier viel zu viele Leute sind?", fragte sie leise und kitzelte ihn mit ihren langen Nägeln im Nacken. „Wetten, dass es keiner merkt, wenn wir einfach verschwinden?"

Luke saß in der hintersten Reihe eines Kinos. Er war der einzige Besucher, was ihn nicht verwunderte, denn wer wollte schon nachts um zwei noch einen ausländischen Kunstfilm mit Untertiteln sehen? Eigentlich sollte er um diese Zeit eng umschlungen mit Karen im Bett liegen, aber er hatte sie einfach zu Hause abgesetzt und war dann wieder in die Innenstadt gefahren.

Er wollte noch nicht nach Hause, weil er viel zu gern nach Hause gefahren wäre.

Er war verrückt, absolut verrückt. Wem tat er nun damit einen Gefallen, dass er hier allein in dem dunklen Kino saß? Cat oder sich selbst?

Luke kam nicht nach Hause.

Er und seine hinreißende kleine Brünette mit dem Riesenbusen und den endlosen Beinen waren vor einer Stunde verschwunden. Cat versuchte, nicht daran zu denken, was sie vielleicht gerade in diesem Augenblick taten. Warum war er denn bloß auf so kleine, zierliche Frauen scharf, die so willig waren und so niedlich?

Die eigene Party einfach zu verlassen war außerdem wirklich unhöflich. Das Apartment war immer noch voll mit all diesen Freunden von Nick und Luke, die offensichtlich nicht gemerkt hatten, dass ihr Gastgeber seit geraumer Zeit verschwunden war. Alle schienen sich blendend zu amüsieren.

Cat dröhnte der Kopf, und der Mund tat ihr weh vom ewigen Lächeln. Sie hatte behauptet, sie hätte sich den Knöchel verstaucht, sodass sie nicht mehr tanzen musste. So saß sie bequem in dem großen Ledersessel, den Fuß hochgelegt, und ließ sich von einem Ted, einem Allan, zwei Bobs und der blonden Cheryl unterhalten.

Immer wieder musste sie an Luke denken. Karen hatte eine tolle Haut, völlig ohne Sommersprossen. Cat sah auf ihre gesprenkelte Hand. Oh, wie sie diese Sommersprossen hasste, schon immer gehasst hatte!

Einer der Bobs sagte etwas, und alles lachte. Cat war geistesgegenwärtig genug, zu lächeln. Das immerhin hatte sie gelernt. Es hatte keinen Sinn, Dingen nachzuweinen, die nicht mehr zu ändern waren. Sie hatte nun mal diese Haut, und sie musste damit leben.

Außerdem war Luke an ihrem Hass auf ihre Sommersprossen nicht ganz unschuldig. Seine Freundinnen hatten immer diese beneidenswerte Haut, waren klein und zierlich, und so hatte Cat sich mit ihren Sommersprossen, dem roten Haar und ihrer Größe immer als hässlich empfunden.

Wenn doch die Gäste bloß bald verschwinden und Luke kommen würde!

Endlich, nach zwei Uhr, machten sich die Leute auf den Heimweg. Aber Luke war immer noch nicht da.

Nick ging als Letzter. Er beugte sich zu ihr herunter und küsste sie auf die Wange. „Bist du sicher, dass ich dir wirklich nicht helfen soll?"

„Nein, geh." Cat stieß ihn gegen die breite Brust. „Danke, dass du mir beim Aufräumen helfen willst. Aber das schaffe ich schon."

„Du warst entzückend, Prinzesschen, die absolute Ballkönigin."

„Vielen Dank." Cat gähnte. „Wie schade nur, dass der Prinz nicht hier war, um mich zu bewundern."

„Oh, der hat genug gesehen, glaub mir."

„Du bist ein netter Mann, Nick, wenn auch etwas ausgeflippt. Geh schlafen."

Als sich die Tür hinter Nick geschlossen hatte, fühlte Cat erst, wie erschöpft sie war. Sie schloss die Augen, und sofort stellte sie sich Luke und Karen vor. Schnell stand sie auf und fing an, das Geschirr einzusammeln. Sie redete sich ein, sie würde in diesem Durcheinander sowieso nicht schlafen können, aber im Grunde wusste sie, dass der Gedanke an Luke und Karen ihr keine Ruhe ließ.

Schnell zog sie sich ihre Pyjamahose und eins von Lukes T-Shirts an, holte sich dann ein Tablett aus der Küche und räumte die Gläser ab. „Da hast du aber noch einiges wiedergutzumachen, Van Buren, und das nicht zu knapp", sagte sie halblaut vor sich hin, während sie das schwere Tablett in die Küche trug. Bei dem schalen Biergeruch musste sie wieder an den Abend vor neun Jahren denken.

Alles hatte ganz harmlos angefangen. Ihre Freunde hatten mit dem Kopiergerät falsche Ausweise hergestellt, sodass sie schon mit siebzehn in diese Strip-Bar eingelassen wurden. An das, was dann passierte, wollte sie sich lieber nicht erinnern, sonst würde sie sowieso gleich in dem nächsten Flugzeug nach Beaverton sitzen.

Eins aber stand fest. Wenn sie es noch einmal schaffen würde, dass Luke sie küsste, dann würde sie absolut nüchtern sein. So etwas würde ihr nicht noch einmal passieren.

Ihr Ziel war dasselbe, aber die Strategie hatte sich geändert. Und an dieser Strategie würde sie festhalten, um jeden Preis. Wer nichts wagt, der nichts gewinnt!

Sie blickte auf ihre Pyjamahose und musste lachen. Nicht besonders verführerisch. Aber wenn sie plötzlich in einem schwarzen Negligé und Strapsen auftauchen würde, würde Luke nur schreiend davonlaufen. Nein, sie musste das Ganze langsam und methodisch angehen. Aber sie musste den Mut haben, zu ihren Überzeugungen zu stehen.

Nach gut einer Stunde hatte sie das Partychaos beseitigt, aber Luke war immer noch nicht da. „Warum sollte er auch?“ Sie trocknete die letzte Platte ab, während die Spülmaschine leise rauschte. „Du bist doch nicht die einzige Frau, die hinter ihm her ist.“

Sie musste mit verdeckten Karten spielen, denn diesmal sollte Luke den ersten Schritt machen. Sie musste nur geduldig sein, was ihr normalerweise, im Gegensatz zu Luke, nicht besonders schwerfiel.

Sie sah sich noch einmal im Wohnzimmer um, dann löschte sie das Licht in der Küche. Alles sah makellos aus. Luke hielt sie für eine Ordnungsfanatikerin, und vielleicht hatte er nicht ganz unrecht. Er allerdings war das krasse Gegenteil. Erstaunlich, so genau er bei seiner Arbeit war, so nachlässig war er zu Hause.

Sie dagegen war schon sehr früh darauf trainiert worden, immer Ordnung zu halten. Bis sie sechs war, waren ihre Mutter und sie schon sieben Mal umgezogen, manchmal mitten in der Nacht. Und da das immer sehr schnell gehen musste, war es wichtig gewesen, dass sie wusste, wo sich die Dinge befanden.

Sie blickte auf die Uhr. Halb vier.

Sie würden jetzt sicher schlafen, eng aneinandergekuschelt. Karen hatte wahrscheinlich eins von diesen Riesenbetten mit einer Unmenge rosa Seidenkissen und Spitzendecken. In einem solchen Bett würde Luke sicher besonders männlich und sexy wirken.

Schluss jetzt mit der Grübelei, sie musste an ihren Plan denken.

5. KAPITEL

Luke schlich auf Zehenspitzen in sein eigenes Apartment, wie ein Dieb in der Nacht. Er hatte den Film jetzt so oft gesehen, dass er die Untertitel bald auswendig kannte. Überrascht blieb er in der Eingangstür stehen. Alle Lampen in dem aufgeräumten Wohnzimmer waren eingeschaltet. Er schloss die Tür leise hinter sich zu, ging ins Wohnzimmer und knöpfte dabei sein Hemd auf. Er hatte ein schlechtes Gewissen, dass er Cat in dem ganzen Durcheinander hatte sitzen lassen. Aber wenn er hiergeblieben wäre, hätte er sich noch mieser gefühlt. Da war es so schon besser.

Als er Cat auf dem Sofa liegen sah, bekam er fast einen Herzanfall. Sie hatte eins seiner alten Lieblings-T-Shirts an und trug diese uralte Pyjamahose, die sie schon als Teenager gehabt hatte. Ihre Wangen waren gerötet, ihre Augen funkelten.

„Nett, dass du doch noch kommst, Van Buren. Hast du einen schönen Abend gehabt?“

„Ja, fantastisch“, brachte Luke hervor. Er steckte die Hände in die Hosentaschen und ging langsam um das Sofa herum. „Vielen Dank, dass du schon alles aufgeräumt hast. Hat Nick dir geholfen?“

„Ja, indem er endlich ging.“

Cat griff nach einem Kissen in Leopardenmuster, eine ihrer Neuerwerbungen, und starrte ihn an. Er warf einen misstrauischen Blick durch die angelehnte Tür in das dunkle Schlafzimmer. „Sind wir allein?“, fragte er leise.

Sie wurde rot vor Wut. „Du meinst, ob sich in deinem Schlafzimmer vielleicht eine ganze Fußballmannschaft befindet, die erst mal wieder zu Kräften kommen muss?“

Er setzte sich auf die Sofalehne. „Na ja, es wäre ja immerhin möglich, dass du hier mit einem Mann …“

„Was ist denn in dich gefahren? Vielleicht ein Außerirdischer von einem anderen Stern?“

„Bitte?“

„Wem gehört denn dieses Apartment? All diese Leute heute Abend habe ich doch noch nie in meinem ganzen Leben gesehen! Glaubst du wirklich, dass ich mit einem vollkommen Fremden schlafen würde? In deiner Wohnung? In deinem Bett?“

„Nein.“

„Dann stell nicht solche idiotischen Fragen!“

Sie zog die Beine unter sich und hob ihr schweres Haar an. Wieder trug sie keinen BH. Luke schluckte. Gut, dass er nicht hiergeblieben war.

„Solltest du nicht schon längst schlafen?“, fragte er sanft. Warum hatte er sich bloß die ganze Nacht in diesem Kino um die Ohren geschlagen, wenn er sie doch hellwach vorfand und sexy wie die Sünde?

„Ich bin gerade mit dem Aufräumen fertig geworden.“

Ihre Wangen hatten wieder ihre normale Farbe angenommen, und irgendwie sah sie traurig aus.

„Ich hätte bestimmt am nächsten Morgen alles in Ordnung gebracht, Cat.“

„Ja, ja.“ Sie umarmte das Kissen fester.

„Was hältst du denn von Ted?“

Sie zuckte mit den Schultern.

„Und von Allan?“

Sie wiegte gleichgültig den Kopf.

„Und wie fandest du die beiden Bobs?“

Cat streckte die Beine aus.

„Sag schon, Cat.“

„Nun hetz mich doch nicht. Du erfährst es noch früh genug. Ich muss doch erst mal in Ruhe über alles nachdenken.“ Sie stand auf und sah ihn an. „Und wie war's mit Karen?“

„Toll.“ Von wegen. Karen war alles andere als glücklich gewesen, als er sie zu Hause einfach abgesetzt hatte.

„Sie macht einen netten Eindruck.“

„Ja, und hübsch und klug. Sie ist Rechtsanwältin."

„Na, wunderbar, dann kann sie ja selbst euren Ehevertrag aufsetzen."

Luke stand auf. „Wir werden nie heiraten, und das weiß sie auch." Er starrte auf Cats Mund. Wie sehr er sich danach sehnte, sie zu küssen! Aber wahrscheinlich würde sie ihn sofort mit dem Kissen auf den Kopf schlagen, das sie immer noch fest umklammert hielt. „Wir haben uns doch erst das zweite Mal gesehen. Außerdem gibt es doch noch diese Wette zwischen Nick und mir."

Cat schüttelte heftig den Kopf, sodass auch Luke von ein paar roten Strähnen getroffen wurde. Jetzt hätte er ihr gern ins Haar gefasst.

„Das ist wirklich eine eurer besonders albernen Wetten, Luke. Und wenn du dich nun unsterblich in jemanden verliebst, den du heiraten willst, und das noch vor deinem 35. Geburtstag? Das kann doch durchaus passieren."

„Wenn man sich verliebt, muss man nicht unbedingt heiraten. Deshalb kann mir bei dieser Wette gar nichts passieren. Ich werde nie heiraten, egal, wie alt ich bin."

„Glaubst du tatsächlich immer noch an den Unsinn, dass eine Frau nicht genug ist für das ganze Leben? Wie damals als Fünfzehnjähriger? Für mich ist das eher ein Zeichen von totaler Unreife. Du willst dich nicht festlegen. Ich glaube, du hast einfach noch nicht die Richtige getroffen."

„O doch, mehrmals im Jahr sogar. Aber ich denke, wir sollten jetzt lieber schlafen gehen."

„Gut. Wollen wir morgen zu dem Haus rausfahren?"

„Ja, aber nicht so früh. Du kannst ruhig wieder das Bett nehmen."

Er sah ihr hinterher, wie sie ins Schlafzimmer ging. Selbst in dem übergroßen T-Shirt wirkten ihre Bewegungen überaus geschmeidig und erotisch. Luke schloss die Augen. Er musste lernen, sich auf etwas anderes zu konzentrieren, solange Cat hier bei ihm wohnte. So was wie …

„Schlaf gut, Luke."

„Du auch, Kleines." So was wie … ja, vielleicht eine aufwendige Baukonstruktion. Seine Fantasie sollte sich mit Bauplänen beschäftigen und nicht mit Cat.

„Alles in Ordnung?"

Er öffnete die Augen. Cat stand da, in den Türrahmen gelehnt, und sah ihn besorgt an. Er wünschte, er könnte sie einfach auf die Arme nehmen, in sein Schlafzimmer tragen, auf das große weiche Bett legen …

„Ja, ich bin nur müde."

Erst müsste das Fundament ausgehoben werden. Große Erdhaufen, runde Hügel, milchweiß mit zimtfarbenen Punkten, gekrönt von rosa Spitzen … Himmel, es war wirklich zum Verzweifeln! „Bis morgen." Er machte schnell das Licht aus und hörte, wie sie die Tür leise hinter sich zuzog.

Er musste seine Fantasien wohl noch ein wenig kontrollieren, aber es würde schon klappen.

Eine Stunde später war er immer noch hellwach. Er stand auf, um ins Bad zu gehen. Warum hatte er damals nur das Gästebad nicht bauen lassen und stattdessen die Küche erweitert? Hätte er anders entschieden, würde er jetzt nicht durch das Schlafzimmer gehen müssen.

Aber sie schläft sicher tief und fest, sagte er sich, während er vorsichtig die Tür öffnete.

Sie hatte das Licht im Bad angelassen. Ein schmaler Lichtstreifen fiel genau auf ihre ausgestreckte Gestalt. Sie lag auf dem Bauch, Gesicht und Kissen waren von dem roten Haar fast ganz verdeckt. Neben ihr lag der kleine Teddybär, den er ihr vor vielen Jahren geschenkt hatte. Typisch Cat, sie hing an diesen Dingen.

Luke lächelte liebevoll. Dann fiel ihm auf, dass sie die Satinlaken abgezogen und weiße Baumwollwäsche aufgezogen hatte. Er schüttelte leicht den Kopf, während er sich vorbeugte, um ihr die Hausschuhe auszuziehen.

Cat presste die Lippen zusammen, als sie seine warmen Finger spürte. Sie sollte sich einfach umdrehen und ihm die Arme entgegenstrecken, aber sie konnte es nicht. Jetzt so zu tun, als ob sie schlief, war jedoch genauso dumm wie damals vor vielen Jahren, als sie sich unter Lukes Bett versteckt hatte, nur um ihm nahe zu sein. Sie war ungefähr neun gewesen, und natürlich hatte er sie entdeckt. Und obgleich sie vorgab, tief zu schlafen, hatte er sie hervorgezerrt, in den Flur gestoßen und die Tür hinter ihr zugeknallt.

Die Haushälterin hatte das damals seinem Vater erzählt, der den Sohn bestraft hatte. Und Luke hatte einen Monat lang nicht mit ihr gesprochen.

Jetzt hatte Luke ihr die Schuhe von den Füßen gezogen und massierte den Spann. Cat prickelte die Haut. Noch nie hatte sie etwas so Erotisches empfunden. Dann fühlte sie, wie die Bettdecke unter ihr hervorgezogen und sie sanft zugedeckt wurde. Sie kniff die Augen fest zusammen und stellte sich vor, wie seine Hände ihren ganzen Körper liebkosten. Heiße Erregung stieg in ihr auf, und nur mit äußerster Willenskraft gelang es ihr, bewegungslos liegen zu bleiben. Etwas Pelziges streifte ihre Wange. Luke hatte den Teddy neben ihr Gesicht gesetzt.

„Du bist eine richtige Nervensäge, Cat Anne Harris, weißt du das?“, murmelte Luke, „ich wünschte, du wärst in Oregon geblieben, wo du hingehörst.“

Es dauerte einen Moment, bis sie begriff, was er da gesagt hatte. Sofort war jede Erregung verflogen. Sie fühlte ihr Herz schwer wie einen Stein in der Brust und biss die Zähne so fest aufeinander, dass es schmerzte. Sie würde ewig warten können, bis Luke den ersten Schritt tun würde. Er begehrte sie nicht, fertig, aus.

Auch wenn Luke sie aufgefordert hatte zu bleiben, eins war klar. Sie war ihm im Weg wie immer schon. Immer war sie zur falschen Zeit am falschen Ort gewesen, zumindest, was ihn betraf.

Cats erster Impuls war, nach Hause, ins eigene Bett zurückzukehren, dorthin, wo sie von vertrauten Dingen umgeben war. Aber dann fiel ihr ein, dass sie das Haus wegen des Verkaufs leer geräumt hatte und ihre Sachen untergestellt waren.

Luke strich das Betttuch glatt und berührte dabei kurz ihren Nacken.

Sie zitterte.

Er hielt den Atem an.

Sekundenlang bewegte er sich nicht. Sie konnte geradezu fühlen, dass er neben dem Bett stand und sie betrachtete. Dann hörte sie Schritte und das Klicken der Badezimmertür. Die Dusche wurde angestellt.

Cat starrte in die Dunkelheit, mit schmerzenden, trockenen Augen.

Luke fuhr aus einem unruhigen Schlaf hoch. Er hatte sich kein Laken untergelegt, und jetzt fühlte er sich wie an dem Leder festgeklebt. Er stand vorsichtig auf, zog sich schnell die Jogginghose über und öffnete die Schlafzimmertür, um ins Bad zu gehen.

Das Bett war bereits wieder makellos glatt gezogen. Die Badezimmertür stand offen. Luke blickte auf die Uhr. Na toll, er hatte lediglich drei Stunden geschlafen. Aber wo war Cat um acht Uhr an einem Sonntagmorgen?

Nach einer heißen Dusche entschied er sich für seine geliebte abgeschnittene Jeans und ein rotes Top und ging in die Küche.

Bevor sie gegangen war, hatte Cat noch die Spülmaschine ausgeräumt und alles weggestellt. Er hatte nichts gehört und sah sich jetzt suchend um. Keine Nachricht. Er zuckte mit den

Schultern und beschloss, sich Rühreier mit Schinken zu machen, Normalerweise gab es das nur am Morgen danach und wurde im Bett serviert.

Sowie sie in die Küche kam, war Cat klar, dass sie noch etwas länger hätte wegbleiben sollen. War sie nicht an einem 24-Stunden-Kino vorbeigekommen, hier ganz in der Nähe?

„Guten Morgen, du Schlafmütze", sagte sie betont fröhlich und bemühte sich, an Luke vorbeizusehen, der gebräunt und unglaublich sexy aussah. Er hatte eine wunderbare Haut, ganz ohne Sommersprossen und ohne etwas dafür zu tun. Das war nicht fair. Aber was war schon fair in dieser Welt?

Sie nahm sich einen Becher vom Regal. „Es war eine nette Party. Ich mag deine Freunde."

„Das scheint auf Gegenseitigkeit zu beruhen." Luke musterte sie in ihren schwarzen engen Radlerhosen und dem weißen Hemdchen, von den langen Beinen bis zu ihrem verschwitzten Haar, das sie in einem Pferdeschwanz zusammengebunden hatte.

„Bist du gelaufen?"

„Ja, in dem Park auf der anderen Seite der Straße."

Auch morgens um sieben waren schon eine Menge Leute unterwegs gewesen, Radfahrer, Jogger, Mütter mit kleinen Kindern, junge Leute auf Inlineskates. Aber keiner hatte sie so angesehen wie Luke jetzt. Ihre Haut prickelte. Sie trank erst einmal einen Becher kaltes Leitungswasser, dann goss sie sich Kaffee ein.

In dem hellen Sonnenlicht schien Lukes Haut geradezu zu leuchten. An seinem muskulösen Körper war kein Gramm zu viel, das konnte sie genau sehen, denn die Hose und das weit ausgeschnittene Hemd verbargen kaum etwas.

Sie wandte sich schnell ab und nahm sich Milch und Zucker. Dann öffnete sie die große weiße Tüte, die sie mitgebracht hatte..

„Es gibt auch ein Fitness-Studio im Haus", erinnerte er sie.

„Ja, ich weiß, da reißt du doch immer die Frauen auf. Ich mag lieber draußen sein, an der frischen Luft. Möchtest du vielleicht einen Donut?"

Luke schüttelte den Kopf. „Danke, nein. Ich habe schon gefrühstückt. Dein Teller steht noch im Ofen." Er sah sie wieder aufmerksam von oben bis unten an. „Du bist ganz gut in Form."

„Ganz gut in Form?" Sie spannte den rechten Arm an. „Willst du mal meinen Bizeps fühlen?"

Er griff nach ihrem Handgelenk. „Deine Knochen sind so fein wie die eines Vögelchens. Ich könnte sie leicht zerbrechen."

Cat entzog ihm die Hand. „Sei vorsichtig, wenn du nicht willst, dass dir der kochend heiße Kaffee über den Rücken läuft."

„Das meine ich ja. Du wirkst ausgesprochen zerbrechlich, bist aber ausdauernd und unverwüstlich." Er sah sie mit einem schwer zu deutenden Blick an und fuhr fort: „Bei deiner Zerbrechlichkeit und dem flammend roten Haar muss ein Mann schon blind und taub sein, wenn er dich nicht in seinem Be… ich meine, Leben haben will. Du bist eine sehr verführerische Mischung, Cat, und die Männer werden sich gegenseitig umbringen, um dich zu kriegen. Deshalb muss ich dafür sorgen, dass nur der den Preis gewinnt, der ihn auch verdient. Und deshalb werde ich immer in deiner Nähe sein und dich vor den Raubtieren beschützen, bis du deine Wahl getroffen hast."

Cat hörte ihm mit weit aufgerissenen Augen zu. Noch nie hatte Luke so ausführlich über ihr Äußeres gesprochen. Sie wusste, dass er eigentlich die zierlichen Blonden und Brünetten lieber mochte als die großen Rothaarigen mit Sommersprossen. Es war ein merkwürdiges Gefühl, so ganz im Mittelpunkt seiner Aufmerksamkeit zu stehen, so allein mit ihm in der Küche.

„Du brauchst mich nicht zu beschützen, Luke, aber danke für das Angebot. Die Vorstellung, dass Dutzende von Männern mit mir schlafen wollen, ist zwar sehr schmeichelhaft, aber", sie lächelte, „ich möchte doch ausprobieren, ob ich es nicht allein schaffe, sie mir vom Leib zu halten."

Wieder konnte sie Lukes durchdringenden Blick nicht deuten.

„Dann muss ich wohl eine abendliche Ausgangssperre verhängen", sagte er leise.

„Du kannst es ja versuchen." Sie strahlte ihn an. „Obwohl ich schon mal gehört habe, dass man zu jeder Tages- und Nachtzeit Sex haben kann."

„Das kann man vielleicht, aber nicht du. Du lässt dich nicht einfach von jedem, der dir schöntut, ins Bett zerren."

„Nein? Warum hast du dann vermutet, ich hätte einen Mann im Bett, gestern Nacht?"

Er blickte düster vor sich hin. „Ich musste einfach fragen. Das bedeutet nicht, dass ich auch davon überzeugt gewesen wäre. Aber schließlich bist du jetzt sechsundzwanzig und hast noch nie mit einem Mann geschlafen. Ich kenn dich doch. Du musst den Mann wirklich lieben. Und das braucht Zeit. Und du solltest nichts überstürzen."

Er setzte den Becher ab und sah sie jetzt mit einem väterlichen Ausdruck in den Augen an. „Du willst nicht einfach nur das Zusammenkommen, wie es bei Tieren abläuft, nicht nur Sex aus einem blinden Lustgefühl heraus. Du sehnst dich nach Liebe, nach Respekt, Verständnis. Du brauchst jemanden, der dich kennt, der dich als Frau mit all ihren Möglichkeiten akzeptiert." Er sah so ernst aus, dass sie lächeln musste.

„Und wenn ich nun doch nur mal so ...?"

„Aber, Cat!"

„Ich meine, so wie du und Nick. Vielleicht sollte ich erst mal alle möglichen Erfahrungen machen, bevor ich mich für einen bestimmten Mann entscheide."

„Was? Du willst einfach so in den Tag hineinleben und oberflächliche Beziehungen haben?"

„Warum nicht? Ihr kommt damit doch auch gut zurecht.

Warum soll ich nicht erst mal ein bisschen herumspielen, bevor es ernst wird? Ich finde, das ist eine großartige Idee."

„Aber du bist eine Frau."

„Na und? Deine kurzfristigen Liebschaften sind doch auch Frauen."

„Aber du bist vollkommen anders. Du hast mit denen so wenig Ähnlichkeit wie Bambi mit King Kong."

„Vielleicht gefällt mir so ein Leben. Wild, zügellos. Sex, mit wem ich will, in vielen Variationen."

„Nur über meine Leiche!"

Sie hob die Hand. „Okay, okay, ich mach doch nur Spaß. Lass uns von was anderem sprechen." Cat stand auf und machte die Backofentür auf. „Hast du nicht irgendwas von richtigem Frühstück gesagt?"

„Du redest da locker über hemmungslosen Sex, und dann willst du plötzlich was zu essen?"

„Warum nicht? Themenwechsel. Hm, Rühreier mit Schinken."

Sie nahm den Teller aus dem Ofen und hob vorsichtig den Deckel ab. Es war erstaunlich, wie gut Luke kochen konnte, obgleich er sich nie nach einem Rezept richtete. Sie dagegen hielt sich genau an die Anweisungen und wich kein Gramm davon ab.

Auch ihre Küche würde ganz anders aussehen als seine, nämlich ganz aus Holz und mit einer Unmenge von Pflanzen. Und alles hätte seinen ganz exakten Platz.

Lukes Küche dagegen hätte der Traum eines jeden Gourmet-Kochs sein können, mit matten Chromtüren, Arbeitsplatten aus schwarzem Marmor und einem Regal voller Kupfertöpfe, die offensichtlich auch regelmäßig benutzt wurden. Auf den Arbeitsplatten standen teure Espresso- und Kaffeemaschinen und eine Hightechküchenmaschine. Allerdings lagen dort auch fünf Sonnenbrillen und eine einsame Socke.

Auf dem breiten Fensterbrett hatte Cat bei seinem Einzug

einen Blumenkasten bepflanzen dürfen, das war seine einzige Konzession an Mutter Natur. Da die Pflanzen automatisch betropft wurden, blühten sie auch noch, und auch die Küchenkräuter schienen gut zu gedeihen.

„Sehr gut." Cat schob den Teller von sich und lehnte sich zufrieden zurück. „Übrigens, ich habe Nick unten in der Halle getroffen. Er hat ein Geschenk für dich."

„Warum?"

„Warum fragst du nicht, was es ist?"

„Ich kenne doch Nick, diesen hinterhältigen Kerl. Wenn ich das Warum kenne, weiß ich auch, was es ist."

„Diesmal kommst du nicht drauf, das kann ich dir versprechen."

„Hm." Luke starrte ihr gedankenverloren auf die Brüste, und sofort spürte Cat, dass die Spitzen hart wurden. Schnell verschränkte sie die Arme vor der Brust. „Luke?"

Er fuhr hoch. Irgendetwas steht zwischen uns, dachte sie befangen, aber das ist meine Schuld. Luke weiß ja nicht, dass ich gestern Nacht wach war und seine Bemerkung gehört habe. Wahrscheinlich sucht er nach einer möglichst schonenden Methode, mich loszuwerden.

„Ja? Ach so, entschuldige, ich habe gerade über etwas nachgedacht, über ... das Fundament für das Haus."

Cat sah ihn überrascht an. „Mit dem Fundament ist etwas nicht in Ordnung, und das fällt dir erst jetzt auf?"

„Nein, alles ist in Ordnung. Solide und zuverlässig." Er nahm seinen leeren Kaffeebecher und führte ihn zum Mund.

„Vielleicht solltest du anfangen, Vitaminpillen zu nehmen." Sie nahm ihm den leeren Becher aus der Hand und goss Kaffee ein. „Hier. Ich werde schnell mal unter die Dusche springen." Sie räumte ihren Teller und das Besteck in die Spülmaschine. „Und dann werde ich meine Sachen packen."

„Packen?"

„Ja. Ich fürchte, hierherzukommen war keine so gute Idee. Ich werde wieder nach Hause zurückkehren." Bevor ich mich vollkommen lächerlich mache und du mich rauswirfst, fügte sie in Gedanken hinzu.

„Willst du davonlaufen, Cat?"

„Das ist nicht fair."

„Und der Ehemann?"

„Den kann ich auch in Beaverton finden."

„Daran hättest du denken sollen, bevor du das Haus verkauft hast, kleine Schwester."

Ihr Lachen klang gezwungen. „Ich werde mir eine Wohnung kaufen, großer Bruder."

„Das ist doch alles Unsinn." Sein Griff um den Becher wurde fester. „Wir haben doch beschlossen, dass du hierbleibst. Warum willst du dir eine Wohnung kaufen, wenn meine in ein paar Wochen frei wird? Wenn ich abends mal länger arbeite, kann ich doch hier bei dir übernachten."

„Mein Mann wird wahrscheinlich entzückt sein, wenn du nachts durch unser Schlafzimmer gehen musst, um ins Bad zu kommen."

„Aber du hast ja gar keinen Mann." Er sah sie stirnrunzelnd an. „Was ist los mit dir, Cat? Du bist doch sonst nicht so spontan in deinen Entschlüssen."

„Ich habe eben meine Meinung geändert." Sie zuckte mit den Schultern. „Ich gebe ja zu, dass ich einen großen Fehler begangen habe. Ich passe nicht hierher, nicht zu deinen Yuppie-Freunden." Sie streckte die Arme aus. „Sieh mich doch an ..."

Luke kniff wie im Schmerz die Augen fest zusammen. „Geh erst mal unter die Dusche. Wir unterhalten uns weiter darüber, wenn du angezogen bist."

„Sie will wieder nach Hause", flüsterte Luke und wies mit dem Kopf nachdrücklich auf die Schlafzimmertür. Er kreuzte die nackten Füße auf dem Couchtisch und starrte Nick an. „Was ist denn letzte Nacht hier passiert?"

„Du meinst, außer der Tatsache, dass der Gastgeber wegen einer schnellen Nummer verschwand?" Nick griff nach einem Donut.

„Ich musste Karen nach Hause bringen."

„Und Cat wurde sauer, als du die ganze Nacht nicht nach Hause kamst." Nick schüttelte den Kopf. „Warum wohl?"

„Wieso? Muss ich denn nun mein ganzes Privatleben umkrempeln, nur weil Cat hier wohnt?"

„Das habe ich nicht gesagt. Auch wenn ich persönlich gar keine Lust hätte auf andere Frauen, wenn Cat da ist. Falls du es noch nicht bemerkt haben solltest, Cat ist eine scharfe ...", er sah den Freund schnell an, der sich unmissverständlich geräuspert hatte. „Ich meine, ich würde sofort mit dir tauschen und sicher auch mindestens die Hälfte unserer Freunde. Hast du nicht gesehen, wie sie Cat belagerten, gestern Abend? Aber vielleicht warst du zu sehr mit Karen beschäftigt."

„Sie ist sehr hübsch."

„Cat? Ja, fantastisch."

„Nein, ich meine Karen. Und natürlich waren alle hinter Cat her, diese Vollidioten, wie die Bären hinter dem Honig."

„Welche Vollidioten?" Cat trat aus dem Schlafzimmer. Sie trug weiße Shorts, ein kurzes schwarzes Top und dazu passende schwarze Sandalen. Sie hatte sich sogar ein wenig geschminkt, sehr zurückhaltend zwar, aber doch so, dass die Augen noch mehr leuchteten. Das Haar hatte sie in einem dicken Pferdeschwanz zusammengefasst. Ein perfektes Pin-up-Girl aus den Vierzigern. Nick sprang auf und durchquerte mit wenigen Schritten den Raum. „Lassen Sie sich von mir entführen, Prinzessin Catherine." Er fasste Cat um die nackte Taille und wirbelte sie herum.

Luke beobachtete ihn aus zusammengekniffenen Augen

und überlegte, wo er Nicks Leiche verstecken könnte. Nick hob Cats Hand an die Lippen, küsste jede Fingerspitze einzeln, liebkoste dann mit den Lippen ihren Arm und zog sie an sich. Cat legte ihm die Arme um die Hüften und sah lachend zu ihm auf.

„Ich habe ein Geschenk für dich mitgebracht", sagte er.

„Ich dachte, für mich." Lukes Gesicht blieb unbewegt.

„Nein, du kriegst deins später. Dies ist für Cat." Er ging schnell in den kleinen Flur und kam mit einem Goldfischglas zurück.

„Oh, Nick, danke!" Cat strahlte den kleinen Goldfisch an. „Das ist einfach toll von dir."

„Ich bin eben ein toller Mann."

„Du solltest dir lieber eine Jeans anziehen, Cat", unterbrach Luke ihn harsch. „Wir fahren mit dem Motorrad."

„Nein, ich nicht. Allan nimmt mich mit."

Luke starrte sie verblüfft an. „Zu meinem Haus?"

„Warum nicht?" Sie blickte ihn herausfordernd an und drückte das Glas mit dem Goldfisch an die Brust. „Je eher das Haus fertig ist, desto eher kannst du doch einziehen, oder nicht? Allan hat viel Erfahrung im Anstreichen, das hat er mir gestern Abend erzählt. Ein Freiwilliger mehr, das ist doch prima."

Nick sah den Freund vielsagend an und griff in die Hemdtasche. Er holte einen Zwanzigdollarschein heraus und gab ihn Luke, der ihn nachlässig einsteckte.

„Ja, wahrscheinlich ist das in Ordnung", sagte er. Es hört sich nicht so an, als wolle Cat tatsächlich ihre Sachen packen, dachte er aufatmend.

„Ich ruf noch ein paar Leute an, dann können wir eine Menge schaffen."

Es klingelte, und Cat drückte Luke das Goldfischglas in den Arm. „Das wird Allan sein. Ich mach auf."

6. KAPITEL

Es war tatsächlich Allan. Als Cat mit ihm losgezogen war, hatte Luke Suzette angerufen, die er schon seit Monaten nicht mehr gesehen hatte. Suzette war eine hübsche zierliche Brünette, intelligent und witzig, die nicht an einer festen Beziehung interessiert war, aber große Lust hatte, mit hinauszufahren.

Etwa zehn Leute arbeiteten nach Lukes Anweisungen im Haus, die anderen zehn waren am Strand und bereiteten ein Barbecue vor.

Cat und Allan strichen das Gästezimmer. Schon seit Stunden und bei geschlossenen Türen, dachte Luke verärgert und suchte in der Kühlbox nach einer großen Flasche Wasser. Immerhin gab es noch keine Möbel darin, aber so lange konnte es doch nicht dauern, den kleinen Raum zu streichen. Er starrte auf die Tür.

„Versuchst du, mit telekinetischen Kräften die Tür zu öffnen?" Nick kam in die Küche und schwang sich auf den Tresen. „Ich dachte, du wolltest Wasser holen?"

„Ich komme ja schon." Luke hielt die Flasche hoch. „Papierbecher habt ihr doch? Werden die Damen schon ungeduldig?"

„Suzette und Kirsten wundern sich nur, warum alle wie verrückt arbeiten, während du nichts Besseres zu tun hast, als uns herumzuscheuchen."

„Sorgfältige Planung, mein Lieber. Aber jetzt los, zurück an die Arbeit."

Nick rutschte von dem Tresen wieder herunter. „Hat Cat eigentlich irgendwas gesagt, seit wir hier sind, ich meine, dass sie wieder weg will?"

„Nein."

„Sie und Allan geben ein gutes Paar ab, findest du nicht?"

Luke musste sich eingestehen, dass seine erste Reaktion einfach lächerlich gewesen war. Nur weil Cat Allan mitnehmen wollte, hatte er all diese Leute hier eingeladen, auch zu kommen. Die Folge war, dass er an zehn Stellen zugleich sein musste, damit auch jeder das Richtige tat. Wieder sah er auf die geschlossene Tür. „In der Zeit, die die beiden nun schon da drin sind, hätten sie auch die Sixtinische Kapelle ausgestalten können", sagte er mürrisch.

Nick lachte. „Dann geh doch rein, und sieh nach, was sie machen."

„Okay. Hier, nimm das mit raus. Ich komme gleich." Er gab Nick die Wasserflasche und ging mit schnellen Schritten in den Flur.

Cat saß im Schneidersitz auf dem Fußboden und blickte über die Schulter, als die Tür aufflog. Sie zog eine Grimasse und stöhnte so laut, dass Allan lachen musste. „Er ist wieder da! Schnell, Allan, tu so, als seist du sehr beschäftigt, sonst bürdet er uns gleich die nächste Arbeit auf."

„Sehr witzig!" Lukes Blick wanderte über die frisch gestrichenen Wände und die zur Hälfte fertig gestrichenen Fußleisten. „Sieht prima aus, gut gemacht", sagte er zu Allan. Dann wandte er sich zu Cat um. „Kommst du mal eben?"

Sie legte den Pinsel aus der Hand und stand ächzend auf. „Gern. Ich tu alles, wenn ich nur mal meinen misshandelten Arm ausruhen kann."

Luke sah immer noch aus wie aus dem Ei gepellt, während Cat von oben bis unten mit Farbe bekleckert war. „Nicht so schnell! Was ist denn?", rief sie Luke hinterher, der mit schnellen Schritten vor ihr durchs Haus ging.

Aber er machte nur eine Handbewegung, sie solle ihm folgen. Er ging über die vordere Terrasse nach draußen, die Stufen hinunter, überquerte die Straße und ging den schmalen Pfad zum Strand hinunter.

Cat atmete tief die salzige Luft ein und zog die Sandalen

aus. Ein paar Freiwillige versuchten, sich hinter dem hohen Strandgras zu verstecken, als sie Luke kommen sahen. Aber Luke hatte sie bereits gesehen. „Ist euer Lunch nicht bald vorbei?“, rief er.

„Wir haben die Holzkohle noch nicht einmal angezündet, du alter Sklaventreiber!“

Luke lachte, und Cat war wieder einmal erstaunt, wie beliebt er bei seinen Freunden war. Sie würden für ihn durchs Feuer gehen, das war deutlich zu merken, aber sie wussten wohl auch, dass sie sich hundertprozentig auf ihn verlassen konnten.

Luke nahm Cat beim Arm und führte sie weg von der Gruppe, die den Lunch vorbereitete.

„Es ist toll, was für nette Freunde du hast.“

Er lachte. „Ja, sie sind schon in Ordnung. Und du passt gut dazu. Die Männer finden dich ganz super, und auch die Frauen mögen dich.“

Das tat gut. Cat hatte den Kontakt zu vielen Freunden verloren, als sie wegen der Pflege von Lukes Vater so eng ans Haus gefesselt war. Mehr noch als durch die Worte fühlte sie sich durch den warmen, anerkennenden Tonfall angesprochen. Sie war froh, dass sie ihre Abreise um einen Tag verschoben hatte. Jetzt würde sie Luke anders in Erinnerung behalten.

„Wohin gehen wir?“ Sie versuchte, mit ihm Schritt zu halten. „Egal, wenn ich nur für eine Zeit lang den tropfenden Pinsel vergessen kann.“

„Komm da in den Schatten.“ Luke wies auf eine kleine Sanddüne, die von hohem Strandgras bewachsen und von einem Baum beschattet war.

Mit ein paar Schritten war er bei dem Baum, lehnte sich gegen den Stamm und sah auf das blaue Meer, ohne etwas zu sagen. Cats Magen krampfte sich zusammen. Da war es wieder, dieses Gefühl einer unbestimmten Angst, das sie normalerweise unterdrücken konnte. Genau das hatte sie empfunden, als ihre Mutter sie bei Peter Van Buren zurückließ, als Luke sie gequält hatte, weil sie nicht wirklich zur Familie gehörte. So hatte sie sich gefühlt, als Luke sie an ihrem siebzehnten Geburtstag nach ihren täppischen Annäherungsversuchen zurückgestoßen hatte. Und das letzte Mal hatte sie diese Angst gespürt, als der Mann, den sie wie einen Vater liebte, vor acht Monaten gestorben war.

Im Grunde wusste sie genau, dass sie Angst hatte, verlassen zu werden. Sei nicht albern, versuchte sie sich gut zuzureden, kein Mensch stößt dich zurück. Luke war so wie immer, eben der typische große Bruder. Er konnte ja schließlich nichts dafür, dass sich ihre Gefühle für ihn verändert hatten. Luke würde ihr nie wehtun, zumindest nicht absichtlich. Also nimm dich zusammen, du bist sowieso bald weg. Morgen würde sie ihre Sachen packen.

„Wenn du mir wieder Vorhaltungen machen willst, kannst du dir das sparen." Cat setzte sich in den warmen Sand und legte die Arme um die Knie. „Morgen um diese Zeit bin ich schon über alle Berge."

„Aber genau darüber wollte ich doch mit dir sprechen. Du musst wirklich nicht gehen. Das Haus ist verkauft. Wolltest du nicht einen neuen Anfang machen? Dafür eignet sich die Gegend um San Francisco besonders gut. In ungefähr einem Monat kann ich hier einziehen, und du hast die Wohnung ganz für dich allein. Warum willst du weg?"

Sie kratzte sich einen Fleck eingetrockneter Farbe vom Schienbein. „Ich bin dir im Weg."

„Ach was, Cat!" Luke kniete sich neben sie, legte ihr die Hand unter das Kinn und zwang sie, ihn anzusehen. „Du bist mir überhaupt nicht im Weg. Im Gegenteil, ich mag es, wenn du bei mir bist."

Seine Berührung brannte wie Feuer, und Cat machte eine kleine Kopfbewegung, um sich von seiner Hand zu lösen. Sie war verwirrt, und erneut fragte sie sich, ob es nicht vollkommen sinnlos war zu versuchen, seine Gefühle für sie zu verändern.

Die Mittagssonne ließ die kurzen Härchen auf seinem Arm aufleuchten. Er war ihr so nah, dass er mit der Hose ihre Schenkel berührte und sie seinen unverwechselbaren Duft wahrnahm.

Sie liebte ihn so sehr.

„Das Apartment hat nur ein Schlafzimmer, Luke. Und in dem schlafe ich. Du kannst noch nicht mal ins Bad gehen, ohne über meine Sachen zu stolpern."

„Aber es liegt doch gar nichts herum, du hast alles ordentlich weggepackt."

„Du kannst nie jemanden mit nach Hause bringen."

„Das will ich momentan auch gar nicht. Und falls doch mal, dann wird mir schon was einfallen. Ich bin kein Sexmaniac, Cat, auch wenn ich gern so tue, als würde ich jede Nacht mit einer anderen ins Bett gehen. Ich habe mich geändert."

„Und was ist mit Suzette? Oder Karen?"

„Beides sehr nette Frauen, aber nichts Ernstes."

„Wirklich?"

„Ja, wirklich. Bitte, bleib, Cat." Er legte ihr einen Arm brüderlich um die Schultern. „Ich bin so froh, für jemanden kochen zu können. Und was soll ich tun, wenn ich den Teppich nicht mehr sehen kann, weil du nicht mehr da bist, um meine Socken aufzuheben."

„Du kannst dir eine Haushälterin nehmen, Van Buren."

Wie gern hätte sie sich gegen ihn gelehnt. Sie zitterte innerlich vor Erregung und hoffte nur, dass er es nicht merkte.

„Aber eine Haushälterin würde nicht über meine Witze lachen."

„Gut, aber eins musst du mir versprechen. Sollte ich dir auf die Nerven gehen, musst du es mir sofort sagen. Ich verspreche dir auch, nicht beleidigt zu sein."

„Das wird nie passieren. Bei mir hast du immer ein Zuhause. Immer."

Sie lehnte den Kopf gegen ihn. Hoffentlich sah er nicht, dass ihr die Tränen in den Augen standen. „Ich liebe dich, Luke Van Buren, weißt du das?"

„Ich liebe dich auch, Cat. Ich kann mir keine bessere Schwester vorstellen."

Zack! Das saß. Cat schluckte und presste die Fingerspitzen fest auf die Augen.

Luke sah sie beunruhigt an. „Was ist, Cat?"

„Mir ist was ins Auge geflogen. Verdammt, das tut weh."

„Soll ich nachsehen?"

Nein, da war ja nichts zu sehen. Sie schüttelte den Kopf. „Das geht gleich wieder vorbei."

Vielleicht in fünfzig Jahren, dachte sie.

Luke kehrte allein zum Haus zurück. Cat hatte gesagt, sie wollte noch ein bisschen joggen. Er schüttelte den Kopf. Verrückte Idee. Dafür war es doch viel zu heiß. Nick war in der Küche.

„Na, alles in Ordnung?"

„Ja. Ich hatte eben eine kleine Unterhaltung mit Cat. Sie bleibt."

„Habe ich mir doch gedacht."

Luke lachte kurz. „Komm, wir wollen noch ein bisschen was tun, Stratton." Sie gingen zusammen durchs Haus. Die Vordertür stand offen und ließ nicht nur die warme Sommerbrise herein, sondern auch den verführerischen Duft nach gebratenem Fleisch. Zwei Radios plärrten, eins auf der vorderen, eins auf der hinteren Terrasse. Eins brachte Salsarhythmen, das andere Hard Rock. Luke atmete tief durch, als er durch die geöffneten Flügeltüren in den großen Raum trat. Sein Zuhause.

Suzette und Kirsten, Nicks augenblickliche Freundin, blond und beeindruckend gebaut, sahen hoch, als die beiden Männer eintraten. Aber die Musik war zu laut, um sich zu unterhalten, und so lächelten sie nur und wandten sich wieder ihrer Arbeit zu.

Nick goss für die beiden Frauen Wasser in zwei Pappbecher, trank selbst mit durstigen Zügen und suchte dann nach seinem Hammer.

Die Steinverkleidung des Kamins reichte bis zur hohen Decke. Durch die staubige Plastikverkleidung der Fenster fiel heller Sonnenschein und ließ das Eichenparkett goldbraun leuchten.

Luke stellte sich vor, wie der Raum mit seinen Möbeln aussehen würde. Zwei schwarze Ledersofas würden auf beiden Seiten des Kamins stehen. Das große Bücherbord aus Stahl käme an die Wand dort, die Metallskulptur dahinten hin. Und seine modernen Bilder? Er sah sich suchend um.

Plötzlich runzelte er die Stirn. Denn vor seinem geistigen Auge erschien ein grünes Pflanzengewirr neben dem großen Fenster. Kissen mit Leopardenmuster lagen auf den schwarzen Ledersofas, und ein Goldfischglas stand auf dem ultramodernen Couchtisch.

Suzette sah ihn nachdenklich an, stand dann schnell auf und umarmte ihn. „Ich hoffe, dein verärgertes Gesicht gilt nicht mir." Sie versuchte mit dem Zeigefinger die Falte zwischen seinen Augenbrauen zu glätten. Suzette hatte strahlend weiße Zähne und ein warmes Lächeln, duftete nach einem teuren Parfüm und war intelligent.

Und sie langweilte ihn zu Tode.

„Kirsten und ich streiken für ein paar Stunden. Wir wollen etwas essen und dann kurz schwimmen. Aber wir sind rechtzeitig zurück, um den Boden fertig zu machen. Okay?" Sie zog sich das Hemd über den Kopf und stand nun in einem äußerst knappen Bikini vor ihm. Er blieb ungerührt. „Kommst du dann auch?"

Er presste die Fingerspitzen gegen die Schläfen. „Ja, später."

„Du brauchst nicht leise zu sein, ich bin noch wach."

Cat hatte leise die Haustür aufgeschlossen und erblickte Luke, der sich halb nackt aus den Decken wühlte. Er hatte die Stehlampe für sie angelassen, und in dem milden Licht schimmerte seine bronzefarbene Haut. Er hatte sich hochgestützt und betrachtete sie voll Wohlgefallen.

„In dem gelben Seidenkleid siehst du wie eine Teerose aus, wunderschön. Wie war's mit Ted?"

Sie zuckte mit den Schultern. „Er weiß viel über Pilze."

„Ja, er ist schließlich Botaniker."

Sie legte ihre Tasche auf den Couchtisch und zog sich die Schuhe aus. „Ich glaube, ich esse nie wieder Pilze."

Er lachte. „Wirst du ihn wiedersehen?"

Cat schüttelte den Kopf und griff nach ihren Schuhen. „Nein, ich fürchte, er ist einfach ein bisschen zu langweilig."

Luke saß auf Nicks Balkon, die nackten Beine auf das Geländer gelegt, und balancierte eine Dose Bier auf seinem muskulösen Bauch. Es war ein glühend heißer Tag gewesen, und so hatten sie sich eine Pizza bestellt und sich mit einem kalten Bier nach draußen verzogen. Der abendliche Nebel hatte sich über die Bucht gelegt, und die Freunde saßen im Dunkeln und betrachteten die Lichter der Stadt.

„Weißt du, wer heute angerufen hat?", fragte Nick schließlich. „Rochelle Lemmon. Sie möchte nun doch, dass wir ihren Anbau konstruieren."

Luke warf seinem Partner einen trägen Blick zu. „Auf die Art, wie wir ihn wollen?" Rochelle Lemmon war eine beeindruckende Frau mit einem wunderschönen alten viktorianischen Haus. Sie und ihr Mann waren schon vor einem Monat mit diesem Auftrag an Nick und Luke herangetreten. Da sie den Anbau jedoch modern gestaltet haben wollten, hatten die beiden Architekten abgelehnt. Denn ihre ganze Leidenschaft galt der originalgetreuen Restauration alter Häuser.

„Ja, mit Balkons und Erkern und farbigem Glas, genau wie wir es vorgeschlagen hatten.“ Nick hob triumphierend seine Bierdose und nahm einen Schluck. „Ich habe den Auftrag wegen der Terminplanung schon Christy gegeben.“

Wir müssen unbedingt unsere besten Handwerker dransetzen, dachte Luke. Dieser Auftrag war wichtig. Und es gab nicht viele Leute, die für diese anspruchsvolle Aufgabe geeignet waren. „Willie kann die Schornsteine machen und Mike McGuire die Firste. Wenn diese beiden gerade beschäftigt sind, müssen die Lemmons eben warten.“

„Das werden sie schon“, sagte Nick zuversichtlich. Er und Luke hatten einen ausgezeichneten Ruf, und die Kunden wussten, dass sie eventuell eine Wartezeit in Kauf nehmen mussten. „Was ist mit dir? Hast du eine späte Verabredung?“

„Cat kommt erst spät nach Hause. Montag war sie mit Ted aus. Dienstag hat sie sich ein Baseballspiel mit einem der beiden Bobs angesehen. Mittwoch hat Allan sie abgeholt. Heute ist sie mit Kevin im Konzert. Ich frage schon gar nicht mehr, wer als Nächster drankommt.“

„Aber deshalb ist sie doch hier. Um Männer kennenzulernen. Bist du verärgert, weil sie dauernd unterwegs ist?“

Luke schüttelte nur den Kopf, aber er wusste, dass der Freund recht hatte. Er musste dauernd daran denken, was Cat und Kevin wohl gerade taten. Das Konzert musste doch vorbei sein. Vielleicht tranken sie noch irgendwo etwas. Hoffentlich nur Kaffee.

„Weißt du was, alter Freund?“, fing Nick wieder an. „Manchmal machst du auf mich eher den Eindruck eines eifersüchtigen Liebhabers als eines besorgten Bruders.“

Luke machte eine abwehrende Handbewegung. „Denk dir keine Romane aus, Stratton. Mich interessiert lediglich, dass Cat auch die richtige Wahl trifft.“ Doch Luke war so nervös, dass er am liebsten aus der Haut gefahren wäre. Er hätte Nick so gern vertraut. Schließlich teilten sie doch beinahe alles. Sie waren nicht nur Geschäftspartner, sie fühlten sich enger verbunden als viele Brüder. Es gab keinen anderen Menschen, dem Luke mehr vertraute und den er stärker respektierte.

Aber Nick war auch gar nicht das Problem, Luke selbst war es.

Es gab ein Geheimnis, das er mit ins Grab nehmen würde. Er wusste, dass er seine veränderten Gefühle für Cat nie zeigen durfte, da er sonst alles zerstören würde, was ihn mit seiner Stiefschwester verband. Und das wollte er auf keinen Fall.

„Warst du eigentlich in der letzten Zeit mal in meinem Apartment?", fragte er, um das Thema zu wechseln. „Es ist eine grüne Hölle. Wenn Cat noch mehr Pflanzen kauft, brauche ich eine Machete, um durch die Haustür zu kommen."

Cat. Immer wieder Cat.

„Sie baut sich ein Nest." Nick lächelte leicht vor sich hin. „Nimm nur mal all diese Dinge, die sie gekauft hat. In drei Wochen hat sie die Wohnung total umgewandelt. Pflanzen, Möbel, diese ganzen Kissen, Kerzen, typisch Frau. Also, wenn ich es nicht besser wüsste. Andererseits hat bisher noch keiner von uns mit einer Frau längere Zeit zusammengewohnt. Insofern weiß ich eigentlich gar nicht, was das bedeutet."

Er warf Luke einen vorsichtigen Blick von der Seite zu. „Ach, ehe ich es noch vergesse, nächste Woche gehe ich mit Cat aus."

„Du?" Luke richtete sich überrascht auf. „Seit wann habt ihr denn diese Art von Beziehung?"

„Hm. Beziehung." Nick lachte leise. „Die Vorstellung gefällt mir irgendwie."

„Sei vorsichtig, Nick Stratton. Lass Cat in Ruhe. Sie ist nicht so raffiniert wie die Frauen, mit denen wir es sonst zu tun haben. Sie weiß nicht, nach welchen Regeln hier gespielt wird. Womöglich verliebt sie sich noch in dich, und du brichst ihr das Herz."

„So was würde ich doch nie tun."

„Ich trau dir nicht. Schon wie du ‚Cat' sagst, gefällt mir nicht."

„Aber sie heißt doch Cat."

Luke presste kurz die Zähne zusammen. „Du hast immer Cat gesagt, und dabei soll es auch bleiben. Behandele sie so, wie du sie immer behandelt hast. Wie ein Bruder. Sie vertraut dir, und du solltest dich entsprechend verhalten."

Beide schwiegen. Ein Nebelhorn war in der Ferne zu hören. Ein Hund bellte. Ein Auto kam um die Ecke. Kevin und Cat? Von hier oben war das nicht zu erkennen.

„Warum unternimmst du nicht mal etwas mit ihr zusammen?", fragte Nick schließlich.

„Wieso, ich bin doch jeden Tag mit ihr zusammen."

„Ich meine nicht zu Hause. Warum gehst du nicht mal mit ihr aus?"

Luke zerdrückte die leere Dose und warf sie in Richtung der Pizzaschachtel. „Das wäre keine … besonders gute Idee."

In den nächsten Tagen musste Luke immer wieder über Nicks Frage nachdenken. Ja, warum eigentlich unternahm er mit Cat nicht mal was, ging mit ihr aus oder lud sie zum Essen ein? Sie lebten zusammen. Sie waren Freunde. Warum sollte er mit ihr nicht mal ins Kino oder zu einem Baseballspiel gehen?

Er wusste genau, warum nicht. Wegen des Versprechens, das er seinem Vater gegeben hatte. Das er Cat gegeben hatte. Das er sich selbst gegeben hatte.

Wegen seines mühsam unterdrückten sexuellen Verlangens.

Wenn er mit ihr ausgehen würde, hätte er das Gefühl, dass mehr sein könnte zwischen ihnen. Aber hier ging es um Cat. Sie sollte endlich das finden, was sie sich wünschte und was sie verdiente.

Jahrelang hatte sie in dem großen alten Haus wie im Kloster

gelebt und für seinen Vater gesorgt. Ohne sich zu beschweren, dass das Leben ihr durch die Finger rann.

Und ein Versprechen war ein Versprechen. Er würde es halten. Er würde lieber vom Kliff springen, als ihr wehzutun. Und wenn er dabei vor die Hunde ging.

Van Buren und Stratton besaßen ein wunderschönes altes Haus von 1860, das sie liebevoll restauriert hatten und das ein eindrucksvolles Beispiel für ihre Fähigkeiten war. In diesem Haus hatten sie auch ihr Büro. Für Cat war jeder Raum mit besonderen Erinnerungen verknüpft. Da war dieses Foto von ihnen, das an dem Tag der Büroeröffnung aufgenommen worden war. Cat war stolz darauf, dass die beiden mit ihrer Hilfe in der Lage gewesen waren, das Haus zu kaufen. Sie hatte auf dem Aktienmarkt einen schönen Gewinn für sie erwirtschaftet, zu ihrer eigenen Überraschung. Denn im Grunde hatte sie sich das nicht zugetraut. Aber sie schien für diesen Job ausgesprochen talentiert zu sein.

Sie saß mit Nick in dem edel gestalteten Empfangsraum, früher der Salon der Dame des Hauses. „Ich möchte ja nur, dass Luke in mir mehr sieht als eine unsichtbare Hand, die seine schmutzigen Socken wegräumt.“

„Wenn mein Freund nicht Tomaten auf den Augen hat, muss er doch sehen, was Sache ist.“

Cat war vor einer Viertelstunde vorbeigekommen, um Luke zum Mittagessen abzuholen, bevor sie ihre Einkäufe machte. Aber er war nicht da. Nick meinte allerdings, er müsse jeden Augenblick wiederkommen.

Cat schlug die Beine übereinander und griff nach der Tasse, die neben ihr auf einem Tischchen stand. Die Stunden am Strand hatten ihre Haut leicht gebräunt, sodass ihr das helle Leinenkleid besonders gut stand. „In den letzten drei Wochen hat Luke alle Männer, mit denen ich ausgegangen bin, ins Kreuzverhör genommen, wie ein Mafiaboss, der Angst um seine einzige Tochter hat", erzählte sie voller Empörung. „Er behandelt mich nach wie vor wie seine kleine Schwester, nicht aber wie eine erwachsene, begehrenswerte Frau. Und ich weiß nicht, wie ich ihn dazu bringen kann."

„Glaub mir, Cat, du bist wirklich alles andere als unweiblich", sagte Nick und lachte kurz. „Hast du nicht gemerkt, wie die Männer auf der Party hinter dir her waren?"

Cat sah sich kurz um, dann beugte sie sich vor. „Die anderen sind mir egal, Nick. Ich will, dass Luke verrückt nach mir ist."

Nick sah sie nachdenklich an. „Und das würde dir wirklich genügen? Dass er deine Liebe erwidert? Luke ist ein großartiger Mensch, das wissen wir beide. Aber wir wissen auch, dass er sich nicht binden will, dass er Angst hat vor festen Beziehungen. Könntest du denn akzeptieren, dass er dich nie heiraten wird?"

„Mir würde es reichen, wenn er mich wiederliebt."

„Und wie lange?"

Sie sah ihn ernst an. „So lange es dauert."

„Tatsächlich?" Nick wirkte skeptisch. „Warum soll er dir dann einen Mann suchen?"

„Um ihn in die Irre zu führen. Sieh mich nicht so an. Natürlich möchte ich nichts lieber, als Luke zu heiraten. Aber ich weiß, dass das nie der Fall sein wird. Ich kenne ihn ziemlich genau. Und ich bin sehr viel realistischer, als du vielleicht glaubst."

„Warum liebst du ihn eigentlich, Cat? Weil du ihn fast dein ganzes Leben lang kennst? Weil er für dich Sicherheit bedeutet? Weil du dich einsam fühlst, seit der Vater gestorben ist?"

„Vielleicht spielt das alles auch eine Rolle. Aber eigentlich liebe ich Luke, weil er aufrecht ist und stark und integer. Weil wir den gleichen Humor haben. Ich liebe ihn, weil ich mit ihm zusammen zu meinem besseren Selbst finde. Macht das irgendwie Sinn?"

„Ja", sagte Nick lächelnd. „Das kann ich gut verstehen. Beruhige dich, du siehst vor dir den besten Taktiker, den du dir vorstellen kannst." Er grinste sie an. „Der Mann kann uns gar nicht entkommen."

Cat legte ihm schnell die Hand auf den Arm. „Ich will ihn, aber ich möchte auf keinen Fall unsere jetzige Beziehung riskieren."

„Ja, ja, das verstehe ich, aber du musst bei dem bleiben, was du angefangen hast."

„Und du glaubst wirklich, dass es eine Chance für mich gibt?" Cat wünschte, sie wäre etwas selbstbewusster. Aber immer wieder überfiel sie diese Angst vorm Verlassenwerden. „Wenn du meinst, dass ich mich nicht vollkommen lächerlich mache ..."

Nick setzte sich neben sie auf das Sofa und nahm ihre kalte Hand. „Du möchtest doch, dass Luke dich als Frau wahrnimmt? Gut, dann musst du ihn auch dazu bringen, dich nicht mehr als Kind zu betrachten."

Als ob sie das nicht schon seit vielen Jahren versuchte. „Und wie soll ich das anstellen?"

Nicks blaue Augen glitzerten teuflisch. „Du musst ihn bitten, dir beizubringen, wie man Männer verführt."

Cat hätte sich beinahe an ihrem Kaffee verschluckt. Sie starrte ihn aus weit aufgerissenen Augen an. „Das meinst du doch nicht ernst!"

„Oh, doch. Luke weiß, dass du keinerlei Erfahrungen hast. Sag ihm einfach, du wolltest etwas lernen."

Cat setzte die Tasse ab. „So naiv ist keiner."

„Doch, Luke hält dich für vollkommen unerfahren. Zur Not musst du ihm etwas vorspielen."

„Ich bin keine gute Schauspielerin, Nick, noch nicht mal eine gute Pokerspielerin. Das kann ich nicht."

„Du wirst es schon schaffen.“ Nick, der immer noch ihre Hand hielt, sah hoch, als Luke durch die Tür trat.

„Ah, da kommt er ja endlich.“ Er stand auf, zog Cat hoch und legte ihr den Arm um die Schultern. „Gut, dass du kommst. Wir sind am Verhungern, und du wirst uns jetzt zum Lunch einladen.“

7. KAPITEL

Sie aßen in einem kleinen französischen Restaurant weitab von den Touristenströmen. In San Francisco gab es viele kleine Restaurants, die lediglich den Einheimischen bekannt waren. Luke, der selbst gern kochte, kannte sie alle.

Es war interessant zu beobachten, wie Nick und Luke von den Gästen angestarrt wurden, Männern wie Frauen. Luke trug gelbe Hosenträger über einem blauweiß gestreiften Hemd, dazu Docker-Hosen und Bootsschuhe ohne Socken. Nick dagegen war im anthrazitfarbenen Zweireiher gekommen. Beide sahen hinreißend aus, und Cat fühlte sich nahezu unsichtbar.

„Sieh nicht hin, Nick", sagte sie leise und wies mit dem Kopf in eine bestimmte Richtung, „dahinten sitzt eine Blonde, die gleich vom Stuhl fallen wird, so sehr bemüht sie sich, deine Aufmerksamkeit zu erregen."

„Danke", Nick grinste, „aber die hat sie bereits genossen. Ich glaube, jetzt geht es ihr eher um Luke."

Cat fühlte einen Stich. „Wie angenehm. Ihr teilt euch selbst eure Eroberungen. Dann könnt ihr euch ja immer gegenseitig Tipps geben."

Luke drehte sich kurz um.

„Soll ich dich ihr vorstellen?", fragte Nick.

„Vielleicht später." Luke nahm einen großen Schluck aus seinem Wasserglas und sah Cat an. „Was hast du denn heute vor?"

„Dich mittags besuchen. Ich muss noch einiges besorgen."

„Was denn?", fragte Nick. „Wenn es was zum Anziehen ist, komme ich gern mit."

„Das wäre ja toll, Nick. Ich …"

„Hast du nicht um zwei einen Termin, Nick?", unterbrach Luke. Nick sah ihn verständnislos an. „Du hast mir doch gesagt, du seist mit … wie hieß sie noch gleich … verabredet."

„Was? Ach so, ja, das stimmt."

„Wenn du ungern allein gehst, Cat“, sagte Luke lächelnd, „dann komme ich gern mit. Ich habe am Nachmittag nichts weiter vor und kenne ein paar gute Läden.“

Cat strahlte. Sie wusste, dass Luke es im Grunde hasste, einkaufen zu gehen. „Ich würde mich sehr freuen, wenn du mitkämst. Ich brauche unbedingt ein Paar Sandalen.“ Sie fing einen beschwörenden Blick von Nick auf. „Und Unterwäsche.“

„Unterwäsche?“, wiederholte Luke.

„Ja, du weißt schon, Dessous. Ich suche etwas Besonderes, Seide, Spitze.“

Nick stand auf, warf die Serviette auf den Tisch und legte Cat die Hand auf die Schulter. „Wie wahnsinnig schade, dass ich heute nicht mitkommen kann. Das nächste Mal aber bestimmt!“ Er strich ihr über die Wange und sah Luke dabei an. „Gut, dann will ich mal los. Pass gut auf mein Mädchen auf.“

Glücklicherweise führte Cat ihm nicht auch noch diese winzigen Dinger vor, Luke hätte bestimmt einen Herzanfall bekommen. Es hatte ihn schon erregt, zu beobachten, wie sie die feinen, glatten Materialien prüfend durch die Finger gleiten ließ, bevor sie sie mit in den Umkleideraum nahm. Er rutschte unbehaglich auf dem zierlichen Sesselchen hin und her.

„Das muss dich doch zu Tode langweilen.“ Cat trat wieder aus der Umkleidekabine und sah ihn bedauernd an.

„O nein, lass dir nur Zeit“, sagte er schnell. In seinem jetzigen Zustand wäre er gar nicht fähig gewesen aufzustehen, geschweige denn zu gehen, ohne Anstoß zu erregen.

„Ich bin gleich fertig“, sagte sie, „wie findest du das hier?“

Sie hielt zwei winzige Teile hoch, wohl BH und Slip, außerdem noch einen fast durchsichtigen seegrünen Body.

„Äh, sehr gut.“ Sie würde in dem Body wie eine Meerjungfrau aussehen, ihre Brüste ... „Kauf die Sachen, und dann lass uns gehen. Du wolltest doch auch noch Schuhe? Ich kenne ein paar gute Läden gar nicht weit von hier. Da ich noch einen Termin habe, sollten wir uns lieber ein bisschen beeilen."

„Aber du hast doch gesagt ..."

Er grinste sie leicht verlegen an. „Was zu viel ist, ist zu viel."

In dem Schuhladen fühlte Luke sich sehr viel wohler. Füße wirkten nicht unbedingt erotisch auf ihn. Erleichtert setzte er sich auf einen Stuhl, während Cat sich in dem Geschäft umsah. Sie sah hinreißend aus in dem hellgelben Kleid, ein aufregender Kontrast zu dem roten Haar. Die Kette und die dazu passenden Ohrringe hatte er ihr mal geschenkt. Er schloss die Augen. Schon damals hatte er davon geträumt, sie mit nichts anderem als dem Schmuck bekleidet vor sich zu sehen.

„Entschuldige, geht es dir nicht gut?" Cat setzte sich neben ihn und sah ihn besorgt an. Der Verkäufer kam, und sie gab ihm die Modelle und nannte ihm ihre Schuhgröße.

Luke lächelte leicht und rückte ein wenig von ihr ab. „Nein, nein, alles ist in Ordnung. Ich habe nur nicht die Geduld wie Nick. Der Mann liebt Einkäufe. Allerdings hat er mir nie gesagt, wie aufregend diese Wäschegeschäfte sind."

„Hast du denn nie Dessous für deine Freundinnen gekauft?"

„Um Himmels willen, nein!"

Cat lachte. „Warum denn nicht?"

Glücklicherweise kam der Verkäufer in diesem Moment mit einem großen Stapel Schuhkartons zurück, sodass Luke nicht antworten musste.

Der Verkäufer kniete sich vor Cat hin, öffnete den ersten Karton und nahm eine hochhackige rote Sandalette heraus. „Darf ich?" Cat nickte und streckte den Fuß vor. Der Mann lächelte entzückt. „Wie für Sie gemacht!"

Luke wurde der Mund trocken, als er zusah, wie Cat sich die Sandaletten über ihre leicht gebräunten schmalen Füße schieben ließ. Noch nie hatte er eine Frau mit derartig hübschen Füßen gesehen. Der hohe Spann, die geraden Zehen mit den feuerrot lackierten Nägeln, einfach sexy. Sofort war er wieder erregt.

Luke schloss die Augen und stellte sich vor, wie er ihr die Sandaletten anzog, wie er ihre Füße liebkoste, dann sanft die schmalen Knöchel umfasste und über ihr Bein strich, höher und immer höher, bis zu dem Saum des seegrünen …

„Na, was meinst du?"

Schnell riss er die Augen wieder auf. Cat stand vor ihm und wackelte mit den Zehen.

Er räusperte sich. „Ich würde sie in allen Farben kaufen, die es gibt."

Cat sah ihn überrascht an und wandte sich dann an den Verkäufer. „Ich will erst noch die anderen anprobieren."

Gut gemacht, Van Buren, lobte Luke sich selbst. Er musste ein Heiliger sein, da er bisher allen Versuchungen tapfer widerstanden hatte.

Laut singend kam Cat aus dem Schlafzimmer. Sie hatte gerade geduscht und rieb sich das Haar trocken. Unvermittelt blieb sie stehen. Luke saß in seinem Ledersessel mit einem Buch. „Du bist aber heute früh", sagte sie überrascht. Während sie im Badezimmer war, hatte er sich umgezogen und die Sachen, die er im Büro getragen hatte, überall im Raum verteilt.

„Die Badezimmertür war zu. Du hättest dich also ruhig im Schlafzimmer umziehen können."

„Ja, ich weiß", sagte Luke nur. Er musterte sie aus zusammengekniffenen Augen.

Ganz San Francisco litt unter einer Hitzewelle. Deshalb trug Cat auch nur ihr kurzes, leuchtend gelbes Sonnenkleidchen. „Und warum hast du es nicht getan?"

„Weil ich nicht wollte. Übrigens, Molly Cruz hat angerufen. Sie bittet um deinen Rückruf."

Cat sammelte seine Sachen zusammen. „Danke. Ich rufe sie morgen an." Sie ging ins Schlafzimmer und legte die Sachen in den Wäschekorb.

„Hast du nicht manchmal Sehnsucht nach deinen alten Freunden?", rief er von nebenan.

„Ich rufe Molly, Susan und ein paar andere ziemlich regelmäßig an." Sie kam wieder aus dem Schlafzimmer und warf ihr nasses Haar zurück. Es fühlte sich herrlich kühl auf dem Rücken an. „Im letzten Jahr haben wir auch fast nur telefoniert. Da spielt die Entfernung keine Rolle."

„Ja, aber gab es nicht irgendjemand Besonderen?"

Cat sah ihn stirnrunzelnd an. Was meinte er? „Molly und Susan waren doch immer schon meine besten Freundinnen."

„Ich meine, einen Mann."

„Nein." Sie ließ sich auf das Sofa fallen, zog die Füße unter sich und griff nach einer Zeitschrift, um sich Luft zuzufächeln. Sie lehnte sich zurück und schloss die Augen.

Luke hatte Mühe, den Blick von ihr abzuwenden. „Was ich dich schon immer fragen wollte, was hältst du von einem kleinen Auto? Wendig und leicht zu parken."

Cat richtete sich wieder auf. „Ich glaube nicht, dass ich ein Auto brauche. Ich kann doch den Bus nehmen oder auch mal ein Taxi."

„Natürlich kannst du jederzeit den Jaguar benutzen. Hast du eigentlich heute Abend was vor?"

„Nein, ich bin zu Hause. Und du?"

„Ich auch. Wie wäre es mit einem Film in einem wunderbar gekühlten Kino?"

Ihre Augen leuchteten auf. „O ja, gern. Ich gehe überall mit dir hin, wo es eine Klimaanlage gibt. Ich hatte ja keine Ahnung, dass es in San Francisco so heiß sein kann." Sie stand auf, ging in die Küche und kam mit der Zeitung zurück. „Mal sehen, was es gibt. Ich mag aber keinen Film, in dem viel Blut fließt." Sie breitete die Zeitung mit einiger Mühe auf dem Couchtisch aus, auf dem viele Pflanzen und das Goldfischglas standen.

„Und ich nichts Schmalziges. Warum räumst du eigentlich den Couchtisch nicht frei?"

„Ich bin sicher, Cleo mag es nicht, wenn man ihren Platz verändert." Sie beugte sich über die Zeitung. „Meinst du, dass sie sich einsam fühlt?"

„Fische fühlen sich nicht einsam."

„Aber sie sieht so traurig aus. Ich werde morgen einen zweiten Fisch kaufen."

„Dann bist du bald vielfache Fisch-Großmutter."

„Macht nichts. Wie wär's mit einem Film mit Jim Carrey?"

„Wann?"

„Um Viertel nach sieben." Sie stand schnell auf. „Dann muss ich eben mein Haar trocken föhnen."

„Und dir was anderes anziehen."

„Warum? Ich kann doch auch so gehen."

„Dann zieh dir wenigstens einen BH an."

Sie wandte sich schnell um und lächelte.

Im Kino war es dunkel, und der Film hätte Luke auch sicher gefesselt, wenn …

Wenn nicht Catherine Anne Harris ganz dicht neben ihm gesessen hätte. Die alten Kinos hatten sehr schmale Sitze. Er hatte sich gleich an den Gang gesetzt, um seine Beine ausstrecken zu können, und Cat war nah an ihn herangerutscht, um nach der anderen Seite hin etwas Raum zu haben. Das bedeutete, dass sie fast auf seinem Schoß saß.

Sie hatte eine große Tüte Popcorn in der Hand. Wenn er sich etwas nehmen wollte, stieß er immer gegen ihre Brüste. Er dagegen hielt einen großen Pappbecher mit Cola auf dem Schoß, und wenn sie ohne hinzusehen danach griff, strich sie ihm über den Oberkörper. Er reichte ihr den Becher.

„Danke“, flüsterte sie und starrte weiter auf die Leinwand, während sie mit den Lippen den Trinkhalm umschloss.

Er erhob sich. „Ich komm gleich wieder.“

Luke stieß die Tür zur Herrentoilette auf. Es war nicht zum Aushalten. Seufzend lehnte er die Stirn gegen die kühlen Kacheln. Er begehrte Cat.

Nein. Es war mehr. Er war schon früher scharf auf Frauen gewesen. Aber was er für Cat empfand, war ein tieferes, umfassenderes Gefühl. Und das würde nicht vergehen, im Gegenteil, es wurde jeden Tag schlimmer.

Er konnte sich nicht auf seine Arbeit konzentrieren. Er konnte nicht schlafen, und er hatte keinen Appetit. Luke fühlte sich in dem schrecklichen Zwiespalt, den er so gut kannte. Einerseits wollte er Cat in die Arme reißen und ihr zeigen, wie sehr er sie begehrte. Andererseits wusste er, wie sensibel sie war und wollte sie keinesfalls verletzen.

Wie oft hatte er das schon durchgemacht.

Wieder musste er an ihren siebzehnten Geburtstag denken. Und er hörte noch, wie sein Vater ihn anschrie. „Glaub nur nicht, dass du das Mädchen einfach benutzen kannst. Sie ist anders als ihre Mutter. Cat ist treu und beständig.“

Noch nie hatte Luke seinen Vater so wütend gesehen. „Was würde denn aus Cat, nachdem du sie gehabt hast?“

Sein Vater hatte recht. Luke gehörte zu den Männern, die sich nicht festlegten, die Frauen nach einer gewissen Zeit wieder fallen ließen. Sollte Cat dagegen irgendwann jemanden lieben, dann würde es für immer sein.

Der Schwur sich selbst gegenüber, nur ihr großer Bruder zu sein, war ihm alles andere als leichtgefallen. Aber er würde sich daran halten, auch jetzt, wo es ihm noch viel schwerer fiel. Denn dieses Versprechen hatte er auch seinem Vater gegeben. Er würde dafür sorgen, dass Cat nichts Schlimmes widerfuhr.

Das bedeutete, dass er seine eigenen Begierden unterdrücken musste. Verdammt noch mal, er war schließlich ein erwachsener Mann, er würde doch wohl noch seine Hormone in Schach halten können. Zumindest, bis sie den Mann ihres Lebens gefunden hatte. Dann könnte auch er sich wieder anderen Frauen zuwenden.

Warum eigentlich nicht vorher? Er stöhnte leise auf, als ihm klar wurde, was das bedeutete. Wenn er Cat nicht haben konnte, dann wollte er auch keine andere Frau. Er konnte nur hoffen, dass sich das wieder ändern würde, sobald Cat in festen Händen war.

8. KAPITEL

Luke kratzte gerade verbrannte Kekse vom Blech, als Cat durch die Tür trat.

„Puh, das stinkt ja fürchterlich", rief sie lachend. „Was machst du denn hier noch mitten in der Nacht?"

„Ich verbrenne Kekse. Wie war dein Abend mit Dan?"

Cat schwang sich auf einen Barhocker vor dem Tresen. „Toll. Das Stück war fantastisch. Vorher haben wir in einem exzellenten kleinen italienischen Restaurant gegessen. Giovanni's, kennst du das?"

„Ich habe es ihm ja empfohlen. Dann habt ihr euch also gut amüsiert?"

„Ja. Er ist sehr charmant."

„Aber du weißt, dass er schon mal verheiratet war."

„Kein Problem, solange er die Frau nicht mitbringt."

Irgendwie geht die ganze Sache nicht voran, dachte Cat ein paar Tage später. Das hing einerseits damit zusammen, dass sie so selten zu Hause war. Andererseits war sie vielleicht zu zurückhaltend, zu vorsichtig. Sie musste das Ganze beschleunigen. Sie lagen in der Bucht vor Anker. Auch jetzt, abends um sechs, war es noch sehr heiß und absolut windstill. Der Blick auf die Stadt war wunderschön.

Luke lag bäuchlings auf einem Handtuch, Nick saß mit geschlossenen Augen in einem Liegestuhl, das aufgeschlagene Buch im Schoß. Beide hatten Badehosen an, und ihre Haut schimmerte feucht.

Cat zog ihr kurzes Sonnenkleid noch etwas höher und stöhnte leise, obgleich sie im Schatten saß. „Meint ihr, dass sich meine Sommersprossen zu einer schönen gleichmäßigen Bräune zusammentun, wenn ich mich in die Sonne setze?"

„Das fragst du schon, seit du fünfzehn bist", sagte Luke,

„und die Antwort ist immer noch nein." Ohne hinzusehen, streckte er die Hand nach seinem Glas aus, das Cat ihm mit dem Fuß zuschob. „Danke. Weißt du noch, als du in Hawaii warst? Du kamst vollkommen verbrannt zurück, und deine Haut schälte sich wie verrückt."

„Woher willst du das wissen? Du warst doch gar nicht da." In dem Jahr war er nach New York gegangen, um Architektur zu studieren. Cat hatte sich so elend gefühlt wie noch nie in ihrem Leben.

„Dad hatte es mir erzählt."

Dad. Cat traten Tränen in die Augen. Sie hatte wunderbare Jahre mit seinem Vater verlebt. Und sie vermisste ihn so schrecklich. Er hatte sie bedingungslos geliebt, und wenn er sie in den Arm genommen hatte, war sie überzeugt gewesen, dass ihr nie etwas passieren konnte.

„He!" Luke umfasste ihren Knöchel. „Dad hätte bestimmt nicht gewollt, dass du an so einem schönen Tag traurig bist."

„Woher weißt du, dass ich an ihn gedacht habe?"

„Das kann ich dir an der Nasenspitze ansehen. Komm, Cat, lächle wieder."

Sie war froh, dass sie eine Sonnenbrille trug. Sie sah ihn an, wie er da lag, lang ausgestreckt wie ein schönes, muskulöses Raubtier, und ihr Herz schlug schneller. „Ich denke so oft an ihn", stieß sie leise hervor.

„Ich weiß." Auch wenn sie seine Augen hinter der Brille nicht sehen konnte, wusste sie, dass er sie liebevoll musterte. Dann ließ er ihren Knöchel los, und ihr wurde trotz der Hitze kalt.

Luke drehte sich langsam auf den Rücken. „Mann, das ist das wahre Leben", sagte er langsam, „ich könnte mich direkt daran gewöhnen."

Eine Möwe schrie, und leichte Wellen schwappten träge gegen die Bordwand. Cat überlegte, wie es wäre, wenn sie sich vorbeugte. Dann könnte sie Luke an der Schulter berühren. Ihre Fingerspitzen prickelten, und die Handflächen wurden feucht. Sie stellte sich vor, dass sie ihm langsam über den Rücken strich, seine Schultern umfasste und ihn an sich zog. Er würde sich vorbeugen, um sie zu küssen.

Das würde anders sein als damals, vor neun Jahren. Sie war so aufgeregt gewesen, so naiv, so unbeholfen. Natürlich hatte ihr Verhalten ihn abgestoßen. Sie hatte sich fest an ihn geklammert, und nur mit Mühe hatte Luke sich freimachen können. Dann hatte er sie angeschrien, und sie hatte sich übergeben. Oder hatte sie sich erst übergeben, und er hatte sie dann angeschrien?

Aber das war lange her. Sie war keine siebzehn mehr, und sie hatte kein Bier getrunken wie damals. Sie war stocknüchtern.

Sie musste es wagen.

„Wer von euch küsst am besten?“, fragte sie plötzlich.

„Ich“, sagten beide Männer wie aus einem Munde. Luke nahm die Sonnenbrille ab, öffnete ein Auge und blinzelte sie an. „Warum fragst du?“

„Weil mir jemand das Küssen beibringen muss.“

„Gute Idee.“ Nick griff nach einer kleinen Sprayflasche mit Wasser und bespritzte sich den Oberkörper und die Beine. Er nickte Cat kaum merklich zu. Ihr Gesichtsausdruck blieb unverändert.

„Eine sehr schlechte Idee!“ Luke sah Nick wütend an. „Sie braucht keinen Unterricht im Küssen. Das ist doch Unsinn.“

„Tut mir leid, dass du damit nicht einverstanden bist.“ Cat sah ihn über den Rand der Sonnenbrille hinweg an. „Aber ich meine es ernst. Auch beim Küssen gibt es Qualitätsunterschiede, und ich möchte es perfekt können. Dazu brauche ich den besten Lehrmeister, den es gibt.“ Sie sah Luke absichtlich nicht an, aus Angst, einen Rückzieher zu machen.

„Wir können dir doch beide Unterricht geben“, sagte Nick lächelnd, „dann lernst du es gleich von zwei Meistern ihres Fachs.“

„Kommt nicht infrage.“ Luke richtete sich auf. „Das ist doch nicht nötig. Frauen sind die geborenen Verführerinnen. Wir sollten Cat lieber beibringen, was auf sie zukommen kann und wie man sich dagegen wehrt. Selbstverteidigungstechniken, die sollte sie beherrschen.“

Nick wühlte in seiner Hosentasche. „Richtig. Dennoch kann es nicht schaden, gut küssen zu lernen. Wir können doch eine Münze hochwerfen. Hier.“ Er hielt ein Geldstück hoch.

Luke sah ihn entsetzt an. „Du kannst doch nicht bei so etwas Intimem eine Münze entscheiden lassen.“

„Wieso denn nicht? Erinnerst du dich nicht mehr an Jennifer?“

„Das war etwas anderes.“

Cat unterdrückte ein Lächeln. „Los, Nick, kümmere dich nicht um ihn.“ Sie warf Luke einen herausfordernden Blick zu. „Wenn es mir nichts ausmacht, kann es dir doch egal sein.“

„Kopf oder Zahl?“, fragte Nick.

„Kommt gar nicht infrage. Keiner von uns wird Cat etwas beibringen. Wenn der richtige Mann kommt, wird sie schon wissen, was zu tun ist.“

„Was meinst du, Cat?“ Nick sah sie fragend an.

„Wenn Luke mir nicht helfen will, dann bist du mir auch recht. Danke.“

Nick schenkte ihr sein verführerischstes Lächeln, stand auf und streckte die Hand aus. „Steh auf, meine Süße, ich werde sehen, was ich tun kann.“

„Bleib, wo du bist, Cat!“

„Sei doch kein Spielverderber, Luke.“ Cat stand auf und nahm Nicks Hand. „Okay, und nun?“

„Wenn du auch nur versuchst, sie zu küssen, dann mache ich

Hackfleisch aus dir!“ Luke sprang auf. „Und nimm die Hand von ihrem Po.“

Cat presste die Lippen zusammen, um nicht laut loszulachen.

„Aber einer von uns muss ihr doch helfen“, sagte Nick und zog Cat kurz an sich. „Geh doch einfach mal eine Stunde oder so unter Deck. Ich bin überhaupt nicht scharf auf Zuschauer. Du, Cat?“

„Nein, eigentlich nicht.“

Luke starrte den Freund wütend an. „Eine Stunde? Sie will doch nur küssen lernen und keine praktische Einführung in die raffiniertesten Liebestechniken!“

„Was ich mache, will ich auch ordentlich machen.“

„Nein.“

„Aber du hast doch immer noch die Chance. Kopf oder Zahl?“

„Kopf“, presste Luke schließlich hervor. „Nun wirf die verdammte Münze schon.“

Nick grinste und warf die Münze hoch, fing sie geschickt auf dem Handrücken auf und legte die andere Hand schnell darüber. Dann sah er vorsichtig darunter. „Kopf. Soll ich nun meine Augen schließen oder lieber unter Deck gehen?“ Als er Lukes zornigen Blick auffing, fügte er schnell hinzu: „Okay, okay, ich geh ja schon nach unten. Es sei denn, du möchtest, dass ich hierbleibe und dir ein paar gute Tipps gebe.“

„Die brauche ich nun wirklich nicht. Aber du brauchst dich nicht zu verdrücken. Das hier wird höchstens eine Minute dauern.“

„Eine Minute nur?“ Nick sah Cat mitleidig an. „Arme Cat. Soll ich es nicht lieber tun?“

„Als jemand, der noch nicht einmal für heute Abend eine Verabredung zustande gebracht hat, gibst du ja ganz schön an“, giftete Luke

„Aber ich war heute Abend verabredet. Mit ihr da. Und dann werde ich von meinem besten Freund ausgebootet." Er zuckte mit den Schultern und ging nach unten.

Soll ich oder soll ich nicht, fragte sich Luke. So oder so war er verloren. Luke zog sich ein Paar kräftige Jeansshorts über die dünne Badehose und schob die Hüften vor, um den Reißverschluss zuzuziehen.

„Was in aller Welt machst du denn?", fragte Cat und ließ sich in einen Liegestuhl fallen. „Du wirst bei lebendigem Leibe geröstet in diesen heißen Dingern."

Recht hatte sie. Andererseits konnte ihm kaum heißer werden als jetzt. Er brauchte sie nur anzusehen und sich vorzustellen, sie zu küssen.

„Ich möchte nicht, dass dich alles zu sehr aufregt. Komm, steh auf."

Cat lächelte und stand auf. „Zu sehr aufregt? Ein kleiner Kuss? Du liebe Zeit, Luke!"

Die Herausforderung war nicht zu überhören. Cat küssen? Ihren Mund berühren, ihren Atem zu fühlen, das war alles andere als eine gute Idee. Es war sogar eine sehr schlechte. Zu genau konnte er sich noch daran erinnern, was letztes Mal passiert war.

Du brauchst doch nur Nein zu sagen. Aber als er das Leuchten in ihren bernsteinfarbenen Augen sah, das mutwillige Lächeln, war er verloren.

„Wie fühlst du dich?", fragte er vorsichtig.

Sie riss die Augen auf. „Wunderbar. Warum fragst du?"

„Ich meine, mit deinem Magen, alles okay?"

Sie sahen sich in die Augen und erinnerten sich beide an den schrecklichen Augenblick vor neun Jahren. Dann lächelte sie. „Mir ist es nie besser gegangen."

Luke trat zwei Schritte vor, sodass sie dicht voreinander standen. „Du musst dich jetzt konzentrieren, Cat. Es gibt die unterschiedlichsten Küsse. Ich zeige dir jetzt, wie es richtig gemacht wird. Aber du musst die Augen schließen und genau aufpassen. Nimm jetzt bitte deine Sonnenbrille und den Hut ab." Er blieb ernst. Es war ja nur ein Kuss, und der würde ihn nicht aus dem Gleichgewicht bringen. Zwei Lippenpaare, die sich kurz berührten. Was war schon dabei?

Sie nahm die Sonnenbrille ab, und er legte sie zusammen mit seiner auf den kleinen Decktisch. Er wusste, er machte sich etwas vor. Es war eben nicht nur ein Kuss, und sein Körper sagte ihm das mehr als deutlich. Sein Herz schlug schneller, und ein heftiges Verlangen überfiel ihn. Er stand nur da und sah Cat an.

„Wie lange willst du mich denn noch anstarren?" Sie sah ihn lächelnd an, und ihre Augen blitzten übermütig.

„Hast du es eilig?"

„Nein, das nicht ..."

Langsam schob er die rechte Hand unter ihr Haar und umfasste ihren feuchten Nacken. Er sah ihr in die Augen. O Cat, du bist wunderschön, dachte er. Er würde sich immer an diesen Augenblick erinnern.

„Du musst tief einatmen", sagte er, denn ihm war aufgefallen, dass ihr der Atem stockte, als er sie berührte. Ihre Brüste berührten ihn leicht, als sie Luft holte.

„So ist es richtig."

Ihr gelbes Kleid hatte keinen besonders großen Ausschnitt, aber Luke konnte den schwellenden Brustansatz sehen. Und dann irgendetwas matt Glänzendes, Seegrünes.

Der Seidenbody, den sie neulich gekauft hatte. Schmiegsame Seide auf ihrer nackten Haut ... Sie hob ihm das Gesicht entgegen.

Er neigte den Kopf und berührte mit den Lippen ihre Schläfen, die Wangen, ihre Augenlider und spürte, wie sie zitterte.

Sie legte ihm den Arm um die Taille, aber er schob ihn zurück. „Das kommt erst später. Nicht so hastig, Mädchen", murmelte er.

Ihre Haut fühlte sich unglaublich weich und sanft an. Sie lehnte sich leicht vor und berührte ihn wieder mit den Brüsten. Schnell trat er einen halben Schritt zurück. „Noch nicht." Er war bereits vollkommen erregt.

Sein Mund verweilte bei ihrem Mundwinkel, und sie stöhnte leise auf. Nur mit eiserner Willenskraft widerstand er dem Verlangen, sie sofort hier auf dem Bootsdeck zu nehmen. Aber er wollte sie nicht erschrecken.

Luke liebkoste ihre Unterlippe mit der Zungenspitze, und sofort spürte auch er ihre Zunge auf den Lippen, frustriert, hungrig. Dann öffnete sie leicht den Mund, und Luke bedeckte ihn mit den Lippen – und dann küsste er sie. Sie erwiderte den Kuss mit einer Leidenschaft, tief und wild, dass er meinte, den Verstand verlieren zu müssen. Er zitterte vor Verlangen, ihm schwindelte, und er hatte den Eindruck, sich nicht auf den Füßen halten zu können. Es war lächerlich, eine vollkommen übertriebene Reaktion auf einen kleinen harmlosen Kuss.

Aber der Kuss war nicht harmlos. Er war heiß und wild und der Ausdruck wachsender Leidenschaft.

Stopp!

Luke hob schwer atmend den Kopf. „Das sollte erst mal reichen."

Sie sah ihn an, fast blicklos, mit feuchten Lippen, die Wangen gerötet.

„Hm, nicht schlecht." Sie schüttelte leicht den Kopf, wie um in die Wirklichkeit zurückzufinden. „Wie Nick wohl küsst?"

Am Abend des nächsten Tages hatte Cat sich tief in die Kissen auf Nicks Sofa gekuschelt. Der Fernseher lief, aber Cat hatte die Augen geschlossen und stellte sich zum hundertsten Mal Lukes Gesicht nach dem Kuss vor. War er ärgerlich gewesen, schockiert von ihrer Schamlosigkeit? Sie wusste es nicht.

Auch jetzt noch fühlte sie diese merkwürdige Mischung aus

Ruhe und Erregung, die sie während des Kusses empfunden hatte. So, als wenn sie aus dem Dunkel der Nacht zu einem erleuchteten Haus gekommen wäre, in die Fenster gesehen und drinnen alles erblickt hätte, was sie sich jemals in ihrem Leben gewünscht hatte. Sie hätte die Tür nur zu öffnen brauchen.

Da hatte Luke sich leider daran erinnert, dass er noch eine Verabredung hatte. Sie waren im Eiltempo zum Hafen zurückgefahren und hatten den Motor benutzt, was Nick gar nicht passte, der lieber gesegelt wäre. Zu Hause hatte Luke dann in Windeseile geduscht, sich umgezogen und war aus der Tür gestürzt, als sei der Leibhaftige hinter ihm her.

Cat hatte gelogen und ihm gesagt, sie hätte auch noch was vor. Sie war dann ins Kino gegangen, in irgendeinen langweiligen deutschen Film. Obwohl sie den Eindruck hatte, die ganze Nacht nicht geschlafen zu haben, hatte sie Luke nicht nach Hause kommen hören. Aber als sie am Morgen die Schlafzimmertür öffnete, um im Park zu joggen, hatte er in tiefem Schlaf auf dem Sofa gelegen.

Cat berührte kurz ihre Lippen. Merkwürdig, dass sie sich noch genauso anfühlten wie gestern. Als Luke sie küsste, hatte sich in ihr etwas grundlegend verändert. Ihr war mit einem Mal klar geworden, dass sie erst jetzt wusste, was Liebe war. Bisher war sie von der sexy Erscheinung von Luke Van Buren, von seiner männlichen Ausstrahlung so überwältigt gewesen, dass sie nicht bemerkt hatte, wie sie ihm immer mehr verfiel. Sie musste sich eingestehen, dass sie ihn liebte, von ganzem Herzen und für ihr ganzes Leben.

Einen Versuch wollte sie noch wagen, um herauszufinden, ob auch Luke sie auf diese Art und Weise lieben könnte. Aber sie war realistisch genug, sich nichts vorzumachen. Luke würde sich nie auf nur eine Frau festlegen. Würde sie mit ihm schlafen können, ihn lieben und dann einfach weggehen, wenn er an ihr nicht mehr interessiert war?

Ja. Denn sonst würde sie nie erfahren, wie es mit ihm war, und würde sich ihr ganzes Leben danach sehnen. Immerhin würde sie die Erinnerung an ihn in sich tragen, an seine Leidenschaft und seine Lust. Das würde genügen müssen.

Cat drückte das Kissen fest an sich. Aber wenn er nun nicht wollte? Er hatte es ja offenbar sehr eilig gehabt, von ihr wegzukommen, auch wenn er diesmal nicht so rücksichtslos gewesen war wie vor neun Jahren. Vielleicht sollte sie alles so lassen. Luke hing an ihr, das wusste sie. Vielleicht sollte sie sich damit zufriedengeben. Die Gefahr war zu groß, alles zu verlieren.

„Du, Nick?"

Nick stellte den Ton ab und sah Cat lächelnd an. „Möchtest du über den Kuss sprechen?"

„Nein."

„Hast du Angst?"

„Allerdings." Cat presste das Kissen fester an die Brust. „Er hatte es gestern so eilig, als hätte ihm jemand das Dach über dem Kopf angezündet. Wie war er denn heute im Büro?"

„Irgendwas hat tatsächlich gezündet." Wieder grinste Nick, und seine Grübchen vertieften sich. „Du warst gestern fantastisch, Mädchen, glaub mir. Der Fisch hängt am Haken, aber du musst auch stark genug sein, ihn herauszuziehen."

„Aber ich kann nicht. Ich möchte ihn nicht zwingen. Ich möchte nur, dass …"

„… dass er dich so sehr liebt wie du ihn." Er sah sie nachdenklich an. „Luke ist eine harte Nuss, wie du weißt. Der Beschützerinstinkt ist bei ihm besonders intensiv ausgebildet."

„Aber er soll sich um Himmels willen nicht verpflichtet fühlen."

„Er wird sich immer für dich verantwortlich fühlen. Du hast doch sonst keine richtige Familie. Luke wird dich niemals im Stich lassen."

„Willst du damit sagen, dass Luke tut, was ich will, weil er sich für mich verantwortlich fühlt?"

„Nein. Ich will damit sagen, dass Luke glaubt, dass er dir deinen Willen lässt, weil er sich verantwortlich für dich fühlt."

„Na und? Ist das nicht das Gleiche?"

„Nein." Nick nahm sich ein Stück kalte Pizza vom Teller. „Luke will dich, Cat, er sehnt sich nach dir. Glaub mir, ich kenne ihn. Aber er wehrt sich gegen dieses Gefühl mit ganzer Kraft. Und wir beide kennen seinen starken Willen. Erinnerst du dich noch daran, als er das Rauchen aufgeben wollte? Kein Problem für ihn. Oder als wir uns vornahmen, einen Monat kein Bier anzurühren. Ich wurde schon nach vierzehn Tagen schwach, aber er hielt die vollen dreißig Tage durch."

„Aber wenn er mich will", sagte Cat frustriert, „warum nimmt er mich nicht einfach? Warum wehrt er sich dagegen? Ich verstehe das nicht. Ich bin hier. Ich liebe ihn. Verdammt, Nick, was soll das alles?"

„Ist dir aufgefallen, mit welchem Typ Frau er sich normalerweise abgibt?"

„Ja." Cat ließ verzagt den Kopf hängen. „Mit den kleinen Zierlichen, blond oder brünett, mit großem Busen und sehr attraktiv und sexy." Sie hob den Kopf. „Wieso fahren Männer eigentlich immer auf einen bestimmten Typ ab?"

„Attraktiv und sexy bist du auch, aber, davon abgesehen, hast du bemerkt, dass dieser Typ dir nicht im Geringsten ähnelt?"

„Das ist nicht sehr ermutigend."

„Die wesentliche Bedingung scheint zu sein, dass die Frau dir nicht ähnlich sieht. Das finde ich sehr aufschlussreich."

„Ich weiß nicht, mich bringt das überhaupt nicht weiter."

„Ich möchte dich nur noch mal an Lukes erstaunliche Willenskraft erinnern. Außerdem ist er stur wie ein Maulesel. Er braucht länger, als ich dachte, um einzusehen, dass du kein Kind mehr bist, sondern eine eigenständige Frau. Ich persönlich bin davon überzeugt, dass er sich dauernd mit neuen Frauen umgibt, um sich von der einen fernzuhalten.“ Bevor er noch erklären konnte, was er damit meinte, hämmerte jemand kräftig an die Tür.

Nick grinste vielsagend. „Wenn man vom Teufel spricht …“

9. KAPITEL

Es hörte sich so an, als wollte jemand die Tür einschlagen. Wenn es Luke war, würde es auch nicht mehr lange dauern. Cat setzte sich auf und lächelte Nick triumphierend an.

„Hallo, Nick? Bist du zu Hause?"

Nick knipste schnell die Lampe aus, zündete drei Kerzen an und bedeutete Cat, ihr Haar in Unordnung zu bringen und sich kräftig die Lippen zu reiben. „Ich komme gleich!"

„Wo kommst du denn her? Aus Peru?" Luke fiel fast in den Raum. „Ist Cat … ach, da bist du ja." Er sah sich misstrauisch um. „Wieso ist es hier so kalt und dunkel?"

„Nick hat sich eine Klimaanlage angeschafft. Toll, was?"

„Was soll das denn? Die verbraucht doch nur eine Unmenge an Energie." Er musterte den Raum, sah die Kerzen, die Weingläser, die Kissen auf einer Seite des Sofas. Er runzelte die Stirn, als er Cat in ihrem kurzen Top und den Shorts auf dem Sofa sitzen sah. Die Lippen sahen rot und geschwollen aus, das Haar war zerzaust, die Brustspitzen hart und gut sichtbar.

„Wie war denn dein ‚Geschäftsessen'?", fragte Cat und streckte die nackten Beine lang auf dem Sofa aus.

„Die Kundin war begeistert."

„Das kann ich mir vorstellen", sagte Cat leise. „Möchtest du ein Glas Wein?" Sie griff nach der Flasche in dem Weinkühler.

„Nein. Deine Mutter ist am Telefon."

Sie sah ihn überrascht an. „Meine Mutter?"

„Ja. Oben in meinem Apartment."

„Und du lässt sie da am Telefon hängen?" Nick setzte sich auf die Sofalehne und legte Cat den Arm um die Schultern. „Woher ruft sie denn an?"

„Keine Ahnung."

Cat stand auf und suchte nach ihren Sandalen. „Als ich zuletzt von ihr hörte, war sie in Portugal."

„Du wirst ja gleich erfahren, wo sie ist und was sie will. Aber lehn auf alle Fälle ab, hörst du?"

„Ja, ja." Sie strich sich das Haar aus der Stirn und drehte sich zu Nick um. „Vielen Dank für den schönen Abend."

„Wollen wir weitermachen, mit dem Video, meine ich, wenn du wiederkommst?"

Cat lächelte. „Nein. Aber später gern, okay?"

„Von mir aus jederzeit." Nick sah sie ernst an, seine Stimme klang enttäuscht. Er strich ihr kurz über die Wange, als sie an ihm vorbei zur Tür ging.

„Ich komme mit dir nach oben." Luke trat schnell neben sie und legte ihr den Arm um die Schultern.

„Lass mich erst mit ihr sprechen, ja?"

„Natürlich." Er legte ihr die Hand unter das Kinn und zwang sie, ihn anzusehen. Cat erbebte unter seiner Berührung. „Du brauchst nur abzulehnen, das weißt du doch. Wenn du eisern dabei bleibst, wird Faith es schon begreifen."

Sie stand draußen auf dem Balkon, als er eine Viertelstunde später nach oben kam.

„Wie war's?", fragte er und trat neben sie ans Geländer. Das Telefon lag hinter ihr auf dem kleinen Tischchen.

Früher standen lediglich zwei bequeme Liegen, ein kleiner Tisch und ein paar leere Bierkisten auf dem Balkon. Heute konnte er jedem Dschungel Konkurrenz machen. Überall wucherten Pflanzen in braunen Tontöpfen, rankte und blühte es. Im Grunde fehlte nur noch ein Papagei. Doch Cat schien dafür momentan keinen Sinn zu haben. Sie starrte vor sich hin, das Gesicht blass und die Lippen zusammengepresst.

„Sie will wieder heiraten", stieß sie leise hervor.

„O Cat." Luke legte ihr liebevoll den Arm um die Schultern, und sie lehnte sich an ihn. Sanft streichelte er ihr den Arm und küsste sie zärtlich auf den Kopf. „Ich habe mir schon so was gedacht, weil es kein R-Gespräch war." Wenn Faith Geld brauchte oder nicht wusste, wo sie bleiben sollte, oder sich einsam fühlte, telefonierte sie immer per R-Gespräch. Diese Frau saugte ihre Mitmenschen wirklich aus bis aufs Blut.

„Wann soll denn die Hochzeit sein?"

„Nächste Woche. Diesmal in Arizona. Sie will, dass ich wieder Brautjungfer bin."

„Wie zartfühlend von ihr. Und dann noch sozusagen fünf Minuten vor zwölf anzurufen und zu erwarten, dass du gleich alles stehen und liegen lässt und zu ihr eilst."

Cat wandte den Kopf und lächelte ihn traurig an. „Es ist am Wochenende, keine große Sache. Allmählich kann Faith mich auch nicht mehr überraschen."

„Und der Wievielte ist das nun? Der neunte?"

Cat zuckte mit den Schultern. „Es ist der Mann ihrer Träume. Sie hörte sich zumindest glücklich an."

„Dann hat er sicher genug Geld."

„Das behauptet sie auch. Er heißt Chandler Roberts und ist ihr Schönheitschirurg."

„Wie praktisch. Da ist er ja schon gut mit ihr beschäftigt. Wirst du denn wieder Brautjungfer spielen?"

„Ja." Sie lachte kurz und bitter. „Ich werde mir wohl allmählich auch mal ein paar geschmacklose Glitzerkleider zulegen müssen, um die Männer zu betören."

„Aber das entspricht doch gar nicht deinem Typ."

„Nein?" Sie sah ihn an. „Was für ein Typ bin ich denn?"

Zärtlich, liebenswert, verdammt sexy. „Praktisch, vernünftig, bodenständig."

„Oh, vielen Dank. Mit anderen Worten, vollkommen anders als meine Mutter."

Er runzelte die Stirn. „Und die ist?"

„Sexy, voller Leben, schön."

„Ich würde eher sagen, unsensibel, laut, geliftet und gestrafft.

Die Frau ist doch eine wandelnde Kunstfigur."

Cat musste lachen. „Wie ist es, kommst du mit zur Hochzeit?"

„Ja, wie immer."

„Gut. Ich hol mir eben was zu trinken. Möchtest du auch etwas?"

„Nichts zu trinken, aber bring die Kekse mit, wenn du wiederkommst." Luke sah auf die Bucht hinaus. Glücklicherweise hatte sich Cat allmählich mit den ständigen Hochzeiten ihrer Mutter abgefunden. Allerdings war Luke sich nicht sicher, ob ihre Gelassenheit nicht nur gespielt war. Es machte ihr sicher etwas aus, zu sehen, wie ihre Mutter einen Mann nach dem anderen heiratete, ohne daran zu denken, was wohl in ihrer Tochter vorging. Nach wie vor verwunderte es ihn, dass Cat unter diesen Bedingungen überhaupt an eine Ehe für sich selbst dachte.

Luke hatte schon als Kind gewusst, dass für ihn eine Ehe nicht infrage kam. Einer von beiden Ehepartnern würde immer bitter enttäuscht werden. Und selbst wenn die Erwachsenen sich im Guten trennten, waren doch immer die Kinder die Leidtragenden.

Nach der Scheidung seiner Eltern hatte seine Mutter sich so an ihn geklammert, dass er manchmal gewünscht hatte, sie wäre mehr wie Cats Mutter gewesen. Er erinnerte sich noch an viele Nächte, in denen er nicht schlafen konnte, weil seine Mutter stundenlang geheult hatte. Sie hatte zwar später wieder geheiratet, war aber über die Trennung von seinem Vater nie hinweggekommen.

Cat trat wieder auf den Balkon mit einem Glas Eiswasser und einem Teller mit Keksen. Die hatte er gestern gebacken, als sie mit irgendeinem Mann unterwegs war, den sie im Park kennengelernt hatte.

Luke ließ sich auf eine der Liegen fallen und streckte sich

lang aus. Cat stellte ihm den Teller mit Keksen auf den Bauch und setzte sich neben ihn auf die Liege. Da sie beide Shorts trugen, berührten sich ihre nackten Beine, und Luke durchfuhr ein heißer Stoß der Erregung. Schnell griff er nach einem Keks, um sich abzulenken.

Er wollte sie fragen, was denn bei Nick vorgefallen war, wollte mit ihr über den Kuss sprechen, sachlich und nüchtern. Aber, dringender noch, er wollte sie bitten, sich auf die andere Liege zu setzen, einen Meter von ihm entfernt, damit er nicht in die Versuchung kam, sie an sich zu reißen. Aber sie sah so traurig aus, wie sie da mit hängenden Schultern neben ihm saß, dass er seine eigenen Probleme ganz schnell von sich schob.

„Möchtest du darüber sprechen?", fragte er sanft.

Cat angelte einen Eiswürfel aus ihrem Glas. „Ach, das ist doch immer die alte Leier." Sie blies sich eine Haarsträhne aus der Stirn. „Kühlt es hier eigentlich nie ab? Wo bleibt die berühmte frische Brise von San Francisco, von der man immer erzählt?"

Selbst eine Brise hätte auf ihn jetzt keine abkühlende Wirkung. Er konnte seine Gedanken einfach nicht von Cat lösen. Wie samtig ihre Haut war, wie erregend es gewesen war, sie zu küssen, wie gut sie roch.

„Die Hitze soll noch ein paar Tage anhalten. Aber wir können uns eine Klimaanlage anschaffen." Apropos, was war denn eigentlich da unten bei Nick gelaufen?

„Nein, ich kann es schon noch aushalten." Sie nahm den Kopf nach hinten und strich sich mit einem Stück Eis langsam über die Kehle, legte dann den Kopf zur Seite und kühlte den Nacken. Das Eis hinterließ eine glitzernde Spur auf ihrer Haut, und Luke atmete schneller.

Er räusperte sich. „Womit hat sie dich denn diesmal genervt?"

„Ach, das war diesmal eigentlich nicht schlimm. Sie ruft ja

nur an, wenn sie … Egal, ich habe mich damit abgefunden und weiß, dass das, was sie tut, mit mir und meinem Leben nichts zu tun hat."

„Was hat sie denn noch erzählt?"

„Sie ist gerade aus Paris zurückgekommen." Cat lächelte kurz. „Diesmal sprach sie mit einem französischen Akzent. Sie hätte Ewigkeiten gebraucht, um all das zu kaufen, was sie unbedingt für ihr neues Leben brauche."

„Hat sie sich zufällig auch mal danach erkundigt, wie es dir geht?"

„O ja. Sie fragte, ob ich auch die Gesichtscreme benutze, die sie in Deutschland für mich gekauft hatte."

„Du? Du brauchst doch überhaupt keine Creme, bei deiner Haut."

„Nein?" Sie sah ihn ernst an.

„Nein. Hast du eigentlich Nick heute Abend geküsst?"

„Nick?"

„Ja, Nick, meinen Partner. Mit dem du den Abend verbracht hast." Oh, Mann, er würde noch den Verstand verlieren. Er fragte Sachen, die er lieber nicht fragen sollte, nur weil er den Blick nicht von der feuchten Spur auf ihrer Haut lösen konnte. Wenn er mit den Fingern diese Spur nachziehen würde, die Brüste berühren, die harten Brustspitzen reizen … Er zwang sich wegzusehen. Er musste doch an etwas anderes denken können als an Sex.

„Ach so, Nick. Also …" Sie strich sich die feuchten Haare aus der Stirn. „Ist dir auch so heiß?"

„Allerdings!" Wieder überfiel ihn heftiges Verlangen, und er hatte Mühe, die Hände ruhig zu halten. „Bitte, setz dich auf die andere Liege, Cat. Die Berührung macht mich schwitzen."

Sie zuckte gleichgültig mit den Schultern und stand auf. „Kein Problem."

„Cat, wenn keiner der Männer dich bisher besonders beeindruckt hat, kann ich dich auch noch mit ein paar anderen …"

Sie hob schnell die Hand. „Nicht nötig. Deine Auswahl war mehr als ausreichend. Ich habe den Richtigen schon gefunden."

Luke blieb kurz der Mund offen stehen. „Was? Wer ist es denn?", brachte er mit Mühe hervor.

„Ich sage es lieber noch nicht. Falls doch noch …"

„Wieso denn nicht? Wenn du absolut sicher bist. Und das bist du doch?"

„Oh, ja." Sie hob das Glas und trank in durstigen Zügen. „Aber bevor ich die Sache weiterverfolge, möchte ich gern, dass du mir ein paar Tipps gibst." Sie sah ihn treuherzig an. „Das würde mir sehr helfen, denn er ähnelt dir irgendwie."

„Mir?"

„Ja. Charmant, cool, beherrscht. Ein Mann mit einer großen Wirkung auf Frauen."

„Wohl so eine Art Playboy, was?"

Cat lächelte. „Genau. Und wenn jemand weiß, wie man diese Männer verführen kann, dann bist du es."

Luke sprang auf, trat an das Geländer und sah über die Bucht. Erst nach ein paar endlosen Minuten drehte er sich wieder um. „Bist du denn ganz und gar verrückt geworden, Cat Harris? Wer ist es?"

„Ich habe dir doch schon gesagt, ich will nicht …"

„Kenne ich ihn?"

„Hör auf, Luke, das ist doch vollkommen egal. Ich bin doch nun wirklich alt genug, um mit einem Mann ins Bett zu gehen, und weiß, wann ich dazu bereit bin."

Er sah sie drohend unter zusammengezogenen Augenbrauen an. „Du denkst, dieser ist der Richtige? Mit dem Mann seines Lebens hat man keine Affäre, den heiratet man, Cat. Bis dass der Tod euch scheidet."

„Du brauchst gar nicht so zu schreien. Er wird mich nicht heiraten. Er hat Angst vor langen Bindungen. Genau wie du."

„Aber du willst doch heiraten, willst ein Zuhause haben mit Kindern und Garten und allem, was dazugehört."

„Ich werde froh sein, wenn ich mit ihm zusammen bin. Solange es dauert."

„Nein, Cat, das ist nicht wahr. Du bist doch hergekommen, um einen Ehemann zu finden."

„Ich habe meine Meinung eben geändert. Jetzt möchte ich einen Liebhaber."

„Aber ich kenne dich doch."

„Nicht so gut, wie du glaubst. Also hör auf, dich weiter so anzustellen. Ich glaube nur, dass kein interessanter Mann Lust hat, eine unbedarfte Jungfrau in die Geheimnisse der Liebe einzuführen. Kannst du mir nicht helfen, Luke, und mir zeigen, wie man das macht?"

„Aber, Cat!" Luke presste die Handflächen gegen die Schläfen und stöhnte leise. „Jeder Mann träumt davon, der erste bei einer Frau zu sein. In dem Punkt würde ich mir also keine Sorgen machen."

„Ja, das ist eigentlich merkwürdig, nicht?" Cat streckte die Beine lang auf der Liege aus. „Jeder Mann möchte der erste für eine Frau sein und jede Frau die letzte für einen Mann."

Luke atmete schwer und schwieg.

„Wo liegt denn das Problem?", fragte Cat leichthin. „Meinst du, du kannst das nicht?"

„Kann *was* nicht?"

„Mir beibringen, wie ich meinen Traummann verführen kann."

„Wenn ich es wollte, dann könnte ich es auch. Aber ich will nicht."

Cat lehnte sich zurück und lächelte. „Wetten, dass du es nicht kannst?"

10. KAPITEL

Luke lag im Dunkeln auf dem Sofa und starrte an die Decke. Er dachte an Cat und ihr Angebot. Anfangs hatte er der Versuchung kaum widerstehen können, und erst allmählich hatte er wieder einen klaren Kopf bekommen. Nun wartete er auf sie. Sie war ausgegangen.

Seit Wochen hatte er ihretwegen keine seiner Freundinnen mehr getroffen. Von Liebesleben konnte keine Rede sein. Kein Wunder, dass er oft erregt war und häufig unter der kalten Dusche stand.

Ihr Traummann.

Wie hatte sie den so schnell finden können? Und was hatte der Kerl nur an sich, dass sie bereit war, für ihn ihren Traum von einer glücklichen Ehe aufzugeben?

Und wäre er, Luke, bereit, die eigenen Bedürfnisse und Sehnsüchte hintenanzustellen, wenn es wirklich der Mann ihrer Träume war? Schon die Vorstellung, dass sie jemand anderem gehörte …

Aber keine Frau gehörte einem Mann. Egal, wie auch immer man es nannte, er wollte nicht, dass sie irgendjemanden liebte. Nie.

Er wälzte sich rastlos auf dem Sofa hin und her. Es war wieder sehr heiß. Er trug nur seine dünnen Boxershorts, wegen Cat. Die noch nicht einmal zu Hause war. Wenn er wenigstens mit Nick über das Ganze sprechen könnte. Aber Nick hielt sich in den letzten Tagen verdächtig zurück.

Luke sprang auf. So ging es nicht weiter, er musste irgendetwas tun. Er würde Brot backen.

Mit ein paar langen Schritten war er in der Küche und knipste das Licht an. Das würde ihn ablenken. Er gab die Zutaten in eine große Schüssel und fing an, den Teig zu kneten. Das tat gut. Nicht so gut, wie mit Cat zu schlafen, aber immerhin.

Mit wem war sie denn eigentlich weggegangen? Ted, Allan, Bob, etwa wieder Nick? Wer war dieser Traummann? Und fiel ihr nicht auf, dass all diese Männer es keineswegs ernst mit ihr meinten?

Luke formte den Teig zu einer flachen Kugel und deckte ein Handtuch über die Schüssel, um ihn gehen zu lassen.

Im Grunde war es rücksichtslos von ihr, immer so spät nach Hause zu kommen. Wie sollte er tagsüber sein Pensum schaffen, wenn er nachts so lange aufsitzen musste? Es war zwar erst kurz nach neun, und er ging normalerweise nicht vor elf ins Bett, aber trotzdem.

Cat als Siebzehnjährige. Wieder musste er an diesen verdammten Geburtstag denken. Sie war mit ein paar Freundinnen ausgegangen, und er hatte am Küchenfenster gestanden und auf ihre Rückkehr gewartet. Als sie dann tänzelnd den Weg zum Haus hinaufkam, war er erschreckt über seine spontane körperliche Reaktion.

Sie darf dich nicht sehen, hatte er nur gedacht, aber er war wie angewurzelt stehen geblieben. Einmal nur wollte er sie küssen und dann sterben. Er wusste, dass er sterben würde, wenn sein Vater ihn zusammen mit ihr erwischte. Sie hatten sich geschworen, Cat vor allem Übel dieser Welt zu schützen.

„Oh, Luke, wie schön, dass du gekommen bist“, hatte sie strahlend gesagt. Er war aufgestanden und auf sie zugegangen und hatte gewusst, dass es jetzt passieren musste.

Sie war ihm entgegengelaufen und hatte sich ihm in die Arme geworfen.

Seine Umarmung war alles andere als brüderlich gewesen. Er hatte sie an sich gepresst und sie sofort geküsst, hart und wild. Und sie hatte sich dem Kuss hingegeben und sich mit ihren festen Brüsten gegen ihn gedrückt.

Ihre Bereitschaft hatte ihn vollkommen überrascht. Er hatte nicht mehr denken können, hatte nur noch gefühlt. Er schob sie gegen den Kühlschrank und küsste sie wie besinnungslos, bis sie beide nach Luft rangen. Er spürte ihre Brüste unter dem dünnen Kleid, umfasste sie, drückte sie. Er wollte sie hier nackt vor sich sehen, wollte sie auf den Küchentisch legen und sie jetzt und sofort lieben.

Dann endlich bemerkte er, dass Cat versuchte, ihn zurückzustoßen. Noch heute, nach neun Jahren, spürte er die Scham, die er damals empfand. Es gab keine Entschuldigung für sein Verhalten, auch nicht, dass er vierundzwanzig war und sexuell ausgehungert, weil er nur sporadische Abenteuer kannte.

Er ließ sie sofort los, aber nicht schnell genug, und Cat übergab sich noch sozusagen in seinen Armen. Sie hatte ihn entsetzt angestarrt und war geflohen.

Am nächsten Tag hatte er sich bei ihr entschuldigt, und Cat war so gewesen wie immer. Ruhig und fröhlich, eben die kleine Schwester. Danach hatte er sich ihr nie wieder auf diese Art und Weise genähert. Er war ihr Bruder und nichts weiter. Und das hatte auch gut geklappt. Bis jetzt.

Vielleicht sollte er ans andere Ende der Welt gehen. Auch in China brauchte man sicher Architekten.

„Hm, das riecht gut! Hast du gebacken?" Cat warf ihre Tasche auf den Tisch und sah Luke lächelnd an. Er trug eine blauweiß gestreifte Schürze und nicht sehr viel mehr. „Ist das die neueste Mode?"

„Es ist heiß hier drin."

„Wirklich?" Obwohl sie ihr Haar hochgesteckt hatte und nur ein kurzes Kleid trug, war auch ihr heiß. Lukes Anblick wirkte auch nicht gerade abkühlend. Sie sah sich kurz in der Küche um. „Was ist denn los?"

„Nichts. Wieso?"

„Normalerweise backst du, um dich abzureagieren."

„Unsinn. Ich backe dann, wenn ich gerade Appetit auf das habe, was ich backe."

„Ist das Brot schon fertig?“

Luke schob ihr das mit einem Handtuch bedeckte Brot zu. „Hier, bitte.“ Er schnitt eine dicke Scheibe ab und schob Cat die Butter zu. „Hattest du einen netten Abend?“

Sie bestrich sich die Scheibe mit Butter und biss ab. „Hm, sehr gut. Ja, es war ... fantastisch.“ Fantastisch war dieser Männerkörper hier vor ihr, fast nackt, behaart und bronzebraun.

„Ich habe noch jemanden, den du kennenlernen solltest“, sagte er schnell. „Steve Manfield.“

„Nicht nötig. Ich habe dir doch schon gesagt, ich habe meinen Traummann gefunden.“

„Ist es etwa Ted?“

„Nein, nicht Ted.“

„Gut. Aber du solltest Steve unbedingt noch treffen, bevor du eine endgültige Entscheidung fällst. Ein sehr angenehmer Mann, finanziell solide, hat seine eigene Versicherungsagentur. Er besitzt ein tolles Haus mit Pool, hat ein paar Hunde, liebt Kinder. Also, ich glaube, du und Steve, ihr würdet gut zusammenpassen.“

„Du liebe Zeit!“ Cat lachte. „Einer solchen Empfehlung kann man ja kaum widerstehen. Aber ich habe trotzdem kein Interesse.“

„Warum denn nicht? Du kannst ihn dir doch wenigstens mal ansehen. Vielleicht am kommenden Wochenende.“

„Nein, ich weiß jetzt, wen ich will. Außerdem müssen wir zu einer Hochzeit, erinnerst du dich?“ Sie hob den Arm und kratzte sich zwischen den Schulterblättern.

„Ich habe versucht, es zu verdrängen.“ Er runzelte die Stirn. „Warum kratzt du dich denn dauernd?“

„Weil es juckt.“ Sie schob sich an ihm vorbei und öffnete den Kühlschrank, um sich ein Glas Milch einzuschenken.

Luke hielt sie am Arm fest. „Ist dir klar, dass deine Haut ganz rot ist?“

„Ja, ich weiß."

„Hast du Muscheln gegessen?"

Cat rieb sich den Oberarm. „Bist du so lieb und gießt mir ein Glas Milch ein? Ich glaube, die Soße war mit Krabben und Hummerfleisch angereichert." Sie hatte sich am Hafen eine kleine Portion Krabben gekauft, bevor sie allein ins Kino gegangen war.

Er goss die Milch ein und reichte ihr das Glas. „Hier, nimm. Ich hol mal eben die Tinktur."

Er ging ins Bad, und sie stellte gerührt fest, dass er die Tinktur, die nur sie allein brauchte, auch nach fünf Jahren noch in seinem Arzneischrank verwahrte.

Mit kleinen Schlucken trank sie die Milch. Luke in Boxershorts und Schürze war das Aufregendste, was sie je gesehen hatte. Cat biss sich auf die Lippen. Wie sollte sie am besten vorgehen? Sich nackt auf den Boden zu seinen Füßen legen?

Luke kam mit Watte und dem Fläschchen zurück. „Dreh dich um."

Hm, das war angenehm kalt. Die Schürze berührte Cats Schenkel, als er dicht an sie herantrat.

„Was machst du denn da?" Luke betupfte ihre Schultern mit der feuchten Watte.

Sie hatte den Reißverschluss hinten am Kleid aufgezogen und öffnete jetzt den BH. „So kannst du doch besser an meinen Rücken ran."

„Hör auf zu kratzen." Er schob ihre Hand beiseite und strich mit dem Wattebausch über ihren Rücken. Sie schloss kurz die Augen. Was für ein wunderbares Gefühl. Sie hielt das Kleid vorne zusammen, damit es nicht herunterrutschte.

Vielleicht sollte sie einfach loslassen und sich umdrehen. Aber sie war zu feige, war es immer schon gewesen, auch als Kind. Sie erinnerte sich noch gut daran, als sie auf dem Fünfmeterbrett stand und sich nicht traute, zu springen. Eins, zwei, drei …

Sie ließ das Kleid vorne los.

„Was soll das denn?“, stieß Luke hervor. Er stand direkt hinter ihr, konnte also den zarten Duft ihrer Haut wahrnehmen, sah auf ihren schmalen Rücken. Er biss die Zähne zusammen und konnte sich nur mit Mühe davon zurückhalten, sie an sich zu reißen. Sein Körper reagierte sofort, und Luke trat schnell einen halben Schritt zurück.

„Ich werde mich vorn einreiben“, sagte sie mit einem kleinen Lächeln und hielt ihm die Hand hin. „Gib mir bitte das Fläschchen.“

Eine Sekunde lang sah Cat ihm in die Augen, dann kurz auf seinen Mund.

Himmel, dachte Luke, sie hat keine Ahnung, wie dieser Blick auf einen Mann wirkt. Er begehrte sie so sehr. Aber er wusste, wenn er sie jetzt in die Arme nahm, dann würde alles nur noch schlimmer. Er hätte sie nicht nur in ihrem Vertrauen enttäuscht, er würde nie mehr von ihr loskommen. Dieser Schritt wäre unwiderruflich.

Und deshalb musste er sich beherrschen, selbst wenn es ihn umbrachte.

Wortlos gab er ihr die kleine Flasche, und als sie sich ihm halb zuwandte, konnte er einen kurzen Blick auf eine ihrer festen vollen Brüste werfen. Er schloss kurz die Augen.

Cat schien völlig ahnungslos zu sein, welche Reaktion sie in ihm auslöste. Es war nicht nur sexuelles Verlangen, sondern auch ein überwältigendes Gefühl, das er in dieser Art noch nie empfunden hatte. Und dann sah er sich selbst mit ihren Augen.

Was verkörperte er für sie? Vertrauen, Sicherheit, Zuverlässigkeit. Dieser Gedanke wirkte wie eine eiskalte Dusche.

Leider nicht ganz.

Er litt Folterqualen. Glücklicherweise war sie so gutgläubig, dass sie sich voll auf ihn verließ. Er durfte sie nicht enttäuschen.

Mit angehaltenem Atem strich er mit dem feuchten Wattebausch über ihren Rücken. „Kannst du den Rest selbst machen?" Seine Stimme klang fremd. „Oder soll ich …?"

Sie griff schnell nach hinten und zog den Reißverschluss ganz auf. Luke erstarrte. „Du hast nichts darunter an?"

„Doch, eins von diesen winzigen Dingern." Sie kratzte sich. „Der Ausschlag scheint bis hier unten zu reichen. Kannst du es sehen?"

Warum gab es jetzt kein Erdbeben, keine alles verschlingende Flut? Irgendetwas musste passieren. Und zwar sofort.

„Luke?"

Er riss sich zusammen und betupfte die roten Stellen. „Okay, das war's, oder?"

Sie zog den Stoff über die Schenkel hoch. „Wenn du vielleicht hier oben noch meine Beine …" Sie zog das Kleid schnell wieder herunter. „Nein, lass nur."

Er atmete auf. Er hätte sich auch keine Sekunde länger beherrschen können. „War eigentlich was mit dem Mann heute Abend, wie hieß er noch gleich?"

Cat seufzte leise und zog das Vorderteil wieder hoch. Dann drehte sie sich zu ihm um. „Was soll denn gewesen sein? Mit ihm habe ich keine Probleme."

Luke strich ihr kurz über die Wange. Dann lehnte er sich gegen den Küchentresen und legte die Hände vor dem Unterkörper zusammen. „Worin besteht denn dann dein Problem, Cat? Vielleicht kann ich dir helfen."

„Mein Traummann weiß noch nicht einmal, dass es mich überhaupt gibt." Sie sah ihn eindringlich an. „Meinst du, du kannst da etwas tun?"

„Wie kann ich dir deiner Meinung nach helfen? Du brauchst es nur zu sagen. Du weißt, ich würde alles für dich tun. Oder soll ich dir einen Vorschlag machen?"

„Ja, gern." Sie zog sich mit einem schnellen Schwung auf den Tresen hoch. „Ich habe ein Problem … mein Traummann ist absolut ahnungslos.“ Sie lehnte sich leicht zurück, sodass das kurze Kleid die Schenkel nur noch halb bedeckte.

Luke schluckte und sah schnell zur Seite.

„Was soll ich denn tun in einem solchen Fall, Luke? Alle Hemmungen fallen lassen und ihn verführen?“

„Um Himmels willen, nein. Auf keinen Fall!“ Er sah sie so entsetzt an, dass sie beinahe lachen musste.

„Du brauchst nicht gleich zu schreien, es war ja nur eine Frage. Du wolltest mir ja nicht beibringen, wie man einen Mann verführt. Nun muss ich es eben selbst ausprobieren. Aber wie kann ich ihn dazu bringen, dass er mich begehrt? Du musst es doch wissen, bei deinen Erfahrungen.“

„Worin bestehen denn nun die Schwierigkeiten?“

„Ich weiß ganz sicher, dass er mich mag, aber ich möchte, dass er mich liebt. Im Augenblick betrachtet er mich eigentlich mehr wie eine ... gute Freundin.“

„Das ist doch gar nicht so schlecht“, sagte Luke und warf ihr einen schnellen Blick zu. „Im Gegenteil. Viele Paare verbindet anfangs noch nicht einmal Freundschaft.“

„Ja, das kann schon sein. Aber ich muss die Sache etwas beschleunigen. Weitere zwanzig Jahre bloß als Freundin bringen mich um.“

Irgendetwas an ihrem Ton ließ ihn aufhorchen. Nick. Sie sprach von Nick! „Was empfindest du denn nun wirklich für diesen Mann, Cat?“

Sie sahen sich an. Dann sagte Cat leise: „Ich liebe ihn von ganzem Herzen.“

11. KAPITEL

„Du liebst ihn?“

„Ja, sehr.“

Luke starrte sie fassungslos an. Das war doch Cat, die vernünftige vorsichtige Cat, die er so gut kannte. Und nun wirkte sie wie ein Wesen von einem anderen Stern. „Bist du ganz sicher?“

„Absolut.“

Er seufzte schwer. „Ich ahne, wer es ist.“

„So?“

„Nick.“

„Nick? Wie kommst du denn …“

„Verdammt, Cat! Das ist doch vollkommen offensichtlich. Aber er ist ein Playboy, jemand, der sich nie auf eine einzige Frau einlassen wird.“

Cat legte den Kopf schief und sah ihn an. „Der Schein kann manchmal trügen, Luke. Vielleicht ist ihm bisher nur noch nicht die richtige Frau begegnet.“

„Das wird auch nie passieren.“

„Und dennoch bin ich vollkommen davon überzeugt, dass er mich schon ein bisschen liebt. Er braucht nur einen gewissen Anstoß.“

„Ein Stoß von einem hohen Kliff wäre wohl besser!“, stieß Luke zwischen zusammengebissenen Zähnen hervor. Warum denn gerade Nick?

Das war wohl das Schlimmste, was er sich ausmalen konnte. Nicht nur, dass es Nick war, sondern auch, dass sie bereit war, ihn herauszufordern.

Das war das Erdbeben, die große Flut, aber anders, als er es sich vorgestellt hatte. Sie liebte!

„He!“ Cat stieß ihn leicht in die Seite. „Träumst du mit offenen Augen?“

„Nein, nein. Du musst jemanden finden, der ganz für dich da ist, Cat, das sehe ich ein. Und ich werde dir dabei helfen." Und wenn es mich umbringt.

„Wie denn?"

Ja, wie? Luke überlegte. „Indem wir ihn eifersüchtig machen?"

Cat sah ihn mit einem merkwürdigen Ausdruck in den Augen an. „Ihn eifersüchtig machen?"

„Du möchtest, dass dein Traummann sich irgendwie zu erkennen gibt. Und du weißt doch, wie wir Männer sind. Ich brauche nur eine kleine Bemerkung fallen zu lassen, ich sei an dir interessiert oder so, und Nick wird das Aufgebot bestellen. Was meinst du?"

Ein paar Sekunden lang war sie sprachlos. Dann lächelte sie. „Ja, warum nicht?"

Am nächsten Morgen betrat Luke mit zwei Bechern Kaffee Nicks Büro. Wie immer sah Nick in seinem leichten dunklen Anzug mit Krawatte wie aus dem Ei gepellt aus. Er hatte allerdings die Füße auf die Schreibtischplatte gelegt und blickte nachdenklich aus dem Fenster.

Luke, der nur Jeans und T-Shirt trug, weil er gleich auf eine Baustelle musste, reichte ihm einen Becher und setzte sich dann Nick gegenüber auf den Besucherstuhl.

Nick dankte und sah den Freund überrascht an. „Wie kommt es, dass du mich schon um neun Uhr morgens mit einem Besuch beehrst?"

„Wieso? Kann ich meinem Partner nicht mal einen Kaffee bringen?"

„Kommt darauf an, was der Partner damit bezweckt."

„Ich möchte mit dir über Cat sprechen."

„Über Cat? Warum, ist was passiert?"

„Nein, nein. Ich möchte nur wissen, wie du zu ihr stehst."

Nick lehnte sich grinsend in seinem Schreibtischsessel zurück. „Machst du Witze? Ich bin verrückt nach ihr."

„So richtig ernst? Oder hält das wieder nur fünf Minuten an, wie sonst bei deinen Frauen üblich?"

„Ist das wichtig für dich?"

„Das ist jetzt egal. Beantworte mir nur meine Frage."

„Sie ist schön. Sexy. Klug. Ja, ich liebe sie wohl ein bisschen. Warum fragst du?"

„Ein bisschen?" Luke stellte seinen Becher mit Nachdruck auf den Schreibtisch. „Da du offenbar noch nicht einmal weißt, was du für sie empfindest, werde ich mich jetzt selbst um sie kümmern."

Nick schwang die Beine vom Schreibtisch. „Du meinst, du willst mit ihr ausgehen?"

Nick war ganz offensichtlich eifersüchtig. „Warum denn nicht?", sagte Luke kühl.

„Aber sie ist deine Schwester!"

„Du hast mir doch selbst hundert Mal gesagt, dass sie es nicht ist. Ich wollte dich nur über meine Absichten informieren."

„Aha. Und was hast du für Absichten in Bezug auf Cat?"

„Nur die besten."

Nick nahm einen Schluck Kaffee. „Das glaube ich nicht. Vor ein paar Wochen erst hast du mir erklärt, Cat sei für dich ein quasi geschlechtsloses Wesen, eine Schwester eben. Und nun willst du mir einreden, du bist in sie verknallt? Das tust du doch nur, weil du weißt, dass ich sie toll finde."

„Nein, das hat damit nichts zu tun. Die Sache ist viel zu ernst." Luke sah dem Freund in die Augen. „Eins möchte ich wissen. Wenn du Cat ansiehst, wen hast du da vor dir?"

„Eine schöne, attraktive und begehrenswerte Frau."

„Das habe ich mir gedacht. Aber Cat ist viel mehr als nur das. Sie ist witzig und humorvoll, sie ist klug und stark, aber auch sehr verletzlich."

Nick sah ihn neugierig an. „Willst du damit sagen, dass du sie liebst?"

„Ich fliege mit Cat für ein Wochenende nach Arizona."

„Was? Liebst du sie denn?"

Ja, er liebte sie von ganzem Herzen! Am liebsten wäre Luke mit diesem Bekenntnis herausgeplatzt. Aber einmal ausgesprochen, würde er diese Worte nie wieder zurücknehmen können. Und sie würden ihn sein Leben lang verfolgen. So gab er nur die Frage zurück. „Und du?"

„Mit einem musst du dich abfinden. Wir sind beide scharf auf sie. Und das ist etwas ganz anderes als Liebe. Aber wir haben beide ein schlechtes Gewissen, weil wir sie lange kennen und uns für sie verantwortlich fühlen. Deshalb habe ich mich bisher auch zurückgehalten. Aber die Frage ist nun, wer von uns …"

„Hör auf, Stratton!" Luke stand auf. „So was solltest du noch nicht einmal denken. Lass die Finger von Cat, ein für alle Mal. Es sei denn, du willst sie heiraten", fügte er dann noch hinzu.

Nick fiel fast vom Stuhl. „Heiraten? Bist du verrückt geworden? Hast du denn unsere Wette vergessen?"

„Dann ist die Wette wichtiger für dich als Cat?"

„Das habe ich nicht gesagt. Für dich denn?"

„Vielleicht."

Nick lehnte sich zurück und legte beide Füße wieder auf die Tischplatte. „Ich bin mir auch nicht sicher."

„Dann musst du dich entscheiden."

„Du auch, lieber Freund."

Sie starrten sich an.

Ihr Flug nach Arizona verlief planmäßig und ohne besondere Vorkommnisse. Erst spät am Abend kamen sie in dem Hotel an, in dem Luke mit Glück noch zwei Zimmer auf demselben Stockwerk hatte reservieren lassen können.

Allerdings hatte man von beiden Zimmern aus keinen besonderen Blick. „Soll ich fragen, ob sie für dich noch ein anderes Zimmer haben?“, fragte Luke. „Schließlich bist du die Tochter der Braut.“

Cat hatte während des Fluges nur wenig geredet, und auch jetzt war sie eher wortkarg. „Nein, lass nur. Es ist ja nur für zwei Nächte. Ich bin nicht wegen der Aussicht gekommen.“

„Sondern nur wegen des Spektakels?“

Cat nahm die in Leder gebundene Speisekarte des Zimmerservice hoch und lächelte kurz. „Sie muss sich jedes Mal noch übertreffen.“ Sie überflog die Seiten. „Wenn ich mal heirate, dann mache ich ein einziges Riesenfest.“

Wenn ich mal heirate, diese Worte schnitten ihm ins Herz. „Hast du vor, bald zu heiraten?“

Sie sah ihn mit einem rätselhaften Blick an. „Komm, wir wollen was essen gehen, Van Buren. Ich bin fast am Verhungern.“

Vermisste sie Nick bereits? Schon der Gedanke war qualvoll. Luke saß auf dem breiten Bett. Die Bettdecken waren zurückgeschlagen, und ein Stück Konfekt lag auf dem Kopfkissen. Er musste daran denken, wie es wäre, wenn Cat an seiner Seite …

Das wird nie passieren. Sie schien kaum zuzuhören, als er ihr von seinem Gespräch mit Nick erzählte. Aber so waren die Frauen. Sie taten uninteressiert, es sei denn, die Männer schlugen sich um sie.

„Wollen wir essen gehen oder uns was vom Zimmerservice kommen lassen?“, fragte sie.

„Wenn du nicht zu müde bist, würde ich lieber in ein Restaurant gehen.“ Er war nicht fähig, noch länger hier mit ihr in dem Zimmer mit diesem großen Bett allein zu sein. Es war neun Uhr abends. Die Hochzeit würde morgen Abend um sechs stattfinden. Ob Faith es wohl fertigbrachte, ein paar Minuten für ihre

Tochter zu erübrigen? Seit zwei Jahren hatte sie Cat nicht gesehen.

Cat griff gerade nach ihrer Handtasche, als es an der Tür klopfte. Sie sahen sich kurz an. „Ich mach schon auf", sagte Luke schnell.

Faith stand draußen vor der Tür. In dem weißen seidenen Hosenanzug sah sie aus wie ein Model aus der Vogue. Für den Bruchteil einer Sekunde sah Luke sie mit seines Vaters Augen. Makellos, strahlend. Die zierliche, aber wohlproportionierte Figur. Das glänzende Haar in der Farbe von dunklem Honig. Aber anders als sein Vater durchschaute er sie. Sie verlangte viel von anderen Menschen und gab wenig zurück.

Er trat einen Schritt zurück und öffnete die Tür weit. „Guten Abend, Stiefmama."

„Oh, Lucas, was für eine wundervolle Überraschung!" Sie berührte einmal kurz seine Wange und drückte ihm dann einen schwarzen Kleidersack in den Arm. „Bitte, leg das irgendwo hin, sei so lieb. Und wo ist meine Süße?"

„Hallo, Mutter."

Faith trat mit ausgestreckten Armen auf Cat zu. „Lass dich ansehen. Oh, mein Liebes, ich vergesse immer, dass du ja schon erwachsen bist."

Ihre Hände berührten sich kurz, und wie immer in Faith' Gegenwart fühlte Cat sich groß und unbeholfen. Ihre Hände waren feucht vor Verlegenheit, und sie hasste sich für diese kindische Reaktion.

Faith musterte die Tochter langsam von oben bis unten und schüttelte missbilligend den Kopf. „Sag mir, Kind, kaufst du denn immer noch in diesen grässlichen Billigläden? Und mit den hohen Absätzen überragst du jeden Mann. Außerdem sehen deine Füße riesig aus."

„Sie ist nicht größer als ich", kam Luke Cat zu Hilfe und legte ihr tröstend den Arm um die Taille. „Und ich bin überzeugt, sie hat die hübschesten Füße seit Cleopatra. Außerdem finden nur diejenigen sie zu groß, die zu klein sind, um ihre Größe zu schätzen. Was die Kleidung anbetrifft, Cat hat einen so guten Geschmack, dass sie auch in den Sachen vom Flohmarkt noch fantastisch aussehen würde."

Seine Hand fühlte sich warm und tröstend an, und seine Verteidigung tat Cat wohl.

„Wie süß von dir", sagte Faith mit einem halben Lächeln. „Immer Kavalier, nicht wahr, Lucas? Cat, ich bin nur vorbeigekommen, um dir dein Kleid für morgen zu bringen. Ich habe schon einen Termin beim Friseur für dich, morgen um neun. Dein Haar ist ja so wild wie eh und je. Ich werde Milo sagen, er soll es ein bisschen glätten, nachdem er es geschnitten hat."

„Da wird kein einziger Zentimeter abgeschnitten", sagte Luke nur. Er sah Cat an. „Oder?"

„Nein." Ihre Mutter hatte dem Friseur sicher schon genaue Anweisungen gegeben, so wie sie es auch früher schon getan hatte. Cat dachte mit Schaudern an die asymmetrische Frisur, unter der sie damals entsetzlich gelitten hatte. Aber es hatte gar keinen Sinn, mit ihrer Mutter zu diskutieren. Sie würde den Termin morgen einfach absagen. „Wie geht es dir, Mutter? Und wie dem glücklichen Bräutigam?"

„Ich weiß es nicht. Du weißt, es bringt Unglück, wenn der Bräutigam die Braut vor der Hochzeit sieht. Chandler ist momentan bei einem Freund und kommt erst morgen." Faith legte den Kopf in den Nacken und blickte der Tochter ins Gesicht. „Und da wir doch nun beide erwachsen sind, ist es an der Zeit, finde ich, dass du mich Faith nennst." Sie lächelte die Tochter strahlend mit ihren regelmäßigen, gebleichten Zähnen an. Ehemann Nummer fünf war Zahnarzt gewesen. „Wir können doch so tun, als seien wir Schwestern. Wäre das nicht lustig?"

Na, wunderbar, dachte Cat nur, jeder will mich zur Schwester haben.

Dieses war das erste Mal, seit Cat sich erinnern konnte, dass die bösartigen Spitzen der Mutter sie nicht trafen. Ihr wurde klar, dass sie anfing, ihre Mutter mit Lukes Augen zu sehen. Es war wie eine Erleuchtung.

Ihre Mutter war eine einsame, traurige Frau, die ihr Leben mit ungeliebten Ehemännern verbracht hatte, weil sie es nicht ertrug, allein zu sein. In ihrer Egozentrik und Selbstsucht hatte sie sich ein Bild von ihrer Tochter gemacht, das nichts mit der wirklichen Cat zu tun hatte. Diese Erkenntnis war wie ein Schock. Plötzlich begriff Cat, dass sie sich jahrelang hässlich und unnütz gefühlt hatte, nur weil ihre Mutter sie so einschätzte.

„Möchtest du etwas trinken, Faith?", fragte Luke, der immer noch an Cats Seite stand. „Vielleicht einen Gin Tonic?"

„Vielen Dank, mein Lieber, aber ich muss los. Ich wollte Cat nur ihr Kleid bringen." Sie sah sich nach dem Kleidersack um. „Komm und sieh es dir an, mein Kind. Ich habe es extra für dich in Paris gekauft." Wieder sah sie die Tochter von oben bis unten abschätzig an. „Vielleicht ist es etwas eng um die Hüften. Hast du ein paar Pfund zugelegt in letzter Zeit? Was hast du mit deiner Haut gemacht? Du bist ja voller Sommersprossen. Hast du denn die Creme nicht benutzt, die ich dir geschickt habe?"

„Cat kann froh sein, dass du einen Schönheitschirurgen heiratest", sagte Luke freundlich. „Nicht, dass sie ihn jemals brauchen würde. Aber in dreißig Jahren oder so, wenn sie so alt ist wie du jetzt, dann kann sie sich gratis ein völlig neues Gesicht verpassen lassen. Allerdings bist du dann wahrscheinlich mit einem Beerdigungsunternehmer verheiratet."

Cat presste die Lippen zusammen, um nicht laut loszulachen.

„Wie charmant, Lucas. Wahrscheinlich erinnerst du dich, dass ich erst sechzehn war, als Cat geboren wurde, also quasi selbst noch ein Kind."

Faith war mit neunundzwanzig schwanger geworden, und

solange Cat denken konnte, hatte sie die Tochter dafür verantwortlich gemacht. Plötzlich fiel Cat auf, dass die Mutter nicht mehr die Stirn runzeln konnte. Ihre Augen blickten zornig, aber sie war so oft geliftet worden, dass sie das Gesicht nicht mehr verziehen konnte.

Faith zog das Kleid aus dem Sack und hielt es hoch. Eins musste man ihr lassen, sie hatte einen ausgezeichneten Geschmack. Es war ein schlichtes schmales Kleid aus feuerroter Seide.

„Interessante Farbe für eine Hochzeit", sagte Luke nur. „Wäre Schwarz nicht passender gewesen?"

„Schwarz trägt man nicht mehr." Faith legte den Kopf zur Seite und hielt Cat das Kleid an. „Ich habe eigentlich gedacht, dass die Farbe Cat gut stehen würde, aber …"

Nie und nimmer hat Faith wirklich geglaubt, dass diese Farbe mir stehen würde, dachte Cat, mehr verwundert als verärgert.

„Du hast recht, diese Farbe wird bei Cat sagenhaft gut aussehen", sagte Luke schnell. „Aber ich gebe zu, nicht jeder kann sie tragen. Du zum Beispiel würdest grau und blass aussehen und dein Haar wie glanzloses Stroh. Aber jemand, der so jung ist und so gut aussieht wie Cat, kann so was tragen. Dazu noch ihr Haar …"

Cat stieß Luke mit dem Ellbogen leicht in die Seite. „Wie viele Gäste kommen denn eigentlich?", fragte sie hastig. Die Vorstellung, wildfremden Leuten in diesem hautengen Kleid gegenübertreten zu müssen, ernüchterte sie schnell wieder. Glücklicherweise würde sie niemanden davon wiedersehen, denn ihre Mutter lud immer wieder neue Leute ein. Cat hatte das Pech, die einzige Ausnahme zu sein.

„Nur zwölfhundert. Chandler wollte es lieber etwas kleiner halten.

Du liebe Zeit, zwölfhundert Menschen würden auf ihren

Hintern in dem hautengen Kleid starren. Aber als Luke ihr zuzwinkerte, musste auch Cat lächeln. Und wenn schon, es war nicht wichtig.

Faith gab ihr das Kleid. „Ich habe getan, was ich konnte. Es wird schon gehen. Au revoir, Darling, ich muss los, die Masseuse wartet. Bringst du mich noch zur Tür?"

Cat vermutete, dass ihre Mutter jeden „Darling" nannte, weil sie sich die Namen nicht merken konnte. Sie gab Luke das Kleid und begleitete ihre Mutter zur Tür.

„Gute Nacht, Faith", rief Luke quer durch den Raum. „Ich freue mich darauf, morgen den alten Chandler kennenzulernen. Hoffentlich finden wir eine Gelegenheit, uns ein bisschen zu unterhalten. Dad hat mir von einigen deiner netten Eskapaden erzählt. Das sollte ihn wirklich amüsieren."

Cat schloss vorsichtig die Tür hinter ihrer sprachlosen Mutter und legte den Riegel vor. Dann drehte sie sich langsam zu Luke um.

Er sah sie beunruhigt an. War sie kurz davor zu weinen? „Entschuldige, Cat, aber ich kann den Ton nicht ausstehen, in dem deine Mutter mit dir spricht. Sie ist doch nur eine Karikatur …"

Mit einem wilden Kriegsgeschrei rannte Cat durch den Raum und warf sich Luke in die Arme. „Mein Held!!"

Sie drückte ihm die Lippen auf den Mund, und er hielt sie fest umschlungen. Himmel, sie fühlte sich einfach wunderbar an. Sie lachte und küsste ihn zur selben Zeit. „Mein Ritter in schimmernder Rüstung!" Er spürte ihre Zunge und erwiderte ihren Kuss sofort voll Verlangen.

Er zog sie fester an sich. Und sie hörte nicht auf, ihn zu küssen. Er sah Tränen in ihren Augen, Tränen der Freude und der Leidenschaft.

Es war der Himmel.

Und es durfte nicht sein.

Er war nicht ihr Traummann, und es wurde Zeit, dass er sie und sich selbst daran erinnerte.

Mit all seiner Willenskraft löste er sich langsam von ihr und versuchte, einen Schritt zurückzutreten. Er hatte sein Verlangen nicht zehn Jahre lang unterdrückt, um nun doch noch nachzugeben. „Du, Cat …“

Doch sie gab ihm einen kleinen Stoß, und beide landeten auf dem großen weichen Bett.

12. KAPITEL

Cat küsste ihn überall, hastig und leidenschaftlich. Auf den Mund, das Kinn, den Hals.

Wie eine glühende Welle überfiel Luke die Begierde. Er konnte nicht mehr widerstehen. Er nahm Cat fest in die Arme und presste ihren schlanken festen Körper an sich.

Er hatte sich bemüht, aber es war umsonst. Er spürte, dass er keinen klaren Gedanken mehr fassen konnte, sondern nur noch fühlte. Cats warmen Atem, der sein Ohr kitzelte, ihre weichen und gleichzeitig festen Lippen, die vollen Brüste. Er durfte nicht ... Halbherzig versuchte er, sie von sich zu schieben.

Cat sah ihn kurz aus ihren bernsteinfarbenen Augen an, dann senkte sie wieder den Kopf, und er spürte ihre heißen Lippen. Sie bewegte unbewusst die Hüften, und ihr Kleid schob sich nach oben, bis ihre Schenkel freilagen.

„Was tust du?", flüsterte er, als sie sein Hemd aus den Jeans zog, während sie ihn mit dem Gewicht ihres Körpers auf dem Bett festhielt. Dabei sah sie ihm in die Augen.

„Nein, Cat, wir dürfen nicht ..."

„Du redest zu viel", sagte sie leise. Sie griff ihm ins Haar und versuchte mit der anderen Hand, ihm das Hemd von den Schultern zu streifen.

Sein Verstand setzte aus. Er fühlte nur, sie begehrte ihn. Ihre Küsse waren voll Verlangen, die Bewegungen fahrig vor Leidenschaft.

Nein, es durfte nicht sein. Einer musste vernünftig sein. Er fasste sie bei den Oberarmen, um sie wegzuschieben, aber stattdessen liebkoste er ihre glatte heiße Haut, immer und immer wieder. „Du weißt nicht, was du tust!", stieß er verzweifelt hervor.

„Deshalb muss ich ja üben." Sie lachte leise, hielt seinen

Kopf mit beiden Händen fest und sah ihm direkt in die Augen. „Ich bin ein großes Mädchen, Luke. Ich weiß, was ich will."

Sie ist nur neugierig, sagte er sich. Sie hat bisher noch nie mit jemandem geschlafen, und nun nimmt sie mich, weil sie Vertrauen zu mir hat und weiß, dass ich alles für sie tun würde.

„Nein, warte, Cat. Nur einen Moment ..."

Er durfte sie nicht verletzen, nicht gewaltsam zurückstoßen. Ihm musste etwas einfallen, weshalb er nicht die richtige Wahl war. Aber dazu musste sein Gehirn erst einmal wieder funktionieren. „Cat, lass uns doch darüber sprechen ..."

„Oh, Luke, du riechst so gut."

Er stöhnte laut auf, als er ihre Zunge auf seiner harten Brustwarze spürte. Er durfte nicht reagieren, auf keinen Fall. Aber er hatte so lange auf diesen Augenblick gewartet. Er war verloren.

„Bist du sicher?", keuchte er.

„Ja, Luke, bitte, liebe mich."

Mit einer einzigen Bewegung schob er sich unter ihr hervor und legte sich halb auf sie. Dann küsste er sie mit einer Leidenschaft, die sie willenlos machte. Sie spürte, wie er das Kleid bis zu den Hüften herunterschob. „Es ist wie ein Traum!" Beinahe andächtig strich er über den knappen Spitzen-BH, in dem sich ihre Brüste wölbten.

„Aber ich bin wirklich", sagte sie leise.

Er legte ihr die Hände auf die Brüste und strich über die harten Spitzen.

Was für eine süße Qual! „Oh, Luke ..." Sie nahm seine Hand und presste sie gegen sich. Der Vorderverschluss ihres BHs sprang auf, und ihre Brüste lagen frei.

„Das ist schöner als ein Traum." Er umfasste ihre Brüste, dann senkte er den Kopf, und sie spürte seine Lippen. Sie drängte sich ihm ungeduldig entgegen, bebend, atemlos und heiß vor Begierde. „Luke, bitte ..."

Er sah sie beinahe belustigt an und liebkoste die andere rosa Spitze mit Lippen und Zunge.

„Luke, mein Kleid, ich möchte nackt sein, deine Haut fühlen …“

„Wir haben doch keine Eile.“

„O doch“, keuchte sie, denn sie spürte den inneren Druck.

„Nein, ich werde doch die Vorspeise nicht auslassen, nur weil du gierig auf das Hauptgericht bist. Entspann dich, du bist in guten Händen.“

„Ja … aber in sehr langsamen.“

Er lachte leise und schob endlich ihr Kleid hoch. Kühle Luft drang an ihre überhitzte Haut, und sie hob sich seiner Hand entgegen. „Ich …“, stieß sie hervor, dann spürte sie seine Lippen auf dem Mund und seine Hand, die endlich ihr Ziel erreichte.

Seine Finger glitten unter den Slip, und Cat spürte, wie ihr die Röte in die Wangen stieg, als er ihre intimste Stelle erfühlte. Sein Kuss wurde fordernder, und sie spreizte die Schenkel.

Luke hob kurz den Kopf. „Alles in Ordnung?“

Sie schluckte. „Ich … ich kann nicht mehr.“ Keuchend bäumte sie sich auf und presste sich an ihn.

„Cat, o Cat!“ Seine Stimme schien aus großer Entfernung zu kommen, während Cat die Stirn gegen seine Brust drückte. Ein Beben ging durch ihren Körper.

Wie sie ihn liebte! Sie liebte seinen Mund, sein Lächeln, seine Zärtlichkeit und seine Wildheit. Sie liebte seinen Geruch, sein kräftiges Haar und seine Finger, die ihr so viel Lust verschafften.

Beide atmeten schnell und konnten sich erst allmählich beruhigen. Cat legte den Kopf auf Lukes flachen Bauch und ließ die Hand zu der deutlich sichtbaren Wölbung in seiner Jeans wandern.

Luke stöhnte auf und versuchte, sich von den Jeans zu befreien, während er gleichzeitig etwas in der Tasche suchte. „Meine Brieftasche“, stieß er hervor und nahm ein kleines flaches Päckchen heraus. Er riss die Folie mit den Zähnen auf und gab Cat das Kondom.

Cat starrte es an. Wieso hatte er das in seinem Portemonnaie? Hatte er vorgehabt, mit ihr ... Aber darüber wollte sie jetzt nicht nachdenken. „Meinst du, das passt?“

„Ja, glaub mir.“ Er nahm ihr das Kondom wieder aus der Hand. „Ich mach es selbst, ich kann mich nicht mehr lange zurückhalten.“

Er zog sich rasch das Kondom über und bemerkte dann, dass sie intensiv auf seine Hände starrte. „Sieh mich nicht so an, sonst ist es vorbei, bevor wir überhaupt richtig angefangen haben.“

Wenn ich doch bloß meinen Verstand ausschalten könnte, flehte Cat insgeheim. Nur nicht nachdenken ... Sag mir, dass du mich liebst, das hilft, betete sie.

Luke zog ihr schnell den winzigen Slip aus. „Oh, Cat, du bist so wunderschön.“ Mit dem Knie spreizte er ihre Beine und schob sich dann zwischen sie. Als sie ihn groß und hart an sich fühlte, verkrampfte sie sich.

„Entspann dich, Cat.“

Ohne dass sie etwas dagegen tun konnte, versteifte sich ihr Körper. Sie biss sich auf die Lippen und versuchte, sich zu entspannen. Ich liebe dich, ich liebe dich ...

Er drang in sie ein, und Tränen schossen ihr in die Augen. Sie sog hörbar die Luft ein, als sie versuchte, den Schmerz zu ignorieren. Instinktiv versuchte sie, Luke wegzustoßen.

Luke erstarrte. „Cat?“ Er sah ihr ins Gesicht. „Liebes, was ist? Soll ich aufhören?“

Sie versuchte, ihren Körper zu zwingen und legte die Arme fest um Lukes Rücken. Dies war Luke, der Mann, den sie schon immer von Herzen geliebt hatte. Endlich war er bei ihr, endlich waren sie ganz zusammen. Sie durfte nicht alles verderben. „Nein, nein, ich bin nur …"

Er strich ihr liebevoll über die Wange, und sie spürte, dass er sich leicht in ihr bewegte. „Du findest es schrecklich", sagte er leise.

„Nein." Aber er kannte sie zu gut. „Ja", gab sie zögernd zu. Luke biss die Zähne zusammen und begann sich langsam zurückzuziehen. Aber Cat kniff die Augen fest zusammen und legte die Beine um ihn. „Bitte mach weiter." Vor Scham konnte sie ihn nicht ansehen.

Er legte seine Stirn an ihre. „Ich hätte es nicht tun sollen."

Sie schluchzte. Wie sehr hatte sie sich vorgenommen, dass er nie wieder etwas ihr zuliebe tun sollte, das er eigentlich nicht wollte.

„Du hast immer alles getan, was ich wollte, Luke. Selbst wenn es schlecht für mich war. Bitte, bring zu Ende, was ich angefangen habe."

Er hatte kein einziges Mal auch nur angedeutet, dass er sie liebte. Was für sie das wichtigste Erlebnis in ihrem Leben war, war für ihn einfach nur Sex mit einer unerfahrenen, wenn auch willigen Partnerin. Cat biss sich auf die Lippen. Einer peinlich unbeholfenen Partnerin. Wie ein schwerer Stein lastete diese Erkenntnis auf ihr. Sie durfte nicht auch noch zu weinen anfangen!

Luke hatte keine Schuld, dass er ihre Gefühle nicht erwiderte, und sie konnte ihn nicht dazu zwingen. Dass Luke mit ihr schlafen wollte, bedeutete nicht, dass er sie liebte. Und dann war auch Sex mit ihm nur ein falscher Sieg. Sie hatte alles auf eine Karte gesetzt und verloren. Sex ohne Liebe ertrug sie nicht.

Dennoch hielt sie Luke eng umklammert, und er bewegte sich wild und kraftvoll. „Alles in Ordnung?", keuchte er.

Nein, dachte sie.

„Ja", flüsterte sie und barg das Gesicht an seinem Hals. Sie wollte allein sein und sich in einem dunklen Raum verstecken. Wenn sie doch nur die Uhr zurückdrehen könnte!

Die Tränen liefen ihr über die Wangen, und sie strich ihm über die angespannten Rückenmuskeln.

Ich liebe dich.

Es war einfach idiotisch, dachte Luke. Was um alles in der Welt hatte er getan? Er war tief in ihr und hielt in der Bewegung inne. Ihn fröstelte. Sie fand es schrecklich. Das hatte er sofort gemerkt, als sich ihr Körper versteifte, weil ihr plötzlich klar wurde, mit wem sie da zusammen war. Mit dem falschen Mann.

Er hatte nicht nur mit ihr geschlafen, er hatte es auch noch auf eine ausgesprochen ungeduldige Art und Weise getan.

„Luke, ich lie…"

„Soll ich das Licht ausmachen?", fragte er in demselben Augenblick und rollte von ihr herunter.

„Ja, bitte." Sie lächelte verkrampft und versuchte, ihre Blöße zu bedecken. Er zog die Decke über sie. „Dir wird doch nicht schlecht?", fragte er.

„Nein." Sie hatte sich den Arm über die Augen gelegt, als wollte sie sich auf diese Weise vor ihm verstecken.

Er knipste das Licht aus und legte sich dann neben sie, ohne sie zu berühren. „Das war wahrscheinlich das Dümmste, das ich je in meinem Leben gemacht habe", sagte er und seufzte. „Es tut mir so leid, Cat."

Sie schwieg. Ob sie eingeschlafen war? „Kannst du mir verzeihen?", fing er wieder an.

„Natürlich."

„So sollte es wirklich nicht ablaufen. Es ist allein mein Fehler. Ich hätte wissen sollen, dass du Sex ohne Liebe nicht genießen kannst. Ich hoffe nur, dass ich nun nicht alles verdorben habe, ich meine, wenn der Nächste kommt."

„Der Nächste … du meinst, wenn es nicht gut war mit dir,

dann könnte es mit jemand anderem besser sein?“ Ihre Stimme klang bitter und verzweifelt.

Er streckte die Hand aus, aber sie wich ihm aus. Er hatte alles verdorben. „Ja, glaub es mir. Wenn man liebt, ist alles vollkommen anders.“

„Du musst es ja wissen.“

„Geht es dir wirklich gut?“

„Könnte nicht besser sein.“

„Soll ich dir ein Tuch holen?“

„Nein!“ Das klang fast panisch. „Ich stehe gleich auf und geh unter die Dusche.“

Es war eindeutig, dass sie ihn weit weg wünschte. Was sollte er bloß tun? Wie konnte er das wiedergutmachen? Was konnte er sagen? Er legte die Hände unter den Kopf und starrte an die Decke. Er wollte sie so gern in die Arme nehmen und trösten. Verdammt, er wollte der Richtige sein!

„Damit hat sich unsere Beziehung irgendwie verändert.“ Er musste es sagen.

„Aber ich möchte nicht, dass sie sich ändert!“ Das hörte sich beinahe verzweifelt an. „Alles soll so bleiben, wie es immer war.“

„Du willst einfach vergessen, was passiert ist?“

„Ja.“

„Meinst du das auch wirklich ernst?“

„Aber sicher. Übrigens, hast du kein eigenes Bett, Van Buren?“ Sie lächelte unter Tränen.

„Weinst du?“, fragte er leise.

„Nein, ich habe Schnupfen.“

„Vielleicht die Klimaanlage. Wirfst du mich aus dem Bett?“

„Nimm es nicht persönlich, Luke, aber du besetzt das ganze Bett. Und ich muss vor dem großen Ereignis morgen noch etwas schlafen.“

„Persönlicher“ kann es ja eigentlich nicht werden, dachte er.

Er war vollkommen nackt, sie noch halb angezogen. Er war so verrückt nach ihr gewesen, dass er es nicht bemerkt hatte.

„Darf ich wenigstens noch zu Atem kommen?" Es muss mir doch einfach etwas einfallen, dachte er, womit ich die Situation für dich erleichtern kann.

„Natürlich. Ich gehe schon mal duschen. Bis morgen dann."

Bis morgen. Er hörte, wie sie über den Teppich tappte, dann fiel die Badezimmertür zu. Auch ihm war zum Heulen zumute. Normalerweise war er doch ein besserer Liebhaber. Warum hatte er sich bei ihr so grob benommen? Er wusste genau, warum. Er hatte sich so sehr nach ihr gesehnt, dass er seine Leidenschaft nicht mehr zügeln konnte, als es endlich so weit war. Aber das war keine Entschuldigung. Er hätte sich zügeln müssen.

Und dabei hatte er sie die ganze Nacht in den Armen halten, sie immer wieder lieben wollen. Stattdessen hatte er sich wie ein Sechzehnjähriger verhalten, der das erste Mal mit einer Frau zusammen war. Was eigentlich kein Wunder war. Die letzten Wochen mit Cat hatten seine Selbstbeherrschung auf eine harte Probe gestellt, waren im Grunde so etwas wie ein lang andauerndes Vorspiel gewesen. Und als er sie dann endlich in den Armen hielt …

Wie gern würde er sie da jetzt aus dem Badezimmer holen, sie aufs Bett legen und lieben, diesmal sanft und zärtlich. Vielleicht könnte er sie dann davon überzeugen, dass er der Richtige war.

Aber das war Unsinn. Es kam auf Cats Gefühle an, nicht auf seine. Er kannte Cat nur zu gut.

Plötzlich richtete Luke sich kerzengerade auf und starrte auf die geschlossene Badezimmertür. Er schlug sich an die Stirn. Natürlich kannte er Cat in- und auswendig. Dann musste ihm auch klar sein, dass Cat nie mit jemandem ins Bett gehen könnte, den sie nicht liebte.

Wieso war er vorher nicht auf diese Idee gekommen?

So wenig Selbstbewusstsein Cat auch hatte, sie hätte nie mit ihm geschlafen, wenn sie ihn nicht liebte.

Und noch etwas. Er hatte sich so sehr darum bemüht, nicht mit ihr zu flirten, dass er gar nicht bemerkt hatte, wie sie ihn nach allen Regeln der Kunst verführte. Und das seit Wochen.

Plötzlich war ihm wieder ganz leicht ums Herz.

13. KAPITEL

Blind vor Tränen lehnte Cat sich gegen den Waschtisch. Sowie sie die Tür hinter sich zugeschlagen hatte, versuchte sie, sich das zerknüllte Kleid über den Kopf zu ziehen, das sich um ihre Taille gewickelt hatte. Sie fühlte sich zu Tode beschämt.

Diese Demütigung war besonders schwer zu ertragen, weil sie wusste, dass sie selbst dafür verantwortlich war. Hatte sie sich nicht fest vorgenommen, dass diesmal alles von Luke ausgehen sollte? Und was hatte sie stattdessen getan?

Sie schluchzte und versuchte, sich aus dem Kleid zu winden. Aber die hinteren Knöpfe hatten sich in ihrem Haar verfangen, und sie konnte nicht vor und nicht zurück.

Auch das noch. Wer weiß, in achtundneunzig Jahren würde sie darüber vielleicht lachen können. Wieder zerrte sie an dem Stoff. Aber sie kam nicht frei. Und je mehr sie zerrte, desto stärker zogen sich die Knöpfe fest. „Verdammter Mist!"

Die Tür ging auf. „Kann ich dir helfen?"

Cat schrie auf. „Raus, Van Buren. Ich bin fast nackt!"

„Hm. Das sehe ich. Ein sehr interessanter Anblick."

Sie war außer sich vor Zorn und Frust. „Hol mir eine Schere und dann raus!"

„Hat sich dein Haar irgendwo verfangen? Soll ich nicht versuchen, dich freizubekommen?"

„Nein", stieß sie zwischen den Zähnen hervor. „Ich will nicht, dass du mir nahe kommst. Geh weg." Das würde alles nur noch schlimmer machen. Sie liebte ihn. Er mochte sie, das war alles. Sie würde ihn irgendwann vergessen können, in hundert Jahren vielleicht. Aber wie sollte sie damit beginnen, wenn sie seine Hand auf ihrer Hüfte fühlte?

„Du sollst mich nicht anfassen", sagte sie und bemühte sich um einen entschlossenen Tonfall.

„Soso." Er nahm sie einfach auf die Arme, so wie Rhett Butler in „Vom Winde verweht", als er Scarlett O'Hara die Treppe hochtrug. Er war nackt! Warum hatte er sich nichts übergezogen?

„Lass mich runter! Verdammt, Luke, das meine ich ernst. Lass mich run..."

Er ließ sie auf das Bett fallen, und wieder traten ihr die Tränen in die Augen. Sie fühlte genau, dass er sie von oben bis unten musterte. „Ich hasse dich!", sagte sie mit Nachdruck, „geh sofort in dein Zimmer."

Er lachte leise, und sie hörte, wie er ins Badezimmer ging. Wasser rauschte. Mit letzter Anstrengung schaffte sie es, sich das Kleid über den Kopf zu ziehen. Sie angelte mit den Füßen nach der Decke und zog sie sich über den Kopf.

„Warum tust du das?" Er war wieder zurück, und die Matratze gab leicht nach, als er sich neben sie setzte. „Du musst dich doch nicht verstecken."

„Ich warne dich, Van Buren, rühr mich nicht an ... Lass das!" Er hatte die Hand unter das Betttuch geschoben und streichelte ihre Hüfte.

„Bitte lass mich doch, Cat", sagte er leise und fast zärtlich, „bitte."

Der Mann war zum Wahnsinnigwerden.

„Mach wenigstens das Licht aus." Sie presste die Augenlider zusammen.

Plötzlich spürte sie einen warmen feuchten Lappen zwischen den Beinen. Sie fuhr hoch und fiel fast vom Bett.

„Nein", sagte er leise.

Wieso nein? Ach so, das Licht. „Was machst du da? Was soll das?" Ohne dass sie etwas dagegen tun konnte, zitterte sie unter seinen Händen. Die Tränen trockneten ihr auf den heißen Wangen, und ihr Atem ging schneller. Warum machte er das? Er musste doch wissen, wie qualvoll das für sie war.

Er hatte das Laken zurückgeschlagen und strich jetzt mit langen kräftigen Bewegungen über ihre heißen Schenkel.

Noch immer hielt sie das Gesicht bedeckt. Sie würde ihm nicht zeigen, wie sehr sie seine Liebkosungen genoss. Sie fühlte, wie er aufstand.

„Bis morgen dann", sagte sie schnell.

„Ach, meine Kleine, wie praktisch, dass du dein Gesicht versteckt hältst." Sie hörte, dass er zum Fußende des Bettes ging, und fühlte, wie er sich zwischen ihre gespreizten Beine setzte.

Er nahm ihren rechten Fuß in die Hand. „Schrei nicht so laut, sonst kommt der Hoteldetektiv, und das kann peinlich für dich werden. Was haben wir denn hier?" Er umfasste ihren Spann. „In diese Füße habe ich mich schon verliebt, als du, glaube ich, sechzehn warst." Mit dem Daumen liebkoste er die Wölbung, und sie versuchte vergeblich, den Fuß wegzuziehen. „Du hast damals am Pool gesessen, erinnerst du dich? Dein Badeanzug war so blau wie das Wasser. Und du maltest dir die Fußnägel in einem kräftigen Rosa an. Noch nie hatte ich etwas so Reizvolles gesehen."

„Du bist verrückt. Ich habe doch riesige Füße."

„Ach was, deine Füße sind genau richtig." Er lachte leise.

Cat fuhr hoch, ließ sich dann aber langsam zurücksinken und genoss den Kitzel, als er mit der Zunge ihre Zehen umspielte. Es war einfach unbeschreiblich.

„Luke ..." Aber er ließ sich nicht unterbrechen, sondern sog an ihren Zehen, dann küsste er die Fußwölbung, den Spann. Es war ungeheuer erregend, und dabei hatte er noch nicht einmal ihren Knöchel erreicht.

Als er den zweiten Fuß wieder sanft auf das Bett legte, raste Cats Herz wie verrückt, als hätte sie gerade einen Marathonlauf hinter sich, und wohlige Wärme durchströmte ihren ganzen Körper, wie nach einem langen Bad. Aber immer noch hatte sie das Laken über den Kopf gezogen.

„Deine schmalen Fußgelenke waren mir schon früher aufgefallen, wenn ich ehrlich bin. Ich glaube, du warst damals fünfzehn oder so. Du hattest dir gerade diese verrückten goldenen Sandaletten mit den hohen Absätzen gekauft, wohl für irgendeine Abschlussfeier, weißt du noch?“ Luke strich zärtlich über ihren rechten Fußknöchel, während er den linken mit den Lippen liebkoste. „Du kamst die Treppe herunter, und ich sah als Erstes deine Fußgelenke. Fantastisch.“

Luke kitzelte sie mit der Zunge, die sich glatt und rau zugleich anfühlte. Wie konnte eine solche Berührung nur so erotisch sein? Cat stöhnte leise auf.

„Du warst damals mit Anna Silk zusammen.“ Cat veränderte ihre Lage. „Erinnerst du dich noch an Anna?“

Er schüttelte offenbar den Kopf, denn sie spürte sein Haar an ihrer Wade. „Nein. Ich erinnere mich nur an ein junges Mädchen mit wildem rotem Haar und funkelnden Augen. Ich weiß noch genau, dass ich mir wünschte, es würde ganz schnell erwachsen werden.“

Sie traute ihren Ohren nicht. „Und ich war wahnsinnig in dich verliebt, als ich fünfzehn war.“

Er strich über ihre Schenkel. „Ist das wahr?“, fragte er leise.

„O ja …“ Cats Körper bebte unter Lukes Händen. „Ich habe dich von Anfang an geliebt. Aber ich muss dich damals verrückt gemacht haben, weil ich dir ständig folgte. Du hast mir vorgeworfen, ich würde dir nachspionieren, erinnerst du dich?“

Luke küsste sie auf die Kniekehle. Seine Lippen fühlten sich heiß an, und Cat lief ein Schauer über die Haut. „Ich war nicht sehr nett zu dir.“

„Das stimmt, aber ich konnte dir das nicht übel nehmen. Du warst ja nicht sehr oft zu Hause, aber wenn du da warst, wollte ich am liebsten jede Sekunde mit dir zusammen sein. Ich fühlte mich schon ziemlich erwachsen und war verzweifelt, weil du das nicht bemerkt hast.“

„Das habe ich wohl bemerkt. Glaub mir, Cat, ich habe immer wieder von dir geträumt." Er küsste und liebkoste sie. „Und es waren ziemlich eindeutige Träume."

Cat warf den Kopf hin und her. Sie hielt die Augen geschlossen, hatte sich aber endlich das Tuch vom Gesicht gezogen. Ihre Brustspitzen hatten sich aufgerichtet, und Begierde erwachte in ihr. Auch Luke musste wahrnehmen, wie sehr er sie erregte.

Als er mit beiden Händen über die Innenseiten ihrer Schenkel fuhr, vergaß sie alles um sich herum. Die zarte Haut prickelte, und Cats Sehnsucht nach Luke wuchs.

„Und erst deine Beine", flüsterte er, „diese wunderschönen Beine. Wegen dieser Beine habe ich mehr Träume gehabt, als du dir vorstellen kannst." Er lachte leise. „Ich, ein erwachsener Mann mit einiger Erfahrung, sehnte mich nach diesen Beinen."

Cat befeuchtete ihre trockenen Lippen mit der Zunge. Sie konnte kaum noch einen klaren Gedanken fassen. „Aber meine Sommersprossen?"

„Dem Himmel sei Dank dafür." Er legte sich neben sie und strich ihr mit dem Bein über die bebenden Schenkel. „Ich werde viel Zeit brauchen, um sie alle zu zählen. Vielleicht ein ganzes Leben lang. Du musst Geduld mit mir haben."

Ein ganzes Leben lang?

„Ich erinnere mich noch genau an die Nacht, als du das erste Mal so richtig wütend wurdest", sagte sie leise und sah ihn endlich an. „Meine Freundinnen hatten mich zu einem Strip-Lokal mitgenommen. Zum ersten Mal sah ich da nackte Männer. Zum ersten Mal trank ich Bier. Ich war nicht mehr ganz sicher auf den Beinen, als ich nach Hause kam und in die Küche trat. Und da warst du, in einem schwarzen T-Shirt und Jeans. Als ich dich sah, wäre ich fast ohnmächtig geworden. Und dabei wollte ich so gern weltgewandt wirken." Sie lachte kurz.

Er beugte sich vor und strich mit den Lippen über ihre Hüfte. „Und deine Augen funkelten, und du trugst ein hellgelbes Kleid. Es flog nur so um deine Beine, als du dich einmal um deine eigene Achse drehtest und dich dann in meine Arme stürztest.“ Er legte ihr die Hand auf den flachen Bauch, und ihr stockte der Atem.

„Du hast mich hochgehoben und mich herumgewirbelt. Mir wurde ganz schwindelig. Dann hast du mich gegen den Kühlschrank gepresst und hast mich geküsst.“

„Ich weiß.“

„Mir wurden die Knie weich, und ich wusste nicht, was mit mir geschah. Nur dass mein Herz wie verrückt schlug und meine Haut abwechselnd heiß und kalt war, als hätte ich Fieber. So etwas habe ich nie wieder empfunden.“

„Und dann hast du meine neuen Schuhe vollgespuckt.“

„Und du hast mich angeschrien und weggestoßen.“

„Ich hatte ein so entsetzlich schlechtes Gewissen, weil ich deinen Zustand ausgenutzt hatte. Wenn ich dich nicht weggestoßen hätte, hätte ich mich nicht mehr beherrschen können und hätte dich gleich auf dem Küchenfußboden genommen.“

„Gerade noch hattest du mich so geküsst, wie ich es mir immer in meinen schönsten Träumen vorgestellt hatte, und dann hast du mich angeschrien. Aber ich war ja auch eine echte Plage.“

„Nein, nein, ich hatte eine solche Sehnsucht nach dir, dass ich alles riskiert hätte, auch den ewigen Zorn meines Vaters. Aber ich glaubte, dass du alles furchtbar bereuen würdest, wenn du wieder nüchtern wärest. Und ich wollte unsere geschwisterliche Beziehung nicht verderben. Aber gleichzeitig wünschte ich auch, dass du nicht meine Schwester gewesen wärst.“

„Und ich sehnte mich nach etwas ganz anderem als nach deiner brüderlichen Liebe. Mir war schlecht geworden, weil ich zu viel getrunken hatte. Oh, Luke, warum ist alles so kompliziert?“

„Das ist es doch gar nicht. Aber wo war ich stehen geblieben? Ach hier, dein Bauchnabel.“ Sie spürte seine Zunge, die eine feuchte heiße Spur hinterließ, und hob automatisch leicht die Hüften an.

Er griff nach ihrer Hand und legte sie auf seine Handfläche. „Und nun zu deinen Händen. Diese wunderschönen langen, schlanken Finger. Ich liebe es, dass du sie fast nie lackierst. Ich liebe es, wenn du mit den Nägeln ungeduldig auf den Tisch trommelst. Ich liebe es, wenn du durch mein Haar fährst."

Cat sehnte sich so nach seinem Kuss. Sie wollte ihn wiederküssen. Sie seufzte leise und schloss die Augen.

„Und jetzt zu den Schultern. Weißt du, dass es viele Sonette berühmter Dichter über die Schultern einer Frau gibt?"

„Sie halten meinen Hals und Kopf."

Er ging nicht darauf ein. „Zart und dennoch stark." Er strich sanft über ihren Hals. „Willst du mich, Cat?"

Mehr als alles in der Welt. „Was würde ich mit dir tun, wenn ich dich hätte?", fragte sie leichthin.

„Oh, da gibt es viele Möglichkeiten." Er legte ihr die Hand auf die Brust und spielte mit der harten Spitze. Ein heißes Sehnen durchzog Cat. Sie stöhnte leise. Sie fühlte sich ihm ausgeliefert, schwach vor Verlangen, voller Liebe.

„Aber erst ...", flüsterte er, und sie spürte seinen Atem an ihrer rechten Brust, „erst einmal muss ich dir sagen, dass das die schönsten Brüste sind, die ich jemals gesehen habe."

„Viel zu klein."

„Bist du verrückt? Sie passen perfekt in meine Hände. Alles andere wäre Verschwendung." Er umfasste beide Brüste, dann beugte er sich vor und küsste und liebkoste sie mit Zunge und Lippen.

Langsam rutschte er tiefer, strich mit den Lippen über ihren Rippenbogen, den glatten flachen Bauch, bis sie nicht mehr wusste, wo Luke aufhörte und sie begann. Dann spürte sie ihn zwischen ihren Beinen.

„Oh, Cat, das ist Wahnsinn!" Mit der Zunge reizte er sie, stieß leicht vor, kam wieder zurück, und Cat wand sich seufzend. „Davon habe ich immer geträumt."

Cat hob sich ihm entgegen, und er umfasste ihren festen Po und reizte sie so lange, bis er an ihren rhythmischen Bewegungen merkte, dass sie kurz davor war, den Höhepunkt zu erreichen.

„Nein, noch nicht“, stieß er hervor, „warte.“

Cat bebte vor Erregung, sie fühlte sich Luke ausgeliefert in ihrer Lust und dem drängenden Verlangen nach Erfüllung.

Luke schob sich auf sie. „Ich bin hier. Warte … auf … mich.“ Endlich drang er in sie ein, und Cat schluchzte vor Erleichterung, als sie ihn in sich spürte. Es war ein unglaubliches Gefühl. Tränen rannen ihr über die Wangen, aber diesmal waren es Tränen der Lust und der Freude. Ihr Herz schlug wie verrückt. Ich liebe dich. Ich liebe dich. Ich liebe dich …

„Tut es weh?“, flüsterte er, den Mund an ihrem Ohr.

„Nein, nein.“ Sie hielt die Beine weit gespreizt und zitterte vor Lust, als er ihren empfindsamsten Punkt mit dem Daumen reizte. „Oh, Luke“, keuchte sie und hob sich ihm entgegen. „Luke, bitte.“

„Ja, Liebste, alles ist gut.“

Sie spürte, wie sich die Erregung wie ein Wirbelsturm in ihr aufbaute, sie höher und höher trug, bis sie endlich wild erbebend Erfüllung fand.

Luke war mit einem tiefen Stöhnen auf ihr niedergesunken, sein Herz schlug schnell. Cats Haut war heiß und feucht, und sie fühlte, wie er sich in ihr bewegte, und spannte die Muskeln an, um ihn dort zu halten.

„Ach, Liebste …“ Er strich mit bebender Hand über ihren Hals und über ihre Brüste.

Cat seufzte leise. Sie fühlte sich, als würde sie ohne Netz auf einem Hochseil balancieren. Sie wusste nicht, was sie von der ganzen Sache halten sollte. Entweder war Lukes männliches Ego bei ihrem ersten Versuch so beschädigt worden, dass er nun alles darangesetzt hatte, sie zu verführen, um so vor sich selbst wieder seinen Ruf als Liebhaber zu retten, oder sie konnte weiter davon träumen, dass er vielleicht doch mehr für sie empfand …

Sie liebte ihn so sehr, dass es fast körperlich schmerzte, und war andererseits voller Angst, dass sie wieder enttäuscht würde.

Er hob den Kopf, und sie spürte, dass er sie ansah. „Weißt du, was mir gerade einfällt, meine Kleine?"

„Ich wage nicht, es mir vorzustellen", sagte sie. Sie schmiegte sich an ihn. Wenn es doch immer so bliebe. Später würde sie der Realität tapfer ins Auge sehen, jetzt wollte sie einfach nur genießen. Wollte ganz dicht bei ihm sein.

„Ich glaube, du würdest den Richtigen auch dann nicht erkennen, wenn er dich auf den Po küssen würde."

„Aber du hättest da keine Probleme, was?"

Seine Augen funkelten, und er grinste. „Bestimmt nicht."

Sie sah Luke in die Augen. Ihre Gesichter waren nur wenige Zentimeter voneinander entfernt. „Vielleicht ist der Richtige so blind, dass er meinen Po nicht erkennen würde, auch wenn er ihm auf einem silbernen Tablett serviert würde." Sie errötete über ihre Bemerkung und sah schnell zur Seite.

Luke rieb sich nachdenklich das Kinn. „Vielleicht würde er es doch."

„Vielleicht hat er es immer noch nicht."

Er beugte sich vor und gab ihr einen Kuss auf den Mund. „Oh, Cat, warum machen wir alles nur so kompliziert? Ich glaube, wir müssen wirklich lernen, uns nicht immer misszuverstehen."

Sie fühlte immer noch die getrockneten Tränen auf den Wangen. Wieder sah sie ihm in die Augen. Konnte das wahr sein, was sie da sah?

Er umschloss ihr Gesicht mit beiden Händen. „Ich liebe dich, Cat."

„Du liebst mich? Und was ist mit all den anderen Frauen auf der Welt?"

„Du bist für mich die einzige Frau. Die liebste und wichtigste. Du bist meine Liebe, meine Hoffnung, meine Zukunft." Sein Blick wurde ernst. „Wünschst du dir das Beste für mich?"

„Ja, das weißt du doch."

„Du bist das Beste für mich, Cat."

„Cat?"

„Du sollst wissen, wie ernst es mir ist. Du bist die Frau meines Lebens."

„Du fühlst dich verantwortlich für mich, hast ein schlechtes Gewissen, willst mein Held und Retter sein."

„Nein, ich liebe dich von ganzem Herzen. Ich möchte mit dir mein ganzes Leben lang zusammen sein und dir zeigen, wie sehr ich dich liebe." Er schloss die Augen. Er würde es nicht ertragen können, wenn sie ihn ablehnte. „Okay", fügte er hinzu, bevor sie noch etwas sagen konnte. „Ich habe dir und Dad das Versprechen gegeben, dass ich wie ein Bruder für dich sorgen würde. Und ich hatte auch die feste Absicht, dieses Versprechen zu halten. Aber schon seit langer Zeit sind meine Gefühle für dich nicht mehr brüderlich. Ich habe mich in dich verliebt, und nun kann ich nicht mehr zu meinem Versprechen stehen."

Sie kniff ihn liebevoll in den Arm. „Aber warum hast du mir das nicht schon viel früher gesagt?"

„Weil ich glaubte, dass für dich so etwas wie Familie wichtiger wäre als ein Geliebter."

„Liebst du mich, Luke? So richtig, mit ganzer Seele? Nicht, wie man eine Frau liebt, mit der man eine aufregende Nacht verbracht hat. Oder weil du dich verpflichtet fühlst, weil du mit mir geschlafen hast, sondern aus tiefstem Herzen?"

„Ja." Er lachte so glücklich, dass ihr ganz warm ums Herz wurde. „Ich liebe dich von ganzem Herzen. Ich bin verrückt nach dir. Ich will mein ganzes Leben mit dir zusammen sein."

„So, so ..." Cat musste lachen. „Und wie ist es mit dem Richtigen? Wollte er mich nicht auf den Po küssen?"

„Aber mit dem größten Vergnügen."
„Wirklich?"
„Ja, wirklich."
Sie schob sich trotz seines Protests unter ihm hervor und drehte sich auf den Bauch. Dann wies sie auf ihren Po, auf den in großen Buchstaben das Wort „Luke" tätowiert war.
Luke erstarrte. „Du liebe Zeit! Das muss doch sehr wehgetan haben."
Sie wandte den Kopf zu ihm um. „Nicht mehr, als zu wissen, dass ich für dich eigentlich gar nicht existierte."
„Cat, meine Liebste", sagte er mit leiser Stimme und fuhr die Buchstaben mit dem Zeigefinger nach. „Wann hast du das machen lassen?"
„An meinem siebzehnten Geburtstag. Ich wusste immer, dass nur du der richtige Mann für mich bist. Luke?"
„Ja?"
„Küss mich endlich!"

14. KAPITEL

„Wir waren nicht auf der Hochzeit deiner Mutter. Macht dir das was aus?“, fragte Luke. Er lehnte sich über die Armlehne und spielte mit einer von Cats roten Locken. Sein Handrücken strich dabei wie zufällig über ihre Brüste.

„Nein. Es wird nicht die letzte gewesen sein.“ Cat schob die Hand unter die aufgeschlagene Zeitung, die auf seinem Schoß lag, und streichelte ihn. Luke stöhnte leise.

Er liebt mich. Am liebsten wäre sie auf ihren Sitz gesprungen und hätte es durch das ganze Flugzeug gerufen. Lucas Van Buren liebt mich.

Sie hatten die Hochzeit versäumt, den Empfang und die Verabschiedung. Glücklich und erschöpft hatten sie schließlich das Bett verlassen, um das Flugzeug nach San Francisco zu erreichen.

Der Kapitän ließ jetzt Signale aufleuchten. Sie würden kurz in Las Vegas zwischenlanden. In ein paar Stunden würden sie wieder zu Hause sein.

Zu Hause. Wie wunderbar sich das anhörte. Zu Hause in ihrem großen Bett. Zusammen.

Als sie gelandet waren und die Signale erloschen waren, stand Luke auf und trat auf den Gang. Er reichte ihr die Hand. „Komm.“

„Warum denn? Wir können doch an Bord bleiben.“

„Ich muss mir aber unbedingt mal die Beine vertreten.“

„Und dabei muss ich dir die Hand halten?“ Sie lächelte. „Bleib hier. Ich werde dich schon so ablenken, dass du nicht mehr an deine steifen Beine denkst.“

„Das hört sich zwar verführerisch an, aber ich muss trotzdem mal ein paar Schritte machen. Komm schon, Cat. Du hast doch gehört, was der Kapitän gesagt hat. Wir haben mindestens fünfundzwanzig Minuten Aufenthalt.“ Er zog sie hoch, und sie folgte ihm durch den Gang.

Die Flugbegleiterin, eine hübsche zierliche Brünette, strahlte

Luke an. Cat stieß ihn verstohlen in den Rücken.

„Eifersüchtig?“, fragte er lächelnd, als sie weitergingen. „Keine Sorge, Schatz, Wenn ich jemals wieder eine andere Frau ansehe, darfst du mich erwürgen.“

„Danke für die Erlaubnis, aber das würde ich sowieso tun.“

Luke lachte und zog sie durch die Halle.

„Oh, sieh mal, Spielautomaten. Hast du ein paar Münzen?“ Aber Luke ging nicht auf Cats Frage ein, sondern zog sie weiter hinter sich her durch die Halle. „Aber wollen wir nicht am Gate warten?“

„Ich brauch noch was von dahinten.“ Er wies auf eine Art Stoffzelt, das, über und über mit Blumen bedeckt, hinten in der Halle aufgebaut war.

Cat lächelte. „Willst du noch Blumen kaufen?“

„So was Ähnliches. Komm.“

Als sie sich dem Zelt näherten, fiel Cat auf, dass es eigentlich gar nicht wie ein Blumenkiosk aussah. Und der Mann da, kannte sie den nicht? „Nick! Sieh mal, Luke, Nick ist hier!“

„Hallo, meine Schöne!“ Nick fing Cat lachend auf, als sie sich in seine Arme warf. Hinter ihrem Rücken zwinkerte er Luke zu und ließ Cat dann wieder los.

„Wie geht es dir denn, mein Alter?“ Nick grinste und trat auf den Freund zu. „Schwere Zeiten hinter dir?“

Luke nickte und musterte das Zelt und die Stuhlreihen. „Alles klar?“

„Kann man sagen.“

„Was ist denn mit euch beiden los?“ Cat sah misstrauisch von einem zum anderen. „Nicht, dass ich mich nicht freue, dich zu sehen, Nick, aber was tust du hier?“

„Cat!“ Bevor Nick noch antworten konnte, wurde Cat von Molly Cruz, einer Freundin aus Beaverton, umarmt. Hinter ihr stand Sandra Stewart mit ihrem Mann Bill, und nun erhoben sich auch die anderen, alles Schulfreunde aus Beaverton. Alle redeten und lachten gleichzeitig.

Cat hatte Tränen in den Augen, während sie die Freunde umarmte. „Das ist vollkommen verrückt! Was macht ihr denn alle hier?“

„Schluss jetzt, das genügt, Cat“, sagte Luke, der selbst vor Rührung kaum sprechen konnte. „Weiß jeder, was zu tun ist?“ Er hörte sich wie ein Filmregisseur an, der jeden auf seinen Platz verwies. Noch nie in seinem Leben war er so aufgeregt gewesen. Er nahm Nick die schon etwas angewelkten Margeriten aus der Hand und drückte sie Cat in den Arm. Die Menge teilte sich, und Luke zog Cat in das Zelt.

„Luke, was soll …“

„Cat, ich kann nicht länger warten. Ich möchte dich heiraten. Jetzt. Sofort.“

„Heiraten?“

„Ja. Willst du nicht?“

Sie strahlte ihn an. „O doch.“

„Gut. Dann wollen wir es hinter uns bringen. Nick, wo ist der Pfarrer?“

„Hier.“ Ein kleiner rundlicher Mann mit einem schwarzen Buch in den Händen trat vor und baute sich vor ihnen auf.

Cat rückte näher an Luke heran und umklammerte seine Hand.

„Liebes Brautpaar …“

„Bis dass der Tod uns scheidet“, flüsterte Luke Cat zu.

„… hier versammelt …“

Cat legte die Wange an Lukes Schulter und strahlte ihn an.

„… Cat und Lucas in den heiligen Stand der Ehe …“

Luke blickte Cat an, die ihn unter Tränen anlächelte. Er wusste, dieses Lächeln würde auf immer sein Leben erhellen.

„… Mann und Frau. Sie können jetzt die Braut küssen.“

– ENDE –

Cherry Adair

Gesetz der Lust

Erotischer Roman

Aus dem Amerikanischen von
Elke Iheukumere

MIRA®

PROLOG

Der feuerrote Truck raste die Einfahrt entlang. Staub wirbelte auf, und die Kühe hinter dem Zaun sprangen erschrocken beiseite.

Marc Savin kniff die Augen zusammen. Am liebsten wäre er ins Haus gegangen und hätte die Tür hinter sich abgeschlossen. Er wusste ganz genau, wer sein Besucher war. Doch er hatte keine Lust auf Gesellschaft, selbst wenn es ein Mann war, den er respektierte.

Alexander „Lynx" Stone, sein Partner und Freund. Marc hatte ihn zwei Jahre lang nicht gesehen. Er war ein guter Mann, wenn man Unterstützung brauchte. Doch Marc brauchte Lynx jetzt nicht. Phantom hatte sich zurückgezogen. Für immer. Nichts, was Lynx sagen würde, konnte dies ändern.

Ein Mann war ausgelaugt, wenn die Frau, die er geliebt hatte, durch seine Schuld umgebracht worden war.

Marc blickte auf die Staubwolke, die sich langsam legte, dann nahm er einen Schluck Bier. Mit der anderen Hand rieb er über die Narbe auf seiner Schulter. Die Narbe und auch die Erinnerungen waren zwei Jahre alt. Die Narbe schmerzte nicht.

Der Wagen hielt an, und Alex kletterte vom Fahrersitz. Marc sah zu, wie sein Freund mit langen Schritten auf die Veranda kam.

„Hey", begrüßte er ihn.

„Hey", antwortete Marc. „Sag bloß nicht, dass du zufällig in der Nähe warst …"

„… und da dachte ich, ich komme mal vorbei", beendete Alex den Satz und grinste. Doch Marc sah den besorgten Blick in seinen Augen. Er fragte sich, wie viel sein Freund wohl vermutete, nachdem er sich das selbsterwählte Exil auferlegt hatte. Aber was machte das schon.

„Hübsch hast du es hier." Alex betrachtete das Ranchhaus,

die Scheune und die eingezäunten Weiden. Pferde grasten ein Stück weiter, auf einer anderen Weide schlug ein Preisbulle mit dem Schwanz nach den Fliegen.

„Mir gefällt es. Aber würdest du mir bitte sagen, was zum Teufel du hier zu suchen hast?", wollte Marc wissen.

„Es geht um Spider ..."

„Nein."

„Verdammt, Marc, wirst du mir wenigstens zuhören ..."

„Nichts, was du zu sagen hast, interessiert mich ..."

„Die ganze verdammte Sache geht in Flammen auf." Jetzt war es Lynx, der sprach – nicht länger sein Freund Alex. „Es hat drei Verräter gegeben, Marc."

Diese Bemerkung weckte Marcs Interesse, trotz seiner Entschlossenheit, sich nicht beeinflussen zu lassen.

„Wer?"

„Curtis, Michaels ... und Krista."

Marc war die Treppe hinunter, noch ehe er selbst wusste, was er tat. Wütend ging er auf den Freund los.

„Du bist ein stinkender Lügner!"

„Es ist wahr, Marc." Alex wich nicht zurück, er sah ihn nur voller Mitleid an. „Sie war von Anfang an Doppelagentin ..."

Marc ließ ihm keine Möglichkeit, den Satz zu beenden, mit einem harten Schlag landete seine Faust auf Alex' Kinn. Alex stolperte zurück, fiel gegen den Wagen und rieb dann sein Kinn. „Ich weiß, es fällt dir schwer, das zu glauben."

„Nein!" Die Qual in Marcs Stimme war nicht zu überhören. „Nein, du verdammter Schuft. Nein!" Er packte Alex beim Hemd und zog ihn vom Wagen weg.

Alex wich den Schlägen aus, er weigerte sich zurückzuschlagen. Doch schließlich konnte er nicht mehr anders, er versetzte Marc einen Schlag in den Magen. Beide Männer waren erfahrene Kämpfer, beide hatten Ahnung von Angriff und Verteidigung. Es vergingen beinahe zehn Minuten, ehe sie voneinander abließen.

„Du bist wirklich blöd, Mann“, flüsterte Alex. „Sie hat sich gegen ihr Land gewandt und auch gegen dich. Sie war verdorben, Marc.“

„Halt verdammt noch mal den Mund und verschwinde von meinem Land. Und komm nicht wieder zurück.“

„Komm mit mir nach Marezzo“, gab Alex zurück. „Wir brauchen dich.“

Was Alex ihm von Krista erzählt hatte, hatte Marc überwältigt. All die Wut und der Schmerz, all der Kummer waren mit einem Schlag wieder da, als seien erst wenige Tage vergangen und nicht Jahre.

Zwei Jahre.

„Sie sind tot, Marc. Alle.“

„Halt den Mund ...“

„Die königliche Familie. Der König und die Königin von Marezzo und ihr Sohn und ihre Tochter. Man hat sie exekutiert.“

Marc öffnete den Mund, um etwas zu sagen, doch kein Wort kam heraus.

„Spider besitzt jetzt die Insel, Marc. Sie haben sie übernommen, und der Himmel allein weiß, was sie als Nächstes planen. Also, spiel du hier nur den Cowboy, aber ich werde morgen abreisen und versuchen, sie aufzuhalten.“ Alex wandte sich um und ging zu seinem Wagen, ohne Marc noch eines Blickes zu würdigen.

Marc starrte seinem Freund nach und rieb sich das Kinn. Alex wusste noch immer, wie man zuschlagen musste.

Er wartete und hoffte, dass Lynx einfach in den Wagen steigen und abfahren würde. Stattdessen nahm sein Freund einen dicken Umschlag vom Beifahrersitz und kam damit zurück.

„Lies das und weine, du störrischer Hund.“ Alex warf den Umschlag auf die Veranda, wandte sich um und ging zum Wagen. Er öffnete die Tür, stieg ein und ließ das Fenster herunter.

„Und versuche, nachts zu schlafen, wenn du daran denkst, womit diese Schlächter davonkommen!“

Marcs Hals war ganz eng. Er musste es Alex erklären. Es war gar nicht so, dass er nicht wollte. Er hatte keine andere Wahl. Auf einer Mission wäre er nutzlos.

„Alex.“ Lynx zögerte, ehe er den Wagen startete. „Alex“, sagte Marc noch einmal. „Ich ... ich kann nicht.“

Etwas in seinem Ton musste seinen Partner erreicht haben, denn Alex blickte auf seine aufgeschürften Fingerknöchel und schwieg. Als er endlich sprach, klang seine Stimme sanft.

„Sag mir zum Teufel, was hier eigentlich los ist. Warum hast du dich in den letzten zwei Jahren geweigert, eine Mission zu übernehmen?“

Marcs ganzer Körper spannte sich an. „Das ist doch nichts Besonderes. Ich war beinahe die Hälfte meines ganzen verdammten Lebens in dem Geschäft. Die Hälfte meines Lebens habe ich die Kriege anderer Leute gekämpft. Ich wollte aufhören.“ Es war keine völlige Lüge, doch die Wahrheit war es auch nicht. Aber es musste genügen. „Pass auf dich auf“, murmelte Marc und schämte sich des Gefühls, das in ihm aufstieg. „Sei kein Dummkopf, wenn du dort bist.“

„Darauf gebe ich dir mein Wort.“ Alex’ leuchtend grüne Augen blitzten. „Aber eines musst du mir versprechen. Wenn ich versage, Kumpel, dann musst du kommen und mich rausholen.“

„Hau ab.“

„Versprichst du es mir?“

„Wirst du abhauen, wenn ich es dir verspreche?“

„Okay.“

„Also gut. Ich verspreche es dir, Kumpel.“

Alex wollte die Stimmung ausnutzen. „Aber ich könnte ein wenig Gesellschaft gebrauchen.“

„Hau ab!“

Marc sah dem Wagen nach. Alex würde wiederkommen.

Er setzte sich auf die Stufen der Veranda. Der Umschlag lag hinter ihm, doch er beachtete ihn nicht.

Es dauerte vier Tage, bis er den Mut fand, ihn zu öffnen. Nach weiteren drei Tagen kam die Nachricht, dass Lynx tot war.

1. KAPITEL

Das Gefühl, dass jemand sie beobachtete, weckte Victoria Jones auf. Sekundenlang lag sie ganz still, mit geschlossenen Augen, und ihr Herz schlug heftig.

Das einzige Geräusch im Zimmer war das Knistern des Feuers. Sie fühlte die Hitze, und durch die geschlossenen Augenlider sah sie das Flackern der Flammen. Sie hörte nichts, doch sie wusste, dass jemand im Zimmer war.

Um ihre Angst zu betäuben, zählte sie bis hundertzwanzig, dann öffnete sie die Augen. Es war dämmrig im Zimmer, doch das Feuer erhellte ein Paar Beine in Stiefeln am anderen Ende des Zimmers. Torys Augen erkannten eng anliegende Jeans und lange Beine. Der große schlanke Körper des Mannes war im Dunkeln.

Das Herz schlug ihr bis zum Hals, als sie sich aufsetzte. Sie hatte gar nicht einschlafen wollen, und jetzt war sie benommen und erschöpft. Ihr Haar war zerzaust und hing lose auf die Schultern herunter. Sie stellte die Füße auf den Boden und suchte nach ihren Schuhen, während sie gleichzeitig versuchte, die Haarsträhnen wieder in einem Knoten festzustecken.

Trotz der ungewöhnlichen Situation, in der sie sich befand, vergaß sie nicht ihr gutes Benehmen. „Entschuldigung, ich muss wohl eingeschlafen sein", sagte sie und warf dem Mann am anderen Ende des Zimmers einen vorsichtigen Blick zu.

„Was ist passiert? Konnten Sie Ihr Hotel nicht finden?" Die Stimme des Mannes war tief und ein wenig rau. Tory hatte nie zuvor eine so männliche Stimme gehört.

„Es tut mir leid, ich leide noch unter der Zeitverschiebung. Ich wusste gar nicht ..." Tory zog ihre Jacke zurecht.

„Wenn man bedenkt, dass ich überhaupt nicht weiß, wer Sie sind, und dass ich mich auch nicht daran erinnern kann, dass wir eine Verabredung hatten ..."

„Ich bin Victoria Jones“, sagte Tory leise und errötete.

„Sehr nett.“ Marc verriet ihr nicht, dass er das bereits herausgefunden hatte, als er den Führerschein in ihrer Tasche kontrolliert hatte. „Irgendwie habe ich das Gefühl, dass wir zusammen Tee trinken sollten, während Sie versuchen, mir eine Enzyklopädie zu verkaufen oder was immer Sie verkaufen wollen. Aber ich kaufe nichts. Ich hatte einen schrecklichen Tag, mir ist kalt, und ich bin müde und hungrig.“

„Sind Sie Marcus Savin?“

„Der bin ich.“ Seine Stimme klang ein wenig belustigt, während er die Hand ausstreckte und das Licht anmachte.

Tory blinzelte in der plötzlichen Helligkeit. Marc Savin war nicht so, wie sie ihn sich vorgestellt hatte. Seine Augen waren grau, doch es war kein warmes Grau. Sie waren eisig-grau, wie der Himmel kurz vor dem Frost, wie die kahlen Äste der Bäume im Winter.

Sie sah seine Ablehnung, deshalb reckte sie sich und stand auf. Mit ausgestreckter Hand machte sie auf dem dicken Perserteppich ein paar Schritte auf ihn zu.

„Mr. Savin, ich bin …“

„Sie haben mir bereits gesagt, wer Sie sind, Miss Jones. Ich weiß nur nicht, was Sie hier wollen.“

Einen Augenblick ließ Tory die Hand ausgestreckt, bis sie begriff, dass er nicht die Absicht hatte, sie zu begrüßen. Trotz all der Stunden, in denen sie sich diese Begegnung vorgestellt hatte, wusste sie plötzlich nicht weiter.

Sie konnte sich gut vorstellen, wie sie aussah – eine erschöpfte Frau mit zerzaustem Haar und zerknitterter Kleidung. Ihr Arm schmerzte, doch sie würde ihre Angst nicht zeigen. Sie hob das Kinn und erwiderte seinen Blick.

Als er den Gipsverband an ihrem Arm entdeckte, zogen sich seine Augen zusammen. „Wie ist das passiert?“, fragte er.

„Ich bin gefallen.“

Er betrachtete den schmutzigen Verband, dann sah er in ihr Gesicht. Ein Muskel an seiner Wange zuckte. „Hören Sie auf mit dem Unsinn, Lady. Sagen Sie mir, wer Ihnen das angetan hat."

„Ich habe Ihnen doch gesagt, ich bin gefallen."

Es gab viele Möglichkeiten, einen Lügner zu überführen, sogar einen guten Lügner. Marc brauchte erst gar nicht zu sehen, wie sich die Pupillen ihrer großen grünen Augen zusammenzogen, oder zu hören, wie ihre Stimme zitterte. Victoria Jones war eine lausige Lügnerin. Er entspannte sich ein wenig.

Victoria sah vor sich auf den Teppich, erst nach einer Weile hob sie den Blick wieder.

„Ich will es einmal so ausdrücken, Miss Jones. Ich stelle hier die Fragen, Sie brauchen nur zu antworten. Wenn mir nicht gefällt, was ich höre, dann werden Sie so schnell hier verschwunden sein, dass Ihnen schwindlig wird. Verstanden? Was ist mit Ihrem Arm passiert?"

Tory fuhr sich mit der Zunge über die Lippen. „Ich wurde am Flughafen überfallen."

„Und kein Ehemann ist hinter Ihnen her?"

Dieser Schuft. „Ich bin gar nicht verheiratet."

„Irgendwie überrascht mich das nicht."

Tory bückte sich, um ihre Tasche aufzuheben. Ihr Mund war trocken, und sie fühlte, wie ihr der Schweiß ausbrach. Dieser Mann ängstigte sie sehr. Er war so … so überwältigend.

Sein Haar, das so dunkel war wie ihres, hatte er in einem kurzen Pferdeschwanz zusammengebunden, und in einem Ohr trug er einen kleinen Diamanten. Mit gespreizten Beinen stand er vor ihr und musterte sie von Kopf bis Fuß.

Offensichtlich schien er nicht beeindruckt von dem, was er sah. „Was kann ich für Sie tun, Miss Jones? Es muss ja ziemlich wichtig sein, wenn Sie so lange gewartet haben." Er blickte zu dem Sofa hinter ihr.

Nie in ihrem Leben hatte ein Mann sie so angesehen. Es war beunruhigend. Ein Blick zum Fenster sagte ihr, dass es draußen dunkel geworden war, während sie geschlafen hatte. Der Wind wehte durch die kahlen Äste der Bäume und rüttelte am Fenster. Tory wandte sich dem Mann wieder zu. „Ich brauche Ihre Hilfe."

„Warum sollte ich Ihnen helfen?", fragte Marc, ging zur Bar hinüber und goss sich einen Drink ein. „Ich habe Sie noch nie in meinem Leben gesehen."

Victorias Zunge glitt erneut über ihre trockenen Lippen. „Kann ich auch einen Drink haben?"

„Sicher, was wollen Sie?"

„Dasselbe wie Sie." Ihre Finger schmerzten, so stark hatte sie den Griff ihrer Tasche umklammert. Sie versuchte sich zu entspannen, ging zur Terrassentür hinüber und legte die Hand auf die schweren blauen Samtvorhänge.

Es hatte zu schneien begonnen, sanfte weiße Flocken. Wieder erschauerte Tory, die vielen Wochen der Angst und Ungewissheit hatten sie erschöpft. Sie biss die Zähne zusammen und wandte sich um.

Der Raum wurde von dem knisternden Feuer im Kamin erwärmt, der Schein der Flammen tanzte über den Holzfußboden und die beiden blauen Ledersofas, die vor dem Kamin standen. Große Bücherregale, vom Boden bis zur Decke, waren an den Wänden.

Nachdenklich betrachtete Victoria die vielen Bücher, sie zuckte zusammen, als Marc ihr das Glas reichte.

Marcus Savin war so ganz anders, als sie ihn sich vorgestellt hatte. Zunächst einmal war er jung. Nun ja, nicht sehr jung, aber er war sicher Mitte dreißig, also etwa zwanzig Jahre jünger, als sie geglaubt hatte. Wenn er das Haar nicht zurückgebunden hätte, wäre es ihm sicher bis auf die Schultern gefallen. Er trug eine verwaschene Jeans und einen cremefarbenen Pullover.

Victoria nahm das Glas und trank einen großen Schluck. Die Flüssigkeit war angenehm kühl und schmeckte großartig – bis sie wie Feuer in ihrem Hals brannte.

Der Whiskey trieb ihr Tränen in die Augen, doch Savin betrachtete sie ungerührt. Victoria brauchte all ihre Willenskraft, um nicht zu husten, doch sie schaffte es. Sie warf ihm einen mörderischen Blick zu.

„Das nächste Mal bitten Sie besser um Wasser."

„Das nächste Mal bieten Sie mir besser Wasser an."

Marc sank auf das Ledersofa und starrte sie an. Victoria wich seinem Blick nicht aus, sondern hob die Nase noch ein wenig höher.

„Sie kennen meinen Bruder." Sie beugte sich vor und stellte ihr Glas auf den Tisch. „Alex – Alexander Stone."

Er kniff die Augen ein wenig zusammen. „Ich kenne niemanden, der so heißt. Tut mir leid, mein Schatz."

„Lynx", sagte sie. „Sie kennen Lynx. Sie haben ihn vor sieben Monaten nach Marezzo geschickt." Sie reckte sich. „Ich bin seine Schwester. Und sagen Sie nicht, dass Sie ihn nicht kennen. Er hat mir von Ihnen erzählt." Marc sagte nichts, er sah sie nur an, als sie weitersprach.

„Ich weiß zum Beispiel, dass die Organisation, für die Sie arbeiten, eine Eliteeinheit ist. Eine verdeckte Antiterroreinheit, die noch über dem CIA steht. Eine geheime Truppe mit Namen T-FLAC. Ich weiß, dass Mitglieder Ihrer Einheit viele fremde Regierungen und Militärorganisationen in der ganzen Welt unterwandert haben."

Ein kleines triumphierendes Lächeln lag um ihren Mund, als sie sah, wie er sich anspannte. Im nächsten Augenblick schon stand er neben ihr und umfasste hart ihren Oberarm. Victoria schrie leise auf, als er sie vom Sofa hochzog.

„Wer zum Teufel sind Sie?"

Sie versuchte, ihm noch einmal ihren Namen zu sagen, aber

sie war so erschrocken, dass kein Wort über ihre Lippen kam. Plötzlich wurde ihr klar, dass niemand wusste, dass sie hier war. Er konnte alles mit ihr machen, und wahrscheinlich würde er das auch tun. Er schüttelte sie so heftig, dass ihre Zähne klapperten. „Mein Bruder ..."

„... würde all das niemals verraten haben!" Wieder schüttelte er sie. „Ich gebe Ihnen zwei Sekunden, dann sagen Sie mir, wer Sie sind und ..."

„Ihr Codename ist Phantom", sagte Victoria rasch. „Himmel, hören Sie auf, mich so zu schütteln! Mir wird gleich übel." Abrupt ließ er sie los, und Victoria verschwand schnell hinter dem Sofa. „Mein Bruder lebt, und es geht ihm nicht sehr gut in Marezzo, Mr. Macho. Es ist ganz gleich, ob Sie mich schütteln oder foltern, es ändert nichts an der Tatsache. Und der einzige Grund, warum ich hier bin, ist der ..."

„Er hatte gar keine Angehörigen."

„Von wegen, Mr. Savin! Ich bin Alex' Zwillingsschwester, und ich bin sehr lebendig. Und sprechen Sie von ihm bitte nicht in der Vergangenheit, denn Alex lebt."

Verdammt, war das möglich? Natürlich war Lynx so gerissen, dass er nichts von einer Schwester erzählt hatte. Er war sehr verschlossen, und er hatte gewusst, dass Victoria ein leichtes Ziel für jemanden war, der ihm Böses wollte. Aber es war auch möglich, dass sie log.

„Woher soll ich wissen, dass Sie seine Schwester sind?"

„Machen Sie sich nicht lächerlich. Würde ich hier sein, wenn ich es nicht wäre?", gab sie zurück, und ihre Augen, die denen ihres Bruders so ähnlich waren, blitzten ihn an. Sie kam hinter dem Sofa hervor. „Er hat ein Muttermal in Form eines Halbmondes an der rechten Hüfte." Ihr war gar nicht klar, wie viel sie ihm von ihrem Körper zeigte, als sie den Rock hochzog, damit er ihr eigenes Muttermal sehen konnte.

„Darüber lässt sich streiten, nicht wahr?", gab Marc zurück.

„Er ist gestorben, als er im Urlaub war.“ Und wenn er noch nicht tot war, dann würde er es sein, wenn Marc ihn erst gefunden hatte. Er dachte daran, was er in den letzten sechs Monaten durchlitten hatte. Die Gedanken wirbelten in seinem Kopf. War Lynx damals nur zur Ranch gekommen, um ihn in eine Falle zu locken?

„Er wurde gefangen genommen, als er im Einsatz war“, korrigierte Victoria ihn. „Sie haben ihn dort hingeschickt, und es ist Ihre Aufgabe, ihn dort herauszuholen.“

„Ich habe seine Leiche gesehen.“

Victoria zuckte zusammen. „Und ich habe ihn vor zwei Wochen lebend gesehen. Sie haben ihn nach Marezzo geschickt, und da ist er noch immer. Seit beinahe sieben Monaten ist er gefangen. Man ... hat ihn gefoltert.“

Mit ihren großen Augen sah sie ihn an, und Marc fluchte leise. Es war unmöglich. Er hatte die Leiche von Alex gesehen. Sie war so sehr verbrannt gewesen, dass man sie nicht mehr hatte identifizieren können, aber die Untersuchung der Zähne ... Es war Lynx gewesen, dessen war er sicher. Und er war das ganze Geschäft so leid. Jedes Mal, wenn man sein Herz an jemanden hängte, verlor man ihn. Lynx war der Tropfen gewesen, der das Fass zum Überlaufen gebracht hatte. Marc war zu alt für diese Art von Arbeit.

Er hob den Kopf, als ihm plötzlich klar wurde, was sie gesagt hatte. „Was meinen Sie damit, Sie haben ihn lebend gesehen?“

Lieber Himmel, konnte das wahr sein? War diese verrückte Frau wirklich nach Marezzo gefahren und hatte ihren Bruder gefunden? Hatte sie das geschafft, was ein Team seiner Agenten hätte tun sollen?

„Ich habe ihn dort gesucht.“

Marc schloss die Augen. Als er sie wieder ansah, sagte er langsam: „Marezzo ist nicht gerade ein Ferienparadies, mein

Schatz. Es ist der Stützpunkt einer kleinen Gruppe gemeiner Terroristen, bekannt als Spider. Man kann nicht so einfach in ihren Stützpunkt eindringen und so tun, als sei man ein Urlauber!“ Ihm wurde ganz übel bei dem Gedanken, dass ein Zivilist diese kleine Insel in der Tyrrhenischen See besuchte. „Die Terroristen haben die Kontrolle über die Insel, sie lassen Touristen nur auf die Insel, um den Anschein von Normalität zu wecken. Sie würden Sie ohne nachzudenken umbringen, falls es so aussieht, als wollten Sie sich in ihre Geschäfte einmischen. Es sind große böse Leute, und Marezzo ist nicht der Ort für eine kleine Miss Unschuld.“

Marc sah, wie ihr Gesicht bei seinen Worten alle Farbe verlor. „Was ich von der Insel gesehen habe, war sehr hübsch“, gab sie zurück. „Aber ich kann es verstehen, dass der Tourismus zurückgegangen ist. Mir ist zweimal die Brieftasche gestohlen worden.“ Zuerst glaubte er, dass sie einen Spaß machte, doch als er sie ansah, war ihm klar, dass sie es ernst meinte.

„Sie haben Glück gehabt, dass es nur Ihre Brieftasche war!“ Die Flammen warfen einen rosigen Schein auf ihr Gesicht, und in dem Licht sah sie sehr anziehend aus.

Für ihn natürlich nicht. Frauen wie sie machten ihn verrückt. Ihre Naivität war irritierend. Er wünschte, sie würde den Rock wieder hinunterziehen. Ihre Haut war wie Elfenbein und sah seidig und verlockend aus.

Er warf einen anzüglichen Blick auf ihre Beine, und sie zuckte zusammen und zog errötend den Rock glatt.

„Wie alt sind Sie eigentlich?“

„Sechsundzwanzig. Was hat mein Alter damit zu tun?“

Es wurde Marc zu eng im Haus. Er wollte raus, unter den freien Himmel. Doch als er aus dem Fenster sah, bemerkte er, dass es angefangen hatte zu schneien. Großartig. Einfach großartig. Er stand auf und lief zwischen dem Sofa und der Tür hin und her. Dann warf er noch ein Stück Holz in den Kamin. „Sie wollen also, dass ich hinfahre und ihn raushole, stimmt's?"

Victoria hob das Kinn. „Sie haben ihn schließlich hingeschickt. Da ist es doch nur recht und billig."

„Lady, nichts in der Welt ist recht und billig. Ihr Bruder war …"

„Ist!"

„Falls er noch leben würde, dann wüsste ich das."

„Sie wissen es nicht", gab sie zurück, stand auf und trat neben ihn. Sie legte den Kopf zurück und sah zu ihm auf. Marc zuckte zusammen, als sie ihm die Hand auf den Arm legte.

„Sie halten ihn im Südwesten der Insel gefangen, in der Nähe eines kleinen Fischerdorfes, Pescarna. Es geht ihm wirklich schlecht …" Sie schluckte, und plötzlich standen Tränen in ihren Augen. „Er ist schwer verletzt. Er … er hat mich nicht einmal erkannt." Jetzt liefen die Tränen über ihre Wangen, ihre Hand schloss sich fester um seinen Arm. „Bitte. Helfen Sie mir."

„Nein."

Sekundenlang starrte Victoria ihn an. „Nein? Sie sagen Nein? Obwohl Sie es waren, der meinen Bruder nach Marezzo geschickt hat, wollen Sie ihn jetzt nicht retten?"

Marc Savin lehnte sich an den Kamin. „Sie haben richtig verstanden, Miss Jones. Ihr Bruder ist ein guter Agent, und wie alle guten Agenten kennt er das Risiko."

„Aber Sie haben geglaubt, er sei tot. Jetzt, wo Sie wissen, dass das nicht stimmt …"

„Es macht keinen Unterschied, Miss Jones. Ich habe im Augenblick niemanden, den ich entbehren könnte. Und selbst, wenn es so wäre …"

„Was sind Sie für ein Mann? Mein Bruder wird gefoltert. Wie können Sie hier nur so ruhig stehen und so tun, als mache Ihnen das gar nichts aus?"

Panik überkam sie, als Marc Savin im nächsten Augenblick auf sie losging.

„Diese Ranch ist das Einzige, was mich im Augenblick aufrecht erhält und mir das Gefühl gibt, Teil der menschlichen Spezies zu sein, Miss Jones“, fuhr er sie an. „Nur weil Ihr Bruder Ihnen meinen Namen genannt hat, gibt Ihnen das noch lange nicht das Recht, in mein Haus einzudringen und etwas von mir zu verlangen. Verstanden?“

Er war ihr so nahe, dass Tory die kleinen Fältchen um seine Augen deutlich sehen konnte. Sie roch den Duft seiner Seife und sah benommen zu ihm auf.

Als sie schwieg, sprach er weiter. „Ich habe beinahe die Hälfte meines Lebens in der Hölle zugebracht, damit Leute wie Sie nachts sicher schlafen können. Ich bin im Augenblick nicht daran interessiert, einer Dame aus ihrer Verlegenheit zu helfen. Am Anfang glaubte ich noch, dass meine Arbeit einen Sinn hätte, jetzt bin ich so weit, dass es mir gleichgültig ist.“

„Sie herzloser ... Ich kann nicht glauben, dass ein Mensch so gefühllos sein kann! Alex hat immer geglaubt, Sie seien sein Freund.“

„In unserem Geschäft hat man keine Freunde.“

„Du liebe Güte, ich kann verstehen, warum das so ist.“ Tory spürte, wie ihr Herz raste. „Dann habe ich keine andere Wahl. Ich werde zurückfahren und versuchen müssen, ihn allein da herauszuholen ...“

Marc lachte. „Seien Sie realistisch, Lady. Sie haben gesagt, Sie waren schon in Marezzo. Wenn Sie es geschafft hätten, ihn herauszuholen, dann wäre er jetzt schon hier.“

„Ich kann aber auch in die Stadt fahren und mich mit den Leuten von der Tageszeitung unterhalten“, meinte sie und sah ihn mit unschuldigem Blick an. „Es gibt doch eine Tageszeitung in Brandon, nicht wahr? Ich bin sicher, die würden sich mit Begeisterung auf die Geschichte stürzen. Wissen die Leute in der Stadt, dass Sie ein Agent sind?“

Tory hörte zwar die Worte, die sie sprach, dennoch war sie

erstaunt, dass sie den Mut dazu hatte. Ihre Hände waren feucht, die Knie zitterten, als sie zu ihm aufsah.

Marcs Augen unter den dichten Brauen blitzten wütend auf. Seine Lippen waren zusammengepresst, ein Muskel in seiner Wange zuckte. Sein Ohrring blitzte auf, als er ihr einen Finger unter das Kinn legte und seinen Kopf senkte, bis ihre Augen auf gleicher Höhe waren. „Sie sind entweder sehr mutig oder sehr dumm, Miss Jones", meinte er leise. „Niemand weiß, dass Sie hier sind, nicht wahr?" Ehe sie noch etwas sagen konnte, sprach er schon weiter. „Ist Ihnen eigentlich schon einmal der Gedanke gekommen, dass Sie zu viel wissen? Dass ich Sie nicht wieder hier weglassen kann, wenn ich wirklich der bin, für den Sie mich halten? Niemand würde etwas davon erfahren, wenn Sie verschwänden, Miss Jones. Wenn also die Tageszeitung in der Stadt dringend eine aufregende Story braucht, dann könnte sie vielleicht über eine Leiche berichten, die man am Fluss gefunden hat … um Himmels willen, werden Sie bloß nicht ohnmächtig!"

Er fing sie auf, als sie mit den Augen rollte und zusammensank. Der Gipsverband stieß gegen den Kamin, als Marc sie auf die Arme hob, zum Sofa hinüberging und sie dort etwas unsanft hinlegte. Als sie die Augen nicht öffnete, zog er eine Decke über sie und öffnete dann die Knöpfe ihrer Bluse.

Seine Worte waren nur teilweise ein Bluff gewesen. Victoria Jones wusste in der Tat viel mehr, als gut für sie war. Marc betrachtete sie mit gerunzelter Stirn.

Ihre nackte Haut unter seinen Fingern war warm und sanft. Er öffnete ihre Bluse und zog sie dann über ihren Brüsten ein wenig zusammen. Dann kniete er neben dem Sofa nieder und versuchte, ihr etwas Whiskey einzuflößen.

Ihre Augenlider flatterten, dann sah sie ihn an, öffnete gehorsam den Mund und trank einige kleine Schlucke.

„Sie sind eine sehr nüchterne Frau, nicht wahr?" Er wischte mit dem Daumen einen Tropfen Whiskey von ihrer Unterlippe, dann stellte er das Glas auf den Tisch.

„Eigentlich bin ich ein Feigling", gestand sie ihm.

„Das glaube ich nicht."

„Wirklich?" Sie schien erfreut zu sein. Sie setzte sich auf. „Nun, ich bin sicher ein Feigling, aber normalerweise falle ich nicht gleich in Ohnmacht. Entschuldigung."

Marc füllte sein Glas noch einmal und beobachtete sie. Er sah ihr an, dass es nicht mehr lange dauern würde, bis sie zusammenbrach. Ihre Unterlippe zuckte verräterisch.

Marc biss die Zähne zusammen.

Eine einzelne Träne rollte über Torys Wange, eine zweite folgte ihr.

Er holte tief Luft.

Vor Torys Augen verschwamm alles. Sie wusste nicht, was sie noch sagen sollte, um Marc dazu zu bringen, Alex zu helfen. „Er ist …" Ihre Stimme zitterte. „Er ist alles, was ich habe. Bitte! Ich werde alles tun, was Sie wollen. Bitte, helfen Sie mir!"

Marc fühlte, wie das Eis um sein Herz schmolz. Als er nicht antwortete, wischte sie sich die Tränen ab und starrte aus dem Fenster.

Verflixt, hatte sie überhaupt gemerkt, dass ihre Bluse noch immer offen war? Sein Blick wurde magisch von der cremig zarten Haut angezogen, deren Spiegelbild er in der Fensterscheibe sah.

„Legen Sie sich die Decke um", sagte er, grimmiger als beabsichtigt, „und erzählen Sie mir alles."

Mit hochrotem Gesicht knöpfte Victoria ihre Bluse zu. Sie ging zurück zum Sofa und zog die Decke um sich. Wie ein kleines verlorenes Kind sah sie aus. „Wo soll ich anfangen?"

Marc kam zu ihr und setzte sich auf den Couchtisch. „Fangen Sie ganz am Anfang an", bat er.

Victoria strich sich das Haar aus dem Gesicht. „Ich hatte eine Eigentumswohnung in San Diego. Dort stand immer ein

Zimmer für Alex bereit. Ab und zu kam er dorthin und blieb ein paar Tage. Wenn er zu einer Mission aufbrach, schickte er mir normalerweise immer einen Brief. Ich holte diese Briefe von der Post ab und wartete dann auf ihn. Wenn er kam, verbrannte er die Briefe. Ich habe nie einen davon gelesen – nur den letzten."

„Warum?" Marc beugte sich vor und zog die Decke über ihre Knie. Überrascht sah sie zu ihm auf. „Er hat mir immer eine Zeit genannt. Neunzig Tage. Ich sollte neunzig Tage warten nach dem Datum, an dem er zurückerwartet wurde, ehe ich den Brief aufmachen durfte. Eine Woche nachdem er eigentlich hätte zurückkommen sollen, beschlich mich ein unangenehmes Gefühl – ich wusste einfach, dass etwas schiefgelaufen war ..."

„Wieso?", wollte Marc wissen. „Er ist doch schon öfter zu spät zurückgekommen. Solche Sachen kann man nie in ein festes Schema pressen."

„Wir haben eine ... Verbindung." Sie sah Marc in die Augen. „Eine telepathische Verbindung, wenn Sie es so nennen wollen."

Marc konnte so etwas nicht abstreiten. Er hatte viele erstaunliche Dinge erlebt während seiner Arbeit. „Sie haben also die Koffer gepackt und sich aufgemacht, ihn zu suchen. Stand das in seinem Brief?"

Sie wurde rot. „In dem Brief stand, wohin er gefahren war, und er schrieb darin, ich sollte mich mit Ihnen in Verbindung setzen, wenn er bis zum Ende des Monats nicht zurück sei. Ich habe bei Ihnen angerufen, aber Sie waren nicht da. Ich konnte nicht warten. Alex rief nach mir, und ich wusste, dass er verletzt war. Also bin ich losgefahren."

„Er rief nach Ihnen? Wie?"

„Ich erwarte nicht, dass Sie das verstehen." Sie sprach weiter, noch ehe er etwas sagen konnte. „Ich wusste, dass er in Schwierigkeiten war, aber ich dachte, Sie seien bei ihm. Ich habe also meine Eigentumswohnung verkauft, und dann bin ich nach

Rom geflogen und habe von dort ein Boot nach Marezzo gemietet."

Marc stand auf und lief im Zimmer auf und ab. „Sie sind also nach Marezzo gefahren und haben dort nach Ihrem Bruder gefragt."

„Ich habe getan, als sei ich Touristin. Und das haben auch die Taschendiebe geglaubt. Ich hatte eine Kamera dabei und habe Ausflüge gemacht. Und ich habe Alex wirklich gefunden. Das ist mehr, als Sie von sich behaupten können", fügte sie hinzu.

Marc fühlte, wie die Wut in ihm aufstieg. Diese Frau machte ihn verrückt.

Aber sie hatte recht. Seine Leute hatten den toten Alex Stone nach Hause gebracht. Er hatte sich den Körper angesehen und geglaubt, dass es Lynx war. Jetzt nahm er den Telefonhörer, wählte eine Nummer und wartete.

„Wir haben einen Code fünf in Marezzo", bellte er in den Hörer. „Wen haben wir vor Ort? Ja, wirklich lausig. Ich werde selbst kommen, Transport und alles andere überlasse ich euch." Er warf Victoria einen Blick zu und runzelte die Stirn. „Ich werde jemanden mitbringen, eine Frau. Erwartet uns morgen um 9 Uhr."

„Sie glauben doch nicht etwa …" Victoria wurde blass. „O nein! Ich kann nicht mit Ihnen fahren."

„Ich habe keine andere Wahl." Marc legte den Hörer wieder auf. „Sie sind diejenige, die sich mit Lynx in Verbindung setzen kann. Wenn ich Sie nicht bei mir habe, finde ich ihn vielleicht gar nicht."

„Aber sicher werden Sie ihn finden." Sie geriet in Panik. „Sie sind Spion, es ist Ihr Job. Ich würde Sie nur hindern." Sie hob den Arm. „Ich habe einen gebrochenen Arm."

Marc hockte sich vor sie und fasste unter ihr Kinn. „Lady, es ist Ihr Bruder. Wenn ich sage, ich brauche Sie, dann brauche ich Sie. Und wenn ich sage, Sie fahren mit, dann fahren Sie mit.

Und wenn ich sage, springen Sie, dann fragen Sie höchstens, wie hoch. Verstanden?" Er sah, wie sie schluckte.

„Ich … ich bin ein Feigling. Ich kann unter Druck keine Leistung bringen. Ich bin Buchhalterin, keine Mata Hari."

„Sie wissen doch, was Will Rogers gesagt hat – wir können nicht alle Helden sein, einige von uns müssen an der Strecke stehen und klatschen, wenn die anderen vorbeirennen."

„Ich kann doch auch von hier aus klatschen."

„Sie kommen mit."

„Ich könnte in Rom auf Sie warten", bat sie verzweifelt.

„Sie kommen mit mir nach Marezzo."

„Ich werde das nicht überstehen." Tory nahm seine Hand und sah ihm in die Augen. „Oh, bitte, glauben Sie mir! Es wird ein großer Fehler sein, mich mitzunehmen. Ich male Ihnen eine Skizze von dem Ort, an dem sie Alex gefangen halten, es wird Ihnen nicht schwerfallen, ihn zu finden. Wirklich …"

„Hören Sie zu. Mir gefällt es auch nicht, wenn ich Sie mitnehmen muss. Aber ich habe keine andere Wahl. Sie werden mitkommen. Es könnte sein, dass sie Lynx woanders hingebracht haben, dann würde ich ihn ohne Sie niemals finden."

Er verriet ihr nicht, dass sie seine Lebensversicherung war. Wenn sie so war wie Krista, dann würde er ihr keine Möglichkeit geben, ihn in einen Hinterhalt zu locken. Victoria Jones würde an seiner Seite bleiben, ob sie es nun wollte oder nicht. „Es könnte ja auch sein, dass Sie mir das mit der Telepathie nur einreden wollen."

„Nein, das ist die Wahrheit." Sie sank in sich zusammen. „Aber behaupten Sie hinterher nicht, dass ich Sie nicht gewarnt hätte, wenn ich mich verstecke statt anzugreifen."

„Niemand wird angreifen. Wir fahren hin, finden Alex und holen ihn raus." Er würde das schon schaffen.

„Sagen Sie nicht, ich hätte Sie nicht gewarnt", sagte Victoria noch einmal. „Ich weiß, es wird Ihnen leidtun."

2. KAPITEL

Es tat Marc leid. Es tat ihm leid, dass er Victoria dazu gezwungen hatte mitzufahren, und es tat ihm noch mehr leid, dass sie zusammen in diesem stinkenden Fischerboot saßen.

Es tat ihm leid, dass sie die ersten drei Stunden damit verbracht hatte, alles, was sie gegessen hatte, über die Bordwand zu spucken. Am liebsten hätte er sich zu ihr gesellt. Die Wogen krachten gegen das vierzig Fuß lange Boot, und er war sich fast sicher, dass sie die nächsten hundert Meilen würden schwimmen müssen. Die Gischt schoss zwanzig Fuß in die Höhe und durchnässte alles. Marc hatte versucht, Tory unten in der Kabine zu lassen, wo es warm und trocken war, doch der Geruch nach Fisch war so durchdringend, dass er selbst es auch nicht hatte ertragen können.

Tory hing über der Seite des Bootes. Ihr Magen schmerzte, ihr Arm tat ihr weh, und mit jeder Minute, die verging, hasste sie Marc Savin mehr.

Der Mann war unnachgiebig. Nun, sie hatte ihn gewarnt, wenigstens das gab ihr eine kleine Befriedigung.

„Das freut dich, nicht wahr, du Schuft?“ Beim Klang von Marcs Stimme blickte Tory auf. Doch er hatte nicht mit ihr gesprochen, er lächelte den Fischer böse an, der das Boot auf das offene Meer hinauslenkte. Ihr Kopf flog zurück, wieder hob sich ihr Magen.

„Certo!“, rief Angelo, der das Steuer des Bootes fest in der Hand hielt. „Sieh dir nur die Wellen an, mein Freund. Das erinnert uns daran, wer der Boss ist, nicht wahr?“

Marc blickte zum dunklen Himmel empor. Der Mond schien hell, im Osten hingen dicke Wolken.

Er sah zu Victoria, die auf einen gnädigen Tod zu warten schien. „Es ist Zeit, dass du zurück in die Schlacht gehst, Angelo. Das hier scheint dir viel Freude zu bereiten. Wie lange dauert es noch?“

Angelo warf einen Blick auf seine Uhr. „Es ist jetzt 23 Uhr. Der Sturm wird uns schützen. Die letzten Meter zum Strand müsst ihr schwimmen. Glaubst du, sie wird es schaffen?“

„Sie wird es schaffen, wenn ich es schaffe.“ Marc ging zu Victoria und versicherte sich noch einmal, dass die Plastiktüte, die er um ihren Gipsarm gebunden hatte, wasserdicht war. Er reichte ihr die Feldflasche mit Wasser und riet ihr, den Mund auszuspülen, dann gab er ihr einen Kaugummi.

„Ich mag keinen Kaugummi“, fuhr ihn Tory wütend an. „So etwas ist nicht damenhaft.“

„Es ist auch nicht gerade damenhaft, sich zu übergeben.“ Marc packte den Kaugummi aus und steckte ihn ihr in den Mund. „Kauen Sie.“

Aus rotgeränderten Augen sah sie ihn an. „Erinnern Sie mich daran, nie wieder mit Ihnen auszugehen.“ Der Geschmack nach Pfefferminze war wohltuend.

Marc unterdrückte ein Lachen. „Erinnern Sie mich daran, Sie nie wieder um eine Verabredung zu bitten. Schaffen Sie es noch vierzig Minuten?“

„Was wäre die Alternative?“

Er strich ihr das nasse Haar aus dem Gesicht. „Sie könnten schwimmen.“ Eine riesige Welle ergriff das Boot. Tory schrie auf, als Tonnen von Wasser über sie hinwegfegten. Marc hielt sich an der Reling fest und legte einen Arm um sie, damit sie nicht weggeschwemmt wurde.

Ihre Stimme wurde gedämpft durch die gelbe Regenjacke. „Ich kann mir schon gar nicht mehr vorstellen, wie es ist, trocken zu sein.“ Mit großen Augen sah sie zu ihm auf. „Und ich glaube, ich habe meinen Kaugummi verschluckt.“ Marc lachte leise, und sie stieß ihn gegen die Brust. „Wie kommt es nur, dass Ihnen das alles so viel Spaß macht?“

Wieder krachte eine Woge an Deck, und Marc benutzte sie als Grund, um sie näher an sich zu ziehen. „Oh, wir Spione leben für ein Abenteuer wie dieses." Sein Mund verzog sich zu einem Lächeln.

Er blickte auf sie hinunter. Sie hatte ein wenig Farbe bekommen, ihre Lippen waren rosig. Lieber Himmel, dachte er. Sie sieht großartig aus.

Noch immer blickte sie zu ihm auf, die Arme hatte sie um seine Taille geschlungen. Er senkte den Kopf und presste seine Lippen auf ihren Mund.

Ihr Kuss schmeckte nach Pfefferminz und Salz. Zart fuhr seine Zungenspitze über ihre Lippen.

„Öffne deinen Mund für mich."

„Ich denke nicht, dass das …"

Marc legte eine Hand unter ihr nasses Haar in ihren Nacken.

„Sehr gut, denk lieber nicht. Das soll ein Experiment sein." Wieder küsste er sie, tief schob sich seine Zunge in ihren Mund, als wieder eine Welle über das Boot schoss. Er fuhr mit der Zungenspitze über ihre Zähne und verfluchte die unförmige Regenjacke, die es ihm nicht erlaubte, ihre sanften Rundungen zu fühlen. Sie seufzte leise, als er sich an ihr rieb, doch sie zog sich nicht von ihm zurück.

Instinktiv hob sie einen Arm, um ihn noch näher an sich zu ziehen. Sie wünschte, sie könnte beide Arme benutzen. Sein Kuss schmeckte herrlich. Aufregend. Erregend. Sie gab sich ganz diesem Gefühl hin.

Als die nächste Welle über das Boot hereinbrach, klammerte sie sich noch fester an ihn, ihre Lippen lagen noch immer aufeinander, das salzige Wasser lief über ihre Gesichter. Dieser Kuss war so ganz anders als alles, was Tory bis jetzt erlebt hatte. Seine Zunge verlangte von ihr, diesen Kuss zu erwidern. Und das tat sie auch – voller Leidenschaft.

„Hey, ihr beiden!" Es dauerte einen Augenblick, bis Tory sich wieder daran erinnerte, wo sie war. Sie errötete, als sie Angelo rufen hörte: „Land in Sicht!"

Marc ließ sie los, und Tory sah sich um. „Land in Sicht – wo?" Alles, was sie sehen konnte, waren riesige Wellen und schwarze Wolken.

Mit einer Hand hielt sie sich an der Reling fest, während Marc und Angelo ihre Sachen zusammensuchten. Angelo half Marc, den Rucksack umzuschnallen, und reichte ihm dann noch einige geheimnisvolle Päckchen, die Marc unter seinem Gürtel verstaute.

Er zog die Regenjacke aus, packte sie zusammen und band sie an seinen Gürtel. Seine Jeans waren dunkel vor Nässe, er zog die Schuhe aus, band die Schuhriemen zusammen und knotete sie ebenfalls an seinen Gürtel.

Tory warf ihm einen vorsichtigen Blick zu, als er barfuß auf sie zukam. Ihre Lippen prickelten noch von seinem Kuss. „Jetzt bist du dran, Prinzessin. Zieh die Jacke aus." Er begann, die Jacke aufzuknöpfen, doch Tory stieß seine Hand weg. „Ich werde ja ganz nass."

Marc zog ihr die Jacke von den Schultern und packte sie zu seiner. „Jetzt die Schuhe." Der Wind blies durch ihren Pullover, Tory fröstelte, während sie ihre Schuhe öffnete und sie dann Marc reichte. „Ich brauche dir sicher nicht zu sagen, dass ich lieber mit einem Buchhalter ausgehe", meinte sie. „Die verlangen nicht solche Sachen von mir."

Marc untersuchte noch einmal sein Gepäck. „Ich werde daran denken. Komm jetzt."

„Wohin?" Sie sah sich nach einem Beiboot um. „O nein!"

„Halt die Luft an, meine Süße. Es geht los." Marc nahm ihre Hand und zog sie über die Reling.

Sie hatte keine Ahnung, wo oben und wo unten war. Das schwarze Wasser schien von allen Seiten zu kommen, und es drang ihr in Nase und Mund. Victoria ruderte mit Armen und Beinen, dann war sie plötzlich an der Oberfläche.

Sie prustete und hielt sich so gut es ging über Wasser. Ihr

rechter Arm war nutzlos. Um sie herum war alles grau, als sie Ausschau nach Marc hielt. Sie brauchte sich nur Sorgen um ihren Gips zu machen, doch Marc war mit allen möglichen Sachen bepackt.

Eine Welle schlug über ihr zusammen. Als sie wieder an die Oberfläche kam, raste ihr Herz, dann fühlte sie, wie von hinten etwas nach ihr griff. Sie schrie entsetzt auf.

„Ganz ... ruhig ... mein Schatz. Wenn ich gewollt hätte, dass sie wissen ... dass wir kommen ... dann hätte ich ... ein Telegramm geschickt."

Tory war viel zu erschöpft und zu erleichtert, ihn zu sehen, als dass sie etwas sagen konnte. Sie entspannte sich ein wenig, als er sie in Richtung auf den Strand zog. Mit dem gesunden Arm und ihren Beinen versuchte sie, ihm dabei zu helfen. Endlich hatte Marc sie sicher an den Strand gebracht. Erschöpft blieb Tory einfach liegen.

„Aufstehen." Marc strich sich das nasse Haar aus dem Gesicht und zog sie hoch. Sekundenlang glaubte Tory, dass ihre Beine ihr den Dienst versagen würden, doch Marc legte einen Arm um sie und hielt sie fest.

Der Mond wagte sich ab und zu hinter den Wolken hervor, und es begann wieder zu regnen. Victoria seufzte.

„Hoffentlich bekommen wir ein Zimmer im Hilton. Ich würde für ein heißes Bad und eine Tasse Tee einen Mord begehen." Sie blickte zum Himmel und ließ das Regenwasser über ihr Gesicht laufen. Es war so dunkel, dass man kaum etwas sehen konnte, nur der helle Sand des Strandes leuchtete. Vor ihnen war eine große Felswand.

Sie blieb stehen. „Ich hoffe, du erwartest nicht von mir, dass ich da hochklettere. Denn ich muss dir sagen, dass ich ..."

Sie glaubte zu sehen, dass er lächelte. „Wir bekommen ein Zimmer im Hotel Grotta Zaffiro."

„O bitte, mach dich nicht über mich lustig." Er zog sie weiter mit sich, auf die Felswand zu. Der Sand machte einigen großen Felsbrocken Platz, unter ihren nackten Füßen spürte sie die ersten Steine.

„In zwanzig Minuten sitzt du bis zum Hals in heißem Wasser“, versprach er ihr.

Tory lächelte. Es klang einfach himmlisch und gab ihr einen Schub frischer Energie. Sie kletterte über die ersten größeren Steine.

Höher und höher kletterten sie, doch der Weg ging nicht steil nach oben. In der Dunkelheit mussten sie vorsichtig sein, aber die Erwartung eines heißen Bades verlieh Tory ungeahnte Kräfte.

Sicher würden sie schon bald auf einen Weg stoßen. Der Regen hatte aufgehört, der Himmel wurde ein wenig heller. Marc hielt sie an der Hand, schon lange hatte er kein Wort mehr gesprochen.

Tory war außer Atem, sie sank auf die Knie und rang nach Luft. Das nasse Haar hing ihr ins Gesicht.

Als sie den Kopf hob, sah sie, dass er lachte. „Was ist?“

„Du siehst aus wie Medusa.“ Als sie wütend auffahren wollte, nahm er ihre Hand und zog sie weiter. „Wenn man die Umstände bedenkt, siehst du sogar verdammt gut aus. Komm weiter, Prinzessin, dein Bad wartet.“

„Ich hoffe, das Hotel hat mindestens zwei Sterne ... Oh, Marc, nein! Bitte nicht in eine Höhle.“

„Wir gehen nicht in eine Höhle“, stimmte er zu, doch fasste er ihre Hand fester und zog sie auf ein Loch in der Felswand zu.

Sie sah den schmalen Strahl seiner Taschenlampe, es dauerte einen Augenblick, bis sie sich an das Licht gewöhnt hatte. „Du Schuft, du hast gesagt, ich würde ein heißes Bad bekommen.“ Ängstlich folgte sie ihm in den engen Gang. „Hoffentlich gibt es hier keine Fledermäuse.“

„Es gibt keine.“

Es roch feucht und unangenehm in der Höhle, eine Weile gingen sie weiter, dann bog er um eine Ecke und führte sie einen weiteren Gang entlang.

Mindestens eine Meile weit folgte sie ihm.

„Was geschieht, wenn der Gang plötzlich aufhört?“, wollte Tory wissen.

„Wenn ich in ein tiefes Loch falle, musst du nur schnell genug meine Hand loslassen. Jemand wird dich schon retten, wenn du zum Strand zurückgehst.“

Tory verlangsamte ihre Schritte. In ihrer nassen Kleidung erschauerte sie und klammerte sich an seine Hand, als sei es ihr Rettungsring.

„Ich bin schon einmal hier gewesen“, beruhigte Marc sie. „Es gibt keine Löcher, in die man fallen kann, keine Sorge.“

Ihre Füße schmerzten, jeder einzelne Knochen in ihrem Körper tat ihr weh, doch sie wollte sich nicht beklagen, damit er nicht glaubte, sie sei wirklich ein Feigling.

Marc machte die Taschenlampe aus. „Schließ deine Augen“, befahl er.

Nur zu gern gehorchte Tory. „Kann ich mich dabei hinlegen?“

„Nein.“ Sie hörte an seinem Tonfall, dass er lächelte. „Lass die Augen geschlossen, es wird dir gefallen.“

Sie murmelte etwas vor sich hin, während er sie noch ein Stück weiterführte. „Jetzt mach die Augen auf, Prinzessin.“

Langsam öffnete Tory die Augen, dann sah sie sich mit offenem Mund um.

Sie standen in einem riesigen Raum. Die Decke war sicher dreißig Meter über ihnen. Die Höhle war erfüllt von einem schimmernden türkisfarbenen Licht, das allem um sie herum ein unwirkliches Aussehen gab. Mitten in dieser ungeheuer großen Höhle lag ein See. Nebel stieg davon auf und legte sich auf üppig grüne Farne und andere Gewächse an seinem Ufer.

„O Marc." Victoria war sprachlos. So etwas hatte sie in ihrem ganzen Leben noch nicht gesehen.

„Grotta Zaffiro", murmelte Marc. „Die Saphir-Grotte."

Er sah, wie sie erschauerte. Victoria war erschöpft, ihr gebrochener Arm schmerzte sicher sehr. Er hatte sie um die halbe Welt gezerrt und sie dann auch noch der stürmischen See ausgesetzt. Sie brauchte etwas zu essen und Ruhe, ehe sie an etwas anderes denken konnten.

„Du kannst dich später umschauen." Er zog sie zum anderen Ende der Höhle. „Zuerst suchen wir uns einen sicheren Platz für unser Lager, dann kannst du dein heißes Bad nehmen."

„Ich dachte, das sei nur eine Ausrede, damit ich mitkomme."

Marc legte ihr eine Hand unter den Arm. „Es gibt hier eine heiße Mineralquelle, etwa dreihundert Meter weiter." Auch er selbst war erschöpft, dabei war er für solche Anstrengungen ausgebildet worden. Trotz ihrer Behauptungen, dass sie ein Feigling sei, hatte sie sich gut gehalten. Doch jetzt war ihr Gesicht kreidebleich, und ihre Lippen hatten einen bläulichen Schimmer.

Er blieb stehen und ließ sie zu Boden sinken. „Ruh dich einen Augenblick aus, ich sehe mich nach einem sicheren Platz um."

Tory rollte sich zusammen und schloss die Augen. „Ruf mich, wenn der Zimmerservice kommt."

Marc suchte einen geeigneten Lagerplatz. Marezzo hatte nicht mehr viele Touristen, seit es zum Spielball der Terroristen geworden war. Trotzdem wollte er kein unnötiges Risiko eingehen, falls einer der Einheimischen einem Touristen die Höhle zeigen wollte.

Es gab nur einen Eingang zur Höhle, der, durch den sie gekommen waren. Marc ging noch tiefer in die Höhle hinein. Ein leichter Geruch nach Schwefel stieg in seine Nase, als er zu einem kleinen Teich mit dampfendem Wasser kam. Die unterirdische Quelle, die diesen Teich füllte, lag etwa dreißig Meter weiter, deshalb war das Wasser hier angenehm heiß, und der Geruch nach Schwefel war nicht mehr so stark.

Der kleine Platz, den Marc schließlich fand, war durch eine Felswand vor neugierigen Blicken geschützt, es war ein natürlicher Raum, etwa hundert Quadratfuß groß, versteckt und nicht leicht zu entdecken.

Marc ließ seine Ausrüstung auf den sandigen Boden fallen und schlug das Lager auf. Auf einem kleinen Propangaskocher erhitzte er einen Topf Wasser, erst dann ging er zu Tory zurück.

Sie lag noch genau so da, wie er sie verlassen hatte. Ihr nasses Haar hing im Sand.

„Zimmerservice."

Sie rührte sich nicht. Marc hob sie mühelos auf seine Arme und trug sie zu dem Lager. Sie spürte von all dem nichts. Er überlegte, ob er sie wecken sollte, damit sie ein heißes Bad nehmen und sich trockene Sachen anziehen konnte. Doch sie brauchte Schlaf mehr als alles andere.

Marc zog sich aus, drehte die Flamme am Ofen höher und trocknete sich dann mit einem trockenen T-Shirt ab, das er aus dem Rucksack geholt hatte.

Er machte eine kleine Vertiefung in den Sand, legte die wasserdichte Thermodecke darauf und wandte sich dann zu Victoria. Sie hatte den Mund leicht geöffnet. Sie wäre ganz schön wütend, wenn er ihr erzählen würde, dass sie schnarchte. Mit beiden Händen versuchte er ihr das Wasser aus den Haaren zu drücken, dann flocht er ihr das Haar zu einem dicken Zopf. Keine Reaktion von ihr. Mitten in der Arbeit hielt er plötzlich inne, wütend auf sich selbst, wegen der ungewohnten Zärtlichkeit, die er für diese Frau empfand. Es war gefährlich, wenn er sich in seiner Arbeit ablenken ließ. Er zog das Band aus seinem Haar und band damit Victorias Haar zusammen.

Sie würde ihm sicher noch viele Schwierigkeiten machen. Er brauchte Miss Victoria Jones nicht genauer zu kennen, um das zu wissen. Der Kuss auf Angelos Boot war das erste Anzeichen dafür, dass seine Wachsamkeit nachgelassen hatte.

Dabei war sie gar nicht sein Typ. Sie war eine Frau, die die Bluse bis zum Hals zuknöpfte, die ihre Kleidung wie eine Art Schutzschild trug. Teufel, wahrscheinlich trug sie zu den flachen Schuhen sogar noch Stützstrümpfe.

Er mochte es, wenn eine Frau auch wie eine Frau aussah, wenn sie aufregende Kleidung trug und hochhackige Schuhe. Schon immer hatte er Frauen bevorzugt, die nichts gegen eine kleine Affäre hatten, schnell und befriedigend. Sex ohne Verpflichtung. Doch heute, bei all den Krankheiten, von denen man hörte, konnte man so etwas nicht mehr riskieren.

Vielleicht war es die Tatsache, dass er schon mehr als drei Jahre enthaltsam gelebt hatte, die sein Verhalten jetzt erklärte. Ungeduldig mit seinem Gedankengang, zog er Tory die nasse Hose über die Schenkel hinunter. Sie hatte eine Gänsehaut. Und eine Menge blauer Flecken.

Marc betrachtete sie mit gerunzelter Stirn. Was zum Teufel hatte das zu bedeuten? Er betrachtete die Verletzungen auf ihrer zarten Haut. Sie schillerten blau und rot und sahen schlimm aus. Er fluchte leise, dann strich er sanft mit einem Finger darüber. Die Verletzungen waren nicht zufällig, es lag ein System darin.

Er hatte keine Ahnung, wie lange es schon her war, dass man sie misshandelt hatte. Doch zweifellos hatte Victoria Jones die schlimme und brutale Folter eines Experten überstanden.

Er zog ihr auch den nassen Pullover und den BH aus und suchte nach anderen Verletzungen. Die meisten fand er zwischen den Schultern und den Knien.

Mit einem T-Shirt trocknete er sie ab und fuhr damit auch sanft über ihr Gesicht. Die Verletzung auf ihrer Stirn verschwand langsam, sie hatte eine unangenehme gelbe Färbung.

Die Tatsache, dass Tory schlief und nichts von dem spürte, was er tat, zeigte ihm, wie erschöpft sie war. Wenn sie jetzt aufwachte, würde wahrscheinlich die Hölle losbrechen. Er lächelte, als er mit dem T-Shirt ihre Brüste trockenrieb.

Kleine, volle, perfekte Brüste.

Die rosigen Brustspitzen richteten sich auf, als er mit dem T-Shirt darüber fuhr. Als er fertig war, trug er sie nackt zu dem Lager. Sie schlief so fest, dass sie nicht einmal merkte, wie er ihr ein trockenes T-Shirt überzog. Er breitete eine warme Decke über ihr aus und versicherte sich dann, dass ihr Gipsverband trocken geblieben war. Dann nahm er ein Stück Seife und ging zu der warmen Quelle, wo er bis zum Hals in dem heißen Wasser versank.

Erschrocken erwachte Victoria aus einem Traum, sie setzte sich auf und sah sich um. Ihr Herz klopfte laut.

Alex, o Alex, wo bist du? Wir sind hier. Wir werden dich finden. Sag mir nur, wo du bist!

Das einzige Geräusch kam von ihrem laut klopfenden Herzen. Sie versuchte sich zu konzentrieren, doch die Gedanken wirbelten durch ihren Kopf.

Sie öffnete die Augen und sah sich um. Der Duft von Stew stieg ihr in die Nase und ließ ihr das Wasser im Mund zusammenlaufen. Ihr Magen knurrte.

Panik stieg in ihr auf, als sie bemerkte, dass sie allein war. Sie blickte auf den Topf, der auf dem Propangaskocher stand, dann sah sie zum Eingang des „Raumes“. Marc konnte nicht weit sein, wenn er den Topf auf dem Feuer hatte stehen lassen. Sie schob die Decke weg und entdeckte erst jetzt, dass sie bis auf ein überlanges T-Shirt nackt war. Eine heiße Röte stieg ihr in die Wangen. Dieser verflixte Kerl!

Aus dem Rucksack holte sie Unterwäsche und eine Hose hervor, die sie schnell anzog, dann sah sie sich ihr Lager genauer an. Es sah aus, als habe Marc vor, länger hierzubleiben. Eine große, aufblasbare Wasserflasche stand in einer Ecke neben einem Funkgerät. Einen Absatz im Felsen hatte er als Regal benutzt, seine Ausrüstungsgegenstände lagen darauf.

Das Bett, das er gebaut hatte, war für zwei Personen gedacht. Hatte er etwa neben ihr geschlafen? Sie konnte sich an nichts erinnern.

Sie wäre gern nach draußen gegangen, hätte sich den kleinen See angesehen und vielleicht darin gebadet. Ihr Haar war verklebt von Sand und Salz.

Der Duft des Essens zog sie zum Kocher. Das Stew sah genauso gut aus, wie es duftete, sie würde nicht mehr warten. Vielleicht würde Marc erst in Stunden zurückkommen. Sie nahm eine Gabel und fischte ein Stück Fleisch aus dem Topf.

Erst als sie den halben Topf leergegessen hatte, hörte sie auf. Sie hatte sich gar nicht erst die Mühe gemacht, das Essen auf einen Teller zu tun, sie hatte gleich aus dem Topf gegessen.

Sie faltete die Thermodecke, die auf dem Bett lag, setzte sich mit untergeschlagenen Beinen auf den Boden und wartete auf Marc. Als sie von der anderen Seite der Felswand ein Geräusch hörte, erstarrte sie und zog sich in die hinterste Ecke des Raumes zurück, die tief im Schatten lag.

Dummkopf. Sie hätte sich zuerst einmal eine Waffe suchen sollen. Wieder hörte sie ein Geräusch. Da draußen war jemand, wahrscheinlich durch den Duft des Essens angelockt. Ihre Hände wurden feucht, als die Schritte näher kamen.

Tory rutschte näher an Marcs Rucksack. Wahrscheinlich besaß er eine Waffe. Die Augen auf den Eingang des Raumes gerichtet, durchsuchte sie den Rucksack.

Schließlich schlossen sich ihre Finger um etwas Hartes, sie zog es hervor und hob es hoch. Mit einem tiefen Atemzug zielte sie damit auf den Eingang.

„Ich hoffe, du weißt, wie du mit so einem Ding umgehen musst“, ertönte Marcs Stimme, und Tory ließ den Arm sinken.

Er sah aus wie ein Pirat in seiner dunklen Hose, dem

schwarzen Hemd und den langen Haaren, die ihm bis auf die Schultern hingen. Aber er sah auch erstaunlich sauber und ordentlich aus.

Tory blickte auf das Gewehr in ihrer Hand und stellte fest, dass sie es am Lauf hielt. Sie ließ es fallen und stand auf. „Du hast mich zu Tode erschreckt. Warum hast du nichts gesagt?“

Marc schüttete das restliche Stew auf einen Teller und begann zu essen. „Ich habe geglaubt, du schläfst noch. Leg die Uzi weg und suche den Kaffeetopf.“

Tory füllte den Topf mit Wasser aus der Flasche und stellte ihn dann auf den Kocher. Marc sagte ihr, wo sie den Kaffee finden konnte und beobachtete sie dann. „Wie fühlst du dich?“, wollte er wissen.

„Besser.“ Tory goss den Kaffee in zwei Becher und reichte einen davon Marc. „Wie spät ist es überhaupt?“

„Drei Uhr. Du hast zwölf Stunden geschlafen.“

„Warum hast du mich nicht geweckt?“ Tory hielt den Becher mit dem heißen Kaffee in beiden Händen. „Ich habe geträumt.“ Sie blickte auf und sah Marc an. „Alex ist schwer verwundet, Marc, er ist beinahe tot. Ich fühle es.“ Sie schluckte.

In ihrem Traum war Alex so sehr geschlagen worden, dass man sein Gesicht kaum noch erkennen konnte. Der Traum hatte ihr Angst gemacht, weil sie fürchtete, dass sie zu spät kamen.

„Wenn es dunkel wird, werde ich ihn holen.“ Sie sah, wie er die Lippen zusammenpresste.

„Ich habe mich heute Morgen in Pescarna umgesehen. Wenn sie Lynx dort gefangen halten, dann haben sie es ausgezeichnet verstanden, ihre Spuren zu verwischen. Es gefällt mir gar nicht, dass ich dich mitnehmen muss, aber du musst mir dort genau sagen, wo er ist. Dann werde ich dich hierher zurückbringen.“

Er warf ihr ein Handtuch und ein Stück Seife zu. „Wenn du gleich hier rechts entlanggehst, wirst du nach etwa dreißig Metern dein heißes Bad finden. Lass dir Zeit, entspanne dich in dem warmen Wasser." Er zog sie hoch. „Ich werde draußen am Eingang sein und aufpassen."

Tory stellte ihre Tasse ab. „Um ehrlich zu sein, mir wäre es ganz lieb, wenn es hier auch eine Toilette gäbe." Sie wurde rot und blickte auf die Seife in ihrer Hand.

„Dein Wunsch ist mir Befehl, Prinzessin. Folge mir."

Die Höhle hatte die Ausmaße von etwa zwei Fußballfeldern. Das saphirblaue Wasser war kristallklar und warf einen Schein auf die Wände der Höhle.

Marc ging mit ihr um den kleinen See herum. „Wie können nur all die Pflanzen hier überleben?", fragte Tory, als sie an einem Busch mit kleinen weißen Blüten vorbeigingen.

„Es gibt hier genug Licht und auch frisches Wasser." Marc pflückte eine der Blüten ab und steckte sie in ihr Haar. „Aber wenn du hier schwimmen möchtest, dann sag mir bitte Bescheid. Das Wasser hier ist sehr tief." Er deutete auf einen großen Farn an einem Ende des Sees. „Siehst du den Wasserwirbel dort drüben? Das ist ein natürlicher Abfluss." Er deutete in die Richtung, aus der sie gekommen waren. „Die heiße Quelle ist dort drüben, das Wasser kühlt ab und läuft dann hier in den See. Durch einen Tunnel von etwa fünfzehn Metern läuft es direkt ins Meer unter uns. Du darfst hier nur schwimmen, wenn ich bei dir bin. Der Wasserwirbel ist stark genug, um dich in den Tunnel zu ziehen."

Tory schauderte. Sie hatte genug Wasser um sich herum gehabt, als sie auf dem Boot waren.

Marc deutete auf drei Toilettenhäuschen, die in einer Nische in der Nähe des Eingangs standen. „Eine davon ist noch in Ordnung. Man hat sie damals für Touristen aufgestellt, aber seit Jahren sind keine Besucher mehr in die Grotte gekommen."

„Warum nicht? Sie ist doch wunderschön."

„Hast du die großen Felsblöcke bemerkt, über die wir gestern geklettert sind? Sie sind die Felswand hinuntergestürzt. Für die Touristen ist es im Augenblick hier nicht sicher genug. Außerdem haben die Terroristen nach ihrer Machtübernahme 1987 den Tourismus beinahe zum Erliegen gebracht. Nur wenige Reisegruppen werden noch ins Land gelassen. Die Einheimischen schweigen, weil ihr Leben davon abhängt.“ Marc zog eine Pistole aus der Hosentasche.

„Ich bin in deiner Nähe, wenn du mich brauchst. Die heiße Quelle ist dort hinten.“

Der Teich war etwa zwei Meter im Durchmesser, umgeben von glattgeschliffenen Felsen. Vorsichtig trat Tory in das dampfende Wasser und achtete darauf, dass ihr Gipsverband nicht nass wurde. Es war herrlich, in das heiße Wasser zu sinken und sich zu entspannen. Sie seufzte auf und schloss die Augen.

Tory musste eingeschlafen sein, und als sie die Augen öffnete und Marc auf sich zukommen sah, schrie sie auf. Es dauerte einen Augenblick, ehe sie wusste, wo sie war. Ihre Wangen brannten, als sie seine Blicke auf ihrer nackten Haut fühlte.

„Wo bleibst du so lange?“

Rasch zog Tory das Handtuch von dem Felsen und legte es über ihre Brust. „Ich muss eingeschlafen sein. Ich werde mich beeilen … würdest du bitte gehen?“

Er kam noch näher. Tory sank tiefer in das Wasser. „Bitte, geh!“

Marc trug nur Jeans, und er hatte sie nicht zugeknöpft. Sein nackter Oberkörper war tief gebräunt, krauses schwarzes Haar wuchs auf seiner Brust, bis hinunter zum Bund seiner Hose. Er hockte sich neben das Wasser.

Torys Herz klopfte laut, sie wusste nicht, wohin sie sehen sollte. Er schien gar nicht bemerkt zu haben, dass durch diese Bewegung seine Jeans sich noch weiter geöffnet hatte. Auch weiter unten war seine Haut von der Sonne gebräunt.

Dampf wirbelte hoch bis zu seinem Kopf. Das offene Haar hing ihm bis auf die Schultern.

Sie brauchte all ihren Mut, um ihm in die Augen zu sehen. „Bitte, würdest du gehen?“, brachte sie hervor.

Marc starrte auf die Frau in dem Wasser. Der Wasserdampf hatte unzählige Perlen gebildet, glänzte auf ihrer Haut, die so zart und weich aussah wie bei einem Baby. Ihr nasses Haar verdeckte ihren Körper, wie Seegras schwebte es im Wasser.

Sie hatte die Knie bis an die Brust gezogen, während sie versuchte, ihren Körper vor seinen Blicken zu verbergen. Er wusste, er sollte jetzt eigentlich gehen, es war verrückt, dass er überhaupt hierhergekommen war.

„Wir werden beim ersten Morgenlicht aufbrechen“, sagte er und stand auf.

„Schön.“ Sie vermied es, zu ihm aufzublicken. Er sah, dass eine kleine Ader an ihrem Hals heftig pulsierte. Teufel, er würde noch viele Schwierigkeiten mit ihr bekommen. Sie war eine so kleine Maus, sie zitterte schon, wenn er sie nur ansah.

„Ich hole dir ein trockenes Handtuch.“

„Danke.“

„Du klingst wie ein braves kleines Schulmädchen“, versuchte er sie zu necken. „Kannst du nichts anderes sagen als danke?“

Sie reckte sich ein wenig und hob trotzig das Kinn. „Doch. Ich kann sagen: Verschwinde hier!“

„Hör mal, hier gibt es nichts, was mich zum Bleiben veranlassen könnte.“ Es irritierte ihn, wie sie ihr Kinn reckte. Er wollte wissen, wie sehr er sie bedrängen musste, damit sie zurückschlug. Dann seufzte er, es war ein nutzloses Unterfangen. Sie hatte nicht gescherzt, als sie behauptet hatte, sie sei ein Feigling.

„Ich hasse dich“, sagte sie leise. Noch immer sah sie ihn nicht an.

„Sprich lauter.“

Jetzt richtete sie ihren Blick auf ihn. „Was?“

„Sprich lauter und mit mehr Gefühl. Lass mich sehen, wie sehr du mich hasst.“

„Du bist verrückt!"

Ohne zu wissen, was er tat, machte Marc ein paar Schritte auf das Wasser zu und hockte sich wieder hin. Ihre Augen waren weit aufgerissen, verängstigt sah sie ihn an. „Lass mich mal ein wenig Widerspruch hören, Lady. Ich bereue es schon, dass ich dich mitgenommen habe."

„Ich wollte nicht mitfahren."

„Ja, das ist wahr." Er ließ sie los und stand auf. „Aber ich würde mich besser fühlen, wenn du ein wenig Temperament zeigen würdest."

„Temperament willst du? Nun, was hältst du hiervon?" Sie riss sich das nasse Handtuch von der Brust und warf es nach ihm. Doch das Handtuch traf ihn nicht, es fiel in den Sand. Ihre Augen blitzten ihn wütend an. „Ich bin hier in Marezzo mit dir, Mr. Marc ‚Phantom' Savin. Aber es gefällt mir nicht." Ihre Stimme wurde lauter. „Es gefällt mir nicht, und du gefällst mir schon gar nicht." Sie warf mit der Seife nach ihm.

„Ich werde dir Temperament zeigen!" Sie holte einen kleinen Stein aus dem Wasser und warf damit nach ihm. Marc grinste, als sie ihn verfehlte. „So ist es richtig."

„Du bist ein ekelhafter Kerl."

„Ja?" Er lächelte sie an. Es gab also doch noch Hoffnung für sie.

„Ja. Hör auf damit, mich zu ärgern … und geh weg!"

„Sonst?"

Victoria sah zu ihm auf. Er war arrogant und viel zu selbstsicher. Von Männern wie ihm hatte sie gelesen. Es konnte sein, dass sie ihn brauchte, um Alex zu finden, aber das bedeutete noch lange nicht, dass sie ihn mochte. Sie starrte in sein unverschämtes Gesicht und sagte sich, dass sie ihm klarmachen musste, dass sie sich von ihm nicht alles gefallen ließ. Aber wie?

Er stand über ihr, die Beine gespreizt, die Arme vor der Brust verschränkt, mit nackter Brust und offener Jeans. Das tat er absichtlich, sie wusste es. Er wusste ganz genau, wie verwirrt sie war, und er genoss ihre Verlegenheit.

Was konnte sie sagen, das ihn aus der Fassung bringen würde?

Ehe sie noch genau wusste, was sie tat, stand Tory auf. Sie blickte auf einen Punkt hinter Marc und trat auf die Felsen am Rand des Beckens. Das Wasser lief an ihrem Körper hinunter. Ihre Nerven waren angespannt, aber sie ging mit hoch erhobenem Kopf an ihm vorbei.

Ihre Wangen brannten, doch um nichts in der Welt sollte er merken, wie viel Mut sie gebraucht hatte, nackt aus dem Wasser zu steigen.

O du liebe Güte, dachte sie, als sie sein erstauntes Aufkeuchen hinter sich hörte. Ich habe es wirklich getan! Sie zwang sich, nicht loszulaufen, wie sie es am liebsten getan hätte. Hinter sich hörte sie kein Geräusch, doch ihr Herz dröhnte so laut, dass sie sowieso nichts gehört hätte. Sie war noch fünf Schritte vom Eingang zu ihrem Lagerplatz entfernt, als sich Marcs Hand um ihren Oberarm schloss. Sie schrie auf.

Marc drehte sie zu sich herum. Seine Augen blitzten gefährlich, als er ihr Kinn in seine Hand nahm. „Hör mir gut zu, Prinzessin. Sex bedeutet mir überhaupt nichts. Verstanden? Also brauchst du deinen verführerischen kleinen Körper nicht mehr vor mir zu präsentieren, denn ich will ihn nicht."

Tory wagte nicht zu blinzeln. Seine Lippen waren zu einer dünnen Linie zusammengepresst, seine Stimme klang eiskalt.

„Wie kannst du es wagen! Ich habe überhaupt nicht ..."

„Sei ehrlich, Lady. Ich kenne mich aus. Ich will es einmal so sagen, ich würde schon in Versuchung geraten, wenn ich Sex nicht auf die gleiche Stufe stellen würde wie Drogen und Alkohol am Steuer. Du siehst zwar sauber aus, Baby ... aber heutzutage weiß man ja nie."

Alle Farbe wich aus Torys Gesicht. Wut stieg in ihr auf. Wenn es jetzt irgendwo eine Tür gegeben hätte, sie hätte sie zugeschlagen. Ohne nachzudenken hob sie die Hand und schlug ihn so heftig mitten ins Gesicht, dass er unwillkürlich einen Schritt zurücktrat.

„Kleines Biest“, sagte er, als sie herumwirbelte und zu ihrem Lagerplatz ging. Und als er ihr folgte, meinte er: „Die Ohrfeige war gerechtfertigt. Aber ich warne dich, beim nächsten Mal werde ich zurückschlagen.“

„Wenn du mich noch einmal so beleidigst, werde ich schießen, dann kannst du gar nicht zurückschlagen.“ Victorias Stimme klang ungewöhnlich beherrscht.

Sie saß mitten auf dem provisorischen Bett und hielt sich den verletzten Arm. Das T-Shirt, das sie sich übergezogen hatte, war ganz nass. Marc war erstaunt, dass sie den Mut gehabt hatte, sich ihm so zu widersetzen.

Von Anfang an hatte er gewusst, dass es mit ihr Schwierigkeiten geben würde. Aber verflixt, er musste ihren Bruder finden, er hatte gar keine andere Wahl gehabt, als sie mitzunehmen. Allerdings hatte er ihr auch gar keine Möglichkeit gelassen, als so zu reagieren.

Der Kaffee war mittlerweile kalt, und während Marc ihn trank, hörte er ein leises Schluchzen von Victoria.

Er hockte sich neben sie. „Was ist los? Hast du Schmerzen?“ Als sie nicht antwortete, legte er einen Finger unter ihr Kinn, damit er sie ansehen konnte.

„Bist du krank? Tut dein Arm weh? Oder bist du nur verlegen, weil ich dich nackt gesehen habe?“

Er sah, dass Tränen in ihren Augen standen. „Rede mit mir“, forderte er sie ein wenig grob auf.

„Lass mich in Ruhe.“ Sie wandte den Kopf ab, doch als er sie zwang, ihn anzusehen, blitzten ihre Augen wütend. „Ich habe den Kamm zerbrochen. Okay? Ich habe diesen verdammten Kamm zerbrochen.“

Marc sah sie an, als habe sie den Verstand verloren. „Du

weinst, weil du diesen verdammten Kamm zerbrochen hast? Du lieber Himmel, wenn es das Schlimmste ist, was heute passierte, dann war es ein großartiger Tag."

Er stand auf, ging in den hinteren Teil der Höhle und holte das Funkgerät hervor. Wenn sie wegen einer so lächerlichen Kleinigkeit die Nerven verlor, dann waren sie wirklich in Schwierigkeiten.

Sie strich sich das nasse Haar aus dem Gesicht und sah über ihre Schulter hinweg zu ihm. „Was ... was tust du da?"

„Ich rufe Angelo. Er kann kommen und dich holen." Marc stellte den Code ein. Diese verflixte Frau.

„Nein!" Tory sprang auf. „Nein, tu das nicht. Du brauchst mich, um Alex zu finden. Das hast du selbst gesagt."

„Lady, ich muss den Verstand verloren haben, als ich dachte, du könntest mir helfen. Sieh dich doch an. Du brichst ja jetzt schon zusammen, und wir haben noch nicht einmal angefangen."

„Das verstehst du nicht." Sie biss sich auf die Lippen. „Ich kann mich nicht kämmen." Sie ließ den Kopf sinken, und ihr Haar fiel ihr über das Gesicht.

Er kannte sie zwar erst einen Tag, aber in dieser Zeit hatte er sich ein Bild von ihr gemacht. Sie war eine lausige Lügnerin, das gefiel ihm. Und sie war auch verdammt sexy, ohne es zu wissen, das gefiel ihm gar nicht. Er kannte sie vielleicht noch nicht sehr gut, aber er wusste, dass sie besessen war von dem Wunsch, ordentlich auszusehen.

Marc erinnerte sich an das ordentliche dunkelblaue Jackenkleid, das sie bei ihrem ersten Besuch bei ihm getragen hatte. Jetzt sah er sie plötzlich in einem ganz anderen Licht. Ihre Füße waren voller Sand, das T-Shirt, das sie angezogen hatte, war zerknittert, und ihr Haar war völlig zerzaust.

„Komm her", sagte er sanft.

3. KAPITEL

Marc legte Tory eine Hand auf die Schulter, drückte sie auf die Decke und setzte sich hinter sie. „Gib mir den Kamm."

„Ich will nicht, dass du mich anrührst, danke."

„Und ich will nicht die ganze Nacht wach bleiben müssen, weil du dir um dein verfilztes Haar Sorgen machst! Gib mir den Kamm!"

Sie reichte ihm den zerbrochenen Kamm. Marc nahm das Handtuch und rubbelte damit ihr Haar trocken, dann griff er nach dem Kamm. Ihr Haar fiel bis auf die Decke, auf der sie saßen. Vorsichtig fuhr er mit dem Kamm hindurch.

„Meine Großmutter hat das auch immer getan", murmelte sie.

„Erzähle mir von ihr", forderte er sie auf.

„Mein Vater war Stuntman, und das gefiel meiner Großmutter gar nicht. Sie fand, dass meine Mutter besser einen Arzt geheiratet hätte. Seine Arbeit war sehr gefährlich. Meine Mutter begleitete ihn immer, wenn er irgendwo zu tun hatte. Ihr gefiel das viele Reisen. Sie ließen uns immer bei der Großmutter, wenn sie wegfuhren. Und als wir dann sechs Jahre alt waren, kamen sie nicht zurück. Sie starben bei einem Flugzeugabsturz in Spanien. Meine Großmutter behielt mich, Alex schickte sie in ein Waisenhaus."

Tory zog die Schultern hoch. „Wir wollten das nicht. Er kam von einem Heim ins andere, aber er konnte nie adoptiert werden – Großmutter erlaubte das nicht. Mich hat sie adoptiert, aber Alex wollte sie nicht."

Das erklärte die verschiedenen Familiennamen. Und es erklärte, warum Lynx seine Zwillingsschwester nie hatte erwähnen müssen. Die Großmutter war sicher ein Biest gewesen. Marc fühlte Mitleid mit Tory, und er ärgerte sich darüber. Für Gefühle hatte er bei einem solchen Einsatz keine Verwendung.

Sein Verstand musste scharf arbeiten, sonst würden sie am Ende alle dran glauben müssen.

„Wir konnten miteinander in Verbindung bleiben durch unsere telepathischen Gedanken, aber wir haben uns acht Jahre nicht gesehen. Das war schlimm." Marc fühlte, wie sich ihr Körper bei diesen Worten anspannte.

„Ich habe immer alles richtig gemacht, damit sie Alex nach Hause holte. Sie wollte ein nettes, ruhiges, ordentliches Mädchen, und das bin ich geworden. Sie war meine einzige Sicherheit, deshalb war ich immer gehorsam, damit sie mich nicht auch wegschickte."

Marc hörte ihre tränenerstickte Stimme. Er konnte sich das kleine Mädchen sehr gut vorstellen. Nett und ruhig wartete sie immer darauf, dass ihr Bruder nach Hause kommen würde. Kein Wunder, dass sie so ordentlich war.

Mittlerweile hatte er ihr das Haar ausgekämmt, es war auch schon beinahe wieder trocken, doch Marc kämmte weiter. Sie hatte wundervolles Haar, wie Seide fiel es bis in seinen Schoß.

„Als wir achtzehn waren, verschwand Alex."

Marc wusste, wo er hingegangen war. Er hatte Alex Stone von der Straße weg rekrutiert, als der Junge auf dem Weg gewesen war, ein Autodieb zu werden.

„Meine Großmutter wurde krank, und ich habe sie bis zu ihrem Tode gepflegt. Dann habe ich mit dem Geld, das sie mir hinterlassen hat, eine Eigentumswohnung gekauft – mit zwei Schlafzimmern. Ich habe ein Zuhause für uns geschaffen – für Alex und mich." Sie wandte sich um und sah ihn an. „Das war meine Rache. Ich habe ihr Geld dazu benutzt, ein Zuhause für uns beide zu schaffen."

Aber für Alex Stone war es schon zu spät gewesen, dachte Marc. Zu dieser Zeit war er bereits Lynx.

Er teilte Torys Haar in drei Strähnen und flocht das Haar. Sie reichte ihm das Band, als er fertig war.

„Danke." Sie drehte sich um und sah ihn an. „Du wirst Alexander finden, nicht wahr, Marc?"

Das nasse Haar hatte ihr T-Shirt durchnässt. Die dünne weiße Baumwolle verbarg ihre süßen vollen Brüste nicht vor seinen Blicken.

„Keine Sorge, ich werde ihn schon finden. Morgen um diese Zeit werdet ihr schon in Rom sein."

Ihre Augen strahlten. „Wirklich?"

Schon auf dem Boot hatte er das erste, wenn auch unwillkommene Verlangen nach ihr gefühlt. Doch ein Kuss war ja keine so großartige Angelegenheit. Sicher, er hatte sie nackt gesehen, aber auch das war nichts Besonderes. Er hatte in seinem Leben schon viele Frauen nackt gesehen.

Am Anfang hatte er die Anziehungskraft, die von ihr ausging, einfach ignoriert und hatte ihr wundervolles langes Haar dafür verantwortlich gemacht. Dann hatte er sich selbst einzureden versucht, dass er seinen Körper unter Kontrolle hatte, während er sie in dem heißen Wasser betrachtete.

Doch er hatte sich geirrt.

„Danke." Sie lächelte ihn an.

Mit beiden Daumen wischte er ihr die Tränen von den Wangen, dann nahm er ihr Gesicht in beide Hände. Er wusste, er sollte das eigentlich nicht tun, er war dabei, ihre ganze Mission infrage zu stellen.

Er küsste ihre feuchten Augenlider. Tory murmelte einen leisen Protest, als er seine Finger in ihrem Haar vergrub und sie zurückschob, sodass sie auf die Decke sank.

Er wollte sie nur noch einmal schmecken, das war alles. Seine Lippen schlossen sich über ihren, und ihr Mund öffnete sich seiner suchenden Zunge. Er fühlte sich wie im Himmel.

Zögernd erwiderte sie den Kuss, und Marc glaubte zu vergehen. Er zwang sich, die Hände in ihrem Haar zu lassen. Er wollte sie entkleiden, wollte in sie eindringen. Das Verlangen war so groß, dass sein Körper bebte. Er riss sich von ihr los und setzte sich auf.

Sie lag auf der Decke und blickte zu ihm auf. Ihr Atem ging genauso unregelmäßig wie seiner.

„Das war keine so gute Idee, Prinzessin. Mach Platz, damit wir noch ein wenig schlafen können, ehe wir gehen."

Als Tory aufwachte, war es dunkel, nur die Flamme des Propangaskochers erhellte die Höhle. Marc hockte in dunkler Kleidung im Schatten. „Du hast gerade noch Zeit, etwas zu essen, dann müssen wir gehen."

Er klang wie ein Fremder.

Tory war froh, dass er in der Dunkelheit nicht sehen konnte, wie sie errötete. „Ich bin nicht hungrig."

„Du wirst trotzdem etwas essen." Er stand auf und brachte ihr einen Teller. Tory zog die dünne Decke vor die Brust und wünschte, sie hätte einen Büstenhalter angezogen.

„Liebling, ich habe alles gesehen, was du zu bieten hast. Lass die Decke fallen und iss. Wir werden mindestens vierzig Minuten brauchen bis nach Pescarna, und es ist jetzt schon nach elf." Er reichte ihr eine Gabel. „Ich hoffe, du erwartest jetzt keine großartige Liebeserklärung. Es war nur ein Kuss, und ich habe nicht die Absicht, jede kleinste Gefühlsregung zu erklären, bis wir wieder hier weg sind."

Tory sah zu ihm auf. „Danke, dass du die Fronten geklärt hast." Sie legte den Kopf ein wenig schief. „Hätte ich gewusst, dass ich als eine reine Gefühlsregung abgetan werde, hätte ich mir nicht die Mühe gemacht, dich zu küssen", fuhr sie ihn an. Sie stellte den Teller beiseite, schob die Decke weg und stand auf.

Er biss die Zähne zusammen, sie musste es gesehen haben, denn sie sagte: „Du hättest bloß Nein zu sagen brauchen."

„Teufel, du weißt ja nicht einmal, was du einem Mann zu bieten hast."

Victoria hob das Kinn. „Ich kann mich nicht erinnern, dir irgendetwas angeboten zu haben."

„Was ist es denn für ein Gefühl, die letzte Jungfrau Amerikas zu sein, mein Schatz?", fragte Marc sarkastisch, weil er sie wütend machen wollte. Wenn sie nach ihm schlug, würde er sie festhalten und ... *Du hast den Verstand verloren, Phantom! Reiß dich zusammen und kontrolliere deine Hormone. Das ist ja gerade so, als spiele ein Schakal mit einem Kätzchen.*

Sie wurde über und über rot. „Es ist ein sehr angenehmes Gefühl, danke."

Marc steckte den Schlag weg wie ein Mann. Dabei hatte er nur scherzen wollen. „Ich dachte immer, nur hässliche Dreizehnjährige sind noch Jungfrau."

Victoria warf ihm einen bösen Blick zu. „Ich war eine hässliche Dreizehnjährige. Und jetzt bin ich eine realistische Sechsundzwanzigjährige. Mein Leben gefällt mir so, wie es ist. Ich habe dich nicht darum gebeten, über mich herzufallen, und es gefällt mir auch nicht, wenn du dich über meine Prinzipien lustig machst. Meine Jungfräulichkeit geht nur mich etwas an, und es wäre nett, wenn du deine verschwitzten Hände bei dir behalten würdest."

„Prinzessin, Sex ist eine schweißtreibende Angelegenheit. Ich wette, wenn du dich ein wenig entspannen würdest, würde es dir sogar gefallen. Schließ die Augen und stell dir zwei Körper vor, die sich aneinander reiben ..."

„Warum redest du so mit mir?" Torys Augen funkelten zornig. „Ich weiß, dass du mich nicht ausstehen kannst. Nun, mir geht es mit dir genauso. Denn schließlich warst du derjenige, der mich gezwungen hat, hierherzukommen."

„Donnerwetter. Du machst mir wirklich angst", neckte er sie und kam über den Sand auf sie zu.

Tory blieb stehen, sie zog die Uzi aus seinem Rucksack und hob sie hoch – diesmal richtig herum. In ihrer kleinen Hand sah die Waffe lächerlich aus.

Er trat so nahe vor sie, dass der Lauf ihm gegen die Brust stieß. „Du solltest nie eine Waffe auf jemanden richten, wenn du es nicht wirklich ernst meinst", fuhr er sie an, dann schloss sich seine Hand um ihr Handgelenk.

„Ich meine es ernst." Ihre Unterlippe zitterte, Tränen traten in ihre Augen.

Marc nahm ihr die Uzi ab und legte sie auf den Rucksack. Dann seufzte er auf, zog sie in die Arme und streichelte ihren Rücken. „Ich bin wirklich ein Schuft."

Tory drückte ihre Nase in sein T-Shirt. „Ja, das bist du." Ihr Gipsverband stieß gegen seinen Rücken.

Blass und verletzlich sah sie aus in der schwachen Beleuchtung. Sie löste sich aus seinen Armen, und Marc warf ihr ein langärmeliges schwarzes Sweatshirt zu. „Wir werden den Gipsverband verbergen müssen, man kann das Weiß meilenweit erkennen."

Eine Jungfrau! Das war die Krönung des Ganzen!

Schnell zog sie das Sweatshirt über den Kopf. „Was ist mit meinen Schuhen geschehen?", fragte sie.

Marc warf ihr ein paar schwarze Turnschuhe zu. „Sorge dafür, dass man an dir nichts Weißes sehen kann." Sie zog den Ärmel des Sweatshirts sorgfältig über den weißen Gipsverband.

Marc steckte ihr das lange Haar unter den Kragen des Sweatshirts. „Glaubst du, dass du es schaffst?", fragte er.

„Ich werde alles tun, um Alex hier wegzuholen." Sie verbarg ihre Angst erfolgreich vor ihm. Der letzte Ort, an dem sie sein wollte, war Pescarna.

Der Vollmond beleuchtete den Weg die Klippen hinunter zum Strand und warf sein Licht auf das Wasser und die hellen Kalkfelsen.

Die Luft war warm und sie roch nach Salzwasser, alles war ruhig und nur das Rauschen der Wellen gegen den Strand war zu hören.

„Wenn wir in Pescarna sind, dann brauchst du bloß festzustellen, wo Alex ist. Danach werde ich dich zu unserem Lager zurückbringen, den Rest schaffe ich allein. Verstanden?“ Marc nahm ihre Hand und half ihr über die schlüpfrigen Felsbrocken.

Tory brummte nur. Der Weg fiel ihr schwerer, als sie ihn sich vorgestellt hatte. Marc sprang wie eine Katze von einem Felsbrocken zum anderen. Sie wusste, dass sie ihn aufhielt, aber sie fürchtete sich davor, zu fallen und in das brodelnde Wasser unter ihnen zu stürzen.

Er hatte ihr gesagt, dass Pescarna von hier aus ungefähr vier Meilen entfernt sei, doch ihr erschien der Weg viel weiter. Beinahe hätte sie Marc umgerannt, als er plötzlich stehen blieb. „Was ist?“

Er legte ihr eine Hand auf den Mund. „Psst“, flüsterte er. „Wir sind da. Wohin müssen wir jetzt gehen?“

Tory schloss die Augen und versuchte sich zu konzentrieren.

Alex?

Sie hörte das Rauschen der Wellen hinter ihnen, in einiger Entfernung sang jemand.

Alex? Alex. Alex!

„Hey.“ Sie fühlte, wie Marc den Arm um sie legte und sie an sich zog. „Entspanne dich, du zitterst ja.“

„O Marc. Ich fühle ihn nicht.“

Beruhigend strich er ihr über den Rücken. „Entspanne dich, mein Schatz, und öffne dich ihm. Wenn Lynx hier irgendwo ist, wird er wissen, dass du nach ihm suchst. Schließ die Augen und konzentriere dich.“

Doch obwohl Tory es noch so sehr versuchte, sie kam zu keinem Ergebnis. Sie erschauerte in Marcs Armen. „Hier ist nichts“, hauchte sie. „Gar nichts.“ Sie sah zu ihm auf. „Ich muss näher ran. Wenn Alex wirklich schwer verletzt ist, dann kann er auf diese Entfernung nicht mit mir in Verbindung treten.“

„Verdammt. Wie nahe?“

„Das weiß ich nicht, bis ich ihn wirklich finde."

Marc strich ihr eine Haarsträhne aus dem Gesicht. „Versprichst du mir, dass du nichts Dummes tun wirst?"

Tory lächelte. „Du weißt doch, ich bin ein Feigling."

„Ja, ich weiß." Er nahm ihre Hand und zog sie weiter. „Du wirst alles tun, was ich dir sage, verstanden?", flüsterte er ihr zu. „Und bleib um Himmels willen in meiner Nähe."

„Jawohl, Sir!"

Sie gingen jetzt über Gras, die Lichter von Pescarna erhellten den Nachthimmel. Dann fühlte Tory Pflastersteine unter ihren Füßen. Sie folgte Marc in den Schatten eines Balkons, wo der Duft von Geranien in der Luft hing.

„Wir werden weitergehen, bis du etwas fühlst", murmelte Marc. „Sag mir also, wann ich stehen bleiben soll."

Sie gingen eine schmale Straße entlang. So spät in der Nacht begegneten sie keinem Menschen, aber sie hörten Stimmen aus den offenen Fenstern der Häuser. Ein Kanarienvogel zwitscherte, Teller klirrten. Tory schwitzte in ihrem Sweatshirt, doch sie konzentrierte all ihre Gedanken auf Alex.

Eine Stunde verging, dann noch eine. Sie gingen durch eine enge Straße nach der anderen. Oft blieben sie stehen, damit Tory sich konzentrieren konnte. Am liebsten wäre sie in Tränen ausgebrochen, doch ein Blick in Marcs Gesicht genügte, um ihre Tränen versiegen zu lassen.

Der Fischerort war klein, doch als sie zweimal durch alle Straßen gegangen waren und am anderen Ende des Dorfes im Schatten eines Olivenhaines standen, wusste Tory nicht mehr weiter. Sie lehnte die Stirn gegen einen Baumstamm. „Es tut mir leid", flüsterte sie.

Marc wollte sie so gern trösten, doch auch er war besorgt. „Wir werden zum Lager zurückgehen, dann rufe ich Angelo, damit er dich abholt." Er legte ihr einen Arm um die Schultern. „Komm. Ich denke, für eine Nacht reicht das."

Sie gingen um den Ort herum, hielten sich im Schatten. Überall roch es durchdringend nach Fisch. „Einen Augenblick lang habe ich ihn gefühlt, doch dann war es schon wieder vorbei.“ Tory blickte zu Marc auf. „Sie haben ihn irgendwo anders hingebracht.“

„Was?“, fragte Marc erschrocken. „Du hast ihn gefühlt? Warum hast du nichts gesagt? Wo? Kannst du den Ort wiederfinden?“

Tory sträubte sich, als Marc sie in den Ort zurückziehen wollte. „Warte. Ich habe es dir doch gesagt. Er ist nicht mehr dort. Sie haben ihn weggebracht.“

„Du sollst mir zeigen, wo er vorher war. Das könnte uns einen Anhalt geben, wo er jetzt sein kann.“

Torys Herz machte einen kleinen Satz. „Es war das Haus neben der Trattoria. Das rosa Haus mit dem Kanarienvogel im Fenster.“

Den Kanarienvogel hatte man inzwischen hereingeholt, doch Tory fand das Haus trotzdem wieder. Alle Fenster waren dunkel, und im Haus war alles still.

„Was jetzt?“, flüsterte Tory. Das Gefühl, dass Alex hier gewesen war, war sehr stark. Sie erschauerte und griff nach Marcs Hand. „Sie haben ihn vor etwa sechs bis acht Stunden weggebracht.“

„Es ist Zeit für dich, nach Hause zu gehen, Prinzessin.“ Seine Worte waren kaum mehr als ein Hauch.

„Nein“, flüsterte sie zurück. „Alex war hier. Vielleicht finden wir im Haus einen Anhaltspunkt.“

Er fasste nach ihrem Arm und versuchte sie wegzuziehen. „Du wirst auf keinen Fall in dieses Haus gehen!“, befahl er.

Ein Fenster über ihnen wurde geöffnet, und ein Mann sah heraus. *„Zitto! Si ne vada!“*

Tory erstarrte. „Was hat er gesagt?“

„Er will, dass wir hier verschwinden. Komm.“

Im Schatten der Häuser schlichen sie bis ans Ende der Straße. Tory blieb stehen und zog ihn dann mit sich. „Durch diese Straße kommen wir zur Rückseite des Hauses."

Sie sah Marcs misstrauischen Blick. „Woher weißt du das? Sag mir bloß nicht, dass du Hellseherin bist."

Tory machte einen großen Schritt über einen Berg mit Abfällen aus der Trattoria. „Das willst du gar nicht wissen."

Marc hielt sie an der Schulter fest und drehte sie zu sich herum. „Und ob ich das wissen möchte. Sieh mich an, Victoria. Hier stinkt etwas, und ich möchte wissen, was los ist."

„Es ist dieser Berg voller Abfälle … autsch!"

„Rede, Prinzessin, und zwar schnell." Ein Muskel zuckte in seiner Wange.

„Ich … ich hatte das zweifelhafte Vergnügen, eine Zeit lang Gast in diesem Haus zu sein."

Marc blickte zum sternenübersäten Himmel. „Bitte sag mir, dass das ein Jux ist." Dann blickte er sie wieder an. Er hatte es gewusst, verdammt, doch er wollte die Wahrheit lieber nicht hören. Als er sie kennengelernt hatte, war es ihm nicht so wichtig erschienen, doch jetzt wünschte er, er hätte sie ausgefragt. Sie hatte einen gebrochenen Arm. Ein Überfall, hatte sie ihm erklärt. Jawohl, das war es wohl gewesen. Ein Überfall von Spiders Männern, die sie gefoltert hatten. Sie konnte von Glück sagen, dass sie überhaupt noch lebte. „Wann?"

„Ehe ich nach Brandon kam, um dich zu suchen. Ich wollte es dir sagen, aber es erschien mir nicht so wichtig."

„Es erschien dir nicht so wichtig? Du lieber Himmel, Victoria. Natürlich war es wichtig." Er zog sie mit sich und blieb erst wieder stehen, als sie in dem kleinen Olivenhain angekommen waren.

„Und jetzt erzählst du mir alles – von Anfang an", befahl er.

Tory setzte sich auf den Boden und schlug die Beine übereinander. „Ich habe dir doch gesagt, dass ich hierhergekommen bin, um Alex zu suchen. Eine Woche lang war ich in Pavina und habe die Touristin gespielt, aber dort war Alex nicht. Da habe ich mir eine Vespa gemietet und bin in diesen Teil der Insel gefahren. Ich wusste, dass ich hier dem Rätsel auf der Spur war, deshalb habe ich mir ein Zimmer in einer Pension genommen. Ich denke ... ich habe wohl zu viele Fragen gestellt."

„Verdammt, Victoria! Sprich weiter."

„Zwei Männer kamen zu mir und sagten, dass sie mir ein paar Fragen stellen wollten. Sie waren nicht gerade sehr höflich, ich hatte schreckliche Angst vor ihnen. Als ich ihnen sagte, ich sei hier nur auf Urlaub, wurden sie sehr ... böse."

Marc brummte. „Was haben sie dir angetan?"

„Sie haben mich in dieses Haus gebracht und mich gefragt, was ich hier zu suchen hätte. Ich habe ihnen immer wieder erklärt, dass ich hier nur Urlaub mache, aber sie waren nicht gerade sehr gastfreundlich. Sie schrien mich an, aber ich habe sie nicht verstanden."

„Beschränke dich auf das Wesentliche."

„Nun ja, es ging für eine Weile so weiter, dann haben sie mich in ein Zimmer im oberen Stock gesperrt und mir gesagt, sie wollten mir Zeit geben, um über alles noch einmal nachzudenken. Später kamen sie zurück, aber ich blieb bei meiner Geschichte. Der große Mann in dem teuren Anzug hat mich geschlagen ... und der andere Mann wurde wütend und hat ihn dann geschlagen. Und die ganze Zeit haben sie gebrüllt und geschrien. Dann kam ein Mann und fesselte mich. Ich habe mich gewehrt." Tory hob eine Olive vom Boden auf, biss hinein und verzog das Gesicht. „Ich will nicht mehr darüber reden."

Marcs Kiefer schmerzten, so fest hatte er die Zähne zusammengebissen. „Wie lange haben sie dich festgehalten?"

„Dreizehn Tage, sieben Stunden und achtzehn Minuten."

„Und wie bist du ihnen entkommen?"

„Ich habe sie davon überzeugt, dass ich die Wahrheit sagte.

Außerdem wussten sie, dass ich mit meinem Arm zu einem Arzt musste. Sie haben mich zum Flughafen gebracht und mich nach Neapel geschickt."

Das alles ergab keinen Sinn. Warum hatten sie sie für zwei Wochen festgehalten und dann freigelassen?

„Bleib hier. Ich werde noch einmal zurückgehen und mich umsehen. Rühre dich nicht vom Fleck, Victoria, hast du verstanden? Nicht einen Zentimeter. Wenn jemand kommt, dann ziehst du dich ganz langsam in den Schatten der Bäume zurück. Bin ich in einer Stunde noch nicht wieder da, dann gehst du zurück zum Lager."

Tory sah ihm nach, bis die Dunkelheit ihn aufnahm. Bitte, lieber Gott, lass ihn in einer Stunde wieder da sein, betete sie. Sie fürchtete sich davor, allein den Weg über die Felsen zur Höhle finden zu müssen. Die Erinnerung an die Tage und Nächte in diesem Haus ließ ihr einen Schauer über den Rücken laufen.

Die Leute in diesem Haus hatten noch mehr getan, als sie nur zu schlagen. Als sie in Neapel angekommen war, war sie so schwach vom Blutverlust und Mangel an Nahrung, dass sie auf dem Flughafen zusammengebrochen war. Man hatte sie in ein Krankenhaus gebracht, und dort hatte man angenommen, dass ihr Ehemann sie so zugerichtet hatte. Victoria hatte die Leute in diesem Glauben gelassen.

Sie lehnte den Kopf gegen einen Baumstamm und blickte angestrengt in die Richtung, in der Marc verschwunden war. Sie wollte lieber nicht mehr daran denken, was diese Menschen alles mit ihr gemacht hatten. Die Schmerzen waren unerträglich gewesen, doch noch viel schlimmer war die Angst. In ihren wildesten Fantasien hatte Tory sich nicht vorstellen können, dass Menschen einem anderen Menschen so etwas antun konnten.

Alles war noch viel schlimmer gewesen, weil sie gefühlt hatte, dass Alex in der Nähe war. Alex hatte ganz genau gewusst, was sie mit ihr taten, doch er hatte nicht die Macht, diese Leute aufzuhalten. Tränen traten in Torys Augen, und sie biss die Zähne zusammen.

„Alex, wo bist du?“ Der sanfte Wind wehte ihr die Worte von den Lippen.

„Hast du etwas gefunden?“ Tory sprang auf, als Marc beinahe eine Stunde später zurückkam.

„Einen Kanarienvogel und eine schlafende Signora. Komm, wir gehen zurück zum Lager.“

Der Rückweg war noch schlimmer als der Hinweg. Dicke Wolken hatten sich vor den Mond geschoben, man konnte kaum die Hand vor Augen sehen. Doch Marc schien keine Probleme zu haben, er zog sie hinter sich her, von einem Felsbrocken zum anderen.

Sie waren schon beinahe in der Grotte, als er sprach.

„Sie haben ihn nach Pavina gebracht.“

„Wie hast du das herausgefunden?“, fragte Victoria atemlos.

„Frag besser nicht.“ Er ließ ihre Hand los, als sie an dem saphirblauen See angekommen waren. Er wollte ihr nicht sagen, dass er einen ihrer Freunde in dem Haus getroffen hatte. Und er würde ihr auch nicht verraten, dass dieser Kerl sie nie wieder belästigen würde. Er hatte einen harten Schädel gehabt, Marcs Finger schmerzten noch immer.

Er zog die Walther aus seinem Gürtel und legte sie zu den anderen Sachen. „Morgen Nacht werden wir nach Pavina gehen.“ Er reckte sich und zog dann das T-Shirt über den Kopf.

Victoria konnte den Blick nicht von seinem muskulösen, gebräunten Körper losreißen. Sie schluckte, als er den Reißverschluss seiner Hose öffnete. Er warf die Jeans in den Sand, und Tory starrte auf seine langen, muskulösen Beine. In seiner knappen schwarzen Unterhose setzte sich Marc bequem auf die silberne Thermodecke.

„Es ist besser, wenn du noch ein wenig schläfst, Prinzessin. Morgen wird ein langer Tag werden." Er schob die Arme unter den Kopf und betrachtete sie. Tory hob seine Jeans auf und legte sie zusammen. Als sie sein Hemd vom Boden hob, stieg ihr der Duft seines Aftershaves in die Nase. Sie zwang sich, das Hemd ordentlich zu der Jeans zu legen.

Es ärgerte Tory, dass Marc so entspannt auf der Decke lag, während all ihre Nerven zum Zerreißen angespannt waren. Es wäre besser gewesen, wenn er seine Jeans anbehalten hätte. Immer wieder wurde sie wie magisch von seinem beinahe nackten Körper angezogen.

„Komm her." Seine Stimme klang verlockend. „Ich werde dir zeigen, was wir tun können, wenn du nicht schlafen willst."

Tory nahm sich schnell das Stück Seife und ein feuchtes Handtuch. „Ich werde ein Bad nehmen."

Marc schloss die Augen, ein kleines Lächeln lag um seinen Mund. „Weck mich bitte nicht auf, wenn du ins Bett kommst."

So, wie er es sagte, klang es so ... intim. Sie runzelte die Stirn, dann wandte sie sich um und ging.

Den Arm mit dem Gipsverband stützte sie auf einen Felsen und atmete tief auf, als sie in das heiße Wasser glitt. Sie schloss die Augen. Wie es wohl sein würde ...? Schnell schob sie diesen Gedanken von sich.

Marc Savin war gefährlich, in seiner Nähe dachte sie an Dinge, die sie sich nie zuvor vorgestellt hatte. Er weckte Wünsche in ihr, von denen sie bisher nur gelesen hatte. Wie konnte es möglich sein, dass ihre Gedanken nach nur wenigen Tagen mit ihm so unvernünftig waren?

Der Gedanke an seine Hände auf ihrer nackten Haut, auf ihren Brüsten, ließ einen Schauer durch ihren Körper laufen. Wenn sie in seiner Nähe war, konnte sie an nichts anderes denken. Der Himmel allein wusste, woran er dachte.

Sie würde niemals in sein Leben passen. Er liebte die Gefahr, sie hatte es in seinem Gesicht gelesen, als sie am Strand von Pescarna gewesen waren.

Wenn sie Alex gefunden hatten, würde sie ihr ruhiges, normales Leben wieder aufnehmen. Sie sehnte sich nach ihrem Job in dem Geschäft für Autozubehör.

Sie mochte keine Abenteuer. Es war in Ordnung, darüber zu lesen, aber selbst erleben wollte sie diese Geschichten nicht. Und Marc Savin machte ihr Angst. Es war nicht nur die Tatsache, dass er bewaffnet war. Wenn er sie küsste, vergaß sie all das, wovor ihre Großmutter sie gewarnt hatte. Und mit den Jahren waren es eine Menge Warnungen gewesen.

Trotz des heißen Wassers schauderte Tory. Sie löste ihren Zopf und wünschte, sie hätte Shampoo, nicht nur Seife, die nach Marc roch. Ungeduldig wusch sie ihr Haar und sank dann tief in das heiße Wasser, um den Schaum auszuspülen.

Marc Savin war kein Mann für sie. Sie waren so verschieden, wie es nur sein konnte. Wenn sie wieder in ihrer normalen Welt lebte, würde sie ihn vergessen. Der einzige Grund, warum sie immer an ihn denken musste, war, dass er ihr so nahe war.

Etwas stieß gegen ihren Fuß und wickelte sich darum. Sie schrie auf, und als sie hastig aus dem Wasser kletterte, stieß sie sich den Knöchel.

„Was ist denn jetzt schon wieder?“ Marc kam um den Felsvorsprung, als sie zitternd neben dem Wasser stand. In einer Hand hielt er eine Taschenlampe, in der anderen ein Gewehr.

Tory blinzelte in dem hellen Licht, ihr Herz raste. „Da … da ist etwas im Wasser.“

Er leuchtete auf die Wasseroberfläche. „Ja, ich verstehe, dass dir das eine so schreckliche Angst eingejagt hat.“ Ein kleines Lächeln lag um seinen Mund, als er sich bückte und einen Zweig aus dem Wasser zog.

Tory biss die Zähne zusammen. Wie hätte sie sehen sollen, dass es nur ein Zweig war? Schließlich hatte sie keine Taschenlampe gehabt. Sie blickte an sich hinunter. Wieder stand sie nackt vor ihm. Mit einem Seufzer nahm sie ihre Sachen und hielt sie vor die Brust. „Dreh dich bitte um“, bat sie mit hochrotem Gesicht.

Marc drehte sich um, so, dass er sie von Kopf bis Fuß betrachten konnte. Sie fühlte seine Blicke auf ihrer Haut wie eine Liebkosung. Ihr Herz setzte einen Schlag lang aus, doch dann begann es zu rasen, als er die Taschenlampe löschte und sie im Dunkeln standen.

Das schwache saphirblaue Licht vom See beleuchtete Marcs Gesicht. Seine Augen blitzten gefährlich, während er sie betrachtete.

Sie konnte seinen Körper deutlich erkennen. Und das bedeutete, dass auch er sie sehen konnte – er sah die Wassertropfen, die über ihre nackte Brust rannen. Sie presste ihre zerknüllte Kleidung vor sich, bis ihre Hand schmerzte.

Wie gebannt stand sie vor ihm, unfähig, sich zu bewegen. Sie sah, wie sein Blick einem Wassertropfen folgte, der über ihre Brust nach unten rann.

„Prinzessin“, warnte er sie mit ungewöhnlich tiefer Stimme. „Jetzt wäre der richtige Augenblick, um wegzulaufen.“

Er trat einen Schritt näher. So nahe stand er vor ihr, dass sie die Wärme fühlte, die sein Körper ausstrahlte und seine Kraft. Er hob eine Hand und strich ihr das nasse Haar über die Schulter zurück. Seine Berührung war sanft, doch seine Stimme klang rau.

„Lauf.“

„Ich … ich kann nicht.“ Und wenn ihr Leben davon abgehangen hätte, Tory konnte sich nicht rühren.

Er seufzte. „Lass deine Sachen fallen, Victoria.“

Das Bündel feuchter Kleidung fiel auf den Boden. Sie hob das Gesicht und sah ihn an.

Mit einem Finger strich er über ihren Mund. „Dieses verflixte störrische Kinn …“

Scharf zog er den Atem ein, als sie sich auch noch die letzten Haarsträhnen über die Schulter strich, bis sie ganz entblößt vor ihm stand. Er betrachtete sie eingehend, und Tory stockte der Atem. Sie fühlte sich eigenartig erregt, als sie sah, wie seine Brust sich heftig hob und senkte.

Ohne zu wissen, was sie tat, streckte Tory die Hand aus und berührte das dichte krause Haar auf seiner Brust. Er hielt ihre Hand fest. „Weißt du, was du da tust?"

Unter ihrer Hand fühlte sie, dass sein Herz heftig schlug, und sie trat noch einen Schritt näher zu ihm.

„Ich hoffe, dass du genug weißt für uns beide."

Ihre Lippen fanden sich, und Tory schloss die Augen, als sich seine Zunge tief in ihren Mund schob. Er küsste sie, bis sie nicht mehr klar denken konnte, und willig erwiderte sie seinen Kuss.

Tory vergaß alles andere um sich herum, als Marc sie wieder und wieder küsste. Sie stand auf Zehenspitzen, um ihm noch näher zu sein. Als er sich schließlich ein wenig von ihr zurückzog, holte sie tief Luft.

Marc griff in ihr nasses Haar und zog es über ihre Brust. „Wenn du eine Ahnung hättest …" Seine Stimme zitterte. Das nasse Haar war kühl auf ihrer Haut, doch unter der Berührung seiner Hände begann ihre Haut zu brennen.

Und als er dann seine Hand für einen kurzen Augenblick zwischen ihre Schenkel schob, glaubte Tory vor Entzücken zu vergehen.

„Wenn du wüsstest, welche Träume ich von deinem Haar gehabt habe", flüsterte er.

Er streichelte ihren Hals, und dann schlossen seine Hände sich um ihre nassen Brüste. Die Knospen hatten sich aufgerichtet und prickelten, als Marc sie berührte. Ihr war schwindlig, und sie ließ den Kopf gegen seine Brust sinken. Seine Haut schmeckte salzig. Als sie ihn auf den Hals küsste, fühlte sie das wilde Schlagen seines Herzens.

„Victoria", warnte er sie, doch noch einmal küsste sie seinen Hals. Er zog sie an sich, damit sie seine Erregung fühlte und vielleicht zurückschreckte.

„Liebe mich", flüsterte sie. „Bitte, Marc, liebe mich." Ihre Hände waren kühl auf seinem Rücken, als sie die Arme um ihn schlang.

„Victoria ... Tory ..." Er wollte ihr widersprechen, wollte ihr erklären, dass dies weder der richtige Ort noch die richtige Zeit sei. Er wollte ihr sagen, dass sie nicht der Typ Frau war, den er bevorzugte. Es widersprach aller Logik, dass sie sich in seinen Armen so wundervoll anfühlte, dass ihre Brust genau in seine Hand passte, dass ihre seidig zarte Haut für ihn geschaffen schien.

Marc biss die Zähne zusammen, als sie zart über seinen Bauch fuhr. Sie hatte Macht über ihn, und sie fürchtete sich nicht.

Er hielt ihr Handgelenk fest und küsste sie voller Leidenschaft. Wieder schlang Tory die Arme um ihn. Sein Körper war hart und kraftvoll, als er sie in die Arme nahm und sie auf das weiche Bett aus Moos sinken ließ.

Seine Lippen hatten sich nicht von ihren gelöst, noch immer küsste er sie, als wolle er sie nie wieder freigeben. Sie erwiderte seinen Kuss, gab ihm alles und berauschte sich an seiner Leidenschaft.

Sie zuckte zusammen, als er sie für einen Augenblick freigab und sein Mund sich dann über ihrer Brustspitze schloss. Wie Feuer durchfuhr es ihren Körper.

Mit den Zähnen knabberte er sanft an der zarten Haut. Tory hob sich ihm entgegen und spürte seine Erregung. Sie stöhnte auf und bedeckte seinen Körper mit Küssen.

Marcs Hände folgten seinen Lippen, er küsste ihre Schenkel, ihre Beine, bis Tory glaubte, das herrliche Gefühl nicht länger ertragen zu können.

Sekundenlang öffnete sie die Augen, als er aufstand, um seine

Unterhose auszuziehen. Ihr Herz klopfte laut, als sie seine Erregung sah.

Marc kniete sich zwischen ihre Schenkel, sein Atem ging schnell. Er nahm ihr Haar und bedeckte damit ihren Körper, bis beinahe zu den Schenkeln.

Als er fertig war, schob er es vorsichtig auseinander, bis ihre Brüste wie Inseln aus der seidigen Masse herausragten. Victoria sah zitternd, wie er die Hände ausstreckte, um die Haarsträhnen über ihren Schenkeln auszubreiten. Dann hob er ihre Hände und legte sie über ihren Kopf.

„Wunderschön", murmelte er, und seine Blicke liebkosten sie. Doch Tory wollte mehr, sie sehnte sich nach seiner Berührung, und als er ihre Brüste in die Hände nahm und an ihren Brustspitzen saugte, stöhnte sie leise auf.

Er fand ihre intimste Stelle, und Tory bog sich ihm einladend entgegen und hauchte seinen Namen.

Marc sah ihr tief in die Augen, dann stöhnte er auf. „Himmel, du bist so wundervoll", flüsterte er. Zärtlich bewegte sich sein Finger in ihr, erregte sie so sehr, dass sie sich unruhig hin und her warf.

Dann senkte Marc den Kopf auf ihre Schenkel. Tory vergrub ihre Finger in seinem Haar und biss sich auf die Lippe. Eine Woge der Leidenschaft schlug über ihr zusammen. Sie wollte ihn ganz in sich aufnehmen, wollte ihn in sich fühlen. Scharf zog sie den Atem ein.

„Bitte ..." Sie krallte die Finger in sein Haar. „Oh, bitte. Ich ... ich brauche dich ... in mir."

Er drängte sich gegen sie, wieder und wieder. „Du bist noch nicht so weit."

Gefühle, die Tory nicht kontrollieren konnte, stiegen in ihr auf. Ihr Schrei, als sie den Höhepunkt der Erfüllung erreichte, hallte wider von den Wänden der Höhle.

Wie von Ferne hörte sie Marcs Stimme. „Jetzt bist du bereit!“, sagte er, dann drang er mit einem einzigen Stoß tief in sie ein. Der Schmerz war nur kurz, ihre Sehnsucht nach ihm war größer. Tory legte die Beine um seine Hüften und glaubte, vor Glück ohnmächtig zu werden. Sie passte sich seinen Bewegungen an, als er tiefer in sie eindrang, flüsterte seinen Namen, als der Rhythmus seiner Bewegungen schneller wurde.

Sie öffnete ihm die Lippen, sehnte sich nach seinen Küssen. Ihre Hände krallten sich in seinen Rücken. Marc schob beide Hände unter ihren Po und hob ihren Körper an, sodass er noch tiefer in sie eindringen konnte. Tory ging mit, bis sie fühlte, wie er erstarrte. Mit einem letzten tiefen Stoß trug er sie beide zum Höhepunkt.

Eine ganze Weile hielt sie ihn dann fest und genoss es, sein Gewicht auf sich zu fühlen, während sie beide nach Atem rangen. Ein dicker Kloß saß in ihrem Hals, während sie ihn streichelte. Ihre Augen waren schwer, sie war erschöpft und ausgelaugt. Gerade, als sie in den Schlaf sinken wollte, hörte sie, wie er fluchte.

Marc war wütend. Auf sich selbst und auch auf Tory. Was für eine verrückte Dummheit hatten sie begangen! Er zog sich von ihr zurück und stand auf, blickte nachdenklich auf sie hinunter.

4. KAPITEL

Die Wochen, die Victoria in Spiders Gefangenschaft verbracht hatte, waren kein Kinderspiel gewesen. Marc hatte genug Informationen aus dem Kerl in dem rosa Haus herausgepresst, um ihm die Galle aufsteigen zu lassen.

T-FLAC war schon seit sieben Jahren hinter der Terroristengruppe her, die sich Spider nannte. Erst seit Lynx vor mehr als einem Jahr in den Untergrund gegangen war, hatten sie herausgefunden, dass die Organisation von zwei Männern geführt wurde – Samuel Hoag und Christoph Ragno.

Ragno hatten sie schon gekannt. Er war Drogenhändler in Südamerika gewesen, als er vor zwei Jahren plötzlich verschwunden war. Phantom war ihm nie begegnet, aber er hatte schon viel von seiner Rücksichtslosigkeit gehört.

Hoag war plötzlich wieder aufgetaucht. Zu dieser Zeit war die Spider-Gruppe in Aktivitäten verstrickt, die schnellen Profit versprachen. Von Prag bis nach Pretoria hatten sie operiert, eine kleine, unsichtbare Gruppe. Und bis jetzt waren sie auch unbesiegbar gewesen.

Marc lief unruhig hin und her, während die Gedanken in seinem Kopf kreisten. Es ergab keinen Sinn, dass sie Victoria wieder freigelassen hatten. Genauso, wie er Spider an der weiteren Arbeit hindern wollte, würde Spider ihm Steine in den Weg legen.

Als sie erst einmal Lynx mit Phantom in Verbindung gebracht hatten, hatten sie die Falle ausgelegt. Sie hatten dafür gesorgt, dass ein verstümmelter Körper von den richtigen Leuten gefunden worden war.

Es war eine Erklärung, aber keine plausible. Es gab nur drei Menschen, die wussten, wer er war. Er selbst, Lynx und Victoria Jones.

Marc hatte Lynx selbst rekrutiert. Er hatte ihn ausgebildet

und wusste, dass nichts, nicht einmal der Tod, Alex dazu bringen würde, ihn zu verraten, so viel war absolut sicher.

Victoria Jones dagegen war zwei Wochen auf der Insel gewesen. Sie war intelligent genug, die Informationen, die ihr Bruder ihr in seinem Brief anvertraut hatte, so lange zu erwägen, bis sie der Wahrheit ziemlich nahe kam. Spiders Männern wäre es sicher nicht schwergefallen, sie zum Reden zu bringen.

Ob sie es nun beabsichtigt hatte oder nicht, es bestand die Möglichkeit, dass Victoria Spider genau das geliefert hatte, was diese Organisation haben wollte – Phantom.

Marc ließ Victoria allein, nahm die Uzi und ging aus der Höhle.

Mit der Waffe auf dem Knie saß er am Eingang und blickte über das Meer. Dichter Regen fiel aus einem grauen Himmel, die Luft roch frisch und sauber.

Er konnte sich nicht mehr daran erinnern, wann er sich zum letzten Mal von seinen Gefühlen hatte leiten lassen. Mit zusammengebissenen Zähnen spannte er den Hahn der Uzi. Am liebsten hätte er die Kugeln in den Regen hinausgejagt. Er wünschte sich, dass jemand um die Ecke des Felsvorsprungs kam, damit er mit Fäusten auf ihn losgehen konnte.

Der Regen rauschte, das Meer umtoste die Felsen zu seinen Füßen. Der Duft von Victoria Jones hing noch an ihm und bedrohte seinen Verstand. Das war gar nicht gut. Er musste dafür sorgen, dass so etwas nicht noch einmal passierte. Er könnte umgebracht werden, wenn er nicht seinen Verstand einsetzte.

Wie weit würde sie gehen, um ihren Bruder zu retten? Dumme Frage. Sie würde alles tun, sie würde jeden betrügen, um Lynx in Sicherheit zu bringen. Sekundenlang, als er sie auf dem Boden hatte liegen sehen, als er in ihre großen grünen Augen geblickt hatte, ehe er tief in ihren warmen Körper eindrang, hatte er einen Funken Hoffnung gefühlt. Und genau das bewies ihm, was für ein Dummkopf er war.

Er musste dafür sorgen, dass sie sich wieder vor ihm fürchtete. So wären sie beide sicherer.

„Was tust du hier draußen?“

Er sprang auf und fuhr herum, das Gewehr presste er gegen ihre Brust.

Sie trug eines seiner schwarzen T-Shirts, und er wusste, dass sie darunter nackt war. Ihre kleinen vollen Brüste drängten sich gegen den dünnen Stoff. Er versuchte sich gegen den Anblick zu verhärten und presste das Gewehr noch fester gegen ihre Brust.

Torys Augen weiteten sich, sie versuchte zu lächeln. „Es tut mir wirklich leid“, flüsterte sie. „Ich wollte dich nicht erschrecken.“

Marc ließ das Gewehr sinken. „Du erschreckst mich wirklich, mein Schatz, aber nicht so, wie du glaubst.“ Er blickte über das Meer. Als sie die Hand auf seinen Arm legte, zog er den Arm weg. „Geh zurück ins Lager.“

„Kommst du gleich ins Bett?“

„Danke, aber nein danke.“ Seine Stimme klang ausdruckslos. „Ich habe genug Sex gehabt für einen Abend.“ Er stützte seinen Fuß auf einen Felsbrocken vor sich und legte das Gewehr über sein Knie.

„Warum … warum …?“ Sie schluckte und suchte nach Worten. „Warum sprichst du so mit mir?“

Marc wandte sich um und sah sie an. Sie hatte verwirrt die Stirn gerunzelt und biss sich auf die Unterlippe. Jetzt durfte er keinen Fehler machen. „Du glaubst wohl, weil ich dir deine Jungfräulichkeit genommen habe, müsste ich dir jetzt die ewige Liebe versprechen und dir einen Ring schenken? Sei realistisch, Lady. Sex ist Sex.“

Mit überraschender Schnelligkeit schoss ihre Hand nach vorn, sie traf sein Gesicht, noch ehe er sie festhalten konnte.

Sein Gesicht brannte. Unter seinen Händen fühlte er, wie

zerbrechlich ihr Handgelenk war. „Ich habe dich schon einmal gewarnt. Schlage mich nie, es sei denn, du rechnest damit, dass ich zurückschlage." Er drückte noch einmal warnend zu. „Du machst den Fehler zu glauben, dass ich ein Gentleman bin, aber das bin ich nicht."

„Würdest du mich bitte loslassen?", bat sie übertrieben höflich. „Du tust mir weh." Er ließ sie los und betrachtete sie kalt, während sie mit zitternden Fingern ihr Handgelenk rieb.

„Niemand würde dich für etwas anderes halten als für das, was du bist", gab sie zurück. Ihre Wangen brannten vor Wut. „Du bist hart und grausam und ein ... ein Grobian! Warum schlägst du nicht einfach zurück? Vielleicht fühlst du dich dann eher wie ein Mann!"

„Führe mich nicht in Versuchung", warnte er sie.

„Ich verabscheue dich." Er sah, wie ihre Finger zitterten, und dann bemerkte sie plötzlich, dass er ganz nackt war. Ihr Blick fiel auf seine offensichtliche Erregung, dann sah sie mit hochrotem Gesicht wieder auf.

„Du verabscheust mich? Lady, du kennst mich noch gar nicht." Er lachte bitter, und es gefiel ihm, als ihre Augen aufblitzten und sie die Lippen zusammenpresste. Er rieb über die Narbe auf seiner Schulter – um nicht zu vergessen.

Doch dann machte sie den Fehler, trotzig ihr Kinn zu heben.

Im nächsten Augenblick schon hatte er sie in die Arme gezogen. „Es hat dir gefallen?" Er blickte in ihr Gesicht. „War es das, Baby? Du willst noch mehr Sex?" Er strich über ihr seidiges Haar und presste dann seine Hüften so heftig gegen sie, dass sie die Balance verlor.

Er küsste sie hart und fordernd, drang tief mit der Zunge in ihren Mund vor. Gleichzeitig presste er sie noch enger an sich, damit sie seine Erregung fühlte.

„Ist es das, was du willst? Gefällt es dir, wenn ich grob mit dir bin? Macht es dich an zu wissen, dass ich scharf auf dich bin, wenn du mich nur ansiehst?“

Sie versuchte, sich aus seiner Umarmung zu befreien. „Lass ... mich ... los!“

Er ließ sie so plötzlich frei, dass sie beide davon überrascht waren. Tory rieb mit dem Unterarm über ihren Mund und sah ihn böse an. „Wag es nicht, noch einmal in meine Nähe zu kommen.“ Ihre Stimme klang eisig.

Marc hob das Gewehr auf und sah nach, ob Sand in die Mechanik eingedrungen war. Über die Schulter hinweg sah er sie an. „Hat es sich nicht gelohnt, deine Jungfräulichkeit zu verlieren, um deinen kostbaren Bruder zu retten?“

Tory keuchte auf. „So war es nicht“, erklärte sie wütend und machte einen Schritt auf ihn zu.

Wut und Ablehnung stiegen in ihm auf, weil es ihr gelungen war, sich in sein Herz zu stehlen und seine Abwehr zu durchbrechen. „Ich gebe dir zehn Sekunden, um deinen verräterischen kleinen Hintern zurück ins Lager zu befördern.“ Mit kaltem Blick betrachtete er sie.

„Ich will doch nur wissen ...“

„Drei.“

„... nur wissen, warum du ...“

„Vier.“

„Bitte! Hör auf damit ...“

„Fünf.“

„Hör auf! Bitte! Sag mir nur, was ich ...“

„Sieben. Acht. Neun. Los!“

Nicht sein schneidender Ton war es, der sie dazu brachte, seinem Befehl zu folgen. Es war die Kälte in seinen Augen, die sie vertrieb.

Das Lager war noch genauso, wie sie es verlassen hatten. Mit schnellen Bewegungen faltete Victoria die Decken zusammen und verstaute sie hinter dem Rucksack, dabei biss sie wütend die Zähne zusammen.

Wut war ein weitaus besseres Gefühl als Erniedrigung. Schnell zog sie sich an, für den Fall, dass er zurückkommen würde, dann machte sie sich eine Tasse Kaffee und lehnte sich gegen die Wand.

Sie hätte es wissen müssen. Aber Marc Savin weckte Gefühle in ihr, die sie nie zuvor gekannt hatte. Die meisten davon gefielen ihr nicht.

Es war gar nicht ihre Art, die Nerven zu verlieren. In Marcs Nähe hatte sie die Nerven schon so oft verloren, dass sie es kaum noch zählen konnte. Sie schämte sich dafür, dass sie ihn schon zweimal geschlagen hatte.

Diese ganze Sache verwirrte sie. Am schlimmsten jedoch war, dass sie den Mann, der ihren Bruder retten sollte, nicht lieben wollte. Doch sie liebte ihn. Es war vielleicht nicht vernünftig, doch sie konnte nichts dagegen tun.

Ihre Meinungsverschiedenheiten waren zu groß, um eine Einigung zu finden. Wenn alles vorbei war, würde sie nach San Diego zurückkehren und ihr altes Leben wieder aufnehmen. Sobald sie aus seiner Nähe war, würde er sie vergessen. Wenn dieses Abenteuer erst einmal vorbei war, würde sie Marc Savin nie wiedersehen – wenn sie das Abenteuer überhaupt überlebte.

Später würde sie an diese Augenblicke mit Marc zurückdenken, sie würde sie in ihrem Herzen behalten. Sie wünschte, sie könnte ihn verstehen. Seine Wut hatte sie erschreckt und erstaunt. Das Beste, was sie tun konnte, war, die Dinge so zu nehmen, wie sie kamen. Wenn er so tun wollte, als hätten sie nie miteinander geschlafen, dann musste sie es akzeptieren.

Tory klopfte sich den Sand von den Leggings und stand auf. Sie war hungrig, und es war möglich, dass Marc den ganzen Tag nicht zurückkam.

Sie stellte den kleinen Kocher auf und griff wahllos nach einer der Dosen. Es machte keinen Unterschied, was sie aß, die Gerichte schmeckten sowieso alle gleich.

Das Essen schmeckte scheußlich, doch es vertrieb ihren Hunger, und die Zeit verging so ein wenig schneller. Als Nächstes leerte sie Marcs Rucksack aus und staunte über die Sachen, die er mitgebracht hatte. Er war wirklich auf alles vorbereitet. Mehrere Pistolen fand sie in dem Rucksack, gefährlich aussehende Messer, etwas, das aussah wie eine Schleuder, eine Schaufel und eine Menge anderer Dinge, die sie nicht kannte.

Tory faltete das halbe Dutzend schwarzer T-Shirts und die Socken und verstaute sie dann in dem Rucksack. Den Kompass und einige Karten von Marezzo legte sie schließlich obenauf in den ordentlich aufgeräumten Rucksack, damit sie wusste, wo sie alles finden konnte.

Sie nahm die Seife und all die schmutzigen Sachen und brachte sie an den See. Sie war dankbar, dass sie etwas tun konnte, um ihre Gedanken von Marc abzulenken. Es war ziemlich warm in der Höhle. Wenn sie die Sachen gut ausdrückte, würden sie sicher schon in ein paar Stunden trocken sein. Sie legte die gewaschenen Sachen auf die Felsen am See und ging dann in das Lager zurück.

Seufzend sah sie sich um. Alles war aufgeräumt, es gab nichts zu tun. Auf ihrem Weg vom See zurück zum Lager war sie zum Eingang der Höhle gegangen, doch Marc war nicht da gewesen. Wohin konnte er gegangen sein? Sie legte sich hin, mit dem Gesicht zum Eingang, damit sie ihn sehen würde, wenn er zurückkam.

Tory hörte das leise Geräusch seiner Schritte auf dem Sand und schloss schnell die Augen. Mit gespreizten Beinen stand Marc über ihr.

„Geh weg."

Er warf das Gewehr neben den Rucksack. „Mein Bett, meine Decke. Gib sie mir."

Victoria stand auf. „Gut, die kannst du haben." Sie holte die andere Decke.

„Es ist kühl hier drinnen, ich brauche beide Decken", sagte er.

„Dann zieh dir etwas an." Ihre Stimme klang tränenerstickt und voller Wut. „Ich werde hier drüben schlafen." Tory breitete die silberne Thermodecke auf dem Boden aus, so weit von ihm entfernt, wie es möglich war.

Marc brauchte nur drei Sekunden, um sie von der Decke zu werfen. Er blickte auf sie hinunter. Das T-Shirt war ihr bis zur Taille hochgerutscht. Sie war vollständig angezogen, und ihr Gesicht war kreidebleich. So hatte er es doch gewollt. Oder etwa nicht?

Sie stand auf und machte das Bett wieder, wie es zuvor gewesen war. Marc war entschlossen, ihr das Leben schwerzumachen, doch er sollte nicht sehen, wie sehr sie sich darüber aufregte. Sie legte sich auf die Decke und schloss die Augen, weil sie wusste, dass er sie beobachtete. „Wage es nicht, mich anzurühren." Dann begann sie zu zählen.

Sie war schon bei zweitausendsieben angekommen, als sie fühlte, dass Marc sich neben sie legte. Er berührte sie nicht.

Als Tory aufwachte, lag sie eng an Marc geschmiegt. Zwei Dinge bemerkte sie sofort. Zunächst einmal war da seine offensichtliche Erregung, die sie in ihrem Rücken fühlte. Das andere waren seine Finger, die zärtlich ihre Brustspitze streichelten.

Tory stöhnte leise auf, als der Druck in ihrem Rücken stärker wurde. Marc schob seine Hand in ihre hautengen Leggings, und seine Finger spielten mit dem krausen Haar zwischen ihren Schenkeln.

Sie fühlte, dass ihr Körper bereit war für ihn, für seine Liebe. Hart presste sie die Schenkel zusammen und hielt so seine Hand fest. Sie biss sich auf die Lippe, als seine andere Hand sich um ihre Brust schloss.

Er schlief. Tory zwang sich, still liegen zu bleiben. Warum konnte er nicht im Schlaf reden, wie normale Menschen es taten?

Sekundenlang hielt er inne, und sie atmete schon erleichtert auf. Doch als sie dann seine Stimme hörte, zuckte sie erschrocken zusammen.

„Komm, Kleines, öffne deine Schenkel."

Tory presste die Beine noch fester zusammen, als er die Finger bewegte. „Hör auf ..."

Ein Finger berührte ihre intimste Stelle, und er zog sie noch enger an sich.

Es fiel ihm nicht schwer, sie zu sich umzudrehen. Tory sah in sein Gesicht. Sein kantiges Kinn war bedeckt von einem dichten Stoppelbart, seine Augen glitzerten.

Er legte seine Lippen auf ihren Mund – sanft und zärtlich. Tory schlang die Arme um seinen Nacken, als seine Zunge sich zwischen ihre Lippen schob. Sie schloss die Augen, sein Kuss wurde eindringlicher, Sehnsucht stieg in ihr auf. Er hatte ihr T-Shirt bis zu ihrem Hals hochgeschoben, ihren Büstenhalter geöffnet, ihre Brüste drängten sich gegen seinen muskulösen Oberkörper.

Sie fühlte das laute Schlagen seines Herzens, es schlug im Gleichklang mit ihrem. Eine Hand legte er unter ihren Kopf, ihr Haar würde voller Sand sein, doch das störte sie nicht.

„Du machst alle meine guten Vorsätze zunichte, weißt du das, Prinzessin?" Marc hob den Kopf ein wenig und sah sie an. „Ich kann es gar nicht glauben, dass du immer noch hier bist." Sein Mund verzog sich zu einem Lächeln.

Sie hob die Arme, damit er ihr das T-Shirt über den Kopf ziehen konnte. „Wo sollte ich denn sonst sein?"

„So weit von mir weg wie nur möglich."

„Wir sind auf einer Insel. Wie weit könnte ich da schon kommen?", gab sie leise zurück.

Marc schloss sekundenlang die Augen. „Teufel, Victoria, besitzt du denn überhaupt keinen Selbsterhaltungstrieb?"

Offensichtlich war sein Plan nicht aufgegangen. Mit dem Daumen rieb er sanft über ihre Unterlippe, dabei sah er ihr tief in die Augen. Als sie die Zungenspitze aus dem Mund streckte, war er verloren. Sie knabberte an seinem Daumen, und er küsste sie, bis ihr schwindlig wurde.

Als er seine Lippen dann wieder von ihren löste, atmeten sie beide heftig. Er küsste ihren Hals, ihre Brustspitzen, und Tory krallte die Hände in seinen Rücken. Leise stöhnte sie auf.

Doch er ließ sich nicht drängen. Langsam bedeckte er ihren Körper mit seinen Küssen. Ihre Haut brannte unter seinen Liebkosungen, sie schrie leise auf, als er ihre Schenkel auseinanderschob und mit einem Finger ins Zentrum ihrer Weiblichkeit eindrang. Seine Lippen folgten seinen Händen, unruhig warf sich Tory hin und her, als seine Zunge sie streichelte und liebkoste, bis sie glaubte, es nicht länger ertragen zu können.

Sie wollte ihn. Jetzt. „Marc ... bitte, oh, bitte ..." Sie krallte die Hände in sein Haar, bis er sich über sie schob. Mit einem einzigen Stoß glitt er tief in sie ein, und sie erreichte sofort den Höhepunkt.

Er hielt sie in seinen starken Armen, bis sie sich wieder beruhigt hatte. Und dann begann er sich in ihr zu bewegen.

Victoria warf den Kopf hin und her. „Nicht ... mehr ... ich kann nicht ..."

Doch erstaunt stellte sie fest, dass sie konnte. Seine Hände schlossen sich um ihren Po, seine Stöße wurden härter, schneller, gingen tiefer.

„Komm mit mir, Victoria. Komm mit mir." Seine Stimme klang rau in ihren Ohren.

„Ja ... so ..." Scharf sog er die Luft ein, als sie ihm die Hüften entgegenhob, mit seinen Händen half er ihr, sich im richtigen Rhythmus zu bewegen. „Himmel! Ja ... ja ...!"

Sie fühlte, wie sich alles in ihr anspannte, und als er dann noch einmal tief in sie eindrang, erreichte sie den Höhepunkt, zusammen mit ihm schrie sie auf.

Er sank über ihr zusammen, sein Atem ging heftig. Er strich ihr eine Haarsträhne aus dem Gesicht. „Du bist so wundervoll", murmelte er und streichelte ihr Gesicht. „Wenn ich dich ansehe, dann stelle ich mir immer ein großes Bett mit sauberen weißen Laken vor."

„Bis jetzt ging es aber auch ganz gut auf dem Boden", antwortete Tory ein wenig schüchtern und strich mit einem Finger über die Falten auf seiner Stirn.

Er hielt ihre Hand fest und küsste die Fingerspitzen, dann rollte er sich auf den Rücken und zog sie mit sich. Ihr Kinn lag auf seiner Brust, sie fühlte seinen Herzschlag.

Tory rückte ein wenig zur Seite und legte die Wange gegen seine Brust, ihre Finger spielten mit dem krausen Haar. Sie fühlte seine Lippen auf ihrem Kopf.

„Sprich mit mir", bat er.

Entspannt und zufrieden erfüllte Tory ihm den Wunsch. Sie erzählte von ihrer Kindheit, von ihrem Schmerz, als ihre Großmutter sich geweigert hatte, Alex zu adoptieren und ihm nicht erlaubt hatte, seine Schwester zu besuchen.

Marcs Frage, mit wem sie ausgegangen war, wich Tory aus. Ihre Großmutter hatte ihr die natürlichen Freiheiten anderer Teenager verweigert. Als sie schließlich starb und Tory allein lebte, war sie dem anderen Geschlecht gegenüber unsicher gewesen.

Sie schmiegte sich fest an ihn. „Warst du schon einmal richtig verliebt?", fragte sie. Doch sobald sie die Worte ausgesprochen hatte, bereute sie sie auch schon wieder. Denn obwohl sie keine Erfahrung mit Männern hatte, wusste sie doch, dass sie von einem Mann wie Marc Savin keine Liebeserklärung erwarten konnte.

„Mach dir keine Hoffnungen. Ich bin kein Mann, der sich mit nur einer Frau zufriedengibt. Das weißt du doch."

Ein dicker Kloß saß in ihrem Hals. „Warum nicht?", fragte sie gepresst.

„Zu viele Menschen, aus denen ich mir etwas gemacht habe, haben mich …" Betrogen, dachte er, sagte dann aber: „… sind mir genommen worden, Victoria. Ich habe kein Vertrauen zum Schicksal."

„Und wenn ich nun Vertrauen für uns beide hätte?"

Lange Zeit sagte er gar nichts. „Ich bin unfähig, jemanden zu lieben, Victoria. Ich habe schon zu viel gesehen im Leben, um noch daran zu glauben, dass die Liebe alles überwindet. Jedes übertriebene Gefühl macht einen Mann schwach, sei es nun Liebe oder Hass. Ich kann es mir nicht leisten, unvorsichtig zu sein. Mein Leben und das Leben der Männer, die mit mir arbeiten, hängen davon ab, dass ich einen klaren Kopf bewahre."

„Und ein einsames Herz."

Er legte einen Finger unter ihr Kinn und hob es ein wenig hoch. „Ich verlange mehr nach dir, als ich je nach einer anderen Frau verlangt habe – wenn dir das etwas bedeutet."

„Bedeutet es dir etwas?", wollte sie wissen.

„Ja." Sein Mund war nur einen Hauch von ihrem entfernt, als er leise weitersprach. „Ja, der Himmel helfe mir. Es ist alles, was ich dir geben kann."

„Wer hat dich so verletzt, Marc? Welche Frau war daran schuld, dass du die Fähigkeit zu lieben verloren hast?"

„Wieso glaubst du, dass es je eine Frau gegeben hat?"

Tory sah ihm in die Augen. „Weil ich glaube, dass jemand dich sehr verletzt hat. Manchmal, wenn du mich ansiehst, kann ich erkennen, wie sehr du dich nach mir sehnst. Doch dann reibst du über die Narbe an deiner Schulter, und ich sehe, wie das Verlangen aus deinem Blick verschwindet, und du versuchst dann, dich so zu benehmen, dass ich dich hassen muss."

Marc ließ ihr Kinn wieder los, Tory fühlte, wie er tief Luft holte. Sie wollte in sein Gesicht sehen, doch dann ließ sie den Kopf auf seiner Brust liegen.

„Ihr Name war Krista Davis ..."

„Blaue Augen, seidiges blondes Haar", vermutete Tory. „Und einen riesigen Busen. Eine kleine Barbie-Puppe, die wahrscheinlich ein Gewehr abfeuern konnte und dann noch rechtzeitig zu Hause war, um dir das Abendessen zu kochen. Wahrscheinlich trug sie auch schwarze Negligés. Die Fantasie eines jeden Mannes – du Glücklicher."

„Hast du schon einmal den Ausspruch gehört, sei vorsichtig mit deinen Wünschen?"

„O ja. Meine Großmutter hat das immer gesagt. Ich habe schon früh gelernt, meine Wünsche zu beschränken." Als Marcs Arme sich fester um sie schlossen, nickte sie. „Erzähl weiter."

„Ich habe Krista selbst rekrutiert und ausgebildet. Sie war eine meiner besten Kräfte, so schnell wie der Blitz. Krista handelte schon, ehe die anderen überhaupt bemerkten, dass es ein Problem gab. Sie war absolut furchtlos."

„Wie toll! Mut und Busen! Die Details kannst du ruhig weglassen", meinte Tory.

„Bist du eifersüchtig?"

„Ja. Erzähl weiter."

„Wir haben bei mehreren Gelegenheiten zusammengearbeitet. Sie konnte ausgezeichnet schießen, ich habe mein Leben in ihre Hände gelegt. Wir hatten schon ein Jahr miteinander geschlafen, als wir uns entschlossen zu heiraten. Es war Kristas Idee, aber mir gefiel der Gedanke. Es wäre schön, jemanden zu haben, der zu Hause auf einen wartete, Kinder ..." Er schwieg einen Augenblick, und Tory wusste, dass das, was er ihr erzählen würde, nicht schön war.

„Ich ... ich arbeitete im Untergrund in Mexico City. Drogen.

Seit sieben Monaten war ich schon im Untergrund, und alles war in Ordnung, bis Krista erschien. Sie spielte ihre Rolle vortrefflich, und ich habe ihr geglaubt. Doch sie hat mich betrogen, sie arbeitete für die andere Seite."

„Nicht alle Frauen sind so", murmelte Tory. Wie gern hätte sie ihm den Schmerz genommen. Tränen brannten in ihren Augen.

„Krista ist auch nicht mehr so. Sie ist tot. Aber ich werde nie wieder einen Menschen so nahe an mich heranlassen." Seine Stimme klang kalt. „Mein Leben ist mir viel zu wertvoll, um noch einmal ein solches Risiko einzugehen."

„Hast du Krista geliebt?"

„Nein. Aber es war das höchste Gefühl, zu dem ich fähig war. Ich habe dir doch gesagt, du sollst dir keine Hoffnungen machen. Sex ist alles, was ich dir bieten kann."

Sie hob den Kopf und sah ihm in die Augen. Ihr Blick traf ihn bis ins Herz. „Ich werde mich damit zufriedengeben."

Er rollte sie herum, bis sie auf dem Rücken lag. Dann schob er sich über sie. Seine Hände strichen über ihre Arme, er verschränkte die Finger mit ihren, Handfläche an Handfläche, Herz an Herz. Er wusste, dass er schwer war, doch es schien ihr nichts auszumachen. „Du gibst dich damit zufrieden?" Er legte seine Stirn gegen ihre. „Womit habe ich dich nur verdient?"

„Irgendwann in deiner Jugend musst du ein sehr guter Junge gewesen sein." Sie küsste ihn schnell, es war ein Kuss, der in ihm das Verlangen nach mehr weckte. Ihre Augen glänzten. „Ich bin hungrig."

„Ja?" Er warf ihr einen anzüglichen Blick zu, doch sie stieß ihn gegen die Schulter.

„Nach Essen."

„Schade."

„Das kann man wohl sagen. Deine Konservenmahlzeiten schmecken scheußlich."

Er rollte von ihr herunter, stand auf und hielt ihr die Hand entgegen.

„Komm, wir wollen vor dem Essen schwimmen gehen.“ Als sie aufstand, drückte er ihr einen Kuss auf die Lippen.

Während Victoria sich anzog, erhitzte Marc ein Stew aus der Dose. Dann flocht er ihr das feuchte Haar und steckte es unter ihr T-Shirt.

„Du musst aufpassen, dass niemand dein Haar sieht. Jeder, der es gesehen hat, wird es nie wieder vergessen.“ Er holte eine Baseballkappe aus seinem Rucksack und setzte sie ihr auf. „So müsste es gehen.“ Er reichte ihr einen gefüllten Teller, und sie setzten sich in den Sand und aßen.

„Wenn wir in Pavina ankommen, wird es hell sein.“ Er blickte von dem Teller auf. „Bist du dort gewesen, als du auf der Insel warst?“

Tory schluckte. „Ja, für ein paar Stunden. Danach bin ich gleich nach Pescarna gefahren, weil ich fühlte, dass sie Alex dort gefangen hielten.“ Sie schob die Mütze aus dem Gesicht. „Bis Pavina sind es zehn Meilen oder noch weiter. Wir werden doch sicher nicht zu Fuß gehen?“

„Wenn ich allein wäre, würde ich zu Fuß gehen.“ Marc blickte auf ihren Teller, der noch halb voll war. „Willst du das nicht mehr essen?“

Sie reichte ihm den Teller. Als Marc gegessen hatte, stellte er beide Teller zur Seite und ging zu seinem Rucksack. „Was zum Teufel hast du mit dem Rucksack gemacht. Verflixt, ich kann gar nichts mehr finden.“

„Alles ist da, wo es sein sollte. Ich habe den Erste-Hilfe-Kasten gesucht.“

„Der lag gleich obenauf.“ Er zog alles aus dem Rucksack und warf es in den Sand.

„Ich habe doch nur aufgeräumt“, verteidigte Tory sich. Sie

sah, dass er einen Streit vom Zaun brechen wollte – wieder einmal.

„Lass verdammt noch mal die Finger von meinen Sachen."

„Warum bist du plötzlich so böse?"

„Ich mag es nicht, wenn jemand sich an meinen Sachen zu schaffen macht. Ich weiß, wo alles ist, und ..."

„Schön." Victoria nahm die beiden Teller und ging. „Ich lasse dich toben und erledige inzwischen den Abwasch."

5. KAPITEL

Als sie mit den sauberen Tellern zurückkam, zog Marc sich gerade die Stiefel an. Das Haar hatte er zurückgebunden, in der Hand hielt er die Pistole.

„Willst du mich erschießen?"

Sekundenlang schloss er die Augen, dann zog er das Hemd hoch und steckte die Walther unter den Hosenbund im Rücken. Er presste die Lippen zusammen. „Du kannst nicht so mit dem Gipsverband gehen. Man wird dich schon auf eine Meile Entfernung erkennen."

„Ich werde das Sweatshirt anziehen."

„Die Sweatshirts sind alle nass", erklärte er empört. „Dank deiner hausfraulichen Ader musstest du alles waschen. Himmel, Frau, das hier ist kein Campingausflug!"

„Ich werde das verdammte Ding eben nass anziehen, okay? Ich wünschte, du wärest ein wenig umgänglicher", murmelte sie. „In einer Minute schläfst du mit mir, in der nächsten bist du schlecht gelaunt."

„Schlecht gelaunt?" Marc grinste und kam dann auf sie zu. Mit leicht gespreizten Beinen und trotzig erhobenem Kinn sah sie ihm entgegen. Sie war es leid, dass er sie immer wieder anpöbelte.

Er hatte etwas in der Hand, doch Tory konnte nicht ausmachen, was es war. Mit seinem Ohrring und dem dichten Stoppelbart sah er aus wie ein Desperado. „Heb die Arme", befahl er.

„Warum sollte ich?", fragte sie störrisch, doch als sie dann erkannte, was er in der Hand hielt, zuckte sie zurück. „Du wirst mich doch nicht mit dem Gürtel fesseln wollen?" Vor ihrem inneren Auge stieg das Bild eines anderen Mannes auf, der den Gürtel auszog … Alles in ihr spannte sich an.

Marc grinste noch einmal, und Tory vergaß alles andere. „Bist du schon einmal von einem Mann gefesselt worden, ehe er dich geliebt hat?" Mit dem einen Ende des Gürtels strich er über ihre Wange.

Sie zitterte, als er dann damit über ihren Hals strich. „Nein", hauchte sie. „Das ... das weißt du doch." Durch den dünnen Stoff ihres T-Shirts fühlte sie den Gürtel an ihren Brustspitzen.

„Hör auf!" Sie trat einen Schritt zurück.

Marc hielt inne. „Leg den verdammten Gürtel an, Victoria! Und bleib verdammt noch mal aus meiner Nähe."

Tory riss ihm den Gürtel aus der Hand und band ihn um. Er schob ihre Hände zur Seite und zog das T-Shirt über den Gürtel. Dann nahm er ein anderes schwarzes T-Shirt und riss es in Streifen, die er um ihren Gipsarm band. „So sollte es gehen. Ich wünschte, ich könnte dir den Gips abnehmen." Marc packte seine Sachen zusammen, dann sah er sich um und prüfte, ob alles gut versteckt war.

„Wenn ich mich recht erinnere, habe ich mich dagegen gewehrt mitzukommen."

„Ich dachte, du wolltest deinen Bruder finden." Er schob sich ein gefährlich aussehendes Messer in die Hosentasche.

Der Gürtel kratzte auf ihrer Haut. „Ich brauche keinen Gürtel für die Leggings", meinte sie.

Marc schob ihre Hände von dem Gürtel weg. „Du brauchst ihn, er könnte dir das Leben retten."

Tory seufzte. „Wirst du mir dieses kleine Geheimnis verraten? Wozu ist dieser Gürtel gut? Macht er mich etwa zu einem Kung-Fu-Experten?"

„Das werde ich dir sagen, wenn der richtige Zeitpunkt gekommen ist."

„Ich will es aber jetzt wissen!"

Marc füllte eine Flasche mit Wasser und steckte sie dann an seinen Gürtel. „Bist du fertig?"

„Lass uns gehen. Je eher wir Alex finden, desto eher kann ich mein altes Leben wieder aufnehmen." Sie folgte ihm. „Du weißt doch sicher, wie ein richtiges Leben aussieht, nicht wahr? Dort unterhalten sich die Menschen miteinander, und ihre gute Laune dauert länger als eine halbe Stunde an. Dort brauchen die Leute sich auch nicht so etwas um ihre Taille zu binden." Ungeduldig schob sie einen Farn zur Seite. „Hoffentlich hast du keine Bombe oder sonst was Schreckliches an den Gürtel gebunden."

Marc ging einfach weiter. „Hast du Angst, ich würde dich in die Luft jagen, Prinzessin?"

„Nichts, was du tust, kann mich noch überraschen." Sie blinzelte, als sie aus der Höhle traten, und atmete tief die salzige Luft ein.

Der Himmel war blassblau, die Sonne ging gerade über dem Horizont auf. Unter ihnen lag das Meer, glatt und ruhig wie Glas.

Tory ließ sich von Marc über die Felsbrocken helfen. Diesmal gingen sie nach links und hielten sich so eng wie möglich an die Klippen.

Das Frühstück lag Tory wie ein Stein im Magen, sie beeilte sich, mit Marc Schritt zu halten. Wenn sie in Pavina ankamen, würde es früher Vormittag sein, wahrscheinlich waren dann überall Menschen. Sie begann zu zittern. Marc hatte recht. Wenn nur einer dieser Menschen sie erkannte, würde alles verraten sein.

Marc wandte sich zu ihr um. „Beeil dich. Ich will früh genug dort sein, damit wir unter den vielen Marktbesuchern nicht auffallen."

Er ging ein wenig langsamer, Tory musste fast rennen, um mit ihm Schritt zu halten. Der Gipsverband schien eine Tonne zu wiegen, er wurde mit jedem Meter schwerer.

„Wirst du es schaffen?"

Ihr Arm schmerzte, und sie hatte genug. Nicht einen Schritt mehr würde sie auf dem nassen Sand gehen können. Marc war stehen geblieben und wartete auf ihre Antwort, Tory hob das Kinn. „Natürlich werde ich es schaffen. Geh weiter."

Als sie am Ende der Felswand angekommen waren, atmete Tory schwer, das Hemd klebte ihr am Rücken. Marc suchte den Schatten des einzigen Baumes und löste die Wasserflasche von seinem Gürtel. „Bleib hier und ruh dich aus. Ich werde nach einer Beförderung für uns suchen." Er ging davon, und Tory sank zu Boden. Sie schlang die Arme um die Knie und legte den Kopf darauf.

Sie war nicht geschaffen für diese Art von Abenteuern, sie wollte nur ihren Bruder zurückhaben. Dann wollte sie in die Zivilisation zurückkehren, zu ihrem Bett. Sie wollte richtiges Essen, ein Messer und eine Gabel. Sie wollte einen netten, normalen, vernünftigen Mann.

Sie hob den Kopf und griff nach der Flasche. Das Wasser war lauwarm und schmeckte ein wenig nach Schwefel, aber sie nahm einen großen Schluck, ehe sie die Flasche wieder verschloss.

Als Marc endlich zurückkam, stand die Sonne schon hoch am Himmel. Er trug eine beigefarbene Leinenjacke über seinem schwarzen T-Shirt und der schwarzen Jeans. Eigentlich hätte die zerknitterte Jacke lächerlich aussehen müssen, doch an ihm sah sie aus, als sei er gerade aus einem eleganten Modegeschäft gekommen. Er hatte die Ärmel hochgeschoben und zeigte seine kräftigen gebräunten Unterarme. Von dem Waffenarsenal, das er mit sich trug, war nichts zu sehen.

„Ich hatte Glück, komm." Er zog sie auf die Beine und befestigte die Wasserflasche wieder an seinem Gürtel. „Ich habe einen Farmer gefunden, der mir seinen Truck verkauft hat. In einer halben Stunde sind wir in Pavina."

An der Hand zog er sie den sandigen Hügel hinauf, und erst als sie ebenen Boden erreicht hatten, ließ er sie los. Der Truck stand im Schatten eines kleinen Orangenhaines und sah aus, als hätte er schon einige Kriege überstanden.

Tory warf einen zweifelnden Blick auf den Wagen, ehe sie einstieg und den Müll, der im Inneren lag, mit dem Fuß beiseitestieß. Sie zog die Nase kraus. Marc musste die Tür zweimal zuschlagen, damit sie schloss.

Die Fenster ließen sich nicht öffnen, und der Geruch nach Knoblauch und Wein war erstickend. Die Sonne brannte durch das Fenster, als Marc losfuhr. Er steuerte mit einer Hand und warf ihr einen kurzen Blick von der Seite zu. Tory sah zu den Weinbergen am Rande der unbefestigten Straße.

„Was werden wir tun, wenn wir Alex gefunden haben?“, fragte sie.

„Wenn wir genau wissen, wo er ist, dann wirst du mit dem Truck zu der Stelle zurückfahren, wo ich dich abgeholt habe. Du wirst in die Grotte gehen und dort auf uns warten. Sobald Lynx und ich dort sind, setze ich mich mit Angelo in Verbindung, der holt uns ab.“

„Wenn du das so sagst, klingt das alles ganz einfach.“ Sie sah ihn eindringlich an. „Aber so einfach wird es nicht sein, nicht wahr?“ Ihr Hals wurde eng, Tränen traten in ihre Augen. „Sie halten ihn irgendwo gefangen, und er ist schwer verletzt.“

Marc griff nach ihrer Hand und verschränkte seine Finger mit ihren. „Er ist für solche Sachen ausgebildet worden, Victoria. Vertrau mir, wir werden ihn rausholen.“

Tory umklammerte seine Hand. „Versprichst du es mir?“

Noch einmal drückte er ihre Hand, dann ließ er sie los und legte beide Hände um das Steuer des Wagens, der jetzt über Kopfsteinpflaster holperte. „Ich verspreche es.“

Sie glaubte ihm. Der Himmel stehe mir bei, dachte sie, ich glaube daran, dass er Alex aus seinem Gefängnis befreien wird.

Marc lenkte den Wagen zwischen einen großen Lastwagen voller Orangen und einen Wagen, auf dessen Außenfläche eine Weinflasche gemalt war. Er legte ihr die Hand auf die Schulter, als sie die Tür öffnen wollte.

„Denk daran, wir sind nur ein paar Touristen, die sich den Markt ansehen wollen. Ich möchte, dass du so nahe wie möglich bei mir bleibst. Es wird alles gut gehen. Und in dem Augenblick, wo wir wissen, wo Alex gefangen gehalten wird, sagst du mir gleich Bescheid. Geh langsam, sieh dich um. Und sieh um Himmels willen nicht so verängstigt drein."

„Ich bin verängstigt! Und wenn nun ...?"

Er zog sie in seine Arme und küsste sie. Dieser Kuss war so ganz anders als alle seine anderen Küsse vorher, und Tory fühlte, wie das Blut in ihren Ohren rauschte.

Als sich seine Lippen wieder von ihren lösten, hätte sie ihn beinahe um noch einen Kuss gebeten, doch er schob ihr den Wagenschlüssel in die Hand, dann lehnte er sich zurück. „Wir werden beobachtet, das sollte sie eigentlich ablenken", meinte er.

„Du ... du hast mich nur so geküsst, weil wir beobachtet werden?"

Marc zog seine Jacke zurecht, damit man seine Bewaffnung nicht erkennen konnte. „So etwas nennt man Tarnung, Prinzessin."

„Ich weiß nicht, wo ich den Schlüssel aufbewahren soll." Sie war so wütend auf ihn, dass sie ihre Angst vergessen hatte.

Marc nahm ihr den Schlüssel aus der Hand und versteckte ihn unter dem Sitz. „Hier ist er wahrscheinlich besser aufgehoben. Sollten wir aus irgendeinem Grund getrennt werden, dann kommst du so schnell wie möglich hierher und fährst los. Verstanden?"

Victoria nickte. Sie reckte sich, als Marc ausstieg, um den Wagen herumkam und ihr beim Aussteigen half. Wenn das hier alles vorbei war, würde sie so weit von ihm weglaufen, wie sie konnte.

Sie wurden von der Menschenmenge auf dem Markt hin und her geschoben. In den engen Straßen war kein Autoverkehr erlaubt. Victoria drängte sich an Marc, sie ließen sich auf die Piazza schieben, wo der Marktbetrieb schon in vollem Gang war.

Es duftete nach Orangen, Knoblauch und Wein, vermischt mit Schweißgeruch, die Sonne brannte heiß. Auf den Ständen mischte sich das helle Gelb der Zitronen mit dem Grün der Weintrauben und dem Schwarz der Oliven. Einige Stände waren überladen mit Früchten, an anderen wurde frischer Fisch verkauft. Einheimische Frauen priesen ihre Handarbeiten an.

Niemand sprach, alle schienen zu schreien. Sie riefen sich etwas zu, lachten und gestikulierten mit Händen und Füßen. Tory gefiel es, sie fühlte sich eigenartig lebendig in dieser Menschenmenge, neben dem Mann, der ihr Leben in seiner Hand hielt.

Marc würde Alex finden. Torys Herz klopfte laut, als er ihre Hand nahm. Sie würde Marc Savin später vielleicht nie wiedersehen, aber an diesen Tag würde sie sich immer erinnern.

Marc blickte auf sie hinunter. „Ist alles in Ordnung?"

Tory nickte. „Beobachtet uns jemand?"

„Ein paar hundert Menschen." Er lachte belustigt.

„Dann ist es wohl besser, wenn du mich küsst."

„Ja, da hast du sicher recht." Er lehnte sich gegen eine Wand und zog sie in die Arme. Sein Kuss ließ ihre Knie weich werden.

„Glaubst du, es ist jetzt genug?", fragte sie ein wenig atemlos, als er sie schließlich wieder freigab.

Er machte sich nicht einmal die Mühe, sich umzusehen. „Ein Kuss mehr wird wohl nicht schaden", meinte er mit ein wenig rauer Stimme, dann beugte er sich wieder zu ihr hinunter.

Tory schloss die Augen und vergaß alles andere um sich herum. Es war beinahe so, als wären sie ganz allein auf der Welt. Als er sie endlich losließ, atmeten sie beide heftig. Marc nahm ihre Hand und zog sie mit sich.

Bei einer alten Frau, die mit ihren arthritischen Fingern Spitze klöppelte, die so zart war wie Spinngewebe, blieben sie stehen. Tory hätte gern etwas gekauft, doch Marc zog sie weiter.

Sie waren schon ein Stück gegangen, als Marc sie bat, einen Augenblick zu warten, und dann in der Menge verschwand. Kurz darauf kam er zurück, mit einem hauchzarten Schal, den er der alten Frau abgekauft hatte.

Torys Augen leuchteten. „O Marc, danke. Er ist wunderschön."

„Leg ihn über deinen Arm", meinte er. „Er wird helfen, deinen Gipsverband zu verbergen."

Tory legte den Schal über ihren Arm. Was hatte sie denn erwartet? Dass er ihr ein Geschenk kaufte, weil ihm etwas an ihr lag? Sie sollte sich besser auf das konzentrieren, weshalb sie hier war – um ihren Bruder zu retten.

Alex, wo bist du? dachte sie verzweifelt und schob sich hinter Marc durch die Menschenmenge.

Marc kaufte ein großes Stück Kokosnuss, und sie aßen davon, während sie über die Piazza und durch die engen Straßen schlenderten. Die Straßen waren schattig und kühl, weil die Häuser so eng aneinanderstanden. An einem Brunnen wusch Tory sich die Hände.

Marc betrachtete sie und schalt sich selbst. Er hatte nicht widerstehen können, ihr den Schal zu kaufen. Ihre Augen hatten aufgeleuchtet, als er ihn ihr reichte. Aber verdammt, sie durfte nicht glauben, sie seien auf einem kleinen Urlaubstrip.

Das Leben eines seiner besten Agenten hing an einem seidenen Faden. Wenn sie Lynx nicht bald fanden, konnte es zu spät sein.

Victoria wischte sich die Hände an ihren Leggings ab und kam auf ihn zu. Nach ein paar Schritten blieb sie plötzlich stehen und hob den Kopf. Alle Farbe wich aus ihrem Gesicht.

Er machte einen Schritt auf sie zu, hielt dann jedoch inne. „Victoria? Was ist los?" Ihre Augen waren glasig, sie blickte an ihm vorbei. Gerade wollte er sie schütteln, als ihm klar wurde, was passiert war.

Victoria hatte ihren Bruder gefunden.

Sie stand wie erstarrt, und Marc fürchtete sich, sie zu berühren. Schnell blickte er die Straße entlang, doch niemand war zu sehen.

Wie gern hätte er sie jetzt in seine Arme genommen, hätte sie getröstet, doch er ballte die Hände zu Fäusten und hielt sich zurück.

Sie machte ihn schwach, zu einer Zeit, in der er sich keinen Fehler leisten durfte. Seit Krista hatte er mit keinem Partner mehr zusammengearbeitet, und Krista war eine erfahrene Agentin gewesen. Victoria war Zivilistin, er hatte sie nur mitgebracht, um Lynx so schnell wie möglich zu finden.

Doch er hatte sich mit seinen Gefühlen für sie verrechnet. Wenn es reine Lust gewesen wäre, er hätte damit umgehen können. Doch leider war das nicht der Fall.

Victoria brachte eine Zärtlichkeit in ihm zum Vorschein, die er bisher nie gekannt hatte. Sie war ihm unter die Haut gegangen, hatte geheime Wünsche in ihm angerührt, die er schon lange vergessen zu haben glaubte.

Er lehnte sich gegen die Hauswand und blickte sich aufmerksam um. Hoffentlich erwachte sie bald aus ihrer Trance, und er konnte sie in die Grotte zurückbringen. Der Stand der Sonne sagte ihm, dass schon viel Zeit vergangen war, seit sie in die Stadt gekommen waren.

Er streckte die Hand nach ihr aus, als sie aus ihrer Erstarrung erwachte. „Ist alles in Ordnung?“

Victoria griff nach seiner Hand, und Marc zog sie in die Arme. Sie drückte ihr Gesicht an seine Brust, und er konnte ihre Tränen fühlen. Sie weinte leise, ihr Körper bewegte sich nicht.

Schließlich legte er einen Finger unter ihr Kinn und hob ihr Gesicht hoch. „Du darfst jetzt nicht zusammenbrechen. Hörst du mich, Victoria? Du darfst nicht, Prinzessin.“ Er verhärtete sich vor dem tränenfeuchten Blick, mit dem sie ihn ansah. „Sag mir, wo und wie, und dann geh zu unserem Lager zurück."

Sie schluckte mehrmals und wischte sich dann die Tränen von den Wangen. „Er ist im Palazzo Visconti." Sie trat wieder zu dem Brunnen, schöpfte etwas Wasser mit der Hand und benetzte damit ihr Gesicht. „Nur ein Mann bewacht ihn, aber mehr als zwanzig sind oben im Palast."

Marc runzelte die Stirn. „Oben? Soll das heißen …"

„Ich glaube, Alex sagte Kerker …" Tory sah zu ihm auf. „Ich habe ihn sicher nicht richtig verstanden."

„Ich fürchte doch, Prinzessin." Marc blickte grimmig. „Der Palazzo Visconti ist um das Jahr 1400 erbaut worden, mit einem Burggraben und einem Kerker. Weißt du sonst noch etwas?"

Victoria versuchte sich zu erinnern. „Er sagt, es gibt eine Geheimtür in den Palast, vom Park aus. An allen anderen Eingängen sind Bewegungsmelder angebracht, niemand darf die königlichen Gemächer besuchen, und dort ist Spider." Tory verzog das Gesicht. „Alex hat ein paar gebrochene Rippen, und seine perfekte Nase, mit der du ihn immer gehänselt hast, wird nie wieder perfekt sein. Die Wachen werden in unregelmäßigen Abständen abgelöst, doch nach zehn Uhr wird viel getrunken, und sie sind nicht mehr so aufmerksam." Victoria biss sich auf die Unterlippe. „Marc, Alex weist darauf hin, dass du ganz besonders vorsichtig sein sollst. Jemand in diesem Palast hat es auf dich abgesehen, deshalb könnte das Ganze eine Falle sein. Alex meint, sie warten auf dich, aber … aber du hast kein Gesicht. Ergibt das einen Sinn?"

„Das habe ich erwartet", antwortete er. „Hat Lynx dir sonst noch etwas mitgeteilt?"

„Er glaubt, der Vogel kann noch immer fliegen." Victoria runzelte die Stirn, während Marc sie den Weg zurück führte, den sie gekommen waren. „Was für ein Vogel?", wollte sie wissen. „Ein Hubschrauber?"

„Ja." Marc grinste. „Der Hubschrauber, mit dem Lynx hierhergekommen ist. Wir dachten schon, er wäre verloren. Das ist ja großartig! Wenigstens eine gute Nachricht. Das ist viel besser, als auf Angelo zu warten. Mit dem Helikopter können wir schnell verschwinden."

„Wohin gehen wir jetzt?" Tory musste sich beeilen, um mit ihm Schritt zu halten.

Marcs Gesicht war ausdruckslos. „Ich bringe dich zum Truck zurück, dein Teil in dieser Sache ist erledigt."

„Oh, aber ..."

Marc drehte sie zu sich herum, er umfasste ihre Oberarme. „Du wirst zurück zur Grotte gehen, kein Wenn und kein Aber. Verstanden?" Er wartete, bis sie nickte. „Versuche nicht, die Heldin zu spielen, Victoria. Ich werde deinen Bruder holen. Morgen um diese Zeit ist Marezzo für uns nur noch eine Erinnerung."

Tory versuchte, sich seinem Griff zu entziehen. „Du tust mir weh."

„Nicht so sehr, wie diese Schufte es tun werden, wenn sie dich wieder erwischen." Er ließ sie los, dann legte er einen Arm um ihre Taille und zog sie an sich. „Bleib ganz nah bei mir, halte den Mund und geh weiter."

Victoria hatte keine andere Wahl. Auf der Piazza waren noch immer viele Menschen, Marc hielt sie eng an sich gedrückt. „Ich sage es nicht gern, aber ich habe Hunger", murmelte sie.

„Du hättest heute Morgen etwas essen sollen."

„Ich will etwas Richtiges essen." Tory blickte zu ihm auf.

Marc kaufte ein Stück Pizza und reichte es ihr. „Bist du sicher, dass du den Weg zurück allein findest?"

Victoria lief beim Duft der Pizza das Wasser im Mund zusammen. „Ja, ich finde den Weg schon." Sie sah, wie er vorsichtig über die Menschenmenge blickte. „Du kannst ruhig gehen, ich finde auch den Truck allein." Sie fühlte seine Ungeduld.

„Du hilfst Alex nicht, wenn du mich jetzt noch zurückbringst."

Sie waren zum anderen Ende des Marktplatzes gekommen. „Der Truck steht dort drüben, du kannst ruhig gehen."

Einen Augenblick lang sah er so aus, als wolle er noch etwas sagen, doch Tory legte ihm einen Finger auf die Lippen. „Geh nur", drängte sie ihn. „Und sei vorsichtig." Sie stellte sich auf die Zehenspitzen und gab ihm einen Kuss. Noch ehe er etwas sagen konnte, wandte sie sich um und ging.

Sie fühlte seine Blicke in ihrem Rücken und konnte ganz genau sagen, in welchem Augenblick er sich umwandte und hinter den Mauern der Stadt verschwand.

Es war beinahe unerträglich heiß. Torys Herz klopfte, als sie zum Truck ging. Marc würde Alex holen, das wusste sie.

Erst, als sie sich zwischen einem anderen Wagen und dem Weinwagen hindurchschob, sah sie den Mann. Er lehnte an der Fahrertür des Weinwagens, und sie musste sich an ihm vorbeidrängen, wenn sie die Tür des Trucks öffnen wollte.

Er war etwa so groß wie sie, doch drahtig, mit starken Muskeln und braunen Augen, mit denen er sie von Kopf bis Fuß musterte. Tory erschauerte trotz der Hitze. Er sah aus, als würde er Schwierigkeiten machen. Jetzt wünschte sie, Marc wäre mit ihr gekommen.

Sekundenlang überlegte sie, ob sie um den Wagen herumgehen sollte, um an der anderen Seite einzusteigen. Der Mann zog an seiner Zigarette und warf sie dann in den Staub zu seinen Füßen.

Tory blickte über ihre Schulter, als sie Schritte hinter sich hörte. Ein anderer Mann stand hinter ihr, er hatte ihr den Weg abgeschnitten.

Sie erkannte diesen Mann, ein Schauer durchlief ihren Körper. Giorgio war einer der beiden Männer gewesen, die sie in Pescarna gefangen gehalten hatten. Der Mann, der die Zigarette weggeworfen hatte, kam jetzt auf sie zu, von hinten versperrte

Giorgio ihr den Weg. Die Pizza, die sie in der Hand gehalten hatte, fiel zu Boden. Sie holte tief Luft.

Denk nach, Victoria. Du darfst jetzt nicht in Panik geraten.

„*Buon giorno*, Signorina Jones." Giorgio kam zwischen den beiden Wagen auf sie zu. „Kennen Sie Mario schon?" Tory wich zurück vor dem Geruch von Knoblauch und Schweiß. Sie blickte von einem zum anderen und überlegte, wie sie entkommen konnte. Giorgio und Mario kamen immer näher.

Könnte sie die beiden angreifen? Womit? Sie wünschte, Marc hätte ihr eine seiner Pistolen gegeben. Ein Messer wäre auch nicht schlecht gewesen. Aber sie hatte nicht einmal einen Zahnstocher.

Ihr Arm stieß gegen den Wagen. Augenblick, sie hatte ja doch eine Waffe. Ihren Gipsarm!

Tory versuchte zu lächeln. Auf dem Marktplatz waren noch immer eine Menge Menschen. Wenn sie diese beiden nur lange genug hinhalten könnte, würde ihr sicher jemand zu Hilfe kommen. „Beim letzten Mal hatte ich keine Gelegenheit, mir Pavina anzusehen", meinte sie schwach. „Es ist eine sehr interessante Stadt. Waren Sie heute auf dem Markt?"

Himmel, sie klang wie eine Idiotin. Ihre Schultern schmerzten, sie fühlte, wie ihr der Schweiß über den Rücken und das Gesicht rann. Es brannte in ihren Augen, aber sie wagte nicht einmal zu blinzeln.

„Sie kommen jetzt mit Giorgio."

Victoria schüttelte den Kopf. „Nein, danke, ich muss jetzt gehen. Ich bin mit einem Freund verabredet, er wird sich Sorgen machen, wenn ich nicht pünktlich bin." Ihre Stimme zitterte, und das gefiel ihr gar nicht. Irgendwie musste sie diesen Männern entkommen.

Langsam ging sie auf Mario zu. „Es war nett, Sie kennengelernt zu haben, aber ich muss jetzt wirklich gehen." Sie stand vor ihm und lächelte ihn an, ihr Herz klopfte laut, als sie versuchte, sich an ihm vorbeizuschieben. Ihre Hand schloss sich um den Türgriff des Wagens.

Himmel, ich habe es geschafft.

Sie drückte den Türgriff herunter, doch die Tür ließ sich nicht öffnen. Noch einmal zog sie daran. Als sich die Tür öffnete, griff eine Hand in ihr Haar. Es tat weh, als Giorgio an ihrem Zopf zog, Tränen schossen in ihre Augen, und ihre Baseballkappe fiel auf den Boden.

„Signorina wird jetzt mitkommen." Giorgio hatte ihr den Zopf aus dem T-Shirt gezogen, er wickelte ihn um seine Hand und zog ihr den Kopf zurück.

„*Andiamo!*" Der Geruch von Knoblauch stieg ihr in die Nase. Sie hatte keine Ahnung, was er gesagt hatte, aber er zog sie mit sich zur Rückseite des Wagens.

Tory trat nach ihm, doch er lachte nur und rief Mario etwas auf Italienisch zu. Es gelang ihr, den Kopf zu drehen, sie grub ihre Zähne in Giorgios Handgelenk.

Er fluchte und fasste ihren Zopf noch fester, doch Tory fühlte den Schmerz gar nicht. Ihre Kiefer schmerzten, doch sie lockerte ihren Biss nicht, während Giorgio rasend schnell auf Mario einredete.

Von hinten legte sich ein Arm um ihren Hals und schnürte ihr die Luft ab. Bunte Punkte tanzten vor ihren Augen, sie wurde mühelos hochgehoben, wollte Luft holen, doch es ging nicht.

Giorgio rief Mario etwas zu, der hielt ihr sofort die Nase zu. Tory öffnete den Mund, um Luft zu holen, der Geschmack von Blut war auf ihrer Zunge, sie spuckte aus. Genau auf Giorgios maßgefertigte Schuhe. Noch immer hing sie in Marios Arm, die Hand, die er ihr auf die Nase presste, machte es ihr unmöglich, Luft zu holen. Sie fürchtete sich nicht länger, sie wusste, dass der Tod dem vorzuziehen war, was Giorgio ihr antun würde. Himmel, sie würde das nicht noch einmal durchstehen können!

Ohne Vorwarnung schlug sie zu, sie hob beide Beine und trat Giorgio damit in den Magen. Mit einem lauten Schrei fiel er nach hinten. Mario, der sie noch immer hielt, machte ein paar Schritte zurück. Sie befreite sich aus seinem Griff und hob den rechten Arm. Der Gipsverband traf Giorgios Nase. Es knirschte, ein heißer Schmerz fuhr durch ihren Arm. Aus der gebrochenen Nase von Giorgio schoss das Blut.

Victoria zog das Knie hoch, so fest sie konnte, und Mario fiel um wie ein gefällter Baum, beide Hände an seinem Unterleib.

Sie sprang über ihn hinweg, lief zur offenen Tür des Trucks und stieg ein. Die Tür verriegelte sie hinter sich. Verzweifelt suchte sie unter dem Sitz nach dem Schlüssel. Durch das Fenster sah sie, wie Giorgio hochkam und sich schüttelte. Noch immer floss Blut aus seiner Nase.

Wo ist der Schlüssel? Wo zum Teufel ist der Schlüssel? Ihre Finger suchten unter dem Sitz, der Schlüssel war nicht mehr da.

Tory rutschte über den Sitz zur Beifahrerseite, öffnete die Tür, sprang aus dem Wagen und rannte. Links von ihr war offenes Gelände, dahinter ein Olivenhain. Wenn sie es bis zu den Bäumen schaffte, hatte sie Deckung.

Ohne einen Blick zurück lief sie, so schnell sie konnte, auf die Bäume zu. Schweiß rann ihr in die Augen, ihr Arm schmerzte. Es dauerte nur Sekunden, bis ein Körper von hinten sie zu Fall brachte. Ihr Mund füllte sich mit Staub, als sie zu Boden ging.

Giorgio lag über ihr, während Tory sich mit Händen und Füßen gegen ihn wehrte. Mit einer schnellen Bewegung drehte er sie zu sich herum, und noch einmal holte Tory mit ihrem gebrochenen Arm aus. Diesmal traf sie jedoch nur die Seite seines Kopfes. Er brüllte auf.

Tory sah, wie er den Arm hob, im nächsten Augenblick schlug er ihr die Faust gegen das Kinn.

6. KAPITEL

„Victoria, öffne deine Augen. Wach auf. Jetzt!“

„Alex?“ Victoria versuchte, die Augen zu öffnen, doch es gelang ihr nicht. „Alex, bist du … bist du in Ordnung?“

Tory zwang sich, die Augen zu öffnen. Sie sah sich um. Ihr Kinn schmerzte.

Sie fühlte, dass Alex belustigt war. „Liebling, es geht mir gut. Wir wollen uns lieber auf dich konzentrieren. Wo bist du verletzt? Kannst du dich bewegen?“

„Wo sind wir?“

„Im Kerker des Palazzo Visconti. Kannst du etwas sehen?“

Der Raum war etwa drei mal drei Meter groß, Boden, Wände und Decke bestanden aus dicken Felsbrocken. Das einzige Möbelstück war das Bett, auf dem sie lag – auf einer nackten Matratze, die feucht war und nach Schimmel roch.

Hoch oben in einer Wand befand sich ein kleines Fenster. Es war zu hoch, um es erreichen zu können, und zu klein, um durchzuklettern. Tory stöhnte leise auf.

„Tory.“ Alex’ Stimme war ganz nah, dennoch musste sie die Augen schließen, um sich zu konzentrieren. „Wie schlimm verletzt bist du?“

Vorsichtig bewegte sie die Kiefer. Es schmerzte, genau wie ihr Arm. „Keine größeren Probleme.“ Es hatte keinen Zweck, Alex unnötig zu beunruhigen.

Tory hörte, wie irgendwo in der Nähe eine Tür geöffnet wurde. Sie blickte zur Tür ihrer Zelle, die aus grobem, dunklem Holz gefertigt war und sicher schon hundert Jahre alt war. Sie war mit breiten Metallbändern verstärkt.

„Alex?“ Sie bewegte sich unruhig auf der harten Matratze. Was war mit Alex geschehen?

Mehrere Male musste sie seinen Namen wiederholen, ehe sie ihn in ihrem Kopf wieder hörte. „Was ist passiert?“, fragte sie.

„Sie kommen in deine Richtung. Sie glauben, ich sei dein Freund, und sie wollen Marc haben. Hörst du mich, Tory? Sie wollen Phantom … du darfst ihnen nichts verraten."

Tory hörte Geräusche auf dem Flur, dann drehte sich ein Schlüssel im Schloss der Tür.

Sie war wie gelähmt vor Angst, als drei Männer in die Zelle traten und die Tür hinter sich schlossen. „Guten Abend, Miss Jones."

Sie hatte Christoph Ragno erst ein Mal gesehen, als man sie in Pescarna gefangen gehalten hatte. Doch die Erinnerung daran würde sie ihr Leben lang nicht vergessen. Sie schluckte. „Warum wurde ich hierhergebracht?", fragte sie in einem Ton, der sie an ihre Großmutter erinnerte. „Ich möchte den amerikanischen Konsul sehen. Sie haben kein Recht, eine amerikanische Touristin zu kidnappen."

„Sie haben hier keine Rechte, Miss Jones. Ich dachte, das hätte ich Ihnen schon bei Ihrem letzten Besuch in Marezzo ziemlich deutlich gemacht."

Tory schob die Erinnerungen daran beiseite und biss sich auf die Unterlippe. Auf keinen Fall durfte sie jetzt den Kopf verlieren. Alex war in der Nähe, und Marc würde schon herausfinden, wo sie war. Sie musste auf jeden Fall ruhig sein, und sie durfte diesen Mann nicht dazu treiben, gewalttätig zu werden.

Ragnos Kopf war viel zu groß für seinen Körper. Er hatte fettiges blondes Haar, das an seinem rosigen Schädel klebte, und seine Ohren waren riesig. Sein Gesicht glänzte. Ein Schauer lief über Torys Rücken, als seine hellbraunen Augen sie von Kopf bis Fuß musterten.

„Sie hatten kein Recht, mich damals festzuhalten, und jetzt haben sich noch weniger Recht dazu. Sie wissen, dass ich …"

„Ich glaube, Sie kennen Giorgio und Mario schon?" Er lächelte und enthüllte dabei große Zähne.

Tory warf einen Blick auf Giorgios geschwollene Nase.

„Was tun Sie hier in Marezzo, Miss Jones? Ich dachte, Sie hätten von Ihrem letzten Besuch noch genug von unserer Gastfreundschaft."

„Ich hatte meinen Besuch hier noch nicht beendet", erklärte Tory ganz ruhig, obwohl sie innerlich zitterte.

„Wir haben Ihren Geliebten, Miss Jones", erklärte Ragno triumphierend.

Gütiger Himmel, sie hatten Marc gefunden. Tory wurde schwarz vor Augen, ihre Knie drohten nachzugeben.

„Er hat auch gesagt, dass er hier in Marezzo Urlaub machen wollte", sprach Ragno weiter und beobachtete sie genau. „Natürlich genießt er unsere Gastfreundschaft schon seit einigen Monaten, er hat hier auf Sie gewartet."

Am liebsten hätte Victoria vor Erleichterung gejubelt. Er sprach von Alex! Sie hob das Kinn. „Wenn irgendein Mann behauptet, er sei mein Geliebter, dann hat er Sie belogen. Ich bin allein hierhergekommen, heute Morgen bin ich aus Neapel angereist."

Victoria schrie auf, als er in ihr Haar griff und ihren Kopf zurückzog. Er hielt eine Rasierklinge an ihre Wange.

„Hör auf zu lügen, du Schlampe! Heute hat es gar keinen Flug aus Neapel gegeben."

Sie starrte in sein Gesicht, Tränen standen in ihren Augen. „Ich ... ich bin mit dem Postboot gekommen." Hoffentlich war heute Morgen das Postboot gefahren.

Sie fühlte, wie sein Griff sich etwas lockerte. „Das werde ich nachprüfen." Wieder hielt er die Rasierklinge an ihre Wange. „Wo ist Phantom, Miss Jones?"

Tory sah ihn verständnislos an. „Phantom? Wer ..."

Er schlug zu, so fest er konnte. „Sagen Sie mir, wo Phantom ist! Sofort!" Sie zuckte zurück, als er noch einmal zuschlug.

Tory schluchzte. „Ich weiß nicht, was Sie von mir wollen. Ich kenne niemanden, der Phantom ..."

Wieder schlug er zu, dabei hielt er ihren Kopf noch immer an ihrem Zopf hoch.

Vor Torys Augen drehte sich alles, ihr Gesicht schmerzte, dann wurde alles schwarz um sie. Er ließ ihr Haar los, griff nach ihrem T-Shirt und hielt sie aufrecht. Dann holte er mit der Rasierklinge aus und zerschnitt das T-Shirt vom Hals bis zum Saum.

Tory stolperte einige Schritte zurück. „Ich gebe Ihnen eine Stunde Zeit, um Ihre Erinnerung ein wenig zu beleben, Miss Jones. Dann werde ich Giorgio erlauben, sich für Ihren kleinen Tanz auf dem Parkplatz an Ihnen schadlos zu halten. Oder wäre Ihnen vielleicht Mario lieber? Er würde Ihnen sicher gern beweisen, dass er ein ganzer Mann ist."

Er stieß sie zurück. Tory schlug mit dem Kopf auf das Bett und rang nach Atem.

Irgendwo in ihrem Kopf hörte sie, wie Alex nach ihr rief. Mit letzter Kraft konzentrierte sie sich auf Ragno, der über ihr stand.

Tory zitterte, als er sich zu ihr beugte und mit der Rasierklinge über ihre nackte Haut fuhr, dort, wo das T-Shirt zerrissen war. „Ich spiele auch sehr gern, Miss Jones." Noch näher beugte er sich zu ihr, sein übel riechender Atem traf ihr Gesicht. „Offensichtlich hat Giorgio Sie nicht wirkungsvoll genug gewarnt bei Ihrem letzten Besuch. Ich versichere Ihnen, dass ich absolut keine Skrupel habe, Sie zum Reden zu bringen. Ich gebe Ihnen eine Stunde Zeit, dann werden Sie mir sagen, wo er ist."

Er reckte sich, dann winkte er Giorgio mit dem Kopf. Die beiden Männer verließen hinter ihm die Zelle und schlossen die Tür hinter sich. Tory zitterte so sehr, dass sie sich nicht aufsetzen konnte. Sie rollte sich auf dem Bett zusammen, Tränen liefen über ihr Gesicht.

„Victoria!"

Alex. Er durfte es nicht wissen, er würde verrückt vor Wut.

„Verdammt, Tory, antworte mir. Sofort!"

Sie setzte sich auf, ihr Kopf dröhnte. Sie presste die Hände vor den Mund, um ihr Schluchzen zu unterdrücken. Und sie blockierte ihre Gedanken, bis sie sich ein wenig beruhigt hatte.

„Ich bin in Ordnung", teilte sie ihm Sekunden später mit.

„Was haben diese Bastarde mit dir gemacht?"

„Ragno weiß, dass Marc hier ist. O Himmel, Alex, er weiß es."

„Beruhige dich. Er weiß gar nichts. Hörst du mich, Tory? Er weiß überhaupt nichts. Er hat gehofft, du würdest ihm etwas verraten. Aber er weiß nichts von Marc."

„In einer Stunde will er mich holen … Alex, das gefällt mir nicht."

„Ich weiß, mein Schatz." Alex' Trost half ihr ein wenig. „Hattest du die Möglichkeit, Marc alles zu sagen, was ich dir übermittelt habe?"

„Ja."

Sie hörte die Erleichterung aus seinen nächsten Worten. „Dann wird er uns holen. Reiß dich zusammen und versuche, dich zu beruhigen. Schaffst du das, Tory?"

„Welche andere Möglichkeit hätte ich denn schon?"

„So ist es richtig. Halte durch."

Sie hielt durch, bis sich eine Stunde später die Tür öffnete. Sie blinzelte, als das Licht aus dem Flur ihre Augen traf. Ihr Herz sank, als sie Giorgio erkannte.

„Der Boss will Sie sehen. Oben."

Tory hielt das zerrissene T-Shirt vor ihrer Brust zusammen und folgte ihm durch die Tür.

„Rechts", befahl er und kam hinter ihr her. Tory folgte dem Flur, sie fühlte, dass Alex nur zwei Türen von ihr entfernt gewesen war, seine Gedanken gaben ihr Kraft.

Die Taschenlampe, die Giorgio in der Hand hatte, erhellte den Flur nur ein kurzes Stück. „Links", befahl er. In der Ferne erkannte Tory ein Licht. „Weiter." Er stieß sie von hinten an. Am liebsten hätte sie ihm noch einmal auf die gebrochene Nase geschlagen.

Vor einer riesigen Tür aus Mahagoni blieb Tory stehen, dann trat sie zur Seite und ließ Giorgio die Tür öffnen.

Sie traten in einen riesigen Raum. Ein wundervoller Perserteppich bedeckte den Marmorboden, die Decke war mit Fresken bedeckt. Doch überall hingen Spinnweben, und schwarze Flecken waren auf dem Teppich zu erkennen. Alles sah vernachlässigt und heruntergekommen aus. In einer Vase aus venezianischem Glas standen vertrocknete Blumen auf einem Glastisch an der Wand. Auch die Statuen aus weißem Carrara-Marmor und andere Kunstgegenstände waren von Staub bedeckt.

Am anderen Ende des großen Raumes saßen drei Männer auf Sofas. Giorgio stieß Victoria in den Rücken, als sie langsamer ging. Das Herz schlug ihr bis zum Hals.

Ragno erkannte sie, doch die anderen beiden Männer drehten ihr den Rücken zu.

„Hier ist das Mädchen", sagte Giorgio. Ragno stand auf, seine Augen blitzten Giorgio wütend an. „Danke, Giorgio", sagte er. „Aber konntest du nicht zu einer anderen Zeit kommen, du siehst doch, dass wir unerwarteten Besuch bekommen haben." Seine Stimme ließ Tory einen Schauer über den Rücken laufen.

Ragnos dicke, rosige Finger hielten ein zerbrechliches Weinglas, es sah lächerlich aus. Er nahm einen Schluck davon. „Hat sie Schwierigkeiten gemacht?", fragte er Giorgio.

„Nein, Sir."

„Gut. Du kannst dann draußen warten."

Giorgio wandte sich um und ging. Ragno umfasste fest ihren Oberarm. „Passen Sie auf, was Sie sagen, Miss Jones", raunte er ihr zu. „Wenn unser Besucher irgendetwas Außergewöhnliches vermutet, werden Sie beide sterben."

Er hielt ihren Arm in einem eisenharten Griff, doch für die beiden anderen Männer musste es so aussehen, als führte er sie freundschaftlich zu ihnen. Tory hörte ein kleines Geräusch, sie blickte zu dem Mann, der ihr am nächsten saß.

Beinahe wäre sie in Ohnmacht gefallen.

Marc!

Er betrachtete sie ausdruckslos, dann senkte er grüßend den Kopf, seine Augen blitzten warnend.

„Kommen Sie, setzen Sie sich, meine liebe Miss Jones. Darf ich Sie meinen Freunden vorstellen?"

Tory befreite sich von Ragnos Griff und sank auf eines der Sofas. Sie nahm das Glas Wein entgegen, das Ragno ihr reichte. Sicher sahen alle drei Männer, wie heftig ihr Herz klopfte. Sie wagte es nicht, Marc anzusehen, der ihr gegenüber saß.

„Das ist Samuel Hoag." Tory wandte sich dem Mann zu, der ihr vorgestellt wurde. Er war sehr groß und sehr dünn, hatte schwarzes Haar, das ordentlich gescheitelt war. Auf seiner Oberlippe wuchs ein kleiner Bart, der ihn bösartig aussehen ließ. Seine Augen besaßen eine beinahe hypnotische Kraft.

Tory erschauerte und umklammerte ihr Weinglas.

„Und das ist unser neuer Freund, Sir Ian Spencer." Marc toastete ihr mit seinem Glas zu, sein Gesicht verriet keine Regung.

„Erfreut, Sie kennenzulernen. Miss Jones." Sein britischer Akzent war überdeutlich. Tory nahm einen Schluck von ihrem Wein und hätte beinahe hysterisch aufgelacht.

Sie hatte keine Ahnung, woher Marc den gut sitzenden Anzug bekommen hatte. Er war teuer und sah aus, als sei er für ihn maßgeschneidert. Am Handgelenk trug er eine schmale goldene Uhr, zu dem blütenweißen Hemd hatte er den konservativen Schlips einer Universität gewählt.

Er sah absolut umwerfend aus. Während er an seinem Wein

nippte, machte er ein gelangweiltes Gesicht und betrachtete sie, als habe er sie nie vorher gesehen.

Tory wollte lieber nicht wissen, was in seinem Kopf vorging, während er ihr zerschlagenes Gesicht und das zerrissene T-Shirt betrachtete. Sie fragte sich nur, wie Ragno das wohl „Sir Ian" erklären würde.

Ragno räusperte sich. „Sir Ian wird heute Abend unser Gast sein. Er ist gekommen, um seinen alten Schulfreund, Prinz Draven Visconti, zu besuchen. Leider macht der zurzeit mit seiner Familie Urlaub in Amerika. Schade, dass Sie einander verpasst haben, Sir Ian."

„Wirklich schade, alter Junge." Dabei wusste Marc genau, dass man den Prinzen vor einigen Monaten hingerichtet hatte. Marc stand auf und ging zur Bar. „Darf ich?" Sein Hosenbein berührte Torys Fuß. „Noch etwas Wein, Miss … Jones?" Er hielt die Karaffe hoch und goss sich noch ein Glas Wein ein. Dann wandte er sich zu den beiden anderen Männern um. Tory hatte die kleine Ader an seinem Kinn gesehen, die heftig pulsierte.

Er war wütend wie die Hölle, dazu brauchte Tory keine Gedanken lesen zu können. Sicher hatte er nicht damit gerechnet, sie hier zu finden. Sie wäre auch lieber in der Grotte gewesen und hätte auf ihn gewartet!

„Miss Jones hatte heute Nachmittag einen kleinen Unfall auf dem Marktplatz", erklärte Ragno ihr Aussehen, dann warf er Tory einen warnenden Blick zu. „Mr. Hoag und ich haben ihr unsere Gastfreundschaft angeboten, in Abwesenheit der königlichen Familie. Sicher hat die Prinzessin etwas, das Sie zum Abendessen anziehen können, Miss Jones." Er blickte auf ihr zerrissenes T-Shirt, dann rief er nach Giorgio.

„Bring Miss Jones zu den königlichen Gemächern", befahl er. „Sorge dafür, dass sie etwas zum Anziehen findet."

Es gelang Tory, Marc nicht anzusehen, als sie aus dem Zimmer ging. Doch sie fühlte seine Blicke in ihrem Rücken.

Als Giorgio die große Tür öffnete, entdeckte sie einen Mann, der als Wache davorstand – eine blonde Version von Giorgio, mit einer Pistole an der Hüfte. Der Mann warf ihr einen neugierigen Blick zu, als sie mit Giorgio eine schmale Treppe hinaufging.

Der Korridor im nächsten Stockwerk war nur schwach beleuchtet, doch je weiter sie gingen, desto kostbarer wurden die Möbel. Schließlich deutete Giorgio auf eine Tür mit einer Einlegearbeit aus Gold und Elfenbein.

„Zimmer der Prinzessin." Er nahm Torys Arm, öffnete die Tür und stieß sie hinein.

Über ihre Schulter hinweg sah sich Tory nach ihm um. „Wie geht es Ihrer Nase?", fragte sie übertrieben freundlich.

Er trat einen Schritt zurück und befühlte vorsichtig mit den Fingerspitzen die riesige Schwellung, dann warf er ihr einen bösen Blick zu. „Signore Ragno sagt anziehen." Er ging zur Tür. „Anziehen", warnte er sie noch einmal. „Ich komme Sie holen."

„Sie brauchen sich meinetwegen nicht zu beeilen", sagte Tory, doch er hatte die Tür schon hinter sich geschlossen. Sie hörte, wie sich der Schlüssel im Schloss drehte.

In Gedanken setzte sie sich mit Alex in Verbindung, um ihn wissen zu lassen, was geschah. Dann sah sie sich in dem Zimmer um.

Es war wunderschön eingerichtet, alles war in zarten Lavendeltönen gehalten. Doch wie schon unten, lag auch hier alles unter einer dicken Staubschicht, und die einst frischen Blumen waren vertrocknet.

Tory entdeckte ihr Spiegelbild in dem großen Spiegel und stöhnte auf. Ihr Haar war zerzaust, ihr Kinn blau unterlaufen von Giorgios Faustschlag. Ihre Wangen waren schmutzig und voller Tränenspuren.

Sie ging in das große Badezimmer. Die riesige Badewanne mit Wasser zu füllen würde beinahe die Hälfte der ihr zur Verfügung stehenden Zeit beanspruchen, doch das störte sie nicht. Sie schüttete eine reichliche Menge des duftenden Badesalzes in das Wasser, dann ging sie zurück ins Schlafzimmer, um nach Kleidung zu suchen.

Als Giorgio einige Zeit später die Tür aufschloss und ins Zimmer kam, war Tory fertig. Sie hatte gebadet, ihr Haar gewaschen und es auf die elektrischen Wickler gedreht, die sie auf der Kommode gefunden hatte. Der riesige, begehbare Schrank der Prinzessin war mit Kleidern für alle Gelegenheiten reichlich gefüllt.

Victoria hatte einige Kleidungsstücke herausgesucht und sie zur späteren Benutzung versteckt. Dann waren ihre Finger bewundernd über kostbare Abendkleider geglitten.

Es war unter diesen Umständen unverantwortlich, das wusste sie, aber sie wollte, dass Marc sie in einem wunderschönen Kleid sah, das … sexy war.

Das Kleid, das sie schließlich auswählte, war aus grüner Seide, mit Perlen besetzt und hatte einen tiefen Ausschnitt, der die cremig zarte Haut ihrer Brüste enthüllte. Das Haar trug sie offen. Die weiten Ärmel des Kleides waren eng am Handgelenk und verbargen den größten Teil ihres schmutzigen Gipsverbandes.

Als sie sich in dem großen Spiegel sah, wurde Tory klar, dass das Kleid viel zu gewagt war. Es war an einer Seite geschlitzt, und wenn sie ging, sah man ihr Bein bis hin zum Oberschenkel.

„Das Essen ist fertig." Giorgio hatte sich umgezogen, er trug jetzt einen Anzug, der viel zu klein für ihn war.

Tory schlüpfte in die Schuhe, legte einen seidenen Schal um den Hals und folgte ihm. Oben an der Treppe blieb sie stehen. Ich muss den Verstand verloren haben, als ich dieses Kleid auswählte, dachte sie. Woran habe ich nur dabei gedacht? An Marc natürlich, an wen sonst.

Sie wollte nicht, dass diese Männer sie so sahen. Schnell

wandte sie sich um, dabei stieß sie beinahe mit Giorgio zusammen, der hinter ihr ging.

Er zog die Pistole unter seiner Jacke hervor und richtete sie auf Tory. „Weiter."

„Ich muss mich umziehen." Tory schluckte.

„Runter."

„Hören Sie", versuchte es Tory. „Es wird nur zwei Sekunden dauern. Ich suche mir etwas anderes zum Anziehen und bin gleich wieder da."

„Runter." Er presste den Lauf der Pistole gegen ihre Brust, und Tory sah in seinen Augen, dass er nicht zögern würde abzudrücken.

Seufzend ging sie die Treppe hinunter, dabei hielt sie sich am Geländer fest. Die ungewohnten hochhackigen Schuhe, das Kleid und ihre weichen Knie konnten ohne Weiteres dazu führen, dass sie die Treppe hinunterfiel und sich das Genick brach, deshalb ging sie langsam und vorsichtig.

Der Mann, der unten vor der Tür stand, öffnete die Tür, als er sie kommen sah. Tory warf das eine Ende des seidenen Schals über ihre Schulter, um den Ausschnitt des Kleides zu verbergen.

Die drei Männer standen auf, als Tory ins Zimmer kam. Sie holte tief Luft, hob das Kinn und ging dann auf sie zu.

„Miss Jones, wie reizend, dass Sie uns Gesellschaft leisten." Ragno zog ihr einen Stuhl zurecht, und Tory sank darauf. Sie sah in Marcs Augen, der ihr genau gegenübersaß.

Sekundenlang blitzte so etwas wie Leidenschaft in seinen Augen auf, doch dann hob er sein Glas und nippte daran mit ausdruckslosem Gesicht.

„Ich hoffe, es war alles zu Ihrer Zufriedenheit." Ragnos Stimme klang unangenehm freundlich.

„Alles war ausgezeichnet. Nein, danke." Sie hielt die Hand über ihr Glas, als Ragno ihr Wein eingießen wollte.

„Sie trinken keinen Alkohol, Miss Jones?", fragte Marc höflich und hielt Ragno sein Glas hin. Er sah umwerfend gut aus in seinem schwarzen Smoking und dem weißen Hemd. Der Diamantohrring blitzte in seinem Ohr, das Haar hatte er zurückgebunden. Er sah genau so aus, wie seine Stimme klang – kultiviert, reich, britisch und ein wenig gelangweilt. Sekundenlang ruhte sein Blick auf ihrer Brust, die durch die dünne Seide nur wenig verhüllt war.

Tory zwang sich, ihrer Stimme einen leichten Klang zu geben. „Nicht auf einen leeren Magen, Sir Ian." Sie verschränkte die Hände im Schoß.

„Es sieht aus, als sei Ihr Gesicht geschwollen, Miss Jones", bemerkte Marc. „Das muss ja ziemlich schlimm gewesen sein, heute Nachmittag." Hätte Tory nicht in diesem Augenblick aufgesehen, ihr wäre entgangen, wie Marcs Hand sich bei diesen Worten fester um sein Glas schloss und er die Lippen zusammenpresste.

„Man könnte sagen, ich kam in Kontakt mit einem unbeweglichen Objekt." Ragno hatte unter dem Tisch warnend eine Hand auf ihr Knie gelegt. Sie rückte ihr Bein zur Seite und nippte an dem Wasser. Über den Rand des Glases warf sie ihm einen bösen Blick zu.

Würde das denn nie zu Ende gehen? Ragno und Hoag hatten keine Ahnung, wer Marc wirklich war, dessen war sie sicher. Doch es bestand kein Zweifel daran, dass die beiden ihn vorsichtig beobachteten. Marc schien ziemlich gelangweilt zu sein – wenn man das Blitzen in seinen Augen nicht sah. Was würde er tun? Wie um alles in der Welt wollte er sie und Alex hier herausholen, vor den Augen dieser Männer?

Ein weiß gekleideter Kellner servierte das Essen. Torys Magen knurrte, sie wunderte sich, dass ihr Körper noch normal reagierte.

Das Essen sah gut aus, doch es war beinahe ungenießbar. Während Tory das versalzene Essen hinunterzuwürgen versuchte, erzählte Marc den beiden Männern von seiner Freundschaft mit dem abwesenden Prinzen. Er sprach über seine geschäftlichen Interessen in England und Europa, und sie hätte ihm jedes Wort geglaubt, wenn sie es nicht besser gewusst hätte. Er spielte seine Rolle vorzüglich.

Das Essen lag ihr wie ein Stein im Magen. Die Männer schienen gar nicht zu bemerken, dass Victoria schweigend der Unterhaltung lauschte. Erleichtert atmete sie auf, als die letzten Gerichte abgeräumt wurden und Ragno vorschlug, den Brandy im Salon zu nehmen.

Marc kam um den Tisch herum und nahm ihren Arm, als sie das Esszimmer verließen. Auf dem Marmorfußboden klapperten ihre hohen Absätze laut. Tory war dankbar dafür, dass Marc sie hielt, denn ihre Knie waren weich, und ihr Herz schlug heftig.

„Wie um alles in der Welt konntest du nur ein solches Kleid … um Himmels willen, leg das Haar über deine Brust!", murmelte Marc zwischen zusammengebissenen Zähnen hervor, während er sie zu dem Sofa führte. „Und lächle, verdammt."

Es gelang Tory zu lächeln, sie legte ihr Haar so, dass es ihr in den Schoß fiel. Marc setzte sich neben sie und lehnte sich zurück, als gebe es für ihn keine Sorgen. Tory fühlte, wie ihr der Schweiß ausbrach.

Die beiden anderen Männer setzten sich auf das Sofa ihnen gegenüber, Ragno deutete auf das schon etwas angelaufene silberne Kaffeeservice. „Würden Sie bitte eingießen, Miss Jones?"

Tory beugte sich vor, sie zuckte zusammen, als sie Marcs Hand in ihrem Haar fühlte. Erschrocken bemerkte sie, dass er ihr das Haar aus dem Gesicht strich.

„Sie haben wundervolles Haar, Miss Jones. Es wäre schade, wenn es in die Kaffeetasse geraten würde." Während ihre Blicke einander trafen, war es für Sekunden so, als wären sie die einzigen Menschen in diesem Raum.

Marc spürte dieses wohlbekannte Gefühl der Wärme, als er sie berührte. Es war ein großes Risiko, aber seit sie ins Zimmer gekommen war, hatte er an nichts anderes denken können.

Tory vermied es, ihn anzusehen, als sie ihm die Tasse reichte. Sie war blass. Die Schwellung an ihrem Kinn färbte sich blau und war trotz des Make-ups deutlich zu sehen. Marc schwor sich, den Schuft umzubringen, der sie geschlagen hatte.

Sie war unglaublich schön in diesem eng anliegenden grünen Kleid. Ihr Haar glänzte und fiel in dichten Locken über ihren Rücken. Wie hatte er jemals glauben können, dass sie eine ganz gewöhnliche Frau war?

Er fühlte Hoags Blicke und zuckte mit den Schultern, als wolle er sagen, ich finde sie attraktiv, warum nicht?

Er wusste, dass er ein gefährliches Spiel spielte, doch er musste Lynx hier herausholen. Torys Bruder würde ihm wahrscheinlich mit ein paar gebrochenen Rippen keine große Hilfe sein, doch das Wichtigste war, die beiden hier herauszuholen.

Er betrachtete die beiden Männer und ließ sich alles, was er über sie wusste, noch einmal durch den Kopf gehen. Aus den Augenwinkeln sah er, wie Victoria immer tiefer in die Kissen sank. Doch dann setzte sie sich mit einem Ruck wieder auf, stellte die Tasse auf den Tisch und reckte sich. Marc hätte beinahe aufgelacht, als sie trotzig das Kinn hob.

Sie musste schrecklich müde sein. Schon seit der Morgendämmerung waren sie unterwegs, und sie hatte kaum etwas gegessen. Dafür hält sie sich erstaunlich gut, dachte er voller Stolz.

„Es scheint, dass Miss Jones beinahe einschläft", meinte er, zu den beiden anderen gewandt, dann stand er auf und streckte ihr seine Hand hin. „Erlauben Sie, dass ich Sie zu Ihrem Zimmer bringe, meine Liebe?"

Tory klammerte sich an seine Hand, als sei es ein Rettungsring. „Danke … ich habe Kopfschmerzen."

„Oh, lassen Sie nur, Giorgio wird sie nach oben bringen, Sir

Ian, Sie brauchen sich nicht zu bemühen", unterbrach Ragno die beiden und schnippte mit den Fingern.

Marc wartete, bis Giorgio kam. Dann lächelte er Tory noch einmal zu und setzte sich wieder.

„Eine wunderschöne Frau", sagte Marc, als sich die Tür hinter Tory geschlossen hatte.

Ragno blickte zu Hoag und dann zurück zu Marc. „Mir scheint, die Anziehungskraft beruht auf Gegenseitigkeit."

„Finden Sie wirklich, alter Junge? Wie interessant." Marc zog belustigt eine Augenbraue hoch. „Ich denke, ich werde nach oben gehen und nach Miss Jones sehen ... mich um ihre Kopfschmerzen kümmern."

Ragnos Blick wurde kalt. „Ich würde mich an Ihrer Stelle nicht zu sehr darauf verlassen, dass ich auch willkommen wäre, Sir Ian. Trotz ihres Kleides heute Abend gibt Miss Jones mir nicht den Eindruck, dass sie eine Frau ist, die ihre Gunst einem Mann schenkt, den sie gerade erst kennengelernt hat." Er sah zu Hoag. „Wir könnten Sir Ian vielleicht eine junge Dame aus dem Dorf zur Verfügung stellen, nicht wahr, Samuel?"

Marc zog an seinen Manschetten, als er aufstand. „Nicht nötig, alter Junge. Warum wollen Sie erst jemanden suchen, wenn das, was ich möchte, gleich hier vor meinen Augen ist." Er lächelte und meinte dann. „Ich glaube, ich werde es einfach versuchen. Sind Sie ein Spieler, Ragno?"

7. KAPITEL

Sobald Giorgio gegangen war, streifte Tory die Schuhe von den Füßen. Sie war völlig erschöpft, doch der Kaffee, den sie getrunken hatte, machte es ihr unmöglich zu schlafen. Unruhig lief sie im Zimmer auf und ab.

Sie war gerade dabei, das Kleid auszuziehen, als es an ihrer Tür klopfte. Ihr Herz begann zu rasen. Konnte das Giorgio sein? Einen Augenblick lang blieb sie unbeweglich stehen.

„Miss Jones?"

Marc! Tory stolperte zur Tür und zog den Stuhl weg, den sie unter die Türklinke geklemmt hatte. Sie riss die Tür auf und wäre beinahe in seine Arme gesunken.

Sie wollte gerade seinen Namen sagen, doch er legte ihr einen Finger auf die Lippen. „Ich habe in meinem Zimmer Aspirin gefunden, Miss Jones. Die sollten Ihnen gegen Ihre Kopfschmerzen helfen. Wenn Sie ein paar Gläser haben, könnten Sie sie hiermit hinunterspülen." Er hielt ihr eine Flasche hin, dann flüsterte er ihr zu. „Bitte mich ins Zimmer, verdammt."

„Das ist sehr ... nett von Ihnen. Bitte, kommen Sie doch herein." Marc trug noch immer seinen Smoking, doch die Schleife hatte er gelöst und den Kragen des weißen Hemdes geöffnet.

Er folgte ihr und schloss die Tür hinter sich. „Ich weiß, Sie haben gesagt, Sie trinken keinen Alkohol, meine Liebe." Er nickte zustimmend, als er sah, dass sie einen Stuhl unter die Tür geklemmt hatte. „Aber ein paar Gläser dieses vorzüglichen italienischen Weines werden Ihnen guttun. Sie werden schlafen wie ein Baby."

„Das ist sehr nett von Ihnen, Sir ... Sir Ian. Ich hole die Gläser." Tory sah Marc zu, der durch das Zimmer ging und sich alles ansah.

„Danke." Marc nahm die beiden Gläser und stellte sie auf den Nachttisch. Er hob den Lampenschirm von der Lampe neben dem Bett und nickte dann, ehe er den Wein eingoss. „Hier, bitte.“ Er reichte ihr eines der Gläser und öffnete dann geräuschvoll die Flasche mit Aspirin. „Zwei Aspirin sollten reichen, um Ihre Kopfschmerzen zu vertreiben.“ Er formte das Wort „Wanzen“ mit dem Mund und deutete auf die Lampe. Torys Augen weiteten sich erschrocken.

Wanzen? Das bedeutete, dass jemand alles hören würde, was sie sagten. Marc nickte grimmig, als sie ihm einen fragenden Blick zuwarf. „Sprich weiter!“, hauchte er und sah sich im Zimmer um.

Tory wusste nicht, was sie sagen sollte. Er hielt drei Finger hoch, als er zu ihr zurückkam, dann griff er in ihr Haar.

Wie konnte er ausgerechnet jetzt an Sex denken? Tory machte einen Schritt von ihm weg, doch er hielt sie am Arm fest und zog sie an sich, so nahe, dass sie die Wärme seines Körpers fühlte.

„Sie haben wunderschönes Haar, meine Liebe. Als ich Sie heute Abend beim Essen sah, konnte ich nur daran denken, wie es sich auf meiner nackten Haut anfühlen würde.“ Seine Stimme klang rau, seine Augen sahen sie warnend an. „Sag etwas, das mich ermuntert, verdammt!“

Tory konnte ihn nur ansehen, ihr Kopf war ganz leer. Wie konnte er nur glauben, dass sie gleichzeitig zwei ganz verschiedene Unterhaltungen führen konnten, wenn er dabei ihren Nacken streichelte? Sie schloss die Augen und hob ihm das Gesicht entgegen. „Küss mich!“, verlangte sie, und ihre Worte waren sowohl für Marc als auch für ihre lauschenden Zuhörer bestimmt.

Sekundenlang hielt er inne, doch dann beugte er sich mit einem erstickten Stöhnen zu ihr und küsste sie. Tory schlang die Arme um seinen Nacken und drängte sich an ihn. Sie konnte ihm nicht nahe genug sein, während seine Zunge sich tief in ihren Mund schob.

Als er einen Schritt von ihr weg machte, fiel das Kleid, das sie nur noch mit einer Hand festgehalten hatte, zu Boden. In Strümpfen und dem Büstenhalter stand sie vor ihm.

Er streichelte ihre Brüste unter der dünnen Spitze, dann schüttelte er den Kopf. „Sie haben einen bemerkenswerten Körper, Miss Jones … Victoria, wenn ich Sie so nennen darf. So sanft, so geschmeidig … O ja! So ist es recht! Soll das eine Einladung sein?“

„Ja“, antwortete Tory matt, als er sie zum Bett zog.

Die Federn quietschten ein wenig, als er sie mit sich auf das Bett zog, und eine kleine Staubwolke stieg auf. Die lavendelfarbene Decke war kühl auf ihrer erhitzten Haut. Tory begann, Marcs Hemd aufzuknöpfen, sie konnte es kaum erwarten, seine nackte Haut an ihrer zu fühlen. Er hielt ihre Hand fest und schüttelte den Kopf.

„Zuerst einmal wollen wir dir das Kleid ausziehen, nicht wahr?“ Tory bekam eine Gänsehaut, als er geräuschvoll ihren Hals küsste. „Wo ist Alex?“ Sie schloss die Augen und schlang die Arme um seinen Nacken, ihr Gesicht presste sie gegen seine Brust.

„Im Kerker, direkt unter diesem Zimmer hier.“

„Himmel, Sie sind so wunderbar empfänglich. Machen Sie das noch einmal, Liebling.“ Er bewegte sich, damit die Federn des Bettes quietschten, dann knabberte er an der zarten Haut ihres Halses, bis sie aufstöhnte. „Sechs Stockwerke tiefer“, flüsterte er ihr zu. „Wo ist der Gürtel?“

„Der Gürtel?“

Marc schüttelte sie, bis das Bett quietschte. „Der Gürtel, Tory. Der Gürtel. Wo ist er? Konzentriere dich! Soll ich Sie hier küssen? Und hier, Liebes?“

„Ich kann mich nicht konzentrieren, wenn du das tust!“, zischte sie an seinem Hals.

Er hob den Kopf und sah sie an. „Dein Leben könnte davon abhängen, dass hier alles ganz echt klingt, Victoria.“ Ihr wurde ganz kalt, als sie daran dachte, dass sich nur einen halben Meter weiter unter dem Lampenschirm ein Abhörgerät befand. Jemand am anderen Ende hörte alles, was hier gesprochen wurde. Sie strich sich mit der Hand das Haar aus dem Gesicht und nickte. „O ja, küss mich dort.“ Ihre Stimme zitterte. „Auf dem Stuhl unter dem Fenster.“

„Du musst Geräusche machen.“ Er stand auf und schlich zum Fenster, suchte unter ihren Kleidungsstücken, bis er den Gürtel fand, auf dem er heute morgen bestanden hatte. Es schien schon Monate her zu sein. Tory setzte sich auf und schlang die Beine zusammen. Ab und zu sprang sie hoch und versuchte, sexy Geräusche von sich zu geben. Sie kam sich ziemlich lächerlich vor.

Marc kam zurück auf das Bett. „Kannst du dich mit Lynx in Verbindung setzen und ihm sagen, was ich tue?“, hauchte er ihr zu.

Tory nickte. Die Federn des Bettes quietschten, als Marc sich heftig bewegte und dann laut aufstöhnte. Beinahe hätte Tory hysterisch aufgelacht, aber er warf ihr einen warnenden Blick zu. „Ah … tu das noch einmal. Nein, fester, Liebling. Ja, so!“

Vorsichtig schob er sich aus dem Bett und kletterte auf den kleinen Hocker am Fuß des Bettes. Er schob das Hosenbein hoch und bedeutete ihr, sich weiter zu bewegen.

Tory hüpfte auf dem Bett hin und her und stöhnte ab und zu auf, während sie beobachtete, wie er eine kleine achtschüssige Pistole aus der Halterung an seinem Bein zog.

„Dieses verdammte Bett ist viel zu weich!“, meinte er, zog Victoria vom Bett und deutete auf das Fenster.

„Mir ist auch der Fußboden recht.“ Folgsam kam Tory hinter ihm her zum Fenster.

„Sag Alex genau, was ich tue.“ Marc drückte auf einen verborgenen Knopf an dem Gürtel, und er öffnete sich. „Himmel, du bringst mich um.“ Er sah sich den Inhalt des Gürtels an und zog dann eine Angelschnur hervor, die er an der Gürtelschnalle befestigte. Dann band er die Pistole daran.

„Gefällt dir das, mein Schatz?“ Marcs etwas rauchige Stimme war laut in dem Zimmer. Tory konnte kaum glauben, dass sie so erregt klingen konnte, während er völlig andere Dinge tat. Ihr fiel es schwer, sich mit Alex in Verbindung zu setzen. „Und das hier? Antworte mir, um Himmels willen!“

„Ja!“, brachte Tory zwischen zusammengebissenen Zähnen hervor. Marc öffnete leise das Fenster und ließ die Schnur dann hinunter.

„Sag Lynx, er soll das Fenster beobachten. Der Gürtel und die Pistole sind auf dem Weg nach unten. Heb deine Hüften. Liebling. Ja, so ist es richtig. Ist das gut so?“

Tory erschauerte in der kühlen Nachtluft, die durch das Fenster drang. „J-ja.“ Sie versuchte, sich auf das zu konzentrieren, was sie Alex sagen sollte, während sie gleichzeitig Liebesgeräusche von sich gab.

Sie konnte nicht vergessen, dass jemand ihren Worten lauschte. Sie schlang die Arme um sich selbst, und das Stöhnen, das sie ausstieß, kam von Herzen – der Wind, der durchs Fenster kam, war eisig auf ihrer nackten Haut.

„Er hat es“, flüsterte sie, und Marc wandte sich ab und schloss das Fenster. „Er sagt, er ist bereit. Er wartet auf dich in zwei Stunden, genau, wie du es gesagt hast.“

„Gut“, flüsterte Marc. „Und jetzt schrei.“

Tory sah ihn verständnislos an.

„Als wenn du den Höhepunkt erreichst.“

Tory wurde über und über rot. „Aber sie hören zu!“

Marc lächelte und legte einen Finger an ihr geschwollenes Kinn. „So soll es auch sein, Prinzessin. Schrei, so laut du kannst, als wäre es das Größte, was du je erlebt hast. Jetzt.“

Tory gelang ein unterdrückter Schrei, und auch Marc schrie auf. Tory zitterte, und Marc zog sie in seine Arme. „Gutes Mädchen.“

Er ließ sie los, ging zum Bett und holte die beiden Gläser. Tory nahm einen großen Schluck von dem Wein, bis sie fühlte, dass ihr ein wenig warm wurde. „Und jetzt?"

„Jetzt werden wir duschen." Marc nahm ihr das Glas aus der Hand und stellte es auf den Nachttisch.

„Duschen?"

Sie folgte ihm ins Bad und sah ihm zu, wie er sich auszog und dann das Wasser anstellte.

Er öffnete ihren BH und warf ihn auf den Boden, ihre Strümpfe und ihr Slip folgten. Wie gebannt sah Tory ihm zu, als er ein Handtuch um ihren Gipsarm band und sie dann unter das warme Wasser der Dusche schob.

„Jetzt können wir reden", meinte er zufrieden, als das Wasser über seine breiten Schultern und sein Gesicht floss. Tory starrte auf seine behaarte Brust. Wie um alles in der Welt schaffte er es nur, so zu schauspielern?

Sie schluchzte unterdrückt auf und versuchte, die Duschtür zu öffnen. Doch Marc zog sie in seine Arme. „Du warst großartig, Prinzessin", versicherte er ihr.

Tränen standen in Torys Augen. „Ich hatte schreckliche Angst."

Marc küsste die Wassertropfen von ihrer Wange. „Dies hier ist nur für uns allein", flüsterte er, und Tory drängte das Schluchzen zurück, als seine Zunge in ihren Mund glitt.

Unter seinen Liebkosungen vergaß sie alles andere um sich herum, die Sehnsucht nach ihm war so groß, dass ihr Herz raste. Sie konnte nicht genug bekommen von ihm, sie stellte sich auf die Zehenspitzen und schob die Hände in sein nasses Haar. Noch immer küsste er sie, und sie presste herausfordernd die Brüste an seinen muskulösen Oberkörper.

Marc streichelte ihre aufgerichteten Knospen, ihre Taille und ihre Hüften, und sie glaubte in Flammen zu stehen. Begierig, ihm die gleiche Lust zu schenken, unterbrach sie den Kuss und umkreiste mit der Zungenspitze seine kleinen, harten Brustwarzen.

Marc keuchte.

„Wollen wir ins Bett?", fragte sie hoffnungsvoll.

„Im Bett haben wir es noch nie getan." Er knabberte an der zarten Haut ihres Halses. „Außerdem, wenn wir uns zum ersten Mal in einem Bett lieben, dann möchte ich keine Zuhörer haben." Er küsste ihr Ohrläppchen und zog sie an seinen sehnigen Körper. „Himmel, ich will dich!"

„Du hast mich doch." Verführerisch schmiegte sie sich an ihn und umfasste seinen Po.

Als er sie hochhob und sie gegen die Wand drückte, legte sie beide Beine um seine Taille. Mit einem einzigen Stoß drang er in sie ein. Tory stöhnte auf, als seine Bewegungen heftiger wurden. Sie schloss die Augen und gab sich ganz den erotischen Empfindungen hin, die sie durchströmten. Jeden Laut, jede Berührung nahm sie mit geschärften Sinnen wahr, und alles in ihr fieberte danach, endlich Erfüllung zu finden.

Doch Marc hielt plötzlich inne. „Langsam, Liebling, langsam. Ich möchte, dass es ewig dauert."

Aber sie konnte nicht mehr warten. Sie presste die Fersen gegen seinen Rücken und steigerte ungeduldig ihr Tempo, bis auch er sich im gleichen wilden Rhythmus bewegte wie sie.

Und dann schlug die Woge der Leidenschaft über ihnen zusammen. Mit einem Schrei erreichte Tory den Höhepunkt, Marc folgte ihr einen Augenblick später.

Das Wasser rauschte noch immer, als Marc sie vorsichtig auf ihre Füße stellte und ihr das nasse Haar aus dem Gesicht strich. Er legte einen Arm um ihre Taille, seifte sie ein und spülte dann die Seife ab. Benommen lehnte sie den Kopf gegen seine Brust, während er sich nun selbst wusch.

Ihre Knie waren weich, ihr Herz raste, und dennoch konnte sie ihn nicht ansehen, als er ihr aus der Dusche half und ihr ein Handtuch reichte.

Marc nahm ihr das Handtuch aus der Hand und rieb sie trocken. „Alles in Ordnung?“, fragte er.

„Ja.“ Aber Tory wusste, es würde nie wieder alles in Ordnung sein. Der heutige Tag hatte ihr gezeigt, wie verschieden sie waren. Nicht in einer Million Jahren würde sie in sein Leben passen, und ganz sicher passte er nicht in ihres.

Sie war zu Tode geängstigt, doch genügte ein Blick zu ihm, um das Verlangen in ihr wieder anzufachen. Sie liebte es, seine Hände und seine Lippen auf ihrer Haut zu fühlen. Sie liebte es, wenn er mit ihrem Haar spielte, sie liebte es, wie seine Augen aufleuchteten, wenn er sie berührte.

Sie liebte ihn. Und genau das war das Problem.

Marc Savin war gefährlich für sie.

„Wann können wir hier weg?“, fragte Tory so leise, dass man es beim Geräusch des noch immer laufenden Wassers nicht hörte.

Marc rieb sich mit einem Handtuch das Haar trocken. „Ich muss erst Lynx rausholen und ihn zum Hubschrauber bringen.“ Er zog seine Hose an und hob das Hemd vom Boden auf. „Du weißt doch, du hast ihm gesagt, dass ich in zwei Stunden komme.“

Er nahm die Uhr aus seiner Tasche und zog sie an. „Das lässt mir noch genau vierzig Minuten, um mich mit dir zu beschäftigen.“

„Was soll ich tun?“ Tory hatte sich auf die Badewanne gesetzt.

Marc blickte auf sie hinunter. „Ich muss dich hierlassen, bis Lynx in Sicherheit ist.“

„Nein!“ Tory sprang auf und klammerte sich an seinen Arm. „Nein, Marc, du kannst mich nicht hierlassen. Ich komme mit dir. Ich werde dir mit Alex helfen ...“

„Tory ...“ Seine Stimme klang ganz sanft. „Du hast mir selbst gesagt, dass er schwer verletzt ist. Ich kann nicht auf euch beide aufpassen, wir werden am Ende alle daran glauben müssen. Ich komme dich holen, das verspreche ich dir." Er rieb sich das Kinn. „Wenn es einen anderen Weg gäbe, ich würde ihn gehen. Mit diesen Tieren möchte ich dich nicht einmal fünf Minuten allein lassen, aber es gibt leider keine andere Möglichkeit."

Sie musste sich damit zufriedengeben, das wusste Tory. Aber sie fürchtete sich davor, hier mit den beiden Männern allein zu bleiben.

Sie wartete, bis Marc ihr mit der Stimme von Sir Ian für den wunderschönen Abend dankte. Als sich die Tür hinter ihm geschlossen hatte, warf sie sich auf das Bett und weinte. Und es war ihr ganz gleich, wer ihr dabei zuhörte.

Tory wachte auf, als das Sonnenlicht durch das Fenster fiel. Das nasse Handtuch lag neben ihr, ihr Haar war noch immer feucht.

Ihr ganzer Körper schmerzte. Wie eine alte Frau stand sie vom Bett auf und ging ins Bad. Das warme Wasser tat gut, es belebte sie. Und sie fühlte, dass Alex nicht mehr da war.

Sie zog die Sachen an, die sie gestern Abend ausgesucht hatte, dann trocknete sie ihr Haar und band es mit einem Seidentuch, das sie in einer Schublade gefunden hatte, zu einem Pferdeschwanz zusammen. Die schwarze Leinenhose war ihr ein wenig zu weit, und sie suchte nach einem Gürtel. Tränen brannten in ihren Augen, doch sie biss die Zähne zusammen.

Marc war weg. Aber er würde zurückkommen, und deshalb musste sie sich zusammenreißen. Sie zuckte zusammen, als die Tür sich plötzlich öffnete. Mario kam ins Zimmer, er trug ein Tablett.

„Frühstück? Ich bin völlig ausgehungert." Dabei ließ ihr allein der Gedanke an Essen übel werden. Doch sie wusste, sie musste sich so normal benehmen, wie es unter diesen Umständen möglich war. Erst, als sie noch einmal aufblickte, sah sie, wer hinter Mario stand.

Ragno trat einen Schritt zur Seite und ließ Samuel Hoag vor ihm in das Zimmer treten. Er nickte Mario zu, dieser stellte das Tablett auf den Tisch und verschwand dann. „Sie waren ein böses Mädchen, Miss Jones." Ragnos eisige Stimme würde sie nie wieder vergessen. Die Haare auf ihren Armen richteten sich auf, als er näher kam. Sein süßlich riechendes Aftershave nahm ihr den Atem.

Tory legte den Kopf ein wenig schief. „Wieso?" Ganz ruhig, sagte sie sich. Bleib ruhig, Marc wird kommen …

„Ich habe Ihr kleines Stelldichein gestern Abend meinem anderen Gast erzählt, er war gar nicht begeistert davon."

Tory zog die Augenbrauen hoch. „Ach, wirklich?"

„Nein." Ragnos dicke Finger schlossen sich fester um den silbernen Knauf des Stockes, den er in seiner rechten Hand hielt. Er ging durch das Zimmer, roch an einem Parfümzerstäuber und stellte ihn dann wieder an seinen Platz zurück.

Tory wich bis zum Bett vor ihm zurück und blickte dann zu Hoag, der noch immer an der Tür stand.

„Wo ist er, Miss Jones?" Ragno kam näher und strich mit dem Knauf des Stockes über ihre Wange.

„Wo ist wer?"

Der silberne Knauf presste sich gegen ihren Wangenknochen. „Ihr früherer Liebhaber."

„Ich habe absolut keine Ahnung. Wahrscheinlich hat ihm Ihre Gastfreundschaft genauso wenig gefallen wie mir." Im Augenblick, als sie diese Worte aussprach, wusste Tory, dass sie einen schlimmen Fehler gemacht hatte.

Christoph Ragno schlug den Stock gegen ihre Wange, dass ihr Tränen in die Augen traten. Sie biss sich auf die Lippe und wich noch weiter zurück.

Er griff in ihr Haar und bog ihren Kopf zurück. „Zwei der Wachen sind tot, und drei andere werden wünschen, sie wären es." Er starrte in ihre Augen. „Wo sind sie, Miss Jones?"

Samuel Hoag kam zum Bett hinüber. Tory versuchte sich aus Ragnos Griff zu befreien. „Ich … ich habe keine Ahnung."

Schweiß glänzte auf Ragnos Stirn. „Wir wissen, dass beide Männer Agenten sind, Miss Jones. Nicht bloß einfache Agenten, sondern Männer des T-FLAC, um genau zu sein. Sie haben sich schon seit Jahren in unsere Geschäfte eingemischt, haben ihre Nasen in Dinge gesteckt, die die Vereinigten Staaten gar nichts angehen. Ich werde diese Organisation vernichten, so oder so."

Seine Finger krallten sich noch fester in ihr Haar. „Und ich werde damit beginnen, indem ich den Kopf von T-FLAC zuerst vernichte. Fünf Jahre haben wir gebraucht, um einen von ihren Agenten zu fangen. Der Mann, den wir all die Monate gefangen hielten, hat dichtgehalten, wir konnten ihn nicht brechen. Nicht einen einzigen Namen hat er uns verraten. Wenn Sie nicht aufgetaucht wären, hätten wir ihn umbringen müssen, Miss Jones. Aber wir wussten, dass Sie ein guter Lockvogel waren, auch wenn wir keine Ahnung hatten, welche Verbindungen Sie zu der Organisation haben. Doch Samuel war sicher, dass Sie uns Ergebnisse liefern würden, wenn wir Sie in die Vereinigten Staaten zurücklassen würden. Und wie immer hatte er auch diesmal recht. Also, wer von den beiden war Phantom?"

Torys Mund war ganz trocken, als Ragno weitersprach. „Sie können uns das auf die einfache Art sagen …" Wieder zog er an ihrem Haar. „Oder auf die harte Tour. Ich versichere Ihnen, mir ist das ganz gleich. Meine Geduld ist langsam zu Ende, Miss Jones. Entweder reden Sie, oder Sie werden für immer schweigen."

Torys Zunge glitt über ihre trockenen Lippen. „Ich … ich habe keine Ahnung, wovon Sie reden. Ich weiß nichts von irgendwelchen Spionen, um Himmels willen … ich weiß wirklich nicht, was Sie von mir wollen."

Dies war der schlimmste Albtraum, den sie je erlebt hatte. Sie war gelähmt vor Angst, als ihr klar wurde, dass sie ganz allein auf sich gestellt war. Es würde sie nicht retten, wenn sie jetzt zusammenbrach. Zum Teufel! Sie musste sehen, wie sie allein aus diesem Durcheinander herauskam.

„Eines sage ich Ihnen. Wenn Sie nicht sofort mein Haar loslassen, dann werde ich so laut schreien, dass dieser alte Steinhaufen hier in sich zusammenfällt und alle Agenten aller Regierungen der Welt mir zu Hilfe kommen werden. Es gibt mindestens ein Dutzend Menschen, die ganz genau wissen, wo ich bin und bei wem ich bin. Also, lassen Sie mich jetzt los!"

Sie schrie auf, als er ihr den Arm hinter den Rücken drehte. Er zwang ihren Arm noch höher, der Schmerz war kaum zu ertragen.

Tory schlug mit ihrem Gipsarm zu, und das Geräusch, als sie ihn ins Gesicht traf, übertönte ihre eigenen Schmerzensschreie. Blut rann aus seiner Nase.

„Sie liebt Schmerzen", meinte Ragno, holte ein Taschentuch aus seiner Tasche und tupfte das Blut ab. Er ließ ihren Arm so plötzlich los, wie er ihn ergriffen hatte. Er hing gefühllos herunter.

„Ich frage Sie noch einmal, Miss Jones. Wo sind sie? Und welcher von beiden ist Phantom?"

Tory nahm an, dass sie ihr nicht mehr viel Zeit lassen würden, ehe sie sie umbrachten. Auf jeden Fall würde es ziemlich unangenehm werden. „Sie stellen mir immer die gleichen Fragen", meinte sie und biss sich auf die Lippe. „Ich habe Sir Ian zum letzten Mal nach dem Essen gesehen. Wohin er gegangen ist, weiß ich nicht."

Ragno hob den Arm, und der Stock sauste auf ihren Rücken. Tory schrie auf.

Sie sah, wie er noch einmal ausholte, doch Hoag hielt seinen Arm fest. „Ich glaube, Miss Jones hat genug, mein Freund. Es gibt noch andere Wege ..." Er warf Victoria einen grimmigen Blick zu. „Nicht wahr, meine Liebe?"

Tory maß den Abstand zur Tür. Mit beinahe übermenschlicher Kraft riss sie sich von den beiden Männern los und rannte zur Tür. Die Türklinke rutschte aus ihren feuchten Händen, dann fühlte sie eine Hand, die sie nach hinten riss.

„Nein!" Sie trat um sich, als Hoag sie zurück in das Zimmer zog. Brutal stieß er sie auf das Bett.

In der nächsten Sekunde schon war sie bis zur Wand zurückgewichen. „Kommen Sie nicht in meine Nähe", warnte sie ihn.

Hoag hielt Ragno zurück, der sich mit wütendem Gesicht auf sie stürzen wollte, um sie mit dem Stock zu schlagen. Tory zog die Beine an, als der Stock auf das Bett niedersauste.

Marc, wo bist du? dachte sie verzweifelt, als Hoag zur Tür ging und mit Mario sprach, der draußen stand. Mit dem Kopf winkte er Ragno, aus dem Weg zu gehen, dann setzte er sich auf das Bett. Tory wich noch weiter zurück.

„Mein Freund hier möchte gern die Wahrheit wissen, Miss Jones." Seine Stimme klang tief und völlig ausdruckslos. Tory zitterte.

Hinter ihm schlug Ragno ungeduldig mit dem Stock auf den Teppich. „Es gibt immer Wege, selbst eine solche Hure wie Sie zum Reden zu bringen, und ich versichere Ihnen, wir werden vor nichts zurückschrecken, um zu unserem Ziel zu kommen." Er wandte den Kopf, als Mario und Giorgio ins Zimmer kamen.

„Haltet sie fest", befahl er den beiden.

Beinahe verrückt vor Angst, blickte Tory von einer Seite des Bettes zur anderen. Sie hatte keine Ahnung, was die beiden vorhatten, aber sie wusste, es würde sehr schlimm sein. Mit aller Macht wehrte sie sich, doch die beiden hielten sie an Armen und Beinen auf das Bett gedrückt.

Hoag nahm ein kleines Kästchen, das Mario mitgebracht hatte, und holte eine Spritze daraus hervor. Entsetzt starrte Tory darauf, als er die Spritze hob und einen Tropfen der Flüssigkeit herausdrückte.

Sie versuchte sich von den beiden Männern loszureißen, als er dann auf sie zukam. Die Nadel der Spritze glänzte im Sonnenlicht. Tory schüttelte verzweifelt den Kopf. „Bitte. Oh, bitte …" Ihre Augen wurden ganz groß, als er ihr den Ärmel des T-Shirts hochschob.

„Es ist nur ein wenig Phenobarbital, Miss Jones, es tut auch gar nicht weh." Sie fühlte den Einstich der Nadel, dann durchfuhr sie eine Hitzewelle. Ihr Blick verschleierte sich, und sie schloss die Augen. Noch ehe alles um sie herum schwarz wurde, hörte sie Ragnos Stimme. „Du hast ihr zu viel gegeben, verdammt, Samuel. Du hast ihr zu viel …"

Marc fühlte nach Torys Puls an ihrem Hals, doch seine Finger zitterten zu stark. Es war stockdunkel, aber er wagte nicht, die Taschenlampe zu benutzen. Endlich fühlte er den Puls, er war sehr schwach, doch stabil.

„Dem Himmel sei Dank." Er schüttelte sie, und als sie stöhnte, legte er ihr eine Hand auf den Mund.

„Victoria", drängte er. „Du musst aufwachen!! Hörst du mich?"

Sie rührte sich nicht. Noch einmal schüttelte er sie, härter, weil ihm klar wurde, dass sie nicht einfach schlief. Sie hatten nur zehn Minuten Zeit, höchstens fünfzehn, ehe jemand die bewusstlose Wache unten in der Halle finden würde.

Er hob sie hoch, hielt sie in seinen Armen, doch ihr Kopf fiel kraftlos auf seine Schulter. Er konnte sie nicht tragen und sie beide gleichzeitig schützen, doch hierlassen würde er sie auf keinen Fall. Zum Glück hatten sie sie nicht in den Kerker gebracht. Nach einer Stunde des Suchens hatte er sie endlich gefunden, doch sie aus dem Palast herauszubringen bedeutete, dass sie von einem Ende des riesigen Gebäudes unbemerkt bis zum anderen Ende kommen mussten.

Wenn er sie wenigstens aufwecken könnte, dann würden sie

es vielleicht schaffen. Er wollte sie bei Licht sehen, sich vergewissern, dass sie in Ordnung war, aber dafür hatte er keine Zeit.

„Verdammt, Victoria, hörst du mich?“ Er schob den Kopf von seiner Schulter und hielt ihr Gesicht in beiden Händen. „Wenn du jetzt nicht aufwachst und mir hilfst, hier herauszukommen, sind wir beide tot!“

Als er fühlte, dass sie sich bewegte, schlug er sie ins Gesicht. Sie wimmerte und versuchte sich aus seinem Griff zu befreien.

„Marc?“ Ihre Stimme war schwach, aber wenigstens war sie wieder bei Bewusstsein.

„Komm schon, Tory!“ Er stellte sie auf die Füße und wartete einen Augenblick, bis er sicher war, dass sie stehen konnte. „Komm schon, Prinzessin.“ Sie sank gegen ihn, doch Marc zwang sie, von einer Seite des kleinen Zimmers zur anderen zu gehen und wieder zurück. Dabei lauschte er angestrengt auf Geräusche von draußen.

Als sie etwa ein Dutzend Mal hin- und hergegangen war, wurde sie langsam stärker.

„Weißt du, was sie dir gegeben haben?“, drängte er und ließ sie los, um zu sehen, ob sie allein stehen konnte.

„Pheno… irgendetwas.“

„Barbital.“ Er fühlte, wie sie zusammensank, doch er hielt sie nicht fest. Wenn sie lebend hier herauskommen wollten, musste sie auf eigenen Füßen stehen können. „Wie lange ist das schon her?“, fragte er grob.

„Heute Morgen, glaube ich.“

„Gut. Dann sollte dein Körper es schon beinahe wieder abgebaut haben. Geh weiter“, befahl er, als sie stehen bleiben wollte. Er hörte ihre Schritte, dann ging er zum Bett und warf eine Tasche auf die stinkende Matratze.

„Hast du schon einmal ein Gewehr benutzt?“

„Nein.“

„Nun, für alles gibt es ein erstes Mal. Komm her.“

Als sie nahe genug war, nahm er ihre Hand und schloss ihre Finger um eine automatische Waffe mit Laserzielgerät. Er hielt ihre Finger fest, als sie zurückschreckte. „Hör mir zu, hör mir gut zu, Prinzessin. Unser beider Leben hängt davon ab, dass du dich jetzt zusammenreißt. Konzentriere dich, ich werde dir jetzt erklären, wie du die Waffe benutzen musst."

Als er sicher war, dass sie alles verstanden hatte, zog er sie mit sich auf den Flur. Alles war ruhig.

Mit Tory hinter sich ging Marc vorsichtig zur Treppe. Wenn jemand kam, würden sie in der Falle sitzen, denn es gab keine Fluchtmöglichkeit. Die Lampen an den Wänden warfen nur ein schwaches Licht auf den langen Korridor, es gab viel zu viele dunkle Ecken und Türeingänge.

Aus dem Augenwinkel warf er einen Blick auf Victoria. Ihr Gesicht war kreidebleich, ihre Augen dunkel und weit aufgerissen. Doch sie war auf den Beinen, und sie bewegte sich. Das Gewehr hing in ihrer Hand, als fürchte sie sich davor. Mit seiner eigenen Waffe hob er ihr Gewehr hoch. „So musst du es halten", befahl er grob. Sie nickte und nahm es dann in beide Hände. Dabei war ihr der Gipsverband im Weg, doch wenigstens konnte sie es so benutzen.

Die Treppe war gefährlich. Marc bedeutete ihr, dicht hinter ihm zu bleiben, als er langsam die Stufen hinunterging. Dabei hielt er sich dicht an der Wand.

Schließlich standen sie vor der Tür des Salons, in dem er sie gestern Abend wiedergesehen hatte. Vorsichtig öffnete Marc die Tür, hinter Tory schloss er sie leise wieder. Der große Raum war leer, als sie ihn durchquerten.

Marc fluchte leise. Der Palast war riesig, überall gab es Möglichkeiten, sich zu verstecken. Der einzige Weg nach draußen ging durch die Haupteingangshalle und die große Tür – wenn man sie bis dahin nicht schon längst entdeckt hatte. Als er Lynx herausgeholt hatte, hatte er die Bewegungsmelder ausgeschaltet, aber das bedeutete nicht, dass nirgendwo Wachen standen, die auf sie warteten.

Er dachte an Lynx, der in dem Hubschrauber auf sie wartete. Wie dieser Kerl in seinem Zustand das Ding noch fliegen wollte, konnte Marc nicht verstehen. Aber Lynx hatte darauf bestanden, die Insel nicht ohne seine Schwester zu verlassen.

Über die Schulter hinweg warf er Victoria einen Blick zu. Der Seidenschal, mit dem sie ihr Haar zusammengebunden hatte, hatte sich gelöst, lange Haarsträhnen hingen ihr ins Gesicht. Ihre Augen waren verängstigt aufgerissen.

Als er die Tränenspuren auf ihren Wangen sah, stieg Wut in ihm auf, doch dann hob sie ein wenig das Kinn, hielt die Waffe höher, und er hätte beinahe gelächelt. Gebeugt, doch nicht geschlagen. Diese verflixte Frau.

Bewunderung stieg in ihm auf, er legte ihr kurz eine Hand an den roten Fleck auf ihrer Wange. „Komm."

Es war ein Uhr am Morgen, alle schienen zu schlafen, und auch die Eingangshalle war leer. Er hörte Victorias leise Schritte hinter sich, als er auf die Eingangstür blickte, die nur noch etwa fünfzig Meter entfernt war. Dahinter lag die Zugbrücke und dann der große Park und die Freiheit.

Marc wagte das Risiko, die Eingangshalle zu durchqueren, anstatt den längeren Weg an der Wand vorbei zu nehmen. Er machte Victoria das mit Handzeichen klar. Sie nickte. Das Haar hing ihr jetzt lose über den Rücken, ein Ärmel ihres T-Shirts war noch hochgeschoben. Marc erkannte die Einstichstelle der Nadel, und die Wut machte ihn beinahe blind. Es würde Spaß machen, zurückzukommen und diese Bastarde zusammenzuschlagen. Aber zunächst einmal musste er Victoria in Sicherheit bringen. Er blickte sich noch einmal um, dann umfasste er ihren Arm, und sie liefen beide zusammen durch die große Halle. Schwer atmend stand sie an der Tür neben ihm.

Das Türschloss knarrte, und die Tür quietschte, als er sie öffnete, doch niemand schien etwas gehört zu haben. Draußen sah Marc sich prüfend um.

Mitten auf dem großen Hof stand ein großer Brunnen. Jetzt lief kein Wasser. Das Mondlicht erhellte das Moos und das schleimige Wasser in dem Becken.

Sie waren auf drei Seiten von hohen Mauern umgeben, der Palast lag in ihrem Rücken. Im Schatten der Mauern führte Marc Victoria über den Hof.

Sie folgte ihm, blieb stehen, wenn er stehen blieb und hielt immer den gleichen Abstand. Marc schlich sich durch die überwucherten Beete an den Mauern vorbei und hoffte, niemand würde aus einem der Fenster sehen. Dann blieb er stehen und sah sich nach ihr um. Mit dem Kopf deutete er auf das kleine Tor neben dem großen Portal.

Victoria nickte, sie hob die Waffe höher. „Wir haben es beinahe geschafft“, flüsterte er ihr zu, als sie an dem kleinen Tor angekommen waren, das er bei seiner Ankunft unverschlossen gelassen hatte. Es war zu schön, um wahr zu sein. Waren Spiders Männer alle so unfähig, dass sie nichts bemerkt hatten? Im Mondschein warf Marc einen Blick auf seine Uhr und stellte überrascht fest, dass sie nur sechzehn Minuten gebraucht hatten, um aus dem Palast zu entkommen.

Die mittelalterliche Zugbrücke lag über dem Graben, in dem mehr Schlamm als Wasser zu erkennen war. Marc nahm Victorias Hand und lief mit ihr zusammen über die hölzerne Brücke, durch den Park auf die Bäume zu.

Victoria atmete schwer hinter ihm. Hier, in dem offenen Gelände, würden sie gute Zielscheiben abgeben. Aber sie hatten keine andere Wahl, sie mussten so schnell wie möglich in den Schatten der Bäume gelangen.

„Tory, hör mir zu. Wir müssen schnell zu den Bäumen dort drüben laufen. Wenn du irgendetwas hörst, reagiere nicht, laufe nur noch schneller. Ich bin gleich hinter dir.“

„Okay.“ Im Mondlicht waren ihre Augen groß und voller Schrecken.

Marc warf einen Blick auf die Waffe in ihrer Hand. Er dachte daran, sie zurückzulassen, damit sie schneller laufen konnte. Doch es konnte auch ihm etwas zustoßen, dann hätte sie wenigstens die Möglichkeit, sich selbst zu verteidigen. Er deutete auf die Waffe. „Du weißt, wie du sie benutzen musst?“

Sie nickte. „Wenn das rote Licht aufleuchtet, muss ich schießen.“

„Richtig. Los jetzt.“

Der Mond stand hoch am Himmel, es war beinahe taghell. Victorias weißes Hemd war eine gute Zielscheibe, als sie über den Kiesweg so schnell wie möglich auf die Bäume zuliefen. Sobald sie in Deckung wären, würde er ihr sein Hemd geben.

Doch zuerst mussten sie den breiten Weg um den Burggraben herum überqueren, dann die Wiese, bis sie zu dem kleinen Wald kamen, der die Grenze des Grundstückes bildete.

Sie waren schon bis zu der Wiese gekommen, als ein hoher Pfeifton Marc eine Sekunde zu spät sagte, dass sie doch kein Glück gehabt hatten. Die Kugel traf ihn an der Stirn, er sank auf die Knie. Der Schmerz würde erst später einsetzen, jetzt fühlte er nur das warme Blut, das ihm in die Augen lief. Victoria war stehen geblieben, ihr weißes T-Shirt leuchtete hell im Mondlicht.

„Lauf, verdammt noch mal!“, rief Marc.

8. KAPITEL

Das Geräusch von Schritten auf dem Kies hinter ihnen sagte Marc, dass die Verfolger ihnen auf der Spur waren. Noch einmal hörte er das Geräusch einer Kugel, sie spritzte in das Gras zwischen ihnen. „Verschwinde hier!“, schrie er Tory an, als er wieder einen Schuss hörte.

Er blickte über seine Schulter zurück. An der Zugbrücke erkannte er das Mündungsfeuer, und Sekunden später hörte er auch die Detonation. Irgendwie gelang es ihm, Victoria mit einer Hand zur Seite zu ziehen, in der anderen Hand hielt er die Uzi und feuerte.

Ein Mann stürzte über das Geländer der Zugbrücke in das Wasser, doch gleich darauf spritzte das Gras vor ihren Füßen auf von einer Reihe von Einschlägen. Marc stieß Victoria vor sich her, während er gleichzeitig das Feuer erwiderte. „Lauf, um Himmels willen!“ Sie stolperte, doch er zog sie mit sich hoch.

„Ich werde nicht ohne dich gehen.“

Diese dumme Frau blieb wirklich stehen und wartete auf ihn. Blut rann ihm ins Auge, er stolperte, doch riss er sie mit sich. Noch hundertfünfzig Meter, hundert, achtzig. Kugeln flogen um sie herum, doch die Bäume kamen immer näher.

Leise wehten die Blätter der Bäume im Wind, ihre dunklen Äste winkten ihnen. Als er noch etwa dreißig Meter von den Bäumen entfernt war, fühlte Marc, wie eine Kugel ihn ins Bein traf. Er fiel zu Boden.

Verdammt, die Kerle waren nicht nur hinter ihnen, sie waren auch vor ihnen. Das Blut, das ihm über das Gesicht rann, sagte ihm, dass sie es ernst meinten. Er hielt die Uzi auf die Stelle, an der er das Mündungsfeuer eines Gewehrs entdeckt hatte und feuerte. Man hörte einen Schrei und dann einen dumpfen Schlag, als ein Körper hinfiel.

Die Uzi hatte noch genügend Munition, doch wenn es so

weiterging, musste er ein neues Magazin einschieben. Noch einmal schoss er zwischen die Bäume vor ihnen, es bedeutete kostbare Sekunden für Victoria.

Langsam zog er sich hoch. Sie würden beide im Kugelhagel umkommen, wenn es ihm nicht gelang, sie von hier wegzubringen.

Er sah ihr verflixtes weißes T-Shirt zwischen den Bäumen, und während er loslief, zog er sich das Hemd über den Kopf. Die kühle Nachtluft tat gut auf seiner Haut, aber sein Bein brannte wie Feuer.

Er warf ihr das Hemd zu und zog sie dann hinter einige Büsche. „Zieh es schnell über." Sein Atem ging pfeifend. Er hörte die Verfolger, die ihnen dicht auf den Fersen waren. Glücklicherweise war es dunkel zwischen den Bäumen, aber wie lange würde es noch dauern, bis man sie entdeckt hatte?

Victoria zog sich das Hemd über den Kopf, dann beugte sie sich zu ihm. „Du bist verletzt!" Ihre kühlen Finger glitten über sein Gesicht, als ob sie ihn so heilen könnte. „Marc! Du blutest ja!"

„Ja, so wirken Kugeln nun mal." Er griff in seine Tasche. „Hier ist der Schlüssel zu einer Vespa. Sie steht dort hinten, neben der Straße. Geh vorsichtig in diese Richtung." Mit dem Kopf deutete er die Richtung an. „Sie steht hinter einem Schuppen. Du fährst damit zu dem Ort, wo ich dich mit dem Truck abgeholt habe, dann gehst du in die Grotte. Auf keinen Fall kannst du jetzt den Helikopter erreichen, denn sie haben uns den Weg dorthin abgeschnitten. Alex wartet auf mein Signal, er wird dich an der Grotte abholen."

„Ich werde nicht ohne dich gehen!"

„Du wirst verdammt noch mal das tun, was ich dir sage! Nun verschwinde schon. Los jetzt!" Man hörte das Geräusch knackender Äste, als einige der Männer nur wenige Schritte an ihrem Versteck vorbeiliefen. Marc legte ihr eine Hand auf den Mund, als sie etwas sagen wollte.

Doch Victoria schüttelte den Kopf und sah ihn mit großen Augen an. Sie würde nicht ohne ihn gehen.

Als die Schritte sich entfernten, ließ er die Hand wieder sinken. „Du bist kein gottverdammter Held!“, fuhr er sie wütend an. „Du wirst noch bewirken, dass sie mich umbringen, wenn du in der Nähe bleibst.“

Er sah, wie sie bei seinen Worten zusammenzuckte, doch dann sagte sie: „Dann sterben wir eben zusammen. Ich werde nicht ohne dich gehen!“

Marc dachte nach, und als er dann sprach, war seine Stimme voller Verachtung. „Nur, weil ich mit dir geschlafen habe, heißt das noch lange nicht, dass du jetzt wie ein Blutegel an mir kleben musst. Hast du denn keinen Stolz, Victoria? Ich wollte nur deinen Körper, keine lebenslange Verpflichtung.“ Er hörte, wie sie aufkeuchte, und bemühte sich, noch härter zu sein. „Krista wäre mir wenigstens eine Hilfe gewesen.“

Er wünschte, sie würde ihn nicht so ansehen. „Wenn ich eine Frau will, dann ganz sicher nicht eine mausgraue Buchhalterin.“ Er sah ihr direkt in die Augen. „Verschwinde, Lady. Dein Bruder wartet auf dich, und ich habe zu tun.“

Er beachtete nicht, dass sie ihr Kinn hob. Er kroch von ihr weg zwischen die Bäume, ohne sich noch einmal umzusehen. Im nächsten Augenblick war er im Unterholz verschwunden. So schnell es ihm sein Bein erlaubte, kroch er weiter, bis er sicher war, weit genug von ihr weg zu sein. Dann lehnte er sich an einen Baum und ruhte einen Augenblick aus. Hoffentlich fand sie die Vespa.

Er wusste, die einzige Möglichkeit, die Verfolger von Victoria abzulenken, war, dass sie ihn zuerst fanden. Deshalb machte er so viel Lärm wie möglich, als er sich einen Weg durch das Unterholz bahnte. Und er brauchte auch nicht lange zu warten.

Mario schob sich um einen Baum herum, sein Blick ging unruhig hin und her, in seinem Arm trug er ein AK 47 Gewehr.

Marc nutzte den Überraschungsmoment aus, er schwang den Fuß hoch und traf das Gewehr, das in hohem Bogen in die Büsche flog.

Mario hatte jetzt beide Hände frei, er holte aus und zielte auf Marcs Gesicht, doch Marc trat einen Schritt zur Seite und stieß ihm den Schaft der Uzi ins Gesicht. Mario schrie auf und holte noch einmal aus.

Der Schlag traf Marc an der Stirn, genau dort, wo die Kugel ihn gestreift hatte. Verflixt. Marc fuhr wütend auf, er wehrte die Schläge des anderen ab. Sein linker Ellbogen traf Marios Hals, seine Rechte landete in seinem Magen. Wieder trat er mit dem Bein zu, doch wegen der Verwundung kam er nicht hoch genug und traf nur Marios Schulter.

Mario stolperte zurück, Blut rann aus seiner Nase. Er sah sich verzweifelt nach Hilfe um, doch niemand war da. Marc stieß ihm das Gewehr in den Bauch.

„Wie ist es, wenn man hilflos ist, du Stück Müll?“ Noch einmal stieß Marc zu. „Das ist dafür, dass du meine Frau angerührt hast.“ Er holte aus und traf mit der Faust Marios Gesicht.

Sein letzter Schlag ließ Mario zu Boden sinken. Er lag ganz still, und Marc wischte sich mit einer Hand das Blut aus dem Gesicht. Jetzt fühlte er sich schon viel besser. Die Wunde an seiner Stirn spürte er kaum noch, nur sein Bein war taub.

„Lassen Sie Ihre Waffe fallen, Sir Ian. Oder sollte ich besser sagen, Phantom?“

Marc ließ die Uzi zu Boden sinken, als Ragno zwischen den Bäumen hervorkam, flankiert von Giorgio und noch einem anderen Mann. Ragno hielt eine 45er Magnum Halbautomatik in der Hand – keine Konkurrenz für die Uzi, doch die lag auf dem Boden. Die beiden Männer neben Ragno richteten die Waffen auf Marc.

Er rechnete damit, dass Victoria noch ungefähr zehn Minuten brauchen würde, um zu entkommen. Er entlastete sein verletztes Bein und wartete ab. Als Ragno die anderen Männer zu sich rief, entspannte er sich. Jetzt musste er nur noch so viel Zeit wie möglich herausschlagen.

„Sie sind mir schon seit vielen Jahren bei meiner Arbeit in den Rücken gefallen“, begann Ragno kalt. In seiner US-Army-Uniform sah er lächerlich aus. „Ich sollte Sie auf der Stelle erschießen.“

Marc zuckte mit den Schultern. „Das wäre wohl angebracht.“

„Sie sind sehr überheblich für einen Mann, der bald sterben wird“, sprach Ragno weiter. „Stellen Sie sich dort hin.“ Er deutete auf einen Baum. Marc griff mit beiden Händen nach seinem verletzten Bein und humpelte übertrieben langsam zu dem Baum hinüber.

„Bindet ihn fest.“ Ragno holte ein Taschentuch aus seiner Brusttasche und wischte sich damit das Gesicht ab, während er seinen Männern dabei zusah, wie sie Marc an den Baum banden. „Versichert euch, dass er sich nicht befreien kann.“

Zwei Männer banden seine Hände und Füße mit dünnem Draht zusammen und stellten sich dann neben ihm auf. Marc lehnte sich gegen den Baum und testete die Stärke seiner Fesseln. Sie waren wirklich nicht zu lösen.

„Ehe ich Sie langsam umbringe, Phantom, möchte ich noch wissen, wie viele Ihrer Agenten meinen Aufenthaltsort kennen.“ Ragno trat einen Schritt näher an ihn heran.

„Agenten?“, machte Marc sich über ihn lustig. „Ich weiß gar nicht, wovon Sie reden, alter Junge.“

Auf ein Kopfnicken von Ragno landete eine Faust in Marcs Gesicht. Ein heißer Schmerz durchzuckte ihn, sein Magen hob sich, als weitere Schläge seine Rippen, sein Gesicht und seine Nieren trafen.

„Was ist denn mit Ihrem Kumpel geschehen, Tweedle-Dee?“, brachte Marc hervor.

„Halten Sie den Mund. Hier stelle ich die Fragen."

„Na dann los. Ich bin im Augenblick ein wenig bewegungslos, aber ich habe Zeit genug."

Ragnos Augen blitzten wütend. „Sie Dummkopf. Beantworten Sie meine Fragen." Er nickte dem Mann neben Marc zu, der hieb ihm die Faust genau auf den Solar Plexus. Mit einem pfeifenden Geräusch wich die Luft aus Marcs Lungen, und er sank in sich zusammen.

„Ich mag Spielchen, Phantom, sehr sogar." Ragnos übel riechender Atem wehte in Marcs Gesicht, als er noch näher kam. „Aber ich spiele am liebsten nach meinen eigenen Regeln. Heute Morgen haben wir ein kleines Spielchen mit Ihrer Schlampe gespielt." Er wischte sich den Schweiß aus dem Gesicht und lächelte. „Sie ist sehr zugänglich, nicht wahr?" Ein Nicken von ihm genügte, wieder landete die Faust in seinem Gesicht. „Sie schläft mit jedem."

Nur mit Mühe gelang es Marc, ein ausdrucksloses Gesicht zu machen. Ragno versuchte es auf einem anderen Weg. „Wie viele Ihrer Männer wissen, wo ich zu finden bin?"

„Ich würde sagen, es sind genug, die Sie und Ihre nette kleine Bande hier auslöschen können." Marc gelang es, sich aufrecht zu halten, er warf Ragno einen herausfordernden Blick zu. „Sie haben doch wohl nicht angenommen, ich sei allein gekommen, oder?"

„Wir werden sie alle finden und sie auslöschen."

„Sie und wer noch?" Marcs Stimme troff vor Sarkasmus. Er blinzelte in das Licht der Taschenlampen, die auf sein Gesicht gerichtet waren. Wo zum Teufel war Victoria? Er strengte sich an, den Motor der Vespa zu hören, doch alles im Wald blieb still.

Ragno trat noch einen Schritt näher, Marc verzog das Gesicht bei dem Geruch, der ihm in die Nase stieg. Himmel, ob der Mann nie badete? „Ich habe eine Armee", erklärte Ragno überheblich und fuhr sich mit dem Finger unter den Kragen seines Hemdes.

„Ja, eine Heilsarmee. Was wollen Sie damit machen? Uns zu Tode reden?"

Ragno hob die Hand und schlug Marc ins Gesicht.

Versteckt zwischen den Bäumen zuckte Tory zusammen. Sie konnte nur Marcs Hinterkopf erkennen, der gegen den Baum schlug. Aber Christoph Ragnos Gesicht konnte sie deutlich sehen.

Schweißtropfen liefen ihr in die Augen, mit der Schulter wischte sie sich den Schweiß aus dem Gesicht. Ihr Herz schlug so laut, dass sie die Männerstimmen kaum hören konnte. Ihre Hände, die noch immer das Gewehr hielten, waren feucht. Himmel, würde sie es schaffen?

Sie ließ sich gar nicht erst die Zeit, um nachzudenken. Langsam schob sie sich näher. Sie erstarrte, als ein Zweig unter ihren Füßen knackte, doch niemand schien es zu bemerken. Näher wagte sie sich nicht heran. Wenn sie den Arm ausstrecken würde, könnte sie Marcs Schulter berühren. Das Gewehr schien plötzlich eine Tonne zu wiegen. Himmel, was wusste sie denn schon von Gewehren? Wenn sie nun aus Versehen Marc traf? In ihrem Kopf wirbelten die Gedanken, doch nur eine Sekunde lang. Krista hätte es getan, ohne mit der Wimper zu zucken.

Sehr vorsichtig schob Tory das Gewehr mit der linken Hand hoch, den Gipsverband benutzte sie als Stütze. Dann stellte sie den Laser an und zielte. Ein roter Punkt, so groß wie eine Münze, zeigte sich auf Ragnos Schulter, wankte ein wenig und wanderte dann weiter, langsam, sehr langsam, über seine Brust, seinen Kragen, seinen Hals. Tory hielt den Atem an, um den Laserstrahl standhaft zu halten. Fühlte der Mann das Licht denn nicht? Vorsichtig ließ Tory den roten Punkt weiterwandern, über seinen schweißfeuchten Hals, höher und höher, bis er genau zwischen den Augen saß. Sekundenlang zögerte sie ... dann drückte sie ab.

Eine Sekunde später hörte sie den Einschlag. Und dann brach die Hölle los. Sie sah gar nicht hin. So schnell sie konnte lief sie mit angelegtem Gewehr nach vorn.

„Verdammt!“, hörte sie Marcs Stimme, doch sie hatte keine Zeit, zu ihm hinzusehen. Sie war plötzlich ganz ruhig, hob die Waffe und zielte.

Marc rieb sich das Gesicht an der Schulter, als der Lauf von Victorias Gewehr sich durch das Gebüsch schob. Die Männer standen wie erstarrt und sahen zu der kleinen Frau hin, die langsam aus dem Dickicht trat. Das Haar hing ihr wild ins Gesicht, die Ärmel ihres weißen T-Shirts lugten unter dem schwarzen T-Shirt hervor, im Knie ihrer schwarzen Hose zeigte sich ein langer Riss. Sie sah umwerfend aus. Umwerfend und schrecklich wütend.

„Lasst die Waffen fallen“, fuhr sie die Männer an. Der Infrarotpunkt wanderte von einem Mann zum anderen. Sie gehorchten.

Sie nickte dem Mann zu, der neben Marc stand. „Binden Sie ihn los.“

Marc rieb sich die Handgelenke, als der Draht gelöst war. Sobald auch seine Füße frei waren, trat er mit dem gesunden Bein zu. Der Mann fiel zur Seite und blieb auf dem Boden liegen.

Victoria richtete die Waffe auf ihn, der kleine rote Punkt erschien auf seiner Brust.

„Er ist bewusstlos, um ihn brauchst du dir keine Sorgen zu machen.“

Aus den Augenwinkeln nahm Marc eine Bewegung wahr. „Links, Victoria!“, rief er.

Sie hob das Gewehr, und der Mann blieb wie angewurzelt stehen und ließ seine Pistole fallen.

„Beeil dich!", rief sie Marc zu. Er sah, wie ihre Hände zu zittern begannen, und hoffte, dass die Männer es nicht bemerkten. Über den bewusstlosen Mann hinweg trat er auf sie zu, er konnte nicht riskieren, dass sieben Männer auf sie losgingen. Er humpelte zu ihr hinüber und nahm ihr das Gewehr aus der Hand.

Alle sieben Männer traten langsam zurück. „Dorthin!", befahl Marc und zeigte ihnen mit dem Gewehrlauf die Richtung an. „Ausziehen!", befahl er dann.

Verständnislos sahen sie ihn an.

„Nackt ausziehen, Gentlemen, und lassen Sie sich durch die Lady nicht stören." Über seine Schulter hinweg sagte er: „Such die Uzi – ich habe sie dort drüben fallen lassen." Er wünschte, sein verflixtes Bein wäre taub geblieben, jetzt begann es zu schmerzen, und er fühlte, wie das Blut aus der Wunde pulsierte.

Victoria kam mit der Uzi zurück, als sich auch der letzte Mann ausgezogen hatte. Sie sah nicht hin. „Hinlegen", sagte Marc, und alle sanken mit dem Gesicht nach unten auf den Boden. „Nimm die Gürtel und alles, was du finden kannst, und fessele sie damit." Marc wusste, er musste ihr etwas zu tun geben, damit sie keine Zeit zum Nachdenken hatte.

Er sah, dass sie unter Schock stand, doch sie tat, was er ihr aufgetragen hatte. Sie zog die Gürtel aus den Hosen, die Schuhbänder aus den Schuhen und band den Männern Hände und Füße zusammen. Voller Bewunderung sah er, dass Victoria die Fußfesseln mit den Handfesseln verband, sodass die Füße der Männer zu ihrem Kopf zeigten.

„Gut gemacht, Mädchen." Er würde schon bald ohnmächtig werden, das fühlte er, aber er wehrte sich dagegen, so gut er konnte. Jetzt blieb ihm noch die Aufgabe, sie wenigstens noch sicher in die Grotte zurückzubringen.

Marc warf den sieben nackten Männern noch einen Blick zu,

um sich zu vergewissern, dass sie sich nicht so schnell würden befreien können, dann nahm er Victorias Arm und zog sie mit sich.

Schon nach wenigen Metern wusste er, dass er es nicht schaffen würde. Er hatte zu viel Blut verloren, er konnte kaum sehen, und seine Beine trugen ihn nicht mehr. Er blieb stehen und lehnte sich an einen Baum. „Prinzessin, du musst allein in die Grotte gehen und dich dort mit Lynx treffen. Sag ihm, wo er mich findet, dann wird er jemanden schicken, der mich holt, während er dich in Sicherheit bringt."

Victoria antwortete ihm nicht, sie schob ihre Schulter unter seinen Arm, hielt seine Hand fest und zwang ihn weiterzugehen. Der Wald war hier nicht mehr so dicht, doch die Wege zwischen den Bäumen waren zugewachsen.

Es schien ihr wie Stunden, doch waren sicher nicht mehr als vierzig Minuten vergangen, als sie endlich zur Straße kamen. Beide atmeten schwer, sie hatte Marc fast die ganze Zeit beinahe tragen müssen. Ihre Kleider klebten an ihrem Körper.

„Ich … ich werde die Vespa holen", keuchte sie und lehnte Marc gegen einen alten Traktor, der neben der Straße stand. „Ich bin gleich wieder da."

„Victoria …" Doch sie hörte ihm gar nicht zu. Jeder einzelne Muskel in ihrem Körper schmerzte. Wenn sie jetzt auch nur eine Sekunde stehen blieb, würde sie nicht weiter können. Sie fand den Schuppen, ging um ihn herum und entdeckte die Vespa.

Es gelang Marc, sein gesundes Bein über den Sitz zu heben, als Victoria vorfuhr. „Fahr los", befahl er und schlang die Arme um sie.

Die Vespa fuhr nicht sehr schnell, aber sie fuhren in die richtige Richtung und hatten hoffentlich genug Vorsprung. Marc legte seinen Kopf an ihre Schulter, und Tory brauchte ihre ganze Konzentration, um das Fahrzeug aufrecht zu halten. Das Geräusch des kleinen Motors war laut. Es besaß keinen Rückspiegel, sie hätte sich am liebsten umgedreht, um festzustellen, ob ihnen jemand folgte, doch sie wagte es nicht.

Es war schon beinahe taghell, als sie durch Pavina fuhren und den Weg zum Strand einschlugen. Sie fühlte, wie Marcs Körper hinter ihr zusammensank, doch er hatte seine Arme noch fest um sie geschlungen. Staub wirbelte auf, und kleine Steinchen flogen hoch, als sie schnell über den unbefestigten Weg in Richtung auf die Grotte fuhr.

Sie hielt an, gerade als sie fühlte, dass Marcs Körper zur Seite rutschte. Während sie die Vespa auf den Ständer hob, hielt sie ihn mit einem Arm fest.

Mit ihrem Körper als Stütze gelang es ihr, ihn von der Vespa zu ziehen. „Marc, Marc, du musst durchhalten! Wir müssen in die Grotte, damit ich Alex rufen kann. Marc?“ Sein Kopf rollte zur Seite. „Marc, bitte. Du musst aufwachen.“

Sie blickte über die Schulter und entdeckte den Scheinwerfer eines Wagens, der in ihre Richtung kam. Es war Ebbe, der weiße Sand glänzte feucht.

Tory blickte zum Himmel und suchte nach dem Hubschrauber und Alex, doch alles blieb still. Sie biss sich auf die Lippe. Sollte sie hier am Strand auf ihn warten? Oder hatten Marc und Alex sich einen anderen Plan zurechtgelegt?

„Marc, wach auf!“

Er öffnete die Augen einen Spalt und starrte zu ihr hoch, dann schüttelte er den Kopf. „Zu viel Blut verloren. Geh!“, murmelte er.

„Ach, halt den Mund!“ Tory biss sich auf die Lippe. Langsam zog sie ihn hoch, schob ihre Schulter unter seinen Arm und ging Schritt für Schritt den Weg zum Strand hinunter.

Sie musste das Risiko eingehen, entdeckt zu werden, denn sie konnte nicht direkt an der Felswand durch den trockenen Sand gehen. Sie wählte den Weg am Wasser entlang über den festen, feuchten Sand.

Ihre Arme schmerzten, doch schließlich schaffte sie es, Marc bis zur Felswand unter der Grotte zu ziehen. Jetzt musste sie ihn nur noch über einen Berg von Felsblöcken und Steinen nach oben schaffen. Sie konnte es schaffen. Sie musste es schaffen!

Und sie schaffte es. Marc war bei Bewusstsein und konnte ihr helfen, auch wenn sie manchmal harte Worte brauchte, um ihn dazu zu bringen weiterzugehen. Es war ein langsamer, mühevoller Weg, aber schließlich waren sie am Eingang der Höhle angekommen.

Sie sank neben Marc zu Boden und atmete heftig. Schweiß brannte in ihren Augen, ihre Lungen schmerzten, doch sie mussten weiter.

Sie setzte sich auf und schüttelte Marc. „Du musst weiterkriechen, bis dorthin, wo die Toiletten sind", schärfte sie ihm ein. Bis zu ihrem Lager würde er es auf keinen Fall schaffen, doch sie wollte nicht, dass sie hier festsaßen, wenn die Verfolger kamen. „Hörst du mich, Marc. Krieche …"

„Ich habe gehört, General." Marc versuchte sich aufzusetzen, er grinste sie ein wenig schief an. „Du bist eine verflixt tolle Frau, weißt du das?"

„Wie kann ich Alex erreichen?"

„Das habe ich schon erledigt. Ich habe mich mit ihm in Verbindung gesetzt, ehe ich dich gefunden habe. Wenn wir … wenn wir es nicht zum Hubschrauber schaffen, wird er hier nach uns suchen." Seine Stimme wurde leiser, er schloss die Augen. Victoria stieß ihn in die Seite.

„Ich bin wach." Es klang zwar nicht so, doch seine Stimme war stark genug, dass sie nicht befürchten musste, er würde in Ohnmacht fallen. „Du … musst … die Vespa … holen …" Er leckte sich über seine Lippen und legte dann den Kopf gegen die Felswand. Sein Gesicht war ganz grau.

„Was?"

„Sie werden … sie finden. Mond … zu hell."

Victoria stöhnte auf. „Ich bin gleich wieder da."

Die Vespa stand noch da, wo sie sie verlassen hatte. Tory sah sich um und schüttelte dann den Kopf. Es war schon beinahe unmöglich gewesen, Marc die steile Felswand hochzuschaffen, wie um alles in der Welt sollte sie die Vespa dort hinaufbringen?

Sie sah sich nach einem Versteck um, doch sie fand keines. Die Felsbrocken waren groß, aber sie lagen viel zu dicht beieinander. Also zog sie die Vespa langsam über einen Felsblock nach dem anderen hoch, fluchte, weil sie keine Luft mehr bekam, und benutzte alle Schimpfwörter, die ihr einfielen.

Nach den letzten Metern sank sie zu Boden, den Kopf auf den Knien. Es wäre schön, sich jetzt ausruhen zu können, doch dazu hatte sie keine Zeit. Sie musste sich um die Wunde in Marcs Bein kümmern, der Himmel wusste, was sie noch alles hier erwartete.

Während sie die Vespa durch den Höhleneingang auf den See zuschob, betete sie, dass Alex bald kommen würde. Mit letzter Kraft schob sie das Gefährt hinter die drei Toilettenhäuschen.

Marc war bis zum See gekrochen, er lehnte an einer Felswand. „Lady, dich möchte ich jeden Tag an meiner Seite haben", begrüßte er sie. Seine Stimme klang ein wenig kräftiger, doch Victoria ließ sich durch sein Kompliment nicht beeindrucken.

„Ich hole den Erste-Hilfe-Kasten. Brauchst du sonst noch etwas aus unserem Lager?"

Er schloss die Augen. „Bring den Rucksack mit."

Ihr Lager war noch genau so, wie sie es verlassen hatten. Tory packte einige Decken zusammen. Die Streichhölzer lagen neben dem Propangaskocher, sie steckte sie in die Brusttasche ihres T-Shirts, dann nahm sie den Rucksack und ging.

Sie rümpfte die Nase, als Marc einige Aspirintabletten trocken kaute und sie dann hinunterschluckte. Die Wasserflasche und die Becher waren noch an ihrem Lagerplatz. Sein Bein sah schlimm aus, das Hosenbein klebte an der Wunde.

„Ich glaube, die Kugel ist noch drin."

„Nein, das ist sie nicht.“ Marcs Gesicht war kreidebleich. „Du brauchst die Wunde nur zu säubern … Psst!“

Man hörte ein leises Geräusch von draußen, als sei ein Schuh gegen einen Stein gestoßen. Sie erstarrten beide, Tory kroch leise den Gang entlang bis zur Haupthöhle. Sie blickte über ihre Schulter zurück und hob vier Finger. Vier Männer.

Marc fluchte, er band einen Gürtel um seinen Oberschenkel und machte ihr ein Zeichen, zu bleiben, wo sie war. Sie sah, wie die vier Männer um den See herumgingen und nach ihnen suchten.

Als sie sich umwandte, hatte Marc sich aufgerichtet und humpelte auf die Vespa zu. Er machte sich daran zu schaffen, und einen verrückten Augenblick lang dachte Tory, er wolle damit aus der Höhle hinausfahren.

Aus seinem Rucksack zog er einen Gaszylinder und hielt ihn triumphierend hoch.

„Was tust du da?“, flüsterte sie.

„Wir werden das hier in den See gießen.“ Er deutete auf die Vespa. „Roll sie zum Wasser hinüber.“

Tory schob die Vespa aus ihrem Versteck und duckte sich, so gut es ging, hinter die Büsche und Farne. Sie folgte Marc zum Ufer des Sees.

Marc öffnete den Tank und goss vorsichtig das Benzin in das Wasser. „Zieh deine Hose und deine Schuhe aus“, flüsterte er ihr zu. „Lass das T-Shirt an.“ Er öffnete seine Hose und ließ sie zu Boden sinken.

Tory wurde ganz schlecht beim Anblick der Wunde. Sie sah, dass die Kugel hinten am Bein wieder ausgetreten war und eine große Wunde ins Fleisch gerissen hatte. Sie hockte sich hinter ihn und legte eine Hand auf seine nackte Schulter.

Einer der Männer hatte ihr Lager entdeckt, er rief die anderen zu sich, und alle verschwanden hinter der Felswand. Hinter Marc ging Tory vorsichtig zum See.

Sie bahnten sich einen Weg durch die Büsche am Rande des Wassers. Der Boden war kühl und feucht unter ihren nackten Füßen, Wasser tropfte von den Farnen auf ihr Gesicht.

Die vier Männer kamen zurück, jeweils zu zweit gingen sie zu beiden Seiten um den See. Tory drängte sich dichter an Marc. „Was jetzt?"

Marc ließ die Männer nicht aus den Augen. „Wir warten, bis sie dort drüben an dem kleinen Baum sind ... Verdammt!" Er griff nach seiner Hüfte. „Die Streichhölzer sind noch im Rucksack!"

Wortlos griff Tory in die Brusttasche ihres T-Shirts und holte die Streichhölzer heraus. Marc sah sie sekundenlang verwundert an, dann legte er beide Hände um ihr Gesicht. „Du bist ein toller Partner. Bleib in meiner Nähe, Kleines – gleich sind wir hier heraus." Er gab ihr schnell einen Kuss, dann wandte er seine Aufmerksamkeit wieder den Männern zu, die immer näher kamen.

„Können wir nicht einfach weglaufen?", flüsterte Tory verzweifelt. Sie fühlte sich in die Enge getrieben. Das Benzin hatte einen dünnen Film auf dem Wasser gebildet. Sie legte eine Hand auf Marcs Arm. „Können wir nicht an ihnen vorbeischlüpfen?"

„Wir haben unsere Gewehre nicht dabei, Tory, sie würden uns sehen, sobald wir unsere Deckung verlassen. Außerdem wissen wir nicht, ob draußen noch mehr Männer warten. Wir müssen sie ablenken." Er hielt inne. „Hörst du?"

Das Geräusch des Helikopters war unmissverständlich zu hören. Alle vier Männer blieben plötzlich stehen, dann gingen sie schneller in Richtung des Ausganges – sie kamen genau auf sie zu.

Marc reichte Tory einen kleinen Gaszylinder und zeigte ihr, wie sie das Mundstück in ihren Mund nehmen musste, damit sie unter Wasser atmen konnte. „Los jetzt." Er zündete ein Streichholz an und warf es so weit er konnte ins Wasser. Im gleichen Augenblick rief er: „Spring!"

Als sie in das Wasser eintauchten, setzte das Streichholz das Benzin in Brand. Das Feuer breitete sich rasch aus und bedeckte beinahe ein Drittel des Sees. Torys Kopf war über der Wasseroberfläche, und mit weit aufgerissenen Augen sah sie, wie die Flammen auf sie zukamen. Marc nahm ihren Arm und zog sie zu dem Wasserwirbel am Ende des Sees.

Tory versuchte, oben zu bleiben, ihre Augen brannten von dem Rauch. Marc schlang einen Arm um ihre Taille, sie hörte die Schreie der Männer, als sie das Feuer entdeckten. Sie riefen nach Verstärkung.

Die Flammen breiteten sich weiter aus. Marc hielt Victoria fest und zog sie auf das sprudelnde Wasser zu. Die Stimmen kamen näher, dann hörte man einen Schuss, der von den Wänden der Höhle widerhallte. Die Kugel schlug ins Wasser ein, es spritzte bis zu ihnen hin.

„Benutze den Sauerstoff!" Marc holte tief Luft, er hielt sie noch fester. Die Strömung erfasste ihre Beine, zog sie unter die Oberfläche. Tory presste die Augen zu und hielt sich an Marc fest.

Sekundenlang überlegte sie, wie Marc wohl so lange die Luft anhalten konnte, bis sie durch den etwa fünfzehn Meter langen Tunnel ins offene Meer gelangten. Doch dann konnte sie nicht mehr denken.

Es ging unglaublich schnell nach unten, der Tunnel war so eng, dass sie sich darin nicht drehen konnten. Marc wurde von der Gewalt des Wassers von ihr losgerissen, dann stieß Tory gegen einen sandigen Boden. Der Gaszylinder wurde aus ihrem Mund gerissen, und sie wusste nicht mehr, wo oben und unten war.

Panik ergriff sie, ihre Lungen drohten zu bersten. Sie zwang sich, die Augen zu öffnen. Kleine Luftblasen stiegen über ihre Schulter nach oben, mit letzter Kraft stieß sie sich vom Boden ab.

Ihr Gesicht kam an die Wasseroberfläche, tief sog sie Luft in ihre Lungen. Sie hörte das Dröhnen des Helikopters über sich, der Propeller wühlte das Wasser auf. Verzweifelt hielt sie Ausschau nach Marc.

Der blassgraue Himmel ging in das dunkelgraue Meer über und machte es schwer, etwas zu erkennen. Wellen hoben sie hoch und ließen sie wieder sinken.

„Tory!" Sie hörte, wie Marc ihren Namen rief. Hustend und keuchend kämpfte sie gegen die Wellen, das Haar hing ihr ins Gesicht und machte es unmöglich, etwas zu sehen.

„Halte durch!" Ganz plötzlich war er hinter ihr aufgetaucht, sie fühlte seine Beine an ihren, dann hielt er ihren Kopf hoch.

Über ihnen wirbelte der Propeller des Hubschraubers, immer tiefer sank er herab. Dann sahen sie die Rettungsleine zu ihnen herunterkommen. Sie stieß gegen ihren Kopf, und als Tory aufblickte, sah sie, dass die Unterseite des Helikopters nicht mehr als zehn Meter über ihr war.

Marc griff nach der Rettungsleine, er schob ein Bein zwischen ihre Schenkel und schaffte es, die Leine unter ihren Armen hindurchzuführen und sie dabei gleichzeitig über Wasser zu halten.

Tory wurde zuerst hochgezogen. Sobald Alex sie gepackt hatte, wurde die Leine für Marc wieder heruntergelassen. Erst als Marc auch sicher an Bord war, ging Alex zurück zu seinem Pilotensitz, ein paar Sekunden später kniete Angelo neben ihnen.

„Buon giorno, Signorina Victoria", begrüßte er sie fröhlich und untersuchte dann die Wunde an Marcs Stirn. „Viel Blut für eine Kopfverletzung, aber keine Sorge. Er wird haben ... wie sagen Sie doch gleich? *Il mal di testa* ... ein wenig Kopfschmerzen, das ist alles."

Tory sank in sich zusammen. Alex würde sie hier herausbringen. Nach Hause. Zurück zu ihrem sicheren, normalen Leben. Dann könnte sie wieder ein Feigling sein.

Aber warum war sie dann nicht glücklich?

9. KAPITEL

Genau sieben Wochen, drei Tage und fünf Stunden waren seit ihrer Rettung vergangen. Und noch immer hatte Tory nicht in ihr altes Leben zurückgefunden, so wie es vor Marezzo und Marc Savin gewesen war. Sie wusste, es würde nie wieder so sein wie früher.

Es gab keinen Tag, an dem sie nicht an Marc dachte, sich nach ihm sehnte. Wenn sie Alex glauben konnte, so hatte Marc sich wieder erholt und war zu einer neuen Mission aufgebrochen.

Solange sie jeden Tag in dem Geschäft für Autozubehör arbeitete, ging es ihr gut. Doch in der Nacht, wenn sie allein war in ihrer Wohnung, dachte sie nur an Marc, träumte von ihm und sehnte sich nach ihm.

Ihr Körper schmerzte vor Verlangen nach ihm, sie brauchte nicht viel Fantasie, um das Gefühl heraufzubeschwören, das seine Hände auf ihrem Körper verursacht hatten.

Früher hatte sie sich nie einsam gefühlt.

Sie erinnerte sich an jeden Augenblick mit Marc und versuchte ihr Herz vor den Erinnerungen zu verschließen. Ihr Verstand wusste, dass es mit ihnen nie hätte gut gehen können. Denn selbst, wenn er sie wollte, wenn er sie wirklich wollte, so gab es doch keine Zukunft für sie beide. Nie würde sie damit leben können, wie er sein Geld verdiente. Und mit seiner Erinnerung an die tote Krista könnte sie nicht konkurrieren.

Tory kam nach Hause in ihre stille Wohnung und hängte den Mantel in den Garderobenschrank. Es war kalt im Wohnzimmer, doch sie hatte die Heizung absichtlich heruntergestellt, weil sie so viel Geld wie möglich sparen wollte, um sich wieder eine Eigentumswohnung kaufen zu können. Wenn sie wieder ein richtiges Zuhause hatte, würde sie sich auch wohler fühlen, wenigstens versuchte sie sich das einzureden.

Doch insgeheim wusste sie, dass es nicht stimmte. Sie knipste das Licht an. Die schweren Möbel ihrer Großmutter, die sie aus dem Lager geholt hatte, waren viel zu groß für das kleine Zimmer. Sie hasste diese Möbel, und die Erinnerungen, die sie in ihr weckten, drohten sie zu ersticken.

Sobald sie konnte, würde sie sich von diesen Antiquitäten trennen, selbst wenn es bedeutete, dass sie auf dem Boden schlafen musste. Noch sechs Monate hatte sie Zeit.

Sie legte die Hand auf ihren noch flachen Bauch und ging dann in die Küche, um sich etwas zu essen zu machen. Sie war nicht hungrig, aber das Baby brauchte Nahrung.

Das Baby war das Beste, was ihr von diesem Abenteuer geblieben war. Tory lächelte ein wenig traurig. Es war auch der einzige Grund, warum sie noch nicht zusammengebrochen war.

Sie machte sich einen Salat und erhitzte eine Dose mit Suppe, dann nahm sie alles mit ins Wohnzimmer. Seit einem Monat hatte sie nichts mehr von Alex gehört. Er war unterwegs zu irgendeiner Mission, aber diesmal hatte sie keine Angst um ihn. Deshalb nahm sie an, dass es ihm gut ging.

Sie hatte den üblichen Brief von ihm bekommen, und sie hatte ihn auch nicht geöffnet, wie er es ihr gesagt hatte. Vergeblich hatte sie auf ihn eingeredet, sich eine andere Arbeit zu suchen. Sie hoffte, wenn er von dem Baby erführe, würde er es sich noch einmal überlegen.

Sie stocherte in ihrem Salat und schüttelte dann den Kopf. Alex liebte seine Arbeit, genau wie Marc. Keiner von beiden würde aufhören, Gangster zu verfolgen – nicht für sie und auch nicht für das Baby.

Also würde sie die Existenz dieses Babys so lange geheim halten, wie sie konnte. Dann würde sie Alex zur Geheimhaltung verpflichten. Marc durfte es nie erfahren.

Tory goss gerade den Rest der Suppe in den Ausguss, als es an der Tür klopfte. Sie stöhnte. Schon wieder dieser schreckliche

Mann, der über ihr wohnte. Immer suchte er nach einer Ausrede, sie zu besuchen, wahrscheinlich wollte er sich diesmal Zucker ausborgen. Er begriff einfach nicht, dass sie nichts von ihm wissen wollte.

Mit bitterbösem Gesicht riss sie die Tür auf. Sie würde dafür sorgen, dass er sie nicht wieder belästigte.

Doch es war nicht ihr Nachbar, der vor der Tür stand.

„Wie ich sehe, ist der Gipsverband ab." Marcs Augen waren ganz dunkel, als er sie eindringlich ansah. „Darf ich reinkommen?"

„Natürlich." Tory trat einen Schritt zurück und schloss dann die Tür hinter ihm. Ihre wildesten Hoffnungen und ihre größten Ängste hatten sich erfüllt. Er sah sich um, dann ruhten seine Blicke wieder auf ihrem Gesicht. „Du siehst gut aus. Wie geht es dir?"

„Gut. Was tust du hier?" Verlegen zupfte sie an ihrer Jacke. Marc sah, wie eine kleine Ader an ihrem Hals heftig pulsierte. Das Haar hatte sie zu einem ordentlichen Knoten im Nacken hochgesteckt, dazu trug sie kleine Perlohrringe.

Er schob die Erinnerungen beiseite, die ihn all die Wochen verfolgt hatten. Schmerzlich dachte er daran, wie ihre seidenweiche Haut unter dem etwas konservativen Kostüm aussah. Und ganz genau konnte er sich noch vorstellen, wie herrlich ihr Haar war, wenn sie es offen trug – und wie es sich auf seinem Körper angefühlt hatte. Seine Finger zuckten, er steckte beide Hände tief in die Hosentaschen, um sie nicht zu berühren.

Er hatte die Erinnerungen an ihre Küsse nicht auslöschen können und auch nicht ihren Duft auf seiner Haut.

Er fühlte Victorias Blicke in seinem Rücken, als er ruhelos im Zimmer hin und her ging. Sein Hals war eng, weil er zum ersten Mal in seinem Leben nicht wusste, wie er das, was er fühlte, in Worte kleiden sollte. Worte, die sie verstand, Worte, die sie ihm glauben würde. Er ballte die Hände in seinen Hosentaschen zu Fäusten.

Tory sah, dass er wie ein gefangener Panther in dem Zimmer hin und her lief. Er hinkte noch ein wenig, und wenn sie die Augen schloss, sah sie wieder die Wunde vor sich, die die Kugel in sein Bein gerissen hatte. Sie biss sich auf die Lippe, um nicht aufzuschreien.

Marc nahm ein Bild in einem silbernen Rahmen in die Hand. „Deine Großmutter?"

Tory nickte. Was tat er hier? Ihre Finger zuckten, weil sie so gern sein dunkles Haar berührt hätte, das ihm im Nacken bis auf den Kragen hing. Der Duft seines Aftershaves stieg ihr in die Nase.

Tory knipste die Lampe neben sich an, dann setzte sie sich auf das Sofa und nahm ein Kissen auf ihren Schoß.

In dem sanften Schein der Lampe lag sein Gesicht im Schatten und hob seine Konturen noch hervor. Er sah so umwerfend aus, und mit überdeutlicher Klarheit erinnerte sie sich daran, wie sein nackter Körper sich angefühlt hatte, als er sich an sie drängte. Sie musste schlucken und wandte schnell den Blick ab.

Seine gebräunte Haut mitten im Winter sagte ihr, dass er irgendwo gewesen war, wo die Sonne schien. „Du bist nach Marezzo zurückgefahren, nicht wahr?" Sie konnte ihren etwas vorwurfsvollen Ton nicht unterdrücken, ihr Blick wanderte zu der kleinen weißen Narbe an seiner Stirn, wo die Kugel ihn getroffen hatte.

„Der Job musste beendet werden." Noch einmal ging er durch das Zimmer, dann setzte er sich neben sie.

Am liebsten wäre sie mit der Hand über seinen Körper gefahren, um sich zu vergewissern, dass alles in Ordnung war. Sie umklammerte das Kissen auf ihrem Schoß. Es ging sie nichts an, wenn er sein Leben aufs Spiel setzen wollte. Sie blickte in ihren Schoß.

Erschrocken zuckte sie zusammen, als er einen Finger unter ihr Kinn legte. Mit weit aufgerissenen Augen sah sie ihn an. Kleine Linien hatten sich um seinen Mund eingegraben, sie drückten Erschöpfung aus und … Sehnsucht? Sie schloss die Augen.

„Sieh mich an." Zögernd öffnete Tory die Augen. Marcs Gesicht war genau vor ihr, noch wunderbarer als in ihrer Erinnerung. Es schmerzte, oh, es schmerzte so sehr. Sie biss sich auf die Lippe, sie wollte nicht, dass ihr letzter Blick auf ihn durch Tränen verschleiert wurde.

„Ich habe dich so sehr vermisst." Seine Stimme klang rau, er nahm ihr Gesicht in beide Hände. Sie lehnte die Stirn gegen seine, fühlte, wie seine Finger ein letztes Mal über ihre Wangen strichen.

„Ich habe deinen schnippischen Humor vermisst." Er streichelte ihren Hals. „Ich habe dein verträumtes Lächeln vermisst, nachdem wir einander geliebt hatten …" Seine Finger öffneten die beiden obersten Knöpfe ihrer Bluse, Tory hob ihre zitternde Hand und hielt seine Hand fest. „Ich habe es vermisst, wie du dein störrisches kleines Kinn hebst." Seine Augen blickten ganz ernst. „Ich habe das verborgene Feuer in dir vermisst, das nur für mich brennt."

„Nicht", wehrte sie ab, und ihr Herz schlug schneller. Sie kannte seinen Blick, sie hatte davon geträumt. Aber dieser Blick galt nicht ihr. „Rühr mich nicht an. Bitte."

Er hörte nicht auf sie. Noch zwei Knöpfe öffnete er, bis er das hatte, was er wollte. Er schob die Bluse auseinander und streichelte dann sanft ihre Brüste unter dem dünnen Stoff des Büstenhalters. Tory erschauerte.

„Du liebst mich", erklärte er überzeugt und sah ihr dabei tief in die Augen. Tory fühlte, wie alles Blut aus ihrem Gesicht wich. Es hatte keinen Zweck zu leugnen.

„Das macht nichts." Sie zog das Kissen vor ihre Brust. „Ich werde darüber hinwegkommen."

„Aber ich nicht."

Sie hob den Kopf und sah ihn ungläubig an. Er meinte doch nicht etwa …?

„Ich liebe dich, Victoria Jones."

„Seit wann?" Sie versuchte, ihre Bluse wieder zuzuknöpfen, doch er hielt ihre Hände fest. „Hör bitte auf. Ich kann nicht denken, wenn du das tust."

Er hörte auf, legte beide Hände wieder um ihr Gesicht und sah sie ernst an. „Seit ich an unserem ersten Tag eine schlafende Frau in meiner Bibliothek fand, die Feuer spuckte. Seit ich ihre süßen Lippen geschmeckt habe, seit ich dich berührte, seit … ewig."

„Das ist Sex und keine Liebe."

„Zuerst habe ich das auch geglaubt. Heirate mich, Prinzessin. Heirate mich, dann zeige ich dir, wie sehr ich dich liebe. Du wirst alles andere vergessen."

„Ich kann nicht. Ich werde nie vergessen können, wie du dein Geld verdienst." Tory streckte die Hand aus und berührte ihn, strich über sein Kinn und die Narbe an seiner Stirn. „Immer, wenn du weggehen wirst, werde ich wissen … ich kann damit nicht leben …" Marc nahm ihre Hand und küsste die Innenfläche.

Tory atmete heftig. „Ich hätte schreckliche Angst, besonders, weil ich jetzt weiß, was in deinem Job wirklich passiert. Ich würde dich nie bitten, diesen Job meinetwegen aufzugeben. Aber ich glaube, ich könnte mich nicht so weit ändern, dass ich es ertragen kann." Sie fühlte seine warme Zungenspitze in ihrer Handfläche.

„Ich fühle mich gern sicher, ich mag es, wenn ich die Dinge voraussehen kann." Sie versuchte, ihm die Hand zu entziehen. „Ich gehe nicht gern Risiken ein, Marc, es macht mir Angst." Ihre Augen füllten sich mit Tränen, und sie blickte in ihren Schoß. „Es tut mir leid, dass ich solch ein Feigling bin, aber ich bin zu alt, um mich zu ändern."

Marc lachte leise. „Du bist kein Feigling, ganz sicher nicht. Du bist die tapferste Frau, die ich kenne."

„Nein, das stimmt nicht."

„Wie viele Frauen würden schon das Leben eines Mannes retten, ohne darüber nachzudenken?" Mit dem Handrücken streichelte er ihre Wange. „Wie viele Frauen würden das durchstehen, was du durchgestanden hast, ohne Schaden an ihrer Seele zu nehmen?"

„Woher willst du wissen, dass das bei mir anders ist?"

„Weil ich dich kenne, Victoria Frances Jones. Ich weiß, dass du über eine innere Kraft verfügst, die dir erlaubt, das zu tun, was getan werden muss. Du bist nicht zusammengebrochen." Er küsste zärtlich ihre Stirn. „Und der Himmel allein weiß, dass du Gelegenheiten genug dazu hattest." Seine Lippen glitten zu ihrer Schläfe, wo eine Ader heftig pulsierte.

„Das Leben ist nicht so einfach wie Soll und Haben auf einem Konto, mein Schatz. Es gibt keine netten kleinen Voraussagen, wo man alles hübsch zusammenzählen und dann bilanzieren kann, wie in deinen Büchern. Wenn das wirkliche Leben so wäre wie in deiner Buchführung, dann würden wir uns zu Tode langweilen."

„Langweilen vielleicht, aber wir wären sicher." Victoria fühlte seine Lippen auf ihren Augenbrauen. „Ich wüsste, wo du bist und wann du nach Hause kommst."

Marc nahm ihr Gesicht in beide Hände. „Ich könnte von einem Truck überfahren werden, Victoria. Nichts ist wirklich sicher."

„Aber das ist nach dem Gesetz der Wahrscheinlichkeit viel größer, wenn du dich Gewehrkugeln aussetzt." Ihre Stimme zitterte, sie hielt seine Hände fest. „Ich habe schon immer Alex' Arbeit gehasst, und das war nur eine nebulöse Furcht. Jetzt weiß ich, worum es geht, und da ist alles noch viel schlimmer."

„Psst." Sie fühlte seinen Atem in ihrem Gesicht, als er sich zu ihr beugte und sein Kuss ihren Protest erstickte. Sein Kuss schmeckte nach Minze und nach Marc – es war ein Geschmack, nach dem sie sich schon seit Wochen sehnte. Er legte die Arme um sie und zog sie an sich, sein Kuss wurde drängender. Als sich seine Lippen endlich wieder von ihren lösten, flüsterte er: „Wir werden schon eine Lösung finden, das verspreche ich dir." Sie hatte ihn wütend gesehen, böse, verspielt und auch zärtlich. Aber nie zuvor war er so ernst gewesen. Es lag beinahe so etwas wie ... Furcht in seinen Worten. Aber das war unmöglich. Marc hatte sich noch nie in seinem Leben vor etwas gefürchtet. Oder vielleicht doch?

„Es wird wohl besser sein, wenn ich dir die ganze Geschichte erzähle", meinte er schließlich. „Nach Krista ... nach Krista habe ich mir selbst eingeredet, dass ich glücklicher bin, wenn ich allein bleibe."

„O ja, die perfekte Krista dürfen wir natürlich nicht vergessen. Hättest du ..."

Marc legte ihr sanft eine Hand auf den Mund. „Psst. Ich möchte das Thema Krista ein für alle Mal erledigen. Tory, als ich dir erzählte, dass Krista gestorben ist, habe ich dir das Wichtigste verschwiegen. Ich schlief, als ein Mörder in unser Zimmer eindrang. Ich dachte, dass Krista neben mir läge, deshalb habe ich geschossen, um ihn zu töten. Aber dieser Mörder war Krista, und ich war derjenige, der sie erschossen hat."

„Oh, Marc ..."

„Als ich das Licht anmachte und Krista sah, da habe ich mir eingeredet, dass es ein Irrtum sei. Ich habe sie ins Krankenhaus gebracht. Sie war schwanger, Tory. Ich ..."

„Liebling, das darfst du dir selbst nicht antun. Jetzt ist das nicht mehr wichtig ..."

„Ich bin damals gleich von Mexiko zu meiner Ranch gefahren. Und ich bin zwei Jahre dort geblieben. Alex war es, der mir schließlich sagte, dass Krista mich umbringen wollte. Er hatte Beweise.“ Marc fuhr sich mit beiden Händen durchs Haar. „Verstehst du, Tory? Ich habe mich zwei Jahre lang auf der Ranch versteckt, wie ein Dummkopf, weil ich glaubte, ich hätte eine unschuldige Frau umgebracht, ich hätte mein eigenes Kind umgebracht. Zwei verdammte Jahre lang habe ich mit dieser Schuld gelebt. Ich habe mein Elend sogar noch genossen. Und dann kam dein Bruder und hat mein ganzes Leben auf den Kopf gestellt, als er mir die Wahrheit sagte. Als ich dann hörte, dass Lynx umgekommen war, war es aus mit mir. Die nächsten sechs Monate war ich völlig nutzlos. Ich weigerte mich zu arbeiten. Ich hätte bei Lynx sein sollen. Ich hatte ihn ausgebildet, er war zu mir gekommen und hatte mich um Hilfe gebeten, und ich hatte sie ihm verweigert. Das Schuldgefühl, das sein Tod in mir hervorrief, machte mich völlig unfähig zu handeln. Ich brach zusammen.“

Er schüttelte den Kopf. „Und dann kamst du in mein Leben, und ich wusste plötzlich, dass ich Krista nie geliebt hatte. Aber ich fragte mich, was ich einer Frau wie dir bieten konnte. Als ein ausgebrannter Söldner? Und als ich dann das zweite Mal aus Marezzo zurückkam und auf meiner Ranch war, da habe ich dich schrecklich vermisst. Da wurde mir endlich klar, dass die Einsamkeit, in die ich mich zurückgezogen hatte, nicht mehr war als ein Gefängnis. Ich habe dich vielleicht nicht verdient, Victoria, aber zum Teufel ich brauche dich. Sag mir, dass du mich nur halb so sehr vermisst hast wie ich dich.“

Vermisst? Sie hatte sich nach ihm gesehnt, voller Schmerzen. Ihre Stimme war nur ein Hauch. „Ja.“ Sie sah ihm in die Augen. „Ja, ich habe dich vermisst. Es tut mir leid, dass du von jemandem betrogen wurdest, den du geliebt hast. Ich liebe dich mehr als mein Leben, und ich würde dich nie betrügen. Aber ich muss ehrlich zu dir sein. Dein Job macht mir schreckliche Angst. Ich weiß jetzt, wie es ist, wenn einem die Kugeln um die Ohren pfeifen.“ Sie legte den Finger auf die Narbe an seiner Stirn. „Wenn die Kugel dich nun ein paar Zentimeter tiefer getroffen hätte?“

„Das hat sie aber nicht."

„Es hätte aber sein können."

„Ich habe mich zurückgezogen", erklärte er mit rauer Stimme. „Ich bin jetzt nur noch ein Rancher, der dich liebt. Komm mit mir nach Brandon, Tory. Sei meine Frau. Ich verspreche dir ein Leben voller Liebe und Sonnenschein."

„Ich möchte nicht, dass du mir für den Rest meines Lebens vorwirfst, dass du nur meinetwegen ..."

„Ich tue das nicht nur für dich. Ich habe sehr lange darüber nachgedacht und bin zu dem Schluss gekommen, dass ich genug habe. Ich will mit dir durchs Leben gehen. Ohne dich kann ich nicht mehr leben, mein Schatz. Bitte, sag Ja."

Marc gab ihr gar keine Möglichkeit zu antworten. Sein Mund legte sich auf ihren, und er küsste sie so zärtlich und voller Verlangen, dass Tory Tränen in die Augen traten. Alles in ihr sehnte sich nach ihm.

Als er sie noch näher an sich zog, lief ein Schauer durch seinen Körper. Er zog die Haarnadeln aus ihrem Haar und küsste ihr Gesicht, während er ihr Haar löste, bis es seidig über ihren Rücken fiel.

„Du hast dich wirklich von deiner Arbeit zurückgezogen?", fragte sie verträumt, als er das Haar in ihrem Nacken anhob.

„Wirklich", versicherte er ihr. „Ich habe an dich gedacht, und dann hat mein Körper reagiert. Doch ich sagte mir, vergiss sie, aber das konnte ich nicht." Er strich ihr das Haar über die Schultern, seine Augen waren ganz dunkel.

„Ich bin gekommen, um dich mitzunehmen. Ich kann nicht ohne dich leben, Tory, nicht einen einzigen Tag länger. Ich will dich, ich brauche dich, du sollst meine Zukunft mit mir teilen."

Tory stellte sich auf Zehenspitzen und schlang die Arme um seinen Hals. Sie fühlte, wie er eine Hand in ihre Bluse schob, dann öffnete er den Verschluss ihres Büstenhalters, und sie fühlte die kühle Luft auf ihrer nackten Haut.

Sie vergaß alles andere um sich herum, als er sanft ihre Brüste streichelte.

Er küsste ihren Hals, und Tory erbebte unter seinen Liebkosungen. Dann beugte er sich zu ihr hinunter, nahm ihre Brustspitze in seinen Mund und saugte sanft daran.

Tory sank in die weichen Kissen. Marc schob die Finger unter ihren Rock, streichelte ihre Beine, ihre Oberschenkel und wagte sich dann noch weiter vor.

Sie stöhnte auf, doch er erstickte das Geräusch mit einem Kuss. Seine Zungenspitze fuhr über ihre Lippen, seine Hand schlüpfte unter das Gurtband ihrer Strumpfhose, und er schob sie über ihre Schenkel hinunter. Sie konnte ihm nicht nahe genug sein, ungeduldig zerrte sie an seinem Hemd, bis die Knöpfe absprangen.

Sie versuchte ihm Hemd und Jacke gleichzeitig auszuziehen, doch es gelang ihr nicht. Sie legte ihre Wange an seine Brust, und er lachte leise.

Tory hob das Gesicht, sie sehnte sich nach seinem Kuss. Es war schon so lange her, seit sie in seinen Armen gelegen hatte, jetzt konnte sie nicht genug davon bekommen. Seine Lippen, seine Hände glitten über ihren Körper, er fand ihre Brustspitzen, rieb sie zwischen seinen Fingern, küsste sie, bis Tory sich unruhig unter ihm bewegte. Sie blickte zu ihm auf.

„Marc …"

„Sag mir, was du gern hast, Liebes."

Sie sah die Liebe in seinem Blick, fühlte seine starken Arme. Jetzt zweifelte sie nicht länger an seiner Liebe. Sie legte den Kopf gegen seine Brust. „Alles", hauchte sie. „Dich." Sie schlang die Arme um seinen Hals und hielt ihn fest.

Er hob den Kopf und legte einen Finger unter ihr störrisches Kinn. „Ich liebe dich mehr als mein Leben, Prinzessin. Komm mit mir nach Wyoming. Wir werden Rinder züchten und Babys großziehen …"

Er barg sein Gesicht in ihrem duftenden Haar und wartete mit klopfendem Herzen auf ihre Antwort.

„Du gehörst zu mir“, erklärte er heftig. „Hörst du, Victoria? Du bist mein. Sag mir, was du von mir willst, und wenn es in meiner Macht liegt, wirst du es bekommen.“ Seine Stimme zitterte.

„Dich“, flüsterte sie, mit dem Mund an seiner Stirn. „Ich will dich. Sicher und gesund, und … du sollst mich lieben … und unser Baby. Das ist alles, was ich will.“ Zärtlich streichelte sie über ihren Bauch.

Marc schaute erst verwirrt, dann überglücklich und liebkoste voller Verlangen ihr Gesicht. „Wir bekommen ein Baby? Ich werde dir und unserem Kind alles geben und noch viel mehr.“ Sein Kuss besiegelte das Versprechen. „Wir werden auf der Ranch unsere Hochzeit feiern …“

Marc hob sie hoch und trug sie ins Schlafzimmer. Tory küsste ihn auf den Mund. „Ja.“

„Unten wartet ein Chauffeur mit einem Wagen, und das Flugzeug ist aufgetankt und bereit loszufliegen.“

Ihre Lippen glitten zu seinem Hals. „Schön.“

Marc schloss die Augen, er streichelte ihren Rücken. Dann seufzte er gespielt ergeben auf. „Ich denke, der Chauffeur kann noch eine Weile warten.“

Tory sah ihm tief in seine Augen. „Er kann morgen wiederkommen.“

„Oder vielleicht übermorgen.“

„Morgen“, erklärte sie bestimmt und zog ihn zu sich auf das Bett. „Bis dahin bin ich fürs Erste fertig mit dir. Dann brauchst du Zeit, um dich bis zur Hochzeit wieder zu erholen.“

Das brauchte er nicht, aber sie tat ihr Bestes, um ihre süße Drohung wahr zu machen.

– ENDE –

MIRA IST ONLINE FÜR SIE!
www.mira-taschenbuch.de
MIRA - Home
http://www.mira-taschenbuch.de/
IMPRESSUM DATENSCHUTZ AGB KONTAKT
MIRA TASCHENBUCH
BESTSELLERLISTE WIR ÜBER UNS AUTOREN HANDEL PRESSE NEWSLETTER
NEU IM AUGUST
PROGRAMM FRÜHJAHR / SOMMER 2010
PROGRAMM HERBST / WINTER 2010 / 2011
GESAMTPROGRAMM
SONDEREDITIONEN
Unser Sommer-Buchhighlight
Susan Wiggs: Am Anfang wartet das Glück
Genau das Richtige für romantische Sommerabende.
mehr
TRAILER DES MONATS
» Video-Archiv
UNSERE MIRA BESTSELLER-LISTE
News & Aktuelles
Neuigkeiten bei MIRA Taschenbuch
AUF EINEN BLICK - DAS MIRA GESAMTPRO
NORA ROBERTS
Liebesmärchen in New York
TESS GERRITSEN
SAG NIEMALS STIRB
JENNIFER SKULLY
Eine magische Begegnung
CHRIS JORDAN
Sektenkind
Immer aktuell:
News und Neuerscheinungen
direkt auf der Startseite!
Das gesamte
Taschenbuchprogramm
übersichtlich nach Kategorien!
MIRA
TASCHENBUCH

Cherry Adair
Nimm mich!
Band-Nr. 35026
8,95 € (D)
ISBN: 978-3-89941-645-9
304 Seiten
Auch als eBook erhältlich!

Julie Gordon
Die Rose von Byzanz
Band-Nr. 35031
9,50 € (D)
ISBN: 978-3-89941-728-9
304 Seiten
Auch als eBook erhältlich!

Alison Kent
Sex oder Lüge
Band-Nr. 35036
9,50 € (D)
ISBN: 978-3-89941-843-9
256 Seiten
Auch als eBook erhältlich!

Alison Kent
Gewagte Spiele
Band-Nr. 35014
8,95 € (D)
ISBN: 978-3-89941-415-8
304 Seiten
Auch als eBook erhältlich!